本书是天津市2022年度哲学社会科学规划重大委托项目
"建设具有强大凝聚力和引领力的社会主义意识形态研究"
(TJESDZX22-03)的结项成果

建设具有强大凝聚力和引领力的
社会主义意识形态研究

杨仁忠 等著

天津出版传媒集团

天津人民出版社

图书在版编目（CIP）数据

建设具有强大凝聚力和引领力的社会主义意识形态研究 / 杨仁忠等著. -- 天津：天津人民出版社，2025. 3. -- ISBN 978-7-201-20928-9

Ⅰ. D616；B036

中国国家版本馆 CIP 数据核字第 2025XJ3804 号

建设具有强大凝聚力和引领力的社会主义意识形态研究

JIANSHE JUYOU QIANGDA NINGJULI HE YINLINGLI DE SHEHUI ZHUYI YISHI XINGTAI YANJIU

出　　版	天津人民出版社	
出 版 人	刘锦泉	
地　　址	天津市和平区西康路 35 号康岳大厦	
邮政编码	300051	
邮购电话	（022）23332469	
电子信箱	reader@tjrmcbs.com	
策划编辑	郑　玥	
责任编辑	王佳欢　佐　拉	
封面设计	汤　磊	
印　　刷	天津新华印务有限公司	
经　　销	新华书店	
开　　本	710 毫米×1000 毫米　1/16	
印　　张	22.5	
插　　页	2	
字　　数	320 千字	
版次印次	2025 年 3 月第 1 版　2025 年 3 月第 1 次印刷	
定　　价	98.00 元	

前　言

　　意识形态是历史唯物主义的核心范畴,也是事关无产阶级革命和建设事业兴衰成败的重大理论和现实问题。习近平总书记指出,意识形态工作是一项极端重要的工作,是为国家立心、为民族立魂的工作。建设具有强大凝聚力和引领力的社会主义意识形态,是全党特别是宣传思想文化工作必须担负的战略任务。

　　马克思主义是我们立党立国、兴党兴国的根本指导思想,是社会主义意识形态的旗帜和灵魂。只有坚持马克思主义在意识形态领域的指导地位,才能确保我们党始终保持思想上的统一、政治上的团结、行动上的一致,确保我们国家在党的集中统一领导下始终沿着社会主义方向前进。建设具有强大凝聚力和引领力的社会主义意识形态,既是巩固党的长期执政地位的必然要求,维护国家长治久安的战略选择,也是推进中国式现代化的思想保证。党的二十大报告进一步强调要"着力建设具有强大凝聚力和引领力的社会主义意识形态",要求"牢牢掌握党对意识形态工作领导权,全面落实意识形态工作责任制,巩固壮大奋进新时代的主流思想舆论",这为我们做好新时代意识形态工作提供了根本遵循。

　　本书从中国共产党意识形态建设的历史传统、社会主义意识形态建设的新起点、新时代意识形态建设的理论创新、马克思主义在意识形态领域指导地位的制度确立、新时代新征程社会主义意识形态建设的目标任务和基本内容五个方面系统研究"建设具有强大凝聚力和引领力的社会主义意识形态"这一重大理论和实践问题。

一、中国共产党意识形态建设的历史传统

中国共产党诞生于近代中华民族最危急的时刻,始终把马克思主义写在自己的旗帜上,高度重视和积极推进意识形态建设,在百余年的历史进程中,坚持马克思主义在意识形态领域的根本指导地位,牢牢掌握意识形态领导权。

在新民主主义革命时期,以毛泽东为主要代表的中国共产党人,在带领中国人民进行艰辛革命探索的过程中,十分重视思想理论建设,坚持把马克思主义基本原理同中国革命具体实际结合起来,创立了毛泽东思想,形成了马克思主义中国化理论,确立了马克思列宁主义、毛泽东思想在全党的指导地位,确立了马克思主义意识形态的领导权,为中国革命的胜利作出了重要贡献。

在社会主义革命和建设时期,中国共产党意识形态工作的主题从新民主主义革命转向社会主义革命和建设,主要任务是扫除影响社会主义意识形态确立的思想障碍,确立和巩固社会主义意识形态的指导地位。从新中国成立到党的十一届三中全会召开,党的意识形态建设工作围绕着党和国家的中心工作与发展大局,大致以1956年为界分为社会主义革命(1949—1956)和社会主义建设(1957—1977)两个阶段。第一阶段从新中国成立到"三大改造"的完成,肃清封建的、买办的和法西斯主义等思想,确立社会主义意识形态的主导地位,在国家根本制度上确立和巩固马克思主义的指导地位。第二阶段从"三大改造"完成到"文化大革命"结束,是党的意识形态建设工作的曲折发展期。总体来看,这一时期经历了持续不断的理论和实践探索,虽然经历了曲折,但也统一了全党全国人民的思想,确立了马克思主义在意识形态领域的一元化指导地位,积累了经验,取得了重要成就。

在改革开放和社会主义现代化建设新时期,中国共产党作出了把工作

重点转移到社会主义现代化建设上来和实行改革开放的战略决策,与之相应的意识形态建设工作的主题从社会主义革命和建设转向改革开放和社会主义现代化建设。这一时期,党的意识形态建设工作可以分为三个阶段:从1978年至1992年,这是中国共产党拨乱反正、全面清理"文革"意识形态错误并创立了邓小平理论的时期;从1992年至2002年,这是中国共产党在积极应对国内外各种挑战的进程中实现社会主义意识形态创新性发展并形成"三个代表"重要思想的阶段;从2002年至2012年,这是中国共产党在改革创新进程中实现了社会主义意识形态的系统性确立和创新性发展并形成科学发展观的阶段。这一时期,我党一方面纠正了"文革"期间的思想错误,拨乱反正,打破思想僵化,重新确立解放思想、实事求是的思想路线,凝聚民心,推进改革开放;另一方面,随着社会主义市场经济体制的确立,中国开始警惕西方意识形态渗透,反对资产阶级自由化思想,还要吸取苏联解体、东欧剧变的教训,反对历史虚无主义,牢牢掌握意识形态领导权。党在意识形态建设方面,重新确立了马克思主义的主导地位,创立了邓小平理论,形成了"三个代表"重要思想和科学发展观,真正推进了马克思主义基本原理与中国具体实际的"第二次结合",实现了马克思主义中国化时代化新的历史性飞跃,形成了中国特色社会主义理论体系。

从中国共产党成立到党的十八大召开,中国共产党带领中国人民围绕中华民族伟大复兴这个主题,经历了新民主主义革命时期、社会主义革命和建设时期、改革开放和社会主义现代化建设新时期三个阶段,完成了开天辟地的救国大业和改天换地的兴国大业,推进了翻天覆地的富国大业,取得了三个阶段的伟大成就,将中华民族伟大复兴事业胜利推进到中国特色社会主义新时代并开辟了实现惊天动地强国大业的新征程。我党的意识形态建设工作始终围绕党的中心任务展开,取得了显著成就,积累了宝贵经验:必须高度重视意识形态建设,为中心工作提供思想舆论保障;必须坚持马克思主义指导地位,确立意识形态建设的根本方向;必须坚持党的绝对领导,为意识形态建设提供坚强的组织保障;必须不断进行理论创新,推进马克思主义中国化时代化;必须敢于斗争亮剑,确保马克思主义的战斗力;必须坚持正面宣传教育,发挥马克思主义的引领力和影响力;不断总结经验教训,推进意识形态建设行稳致远。这些经验对于我们党在新时代全面推进社会主义意识形态建设工作具有重要的启发和指导意义。

二、社会主义意识形态建设的新起点

中国特色社会主义进入新时代,面对世界百年未有之大变局加速演进,中华民族伟大复兴进入关键时期,战略机遇和风险挑战并存,意识形态工作面临新形势新任务新挑战,以习近平同志为核心的党中央,从党和国家战略全局出发,对意识形态工作作出系统谋划和全面部署,意识形态工作开启了新征程,步入了新时代新征程。

新时代意识形态建设面临一系列新形势新问题新任务。21世纪初,国内外形势发生了深刻而复杂的变化,世界多极化、经济全球化、社会信息化深入发展,世情、国情、党情发生深刻变化,意识形态领域一系列长期积累的问题亟待解决。主要表现在:一是新自由主义、宪政民主论、普世价值、历史虚无主义等多种思潮相互激荡,这些错误思潮试图改变中国特色社会主义的发展方向;二是美西方意识形态渗透加剧,舆论倒灌现象严重;三是意识形态领域里部分党员干部理想信念动摇,经济社会领域道德失范和诚信缺失,拜金主义盛行,意识形态"学术化",意识形态网络化等一系列长期积累的突出问题亟待解决等。这都是新时代意识形态建设面临的新形势新挑战新问题新任务。

新时代以来,以习近平同志为核心的党中央创新发展马克思主义意识形态理论,提出了一系列新举措新对策。面对国内外形势的深刻变化,针对意识形态领域存在的问题,党和国家事业发展对意识形态建设提出了新任务,我们党采取了一系列新的重大举措:一是从制度建设入手夯实马克思主义在意识形态领域的指导地位;二是通过推进马克思主义意识形态理论体系化建设占领意识形态高地;三是加强思想政治工作,提升意识形态凝聚力和引领力;四是加强新闻宣传工作,拓宽主流意识形态传播路径;五是提升国际话语能力,拓展意识形态海外影响力等。这些举措为创新发展马克思主义意识形态理论创造了有利条件、提供了坚强保证。

新时代意识形态形势实现全局性根本性转变。党的十八大以来,以习近平同志为核心的党中央,坚持和加强党对意识形态工作的全面领导,推动意识形态领域治理体系和治理能力现代化,从根本上扭转了意识形态领域一度出现的被动局面,马克思主义在意识形态领域的指导地位更加巩固,中国式现代化为中华民族伟大复兴开辟了唯一正确的道路和广阔发展前景,社会主义核心价值观广泛传播、普遍践行,中华优秀传统文化得以广泛弘扬,社会主旋律更加响亮、全党全社会思想上的统一更加巩固,社会主义意识形态的国际影响力大幅提升,全党全国各族人民文化自信显著增强、精神面貌更加奋发昂扬,我国意识形态领域形势发生了全局性根本性的转变。

三、新时代意识形态建设的理论创新

新时代以来,习近平总书记着眼坚持和发展中国特色社会主义的大局,致力于建设具有强大凝聚力和引领力的社会主义意识形态,提出了意识形态工作的性质定位、"坚持党对意识形态工作全面领导"的责任定位、"意识形态话语权"的话语体系创新等重要论断,深刻回答了"新时代要建设什么样的意识形态,怎样建设新时代意识形态"的根本问题,为新时代意识形态建设提供了根本遵循。

"意识形态工作是党的一项极端重要的工作"是习近平总书记对新时代意识形态工作作出的重要论断。这一论断遵循理论、历史和现实的出场逻辑,为新时代意识形态建设提供了根本遵循。关于意识形态工作性质和地位的论断,是对马克思主义关于意识形态重要性论述的具体展开。它以民族复兴为目标,凸显了新时代意识形态工作的使命任务;以"三个关乎"为立足点,揭示了新时代意识形态的运行逻辑;以"三个事关"为基石,凸显了意识形态的价值引领。从学理性探索、创新性拓展、创造性运用等方面,进一步丰富和发展了马克思主义意识形态理论。

坚持和加强党对意识形态工作的领导是从立场和方法论角度对意识形态工作作出的判断。党对意识形态工作的全面领导是习近平关于意识形态工作重要论述的核心原则,党管宣传、党管媒体、党管意识形态是鲜明政治立场的体现。围绕增强意识形态领导权、管理权和话语权的重要论述,形成了较为完善的科学理论体系,构成马克思主义意识形态理论中国化时代化的重要成果,为新时代做好意识形态工作提供了根本指南,对新形势下更有效地做好意识形态工作具有十分重要的理论价值和实践意义。

坚持话语体系创新,牢牢掌握社会主义意识形态话语权。话语是思想、观念的重要载体。社会主义意识形态通过话语实现思想传递、观念表达、意义建构、权力确定。话语体系是增强话语权、领导权和管理权的重要途径。习近平强调,要加强话语体系建设,着力打造融通中外的新概念新范畴新表述,讲好中国故事,传播好中国声音,增强国际话语权。要凝聚主流意识形态话语共识,就要坚持马克思主义的指导,不断提升马克思主义的现实阐释力。要坚持包容原则,用马克思主义引领其他思想文化的发展。坚持创新原则,从对内和对外两个层面,不断提升马克思主义的话语感染力、影响力。

四、确立马克思主义在意识形态领域指导地位的根本制度

新时代以来,以习近平同志为核心的党中央创造性地提出了坚持马克思主义在意识形态领域指导地位的根本制度,坚定捍卫马克思主义在意识形态领域的指导地位,有效批判了各种错误社会思潮,有力推动马克思主义意识形态理论的制度创新和中国化时代化发展。

根本制度、基本制度、重要制度等制度形态都是中国共产党在社会革命

中探索出来的治国理论和科学原理,具有鲜明的根本性、稳定性、强制性、全局性和长远性。新时代以来,党中央以"制度思维"确立马克思主义在意识形态领域指导地位的制度边界,重点从"根本制度"思维向度确立了马克思主义意识形态领导权、主导权和话语权、管理权。在"两个大局"交织演变、资本主义意识形态与社会主义意识形态交锋斗争的关键时期,把马克思主义在意识形态领域指导地位提升到社会主义根本制度的"原则高度",这是推进国家治理体系和治理能力现代化的经验总结,更是增强社会主义主流意识形态凝聚力和影响力的政治抉择,也规定了意识形态建设的制度边界。在新时代新征程,深入追问这一根本制度的制度边界、价值规定和运思逻辑,映现这一根本制度"何以存在"的价值前提和本体论规定、"如何展开"的基本方法和认识论原则、"何以可为"的实践方略,对确立主流意识形态的制度权威、巩固主流意识形态话语权、推进意识形态风险治理具有重要的理论价值和实践意义。

确立马克思主义在意识形态领域指导地位的根本制度是推进国家治理体系和治理能力现代化的根本制度保障。马克思主义是中国共产党推进国家治理能力和治理水平现代化的理论导引和思想武器。坚持马克思主义在意识形态领域指导地位的根本制度,能够破解世界社会主义发展过程中制度建构与国家治理现代化的历史难题,能够推进中国共产党的政治制度改革,能够推进马克思主义中国化时代化的理论创新,能够保证中国特色社会主义文化的发展方向。

坚持马克思主义在意识形态领域指导地位的根本制度,也是推进人类文明新形态建构的根本制度保障。确立马克思主义在意识形态领域指导地位的根本制度符合客观必然性与主观创造性的辩证统一,是以习近平同志为核心的党中央完善国家制度、推进国家治理、提升治理效能的科学战略,对推进构建人类文明新形态具有重大影响。在资本主义和社会主义两种制度并存的历史条件下,中国式现代化开创的人类文明新形态必定会遭遇西方资本主义国家的围堵。如何应对人类文明发展的各种"文明困境",成为中国共产党首要解答的时代之问、人类之问、世界之问。当代人类文明遇到了一系列发展困境和风险挑战,坚持马克思主义在意识形态领域指导地位的根本制度,为中国共产党解决人类共同问题和难题提供了制度保证。

坚持马克思主义在意识形态领域指导地位的根本制度是中国共产党百余年奋斗的历史经验,是历史的选择和人民的选择。党的十八大以来,以习近平同志为核心的党中央在推进马克思主义意识形态理论中国化时代化的进程中,确立了坚持马克思主义在意识形态领域指导地位的根本制度的若干基本原则:必须坚持马克思主义的根本指导,做好社会主义主流意识形态的宣传教育;必须坚持理论斗争和实践批判的辩证统一;必须坚持人民至上的意识形态工作理念;必须坚持守正与创新的辩证统一;必须坚持马克思主义基本原理同中国具体实际、同中华优秀传统文化相结合。这些基本原则为我们推进国家治理体系和治理能力现代化、建设具有强大凝聚力统领力影响力引领力的社会主义意识形态提供了根本遵循。

坚持马克思主义在意识形态领域指导地位的根本制度的实践要求。确立马克思主义在意识形态领域指导地位的根本制度,是我们党对意识形态工作的规律性总结,更是我们党对宣传思想文化工作的制度创新,关乎党和国家事业的长远发展,关乎我国社会主义文化的前进方向。在新时代的历史环境中,面对西方资本主义国家的意识形态围攻,我们要牢牢坚持马克思主义在意识形态领域指导地位的根本制度,要自觉用党的创新理论最新成果武装头脑、教育人民,要严格落实意识形态工作责任制,要完善"不忘初心、牢记使命"的制度,坚持和推进各级党委(党组)理论学习制度建设,要创新马克思主义理论研究和建设工程,要加强和改进学校思想政治理论课,要用社会主义核心价值观培育时代新人,要利用马克思主义意识形态思想引领多元社会思潮等。要坚持完善根本制度,完善中国特色社会主义文化制度,从而建设具有强大凝聚力和引领力的社会主义意识形态。

五、新时代新征程社会主义意识形态建设的目标任务和基本内容

　　党的十八大以来,习近平总书记以"极端重要"定位新时代党的意识形态工作,形成了以"巩固马克思主义在意识形态领域的指导地位"和"巩固全党全国人民团结奋斗的共同思想基础"为根本目标的意识形态建设战略格局。新时代新征程社会主义意识形态建设要坚持科学的世界观与方法论,不断完善意识形态工作布局,着眼开辟马克思主义中国化时代化新境界、巩固壮大奋进新时代的主流思想舆论、培养担当民族复兴大任的时代新人、在新的历史起点上建设文化强国、增强国际话语权与提升国家文化软实力等战略任务;着力推动理论创新,发展当代中国马克思主义、21 世纪马克思主义;着力提高党领导意识形态工作的政治能力;着力完善党的意识形态工作制度体系;着力加强党的意识形态阵地建设;着力提升新闻舆论传播力、引导力、影响力、公信力;着力用社会主义核心价值观铸魂育人;着力加强国际传播能力建设。筑牢以中国式现代化全面推动强国建设、民族复兴的精神根基。

　　新时代新征程社会主义意识形态建设的目标任务。巩固马克思主义在意识形态领域的指导地位,巩固全党全国人民团结奋斗的共同思想基础,既是新时代新征程社会主义意识形态建设的根本目标,也是做好意识形态工作、壮大主流思想舆论的客观需要。党的十八大以来,以习近平同志为核心的党中央将"两个巩固"提升到新的战略高度,明确了新时代新征程社会主义意识形态建设的根本目标,提出了一系列重要举措,确定了建设社会主义意识形态的基本任务,为维护国家意识形态安全提供了根本思想指引。

　　完善新时代新征程社会主义意识形态建设的工作格局。新时代以来,习近平总书记确立了"意识形态工作是党的一项极端重要的工作"的新定位,明确意识形态是一个国家生存和发展的灵魂,意识形态工作是为国家立

心、为民族立魂的工作,明确了新时代意识形态工作的价值指向。加强党对意识形态工作的全面领导,强化党管宣传、党管意识形态,掌握意识形态工作的领导权管理权话语权,确保社会主义意识形态建设更加有效。坚持以"大宣传"工作理念塑造主流意识形态有机融入社会的路径体系,拓展共同理想支配现实社会实践活动的广度,进一步凝聚人民群众的思想共识,实现社会主义意识形态建设目的和效果的高度统一。把社会主义意识形态建设提升到国家安全的战略高度,以总体国家安全观的宏阔视野,建构新时代意识形态安全大格局,为总体国家安全筑牢思想防线。要以大团结、大联合为统战工作战略指向,创新意识形态工作载体,这是增强意识形态凝聚力和引领力的重要方式。

新时代新征程社会主义意识形态建设的实践路径。社会主义意识形态建设是一项复杂的系统工程,既包括对主流意识形态的理论创新与宣传教育,也包括同意识形态领域的渗透、颠覆等进行斗争与较量,关涉众多要素、关系和领域。因此,掌握具有科学性、全局性、普遍性意义的工作方法,对于新时代做好意识形态工作具有重要意义。一是要聚焦"必须坚持人民至上、自信自立、守正创新、问题导向、系统观念、胸怀天下"的世界观和方法论,确保社会主义意识形态建设始终立场正确、方向正确、道路正确。二是要把握好新时代新征程社会主义意识形态建设的基本内容,聚焦党的理论创新、党自身政治能力建设、意识形态工作制度建设、阵地建设、新闻舆论工作、青年政治引领工作、网络安全治理工作以及国际传播能力体系建设等方面的内容,走好新时代新征程意识形态建设的必由之路,同时也是实现"为国家立心、为民族立魂"的重要实践路径。

建设具有强大凝聚力和引领力的社会主义意识形态,是新时代坚持和发展中国特色社会主义的一个重要命题,也是宣传思想文化工作必须担负起的战略任务。在以中国式现代化全面推进强国建设、民族复兴的新征程上,我们必须坚持马克思主义在意识形态领域指导地位的根本制度,坚持中国特色社会主义文化发展道路,以社会主义核心价值观为引领,发展社会主义先进文化,弘扬革命文化,传承中华优秀传统文化,不断满足人民日益增长的精神文化需要,不断提升中华文化影响力,增强实现中华民族伟大复兴的精神力量。

目 录
Contents

第一章

中国共产党意识形态建设的历史传统

　　意识形态是历史唯物主义的核心范畴,也是事关中国革命、建设、改革和新时代新征程上事业兴衰成败的重要理论与现实问题。中国共产党诞生于近代中华民族最危急时刻,始终把马克思主义写在自己的旗帜上,高度重视和积极推进意识形态建设,在百余年历史进程中,坚持马克思主义在意识形态领域的根本指导地位,牢牢掌控意识形态领导权。其间虽然也曾经出现一些失误、经历一些曲折,但从根本上来说是积累了丰富经验、取得了重大成就,相继创立了毛泽东思想,邓小平理论,形成了"三个代表"重要思想、科学发展观,创立了习近平新时代中国特色社会主义思想等马克思主义中国化时代化的重大理论成果,丰富了马克思主义的理论宝库,为中国人民创造新民主主义革命、社会主义革命与建设、改革开放和社会主义现代化建设、新时代中国特色社会主义事业的伟大成就指明了方向,提供了精神动力和理论指导。

　　中国共产党百余年历史,分为四个历史时期:从1921年7月中国共产党建立至1949年10月中华人民共和国成立,是新民主主义革命时期;从1949年10月至1978年12月党的十一届三中全会召开,是社会主义革命和建设时期;从1978年12月至2012年11月党的十八大召开,是改革开放和社会主义现代化建设新时期;从 2012 年 11 月至今是中国特色社会主义新时代。中国共产党的意识形态建设工作也相应地划分为这四个时期。

从 20 世纪初马克思主义传入中国开始,伴随着中国人民的革命与建设过程,马克思主义意识形态在中国逐渐形成、确立和发展。这个过程既是马克思主义在中国的传播过程,也是马克思主义基本原理同中国具体实际相结合、同中华优秀传统文化相结合的过程,即马克思主义的中国化过程,又是中国化马克思主义理论的形成、发展过程,同时也是马克思主义获得主导地位并逐渐成为主流意识形态的过程。在党的十八大之前,中国共产党的意识形态建设经历了三个历史阶段,积累了丰富经验,取得了伟大成就。

第一节　以夺取新民主主义革命胜利为中心工作的意识形态建设

新民主主义革命时期的时代主题是革命斗争。在这一时期,党面临的主要任务是,"反对帝国主义、封建主义、官僚资本主义,争取民族独立、人民解放,为实现中华民族伟大复兴创造根本社会条件"[①]。与之相应的意识形态建设工作的重心是推动马克思主义广泛传播,探索中国革命话语建设,宣传党的革命路线方针政策,动员群众,争取意识形态领导权,为夺取革命胜利提供舆论先导和观念基础。新民主主义革命时期是中国共产党逐步确立意识形态领导权的重要阶段。马克思主义传入中国之前,中国的先进知识分子尝试从各种西方思想理论中寻求救国方案,但都未能取得成功。中国共产党在马克思主义的指导下,带领中国人民,经过长期、艰苦、曲折的革命斗争,推翻了半殖民地半封建的旧中国,成立了中华人民共和国,基本完成

[①]　本书编写组:《〈中共中央关于党的百年奋斗重大成就和历史经验的决议〉辅导读本》,人民出版社,2021 年,第 17 页。

了争取民族独立、人民解放的任务,从而为实现国家富强、人民幸福创造了前提。这一时期是中国共产党意识形态建设的重要时期。以毛泽东同志为主要代表的中国共产党人,在带领中国人民进行艰辛的革命探索过程中,十分重视思想理论建设,坚持把马克思主义基本原理同中国革命具体实际相结合、同中华优秀传统文化相结合,创立了毛泽东思想,形成了中国化马克思主义理论,确立了马克思列宁主义、毛泽东思想对全党的指导地位,确立了马克思主义意识形态的领导权,为中国革命的胜利作出了重要贡献。

中国共产党的历史在新民主主义革命时期分为建党之初和大革命时期(1921—1927年)、土地革命时期(1927—1937年)、全面抗日战争时期(1937—1945年)、解放战争时期(1945—1949年)四个历史阶段,中国共产党的意识形态建设相应地也分为这四个历史阶段,每个时期也有相应的历史内容和发展特点。

一、建党之初和大革命时期党的意识形态建设

中国社会经历了漫长的封建社会和近代半封建半殖民地的社会变动,近代以来的仁人志士在寻求救国救民道路的过程中,探索着意识形态领域的真理。先进知识阶层在探索救亡图存道路的过程中,把目光转到西方世界,以期发现拯救国家民族的真理。正如毛泽东所说:"自从一八四〇年鸦片战争失败那时起,先进的中国人,经过千辛万苦,向西方国家寻找真理。洪秀全、康有为、严复和孙中山,代表了在中国共产党出世以前向西方寻找真理的一派人物。那时,求进步的中国人,只要是西方的新道理,什么书也看。"①中国出现了学习西方的热潮,与此同时,各种各样的西方思想通过多种路径传入中国。辛亥革命没能给中国人民带来光明的前途。1917年爆发的俄国十月革命给寻求拯救民族危亡道路的中国知识分子送来了马列主

---

① 《毛泽东选集》(第四卷),人民出版社,1991年,第1469页。

义。毛泽东曾说过："十月革命一声炮响,给我们送来了马克思列宁主义。"①
"中国人找到了马克思主义,是经过俄国人介绍的。在十月革命以前,中国
不但不知道列宁、斯大林,也不知道马克思、恩格斯。"②从此以后,中国的先
进知识分子开始研究、宣传、传播马克思主义和社会主义。李大钊在《新青
年》上陆续发表了《庶民的胜利》《法俄革命之比较观》《我的马克思主义观》
《再论问题与主义》及《布尔什维克的胜利》等宣传马克思主义和社会主义的
文章,主要介绍和论述了俄国十月革命的情况和历史唯物主义的基本原理。
20世纪二三十年代,瞿秋白翻译介绍了马克思、恩格斯、列宁等人的大量著
作,开创性地以教科书体的方式解读马克思主义意识形态理论,并在《社会
科学概论》《社会哲学概论》等书中精准阐述了历史唯物主义与辩证唯物主
义的基本原理,将历史唯物主义与辩证唯物主义相结合,从整体上把握马克
思主义哲学。陈独秀的《社会主义批评》、李达的《马克思还原》等系统地介
绍了唯物史观,促使中国知识分子从唯物史观中寻求解决中国前途和命运
的答案,也推动了马克思主义唯物史观的传播和运用。由此,马克思主义开
始在中国社会快速传播,并成为五四新文化运动之后对中国社会产生重要
影响的思想理论体系。

　　在马克思主义指导下诞生的中国共产党,自成立之日起,就坚定地把马
克思主义写在自己的旗帜上,开展马克思主义的意识形态建设工作,并将自
己的工作重心定位于工人运动。中国共产党第一次全国代表大会通过的
《中国共产党第一个纲领》明确了党的指导思想是马克思主义,党的二大重
申了党的最高纲领并制定了党的最低纲领,首次提出了统一战线思想,中国
共产党第二次全国代表大会确定了中国共产党与中国国民党的两党合作,
中国共产党的历史进入了大革命时期。早在党成立之初的1921年中央就设
置了宣传部门,1924年5月中央正式分设宣传部,主管党的意识形态方面工

---

① 《毛泽东选集》(第四卷),人民出版社,1991年,第1471页。
② 《毛泽东选集》(第四卷),人民出版社,1991年,第1470~1471页。

作,李达、蔡和森、罗章龙、彭述之等先后负责这个时期党的宣传工作。这一时期党的意识形态建设工作主要是研究宣传马克思主义,动员更多的工人、农民、知识分子和各界群众参加工人运动、农民运动。通过发传单、出版报刊、印刷小册子等方式宣传革命主张和马克思主义,各级党组织通过开办工人俱乐部、工人补习学校、农民夜校、劳工组织讲习所等方式唤醒劳苦大众,开展工人运动。1922年春天,全国铁路已有26个主要车站建立了工人夜校、工会等组织。随着国共两党合作和革命运动的发展,党的意识形态工作逐渐向国共合作的革命军队和广大农村农民拓展,并采取符合国情的宣传方式方法。在黄埔军校和国民革命军中,首创政治工作制度,通过建立各级各类组织和举办骨干训练班的方式向学员、士官宣传革命思想。在农村,根据中国农民思想实际,主张农村的"宣传不宜采用'共产革命'的口号","只能用'限租''限田''推翻贪官劣绅''打倒军阀'"[1]等口号,并取得了显著效果。1925年,毛泽东写作了《中国社会各阶级的分析》,分析了当时国内各阶级状况及不同政治态度。毛泽东开始投身农民运动,通过社会调查和实践,总结农民运动的经验和理论,认识到培育农民革命意识,开展农民运动的重要性。

这一时期党的意识形态建设工作还处于初创阶段,主要任务是研究、宣传马克思主义,让更多的工人、知识分子和各界群众了解、接受马克思主义,动员群众参加工人运动、农民运动,站到革命队伍中来。其中最主要贡献是把马克思主义确立为党的指导思想。

二、土地革命时期党的意识形态建设

由于国民党反动派背叛革命,大革命失败了。中国共产党从中汲取了严重历史教训,开始懂得进行土地革命和掌握革命武装的重要性,开始探索

---

[1]　中共中央党史和文献研究院、中央档案馆编:《中国共产党重要文献汇编(第四卷)(一九二四年)》,人民出版社,2022年,第13页。

马克思主义中国化的途径。随着党的工作重心开始由城市转向农村,意识形态建设工作也随之发生变化。意识形态工作的主要内容是:批判和揭露国民党反动派背叛革命;宣传党的路线、方针和政策;重视马克思主义理论教育,强调理论联系实际;批判各种非马克思主义和反马克思主义思潮;加强党的政治建设、思想建设、组织建设;宣传尊重群众利益;清除旧社会遗毒,实现移风易俗,破除封建迷信思想等。意识形态建设工作的主要方式方法是:创办教育系统,设立各种学校和培训班,铸造革命灵魂,如在中央苏区建立了包括义务教育、社会教育和干部教育等在内的完整的教育体系;创办报刊、出版书籍、成立研究会等。毛泽东在第二次全国苏维埃代表大会上的报告中指出,仅中央苏区报纸就有34种,如《红色文化》发行40000份、《斗争》发行27100份、《青年实话》发行28000份等,还成立了马克思主义研究会、社会科学研究会等理论研究团体,翻译出版了《共产党宣言》《国家与革命》《共产主义运动中的"左派"幼稚病》《社会民主党在民主革命中的两种策略》等马列主义著作,编撰出版了比如《共产主义ABC》《阶级斗争》《马克思主义浅说》等马克思主义通俗读本;掀起参与热情空前、形式多样的文艺运动,如红色歌谣、工农剧社和蓝衫社、俱乐部等,通过举办舞蹈、话剧、歌咏等文艺活动进行意识形态宣传教育。此外,还通过遍地的通俗易懂的标语口号,宣传革命主张,动员广大群众。

这一时期,中国共产党意识形态工作主要体现在以下方面:第一,十分重视马克思主义理论教育。在这个时期,中国共产党逐渐建立起了以学校教育、各种培训班、日常学习等比较完善的思想政治理论教育体系,建构了覆盖面广、渗透性强的文化宣传体制与机制,比较系统的马克思主义著作成为意识形态教育的主要内容。强调党性原则,注重党性教育。1931年4月21日,中共中央政治局通过的《中共中央关于苏区宣传鼓动工作的决议》指出:"党报是党的党纲,党的政策的直接的宣传者,是从党的立场来记载一切消息的。"①

　　第二，强调研究中国国情，结合中国现实，批判"左"倾和右倾的思想错误，推动理论与实践相统一。其中成果最多、最符合中国实际的是毛泽东。以毛泽东同志为主要代表的中国共产党人，总结了大革命失败后党领导红军和根据地斗争的经验，同当时党内盛行的把马克思主义教条化的错误倾向作坚决斗争，阐明和坚持理论与实践相结合原则，提出了"没有调查，没有发言权"和"中国革命斗争的胜利要靠中国同志了解中国情况"的重要思想。毛泽东深入福建上杭才溪乡、江西兴国长冈乡实地调查，总结开展教育工作的具体经验，提出了开展苏维埃文化建设的方针。毛泽东写了《中国的红色政权为什么能够存在》《井冈山的斗争》《关于纠正党内的错误思想》《星星之火，可以燎原》《反对本本主义》等重要著作，并提出了农村包围城市、武装夺取政权理论。表现了毛泽东开辟新道路、创造新理论的革命首创精神，也体现了中国共产党对正确理解马克思主义和独立探索本国革命道路的深入思考。

　　第三，加强宣传媒介建设，通过多种多样方式方法系统地传播、传授、宣传、研究马克思主义，为马克思主义中国化发展奠定了基础。农村包围城市、武装夺取政权理论的提出，标志着中国化的马克思主义即毛泽东思想的初步形成。红军长征胜利后，毛泽东、中共中央总结历史经验教训，强调马列主义与中国实际相结合的原则，加强了共产党自身思想理论建设。毛泽东发表《论反对日本帝国主义的策略》《中国革命战争的战略问题》等论著，系统解决了党的政治路线、思想路线等问题，实现了党的政治路线、军事路线和思想路线的拨乱反正，为党带领中国人民满怀信心地去迎接即将到来的全面抗日战争作了思想上、理论上的准备。

　　这一时期党的意识形态建设工作，是马克思主义中国化第一次理论成

---

① 中央档案馆编：《中共中央文件选集》（第七册），中共中央党校出版社，1991年，第212页。

果萌芽和形成的关键时期。以毛泽东同志为主要代表的中国共产党人结合本国国情深入分析理论与实践的关系,对党内的主观主义、教条主义等错误思想进行哲学批判,认识到农民对于中国革命的重要性,重视军队的思想工作,开启了将马克思主义基本原理与中国革命具体实际相结合的道路探索。

三、全面抗战时期党的意识形态建设

1931年日本帝国主义入侵中国,1937年卢沟桥事变标志着全面侵华战争开始,中华民族遭遇到前所未有的生死存亡危机,中国也进入了全面抗战时期。为了推进全民族抗战,中国共产党把联合一切可以联合的力量进行抗日战争作为中心工作,意识形态建设工作的重点是争取民心、凝聚民族意识、动员全民抗战,建立最广泛的抗日民族统一战线,实现中国共产党的革命目标。意识形态建设工作的主要内容是:批判"左"倾关门主义和"一切经过统一战线"的右倾错误思想,凝聚"全民族抗日、民主抗日、团结抗日"的主流意识;总结正反两方面经验,加强思想理论建设,创立成熟的革命理论,确立科学的指导思想;加强马克思主义的理论教育,消除主观主义、教条主义、宗派主义、党八股等各种非马克思主义的不良影响,确立中国化马克思主义的指导地位,实现全党思想理论认识上的高度统一;加强党的宣传教育工作,千方百计地动员群众,扩大党的主流意识的影响,增强中国共产党的向心力、凝聚力。

这个时期中国共产党意识形态工作的主要方式方法是:第一,全党范围内普遍开展学习运动,开展以反对主观主义、反对宗派主义、反对党八股为内容的"整风运动",统一全党思想认识。延安整风运动是一场成功的马克思主义思想教育活动。1941年7月1日,中共中央政治局通过了由王稼祥起草的《中共中央关于增强党性的决定》,明确提出了"党性"的权威阐释:"全党党员和党的各个组成部分都在统一意志、统一行动和统一纪律下面,团结

起来,成为有组织的整体。"①这是中国共产党历史上第一个以增强党性为主
题的中央文件,也是"党性"作为一个独立的政治概念进入中央政治局决议。
该决定强调要在政治上、组织上和思想意识上加强全党的党性教育、党性修
养和党性锻炼,维护党中央权威和集中统一领导。该决定是对建党20年经
验教训的深刻总结,为延安整风运动的顺利开展作了重要的思想准备工作,
在党的建设历史上具有重要意义。1942年4月,毛泽东高度评价了该决定,
强调了坚持党性原则的必要性,并在其后延安整风运动时期撰写了一系列
关于党性理论的重要文章。

第二,继续大规模使用标语、传单、布告、小册子等传统宣传形式,运用
地方性歌谣、戏曲、话剧、图画、说书等大众化的文艺形式,利用周年日纪念
活动、庆功会、誓师会、群众性集会等方式,进行宣传鼓动工作,全方位地向
党员干部、社会群众宣传党的主张和思想理论。1943年,任弼时撰写了《共
产党员应当善于向群众学习》,从中央的层面用三个"为什么"指明党密切联
系人民群众的重要性和方法。

第三,加强新闻媒体建设,创办大量抗日报刊,创办《新华日报》《解放日
报》等党报党刊,建立中央出版局,创立延安新华广播电台等现代媒体,牢牢
把握宣传舆论导向。

第四,大量创办抗日军政大学、陕北公学、马列学院、延安大学等党政军
各类学校,大量创办识字班、讲演班、宣讲班、技术班、文化班等各种形式培
训班,开展党员干部和社会教育运动,进行系统的马克思主义理论教育,培
养党政干部和优秀人才,在全社会争夺意识形态领导权、话语权。

第五,大规模组织翻译出版马克思、恩格斯、列宁、斯大林的经典著作,
大量印刷出版毛泽东等中国共产党领导人的论文和著作,如毛泽东的《实践
论》《矛盾论》《中国革命战争的战略问题》《〈共产党人〉发刊词》《论持久战》

---

① 中共中央文献研究室、中央档案馆编:《建党以来重要文献选编(1921—1949)》(第十八册),
中央文献出版社,2011年,第443页。

《论新阶段》《改造我们的学习》《中国革命和中国共产党》《在延安文艺座谈会上的讲话》《新民主主义论》等,刘少奇的《论共产党员的修养》等,周恩来的《抗战政治工作纲领》等,张闻天的《拥护真三民主义反对假三民主义》等,王稼祥的《关于三民主义与共产主义》等,从而丰富了马克思主义理论文库,为意识形态建设提供了厚实的文献基础。

这一时期党的意识形态工作,是毛泽东思想和马克思主义中国化走向成熟的时期,也是党的意识形态建设工作逐渐系统化的时期。在这个时期,党适应抗日战争新形势新要求,加强意识形态建设,领导中国人民坚决抗战,积极宣传抗战思想,动员全民抗战,最大努力争取民心,促成抗日民族统一战线。更加注重思想建设、政治建设、组织建设,通过延安整风运动等方式,第一次真正实现了党内团结和思想统一,凝聚了中华民族的广泛团结和思想共识。中国共产党更加注重理论建设,推进马克思主义基本原理与中国革命具体实际相结合,提出了"马克思主义中国化"命题,创立了新民主主义革命理论,科学回答了中国"为什么革命、怎样革命"的时代课题,创立并论述了毛泽东思想并把它确立为全党的指导思想,取得了马克思主义中国化的重要理论成果。从此,中国共产党有了强大的思想引领力,从而展现出了卓越的领导力,使党在抗日战争中能够赢得民心、赢得主动,建立起最广泛的抗日民族统一战线,为抗日战争和随后的解放战争的胜利奠定了坚实的思想基础。

四、解放战争时期党的意识形态建设

1945年抗日战争胜利,中国革命发展到了一个历史的转折点,进入全国解放战争时期。这一时期,国共第二次合作彻底破裂,进入国共对垒阶段,中国共产党已发展成为具有全国影响力的大党,党的意识形态建设一方面尽力争取和平,另一方面做好武装斗争准备。意识形态工作重心进入了批判揭露国民党反动派"假和平真内战"、动员全国人民投入革命斗争、为新中国成立制造舆论的重要阶段。1945年4月,党的六届七中全会通过的《关于若干历史问题的决议》,科学梳理和总结了建党以来的若干重大历史问题,使全党对中国民主革命基本问题的认识达到了与马列主义、毛泽东思想基础上的高度一致。1945年4月至6月召开的中国共产党第七次全国代表大会,制定了"放手发动群众,壮大人民力量,在中国共产党的领导下,打败日本侵略者,解放全国人民,建立一个新民主主义的中国"的政治路线及其实现纲领和策略;第一次明确地将以毛泽东同志为主要代表的中国共产党人把马克思列宁主义基本原理同中国具体实际相结合所创造的理论成果,正式命名为毛泽东思想,把毛泽东思想规定为党的一切工作的指针,并庄严地写入党章,以党内法规的形式确立了毛泽东思想在全党的指导地位。毛泽东思想的形成及党内指导地位的确立使全党在思想领域达到了空前团结和统一,极大推动了马克思主义中国化的历史进程。党的意识形态工作开创了马克思主义全面指导地位制度化建设的新篇章。

解放战争时期,通过革命和斗争夺取政权是党的中心任务,同时始终贯穿意识形态工作的各方面全过程。党中央强调必须牢牢掌握无产阶级领导的,人民大众的,反对帝国主义、封建主义和官僚资本主义的新民主主义革命的总路线、总政策。意识形态工作的中心是必须把政治建设放在突出地位,要求全党全军在政治上思想上行动上和党中央保持高度一致。毛泽东先后起草《关于建立报告制度》《关于建立报告制度的补充指示》《一九四八年的土地改革工作和整党工作》等指示和文件,强调加强组织性纪律性建设,维护党的集中统一领导。党在解放区组织开展了历史上首次大规模的基层组织整改运动,以"三查"(在地方上是指查阶级、查思想、查作风,在部队中是指查阶级、查工作、查斗志)和"三整"(整顿组织、整顿思想、整顿作风)为主要形式,以"打通思想、整顿组织、纪律制裁"为主要方法,进行整党整军运动,净化了党员队伍,改进了党的作风,增强了党的战斗力,从而进一步提高和统一了全党的思想认识,为夺取解放战争乃至新民主主义革命的最终胜利奠定坚实的政治基础、思想基础和组织基础。

在新民主主义革命时期,中国共产党经过28年的艰苦卓绝斗争,推翻了压在中国人民身上的三座大山,取得了新民主主义革命的伟大胜利,意识形态工作取得了辉煌成绩,马克思主义成为中国共产党和中国社会的重要和主导意识形态。自从马克思主义被中国共产党人接受以后,就开始与中国革命实践相结合,在这一科学理论的指引下,中国人民掀起了声势浩大的以学生运动和工人运动为主体的爱国运动,并奠定了中国共产党成立的阶级基础。中国共产党成立伊始就把马克思列宁主义确定为理论基础和指导思想。1927年左右,尤其是大革命失败后,党的工作重心开始由城市转向农村,由工人运动转向武装斗争。在井冈山斗争时期,毛泽东写了《井冈山的斗争》《星星之火,可以燎原》等文章,提出了"工农武装割据"的思想,为走"农村包围城市、武装夺取政权"的革命道路奠定了坚实的思想理论基础。在延安时期,毛泽东等中国共产党人相继撰写了《实践论》《矛盾论》等重要著作,把马克思主义普遍真理与中国具体实际相结合。毛泽东在一系列论著中从不同方面阐述和提出了中国化马克思主义的重要思想,如在《新民主主义论》中提出了要把新民主主义文化变成民族的、大众的、科学的文化的思想,确立了文化与文艺要服务于劳动大众这一指导思想;在《在延安文艺座谈会上的讲话》中阐述了马克思主义在思想文化领域的指导地位,强调了文学艺术所具有的意识形态功能及其发挥作用形式与方式。在抗日战争时期,中国共产党始终贯彻执行全民族抗战的方针,获得了民众的认同与拥护。毛泽东的《论持久战》等论著,起到了理论指导和思想引领的作用。

在解放战争时期,毛泽东等中国共产党人在进行革命战争中,继续理论创新工作,提出了一系列思想观点,丰富了毛泽东思想。马克思主义、毛泽东思想在"解放区"占据了主导地位,在"国统区"获得了一定的社会认同,赢得了广大青年学生、知识分子和劳动人民的拥护,实际上已经在一定程度上成为中国社会的主流社会思潮,并为中国革命的胜利奠定了理论基础。马克思主义和毛泽东思想在新民主主义革命时期逐渐具有了较大的社会影响力,从而促进了中国革命的胜利,完成了开天辟地的救国大业,开辟了中国历史的新纪元。在新民主主义革命时期,中国共产党对于马克思主义理论与中国国情的认识、对于自身党性的认识、对于革命力量的认识、对于革命理论与革命实践关系的认识都得到了深化。党始终重视党群关系,强调政治教育与理论引导的重要性,促进了意识形态与社会实践的相互作用,把马克思主义普遍真理与中国具体实际相结合,产生了马克思主义中国化的第一个重大理论成果——毛泽东思想。

第二节　以完成社会主义革命和推进社会主义建设为中心的意识形态建设

中国共产党带领中国人民经过28年的浴血奋斗,取得了新民主主义革命的胜利,标志着半殖民地半封建社会的结束和新民主主义社会在全国范围内的建立,实现中华民族伟大复兴的第一项历史任务——求得民族独立和人民解放基本完成。新中国的成立开启了实现中华民族伟大复兴的第二项历史任务——实现国家繁荣富强和人民富裕幸福,中华民族伟大复兴进入了历史新纪元——社会主义革命和建设时期。这个时期,党面临的主要任务是,“实现从新民主主义到社会主义的转变,进行社会主义革命,推进社会主义建设,为实现中华民族伟大复兴奠定根本政治前提和制度基础”①。与之相应的意识形态工作的主题从新民主主义革命转向社会主义革命和建设,主要任务是扫除影响社会主义意识形态确立的思想障碍,确立和巩固社会主义意识形态的指导地位。从新中国成立到党的十一届三中全会,党的

---

① 本书编写组:《〈中共中央关于党的百年奋斗重大成就和历史经验的决议〉辅导读本》,人民出版社,2021年,第22页。

意识形态建设工作围绕着党和国家的中心工作与发展大局,大致以1956年为界分为社会主义革命(1949—1956年)和社会主义建设(1957—1978年)两个阶段。第一阶段从新中国成立到社会主义改造的完成,肃清封建的、买办的和法西斯主义等思想,确立社会主义意识形态的主导地位,在国家根本制度上确立和巩固马克思主义的指导地位。第二阶段从社会主义改造完成到粉碎"四人帮",是党的意识形态建设工作的曲折发展期。总体来看,这一时期经历了持续不断的理论和实践探索,虽然经历了曲折,但也整合了思想,确立了马克思主义在意识形态领域的一元化指导地位,积累了经验,取得了重要成就。

一、社会主义革命时期中国共产党的意识形态建设

新中国的成立,标志着新民主主义革命阶段的基本结束和社会主义革命阶段的开始,即进入由新民主主义到社会主义的过渡时期。新民主主义社会不是一个独立的社会形态,而是由新民主主义向社会主义转变的过渡性社会形态。建设一个什么样的新中国? 如何改造旧社会,建设新社会? 这是摆在中国共产党面前必须回答的崭新课题。新中国的成立,中国共产党的地位发生了根本性变化——在全国获得了执政地位。无产阶级政党在取得革命胜利后,不仅要通过制度巩固政治上的执政地位,还必须确立意识形态领域的指导地位。1949年,在第一届中国人民政治协商会议通过的具有临时宪法性质的《共同纲领》中确定了我国的国家性质,即"中华人民共和国为新民主主义即人民民主主义的国家,……为中国的独立、民主、和平、统一和富强而奋斗"①。由此可见,新中国是以社会主义为发展目标,以广大人民群众的和平幸福为价值取向,党的意识形态工作重心是为国家政权稳固营造舆论氛围,是要建立以马克思主义和毛泽东思想作为主导地位的社会

① 中共中央文献研究室编:《建国以来重要文献选编》(第一册),中央文献出版社,1992年,第2页。

主义意识形态。这是这一时期意识形态建设工作的重心。

从1949年至1956年,这是马克思主义意识形态在思想文化领域全面确立主导地位的阶段,也是意识形态从"混合多元"到"指导思想一元"发展的阶段。1949年以前,中国社会的思想文化领域处于混合多元共存的状态:除了马克思主义意识形态之外,还存在着封建主义思想、殖民主义思想、资本主义思想、买办资产阶级思想、小资产阶级思想、三民主义思想,以及从国外传入的各种"主义"等,都在中国社会存在着并产生着社会影响。新中国成立后,中国共产党首先面对的就是结束这种思想"混合多元"状态。社会主义制度的建立在当时面临着国际国内反动势力的打压,国民经济的艰难恢复及各种旧社会思想文化的沉渣泛起。《共同纲领》规定,新中国成立初期意识形态领域主要任务是,提高人民文化水平,培养国家建设人才,肃清封建的、买办的、法西斯主义的思想,发展为人民服务的思想,就是要确立马克思主义的主导地位,使马克思主义成为我国的主流意识形态,并着力开展意识形态制度建设工作。

为此,中国共产党在全国范围内加大马克思主义教育宣传力度,展开了宣传、普及、研究马克思主义,以及批判非马克思主义意识形态的工作,在全体党员、知识分子中广泛开展学习马列主义毛泽东思想的运动。主要表现为:第一,建立党校系统,负责不同级别干部的理论学习。1949年10月,中央成立马列学院,刘少奇任院长。地方纷纷效仿建立党校。刘少奇指出:"用马列主义的思想原则在全国范围内和全体规模上教育人民,是我们党的一项最基本的政治任务。我们要向社会主义、共产主义前进,首先就要在思想上打底子,用马列主义的立场、观点、方法来教育自己和全国的人民。这就是今天在新形势、新条件下,党的宣传工作的任务。"[1]第二,在全国高校系统开设马克思主义教育课程。第三,在各级党委设立宣传部,各地开办地方党

---

① 《刘少奇选集》(下卷),人民出版社,1985年,第82页。

报。第四，党中央组织出版马克思主义理论学术著作，加强理论学习研究宣传。1951年初，中央先后发出《关于健全各级党委宣传机构和加强党的宣传教育工作的指示》《关于加强理论教育的决定》，要求领导和推广马克思列宁主义、毛泽东思想的宣传，领导和推广对于反马克思主义思想的批判。为此，党中央组织翻译出版了马克思主义经典著作，大量出版发行马克思主义的学术理论著作，再次刊印《实践论》《矛盾论》等著作，编辑出版了《毛泽东选集》第一、第二、第三卷等。第五，在思想文化领域开展了肃清反动思想的斗争。抗美援朝战争爆发后，组织全国人民反对帝国主义，大力弘扬爱国主义和抗美援朝精神，焕发了国人投入社会主义革命的豪情壮志。通过"三反""五反"等肃反运动对知识分子等阶层人士进行思想改造运动。毛泽东指出："对知识分子，要办各种训练班，办军政大学、革命大学，要使用他们，同时对他们进行教育和改造。"[①]明确提出要清理历史文化，坚决消除封建残余与帝国主义思想；处理了一些受国外资助的文化教育机构和宗教团体；开展教育改革，变革以往的教育内容和陈旧观念，发展科学教育；加强思想政治教育，强调对旧知识分子的思想改造，肃清了封建主义与资产阶级思想，克服了党执政后部分党员干部滋生的错误思想，马克思主义获得了广大人民群众的广泛认同，成为主流意识形态。在这个过程中，中国共产党领导人总结了社会主义改造和社会主义建设经验，创作、发表了一系列马克思主义观点的论著，如毛泽东的《论十大关系》等重要论著，丰富和发展了毛泽东思想，进一步确立了马列主义、毛泽东思想的稳固领导地位。通过这些一系列意识形态领域的工作，到1956年底，我国成功完成了社会主义改造而进入社会主义社会，我国思想文化领域里的"混合多元"共存状态得以彻底改变，马克思主义、毛泽东思想成为我国的主流意识形态。马克思主义这一主流意识形态作为国家意识形态的领导地位得以确立。

---

① 《毛泽东文集》（第六卷），人民出版社，1999年，第74页。

　　中国共产党之所以在新中国成立后的较短时间内就确立了主导意识形态,使马克思主义成为社会的主流意识形态,其原因是多方面的。第一,中国共产党最能体现最广大人民群众的根本利益和要求,始终坚持全心全意为人民服务的宗旨,并带领中国劳动人民推翻了"三座大山",取得了新民主主义革命的伟大胜利,成立了新中国。人民群众真正当家作主,成为国家的主人,农民拥有了自己的土地,工人阶级获得了领导权。由此,中国共产党获得了全国人民的拥护,成为中国社会主义革命和建设的领导核心,这个政党的指导思想——马列主义、毛泽东思想,自然而然地就获得了民众认可,逐渐由主导地位成为主流意识形态。

　　第二,中国共产党在新中国成立初期就表现了高超的执政水平,获得了较好的执政成绩。在中国共产党的带领下,中国经济与政治局面逐渐好转,第一个五年规划提早完成并取得丰硕成果。抗美援朝的胜利,奠定了中国在国际社会上的地位。这提高了中国共产党在民众心中的威信,推动了主流意识形态在新中国的全面传播与发展。

　　第三,中国共产党在新民主主义革命时期的壮举奠定了执政的合法性基础。在新民主主义革命时期,众多革命先驱抛头颅洒热血的先进事迹、党员干部的榜样影响、政权机构的奉公执法,让中国共产党在人民心目中留下了好印象,获得了人民群众的广泛拥护。鸦片战争之后,中国逐渐成为半殖民地半封建社会,在多次对外战争中屡遭失败,面临着亡国灭种的危机,社会民众的自尊被严重践踏。数次的内部战争致使民众生活艰难,都盼望着能够尽快摆脱这一局面,获得革命的胜利与人民的解放。中国共产党带领广大人民群众勇于奋斗、顽强拼搏,不断对抗侵略势力,救人民于水火之中,把一个颓废的旧中国变成蒸蒸日上的新中国。两种社会局面的比较,使得社会主义意识形态在全社会赢得了厚实的合法性基础,获得了主导地位并成为整个社会的主流意识形态。

二、社会主义建设时期党的意识形态建设

1956年底,党和国家基本完成了对农业、手工业和资本主义工商业的社会主义改造,社会主义的经济基础已经确立,我国社会经济结构发生了根本性变化,标志着社会主义基本制度的确立。在意识形态建设方面,从1957—1978年,中国共产党的意识形态建设既经历了重大挫折,也取得了一定的成效。1957—1965年,这一时期党的意识形态工作在曲折中前进。社会主义公有制的建立,为社会主义意识形态发展奠定了坚实的经济基础,党的意识形态建设工作积累了一定的经验,党的第八次全国代表大会提出的一系列正确思想,都为进一步提高全党的马克思主义思想理论水平,适应社会主义建设奠定了思想理论基础。这十年间,以毛泽东同志为主要代表的中国共产党人对如何建设和巩固社会主义意识形态进行了探索,主要体现在《关于正确处理人民内部矛盾的问题》、党的八大政治报告等文献中。

1956年,社会主义基本制度的全面确立,标志着中国进入开始全面建设社会主义阶段。怎样建设社会主义,怎样巩固和发展社会主义,并没有现成的答案可循,必须在实践中进行艰苦探索。1957年前后,国际国内形势出现了一些复杂的变化。1956年,国际共产主义运动遭受挫折,苏共二十大、波匈事件对中国社会局势产生了不良影响,致使中国社会与政治氛围较为紧张。在这种情况下,中国共产党人开始探索马克思主义基本原理与中国具体实际的第二次结合问题,在探索走适合中国国情的社会主义建设道路。党的八大正确分析了社会主义改造完成后中国社会的主要矛盾和主要任务,对国内主要矛盾作出了正确判断,把工作主要任务转向发展生产、逐步满足人民日益增长的物质文化需要上来。毛泽东的《关于正确处理人民内部矛盾的问题》创造性地阐述了社会主义社会矛盾学说,是对科学社会主义理论的重要发展,对中国社会主义事业具有长远的指导意义。1957年开始在全党开展了整风运动和反右派斗争,各级党组织纷纷召开座谈会和小组

会,听取党内外群众的意见,迅速在全社会形成一个"大鸣、大放、大辩论、大字报"的高潮,结果导致了反右派斗争扩大化。从客观上来讲,是由于中国共产党对社会主义经济建设规律的认识不足;从主观上来看,是由于中国共产党内的领导同志急于改变中国落后面貌而产生了急功近利的思想,并在实践中不恰当地开展了人民公社运动等,这给国家和人民带来了巨大损失。党的八届三中全会开始改变了党的八大对社会主要矛盾的正确判断,强调阶级斗争仍是社会主要矛盾,到党的八届十中全会上把社会主义社会中一定范围内存在的阶级斗争扩大化和绝对化,后来更发展成为"以阶级斗争为纲"的指导思想。在思想文化领域,对一些文艺作品、学术观点和文艺界学术界的一些代表人物进行了错误的政治批判,在对待知识分子问题、教育科学文化问题上发生了愈来愈严重的"左"的偏差,并且在后来发展成为"文化大革命"的导火线。在意识形态领域,过度强调意识形态的能动作用,把许多人民内部矛盾当成了阶级矛盾、阶级斗争。思想文化领域的"不断革命论"脱离了社会经济基础的发展状况。从1957年整风运动开始,阶级斗争逐步扩大化,极左思想开始抬头,教条化、空想化、狂热化开始成为思想文化领域的主调,个人崇拜在社会上有了市场,思想文化领域的"百花齐放,百家争鸣"难以呈现。党的指导思想偏离了马克思列宁主义、毛泽东思想的正确轨道,马克思主义指导地位制度化进程严重受阻。这种状况导致了"文化大革命"爆发。

1966—1976年,这一时期党的意识形态工作出现严重失误、出现了重大挫折。"文革"把"左"倾思想发展到顶峰,把意识形态工作重心定位于坚持"以阶级斗争为纲",造成中国的经济、政治、文化建设及各项工作陷入瘫痪和半瘫痪状态,严重破坏、干扰和影响了人民的生产生活。"意识形态的内容与形式日趋僵化,中国社会主义意识形态的内容被简化成了'阶级斗争'、继续革命、'一大二公'、平均主义等几个教条,大量采用政治手段来处理文化思想领域的争议,动辄开展群众斗争和大批判,严重压抑了中国社会主义意识形态的发展。"①以"排他性"反对"包容性",意识形态领域乱象丛生。伴随着领袖崇拜论的出现与蔓延,领袖被神化、被一些人当成绝对权威,社会上出现了造神活动,一切和领导者、名人语录、国家方针不相同的理论都没有存在的合法性,意识形态不断地朝着神秘化、经典化与绝对化的趋势发展,致使众多合理理论被社会抛弃。"作为当代中国主流意识形态核心的马克思主义,被肢解为进行政治斗争的武器碎片。"②把"斗争""革命"等绝对化,致使意识形态脱离了社会存在的现实状况,造成社会局势动荡,主流意识形态既没有起到推动社会主义政治建设、经济建设发展的作用,也因为其教条主义和极左僵化倾向而没有起到推动社会主义文化建设和意识形态建设发展的作用。党的九大、十大通过的《中国共产党章程》严重背离党的八大的正确纲领,马克思主义指导地位的制度化建设成效不佳。因此,"文革"时期提出的"无产阶级专政下继续革命"理论,严重违背了毛泽东同志倡导的实事求是思想,它不符合中国实际,它不是从社会现实出发,而是从思想观念出发,显然,它也不是马克思主义中国化的成果。因而它不论是理论上还是实践上都给党和国家造成了重大损失,使意识形态建设遭受了巨大挫折和破坏。从意识形态建设的角度看"文革"的历史教训:要科学对待马列主义,准确把握中国基本国情;正确认识社会主义社会的主要矛盾和党的主要任务,坚持解放和发展生产力;改革和完善党和国家的领导制度,反对个人崇拜;加强社会主义法制;加强执政党建设。③

　　这一时期,中国共产党的社会主义建设事业和意识形态工作虽然偏离了正确轨道,经历了曲折,走了弯路,但历史发展的主题和主线仍然是在马克思主义、毛泽东思想指导下探索具有中国特点的社会主义革命和建设道

---

① 牛涛:《百年中国社会主义意识形态发展历程》,《学术交流》,2011年第12期。
② 林尚立:《当代中国政治形态研究》,天津人民出版社,2001年,第263页。
③ 中共中央党史研究室:《中国共产党的九十年》(第二册),中共党史出版社、党建读物出版社,2016年,第633~635页。

路并取得了巨大成就,在实现中华民族伟大复兴征程上完成了改天换地的兴国大业。总体来看,这一时期意识形态领域的主要成就体现在:明确提出了社会主义建设的基本方针和主要任务;正确分析了社会主义社会的基本矛盾和主要矛盾;提出了"百花齐放,百家争鸣"的文化方针;提出要将思想政治教育工作制度化;注重新闻舆论宣传工作等。在意识形态领域,马克思主义和毛泽东思想深入人心,马克思主义理论教育广泛开展,构筑起中国共产党人的精神谱系,其包括"两弹一星"精神、雷锋精神、焦裕禄精神、大庆精神(铁人精神)、红旗渠精神、北大荒精神、塞罕坝精神、"两路"精神、西迁精神、王杰精神等,集中反映了当时的社会道德和精神风貌。文艺工作也取得了重要成就,戏剧、电影、音乐、舞蹈、小说、散文和诗歌等都涌现出大批优秀作品。在马克思主义理论建设方面,以毛泽东同志为主要代表的中国共产党人在探索适合中国道路的过程中,逐步形成或进一步完善了具有中国特点的社会主义根本制度。在此基础上,毛泽东等领导人作出了一系列重要的理论创造,如提出马克思主义与中国实际"第二次结合"、社会主义社会矛盾、调动一切积极因素建设社会主义、社会主义社会发展阶段、中国现代化道路、社会主义建设重要原则、思想政治工作是经济工作和其他一切工作的生命线、独立自主和自力更生、培养无产阶级革命事业的接班人等重要思想理论。这些思想理论是对在一个社会生产力水平十分落后的东方农业大国建设社会主义的经验总结,也是在系统地探索和回答着在这样的中国建设什么样的社会主义、怎样建设社会主义的重大理论创造,为马克思主义理论宝库增添了新的财富。这些创造性思想成果,为党继续进行探索并系统形成中国特色社会主义理论体系提供了重要基础。

第三节 以进行改革开放和社会主义现代化建设 为中心工作的意识形态建设

1978年12月召开的中国共产党十一届三中全会,冲破了长期"左"的错误的严重束缚,作出了把工作重点转移到社会主义现代化建设上来和实行改革开放的战略决策。这个时期,党面临的主要任务是,"继续探索中国建设社会主义的正确道路,解放和发展社会生产力,使人民摆脱贫困、尽快富裕起来,为实现中华民族伟大复兴提供充满新的活力的体制保证和快速发展的物质条件"①。与之相应的意识形态建设工作的主题从社会主义革命和建设转向改革和现代化建设,从内在要求转向中国与世界的关系,坚持马克思主义的一元化指导地位,同时顺应时代要求,强调解放思想,实事求是。中国共产党带领人民经过30多年的努力奋斗,创造了改革开放和社会主义现代化建设的伟大成就,在新时期奋力推进了翻天覆地的富国大业。中国共产党重新确立了马克思主义的思想路线、政治路线、组织路线,揭开了改革开放的序幕,标志着中国进入了改革开放和社会主义现代化建设的历史新时期。

在改革开放和社会主义现代化建设新时期,意识形态领域的斗争错综复杂。一方面,党需要纠正"文革"期间的思想错误,拨乱反正,打破思想僵化,重新确立解放思想、实事求是的思想路线,凝聚民心,推进改革开放。另一方面,社会主义市场经济确立后,要警惕西方的意识形态渗透,反对资产阶级自由化思想,还要吸取苏联解体的教训,反对历史虚无主义,牢牢掌握意识形态的领导权。党在意识形态建设方面,重新确立了马克思主义的指

---

① 本书编写组:《〈中共中央关于党的百年奋斗重大成就和历史经验的决议〉辅导读本》,人民出版社,2021年,第28页。

导地位,创立了邓小平理论,形成了"三个代表"重要思想和科学发展观,真正推进了马克思主义基本原理与中国具体实践的"第二次结合",实现了马克思主义中国化新的历史性飞跃,形成了中国特色社会主义理论体系。

这一时期,党的意识形态建设工作可以分为三个阶段:1978—1992年,这是中国共产党拨乱反正、全面清理"文革"意识形态错误并产生和发展了邓小平理论的阶段;1992—2002年,这是中国共产党在积极应对国内外各种挑战的进程中实现社会主义意识形态的创新性发展并形成"三个代表"重要思想的阶段;2002—2012年,这是中国共产党在改革创新进程中实现了社会主义意识形态的系统性确立和创新性发展并形成科学发展观的阶段。这一时期,意识形态工作的总体要求是服务改革开放和现代化建设的大局,以意识形态服务经济基础,解放思想,反左防右,以一元指导思想引领多样化社会思想,推进中国特色社会主义精神文明建设、建设中国特色社会主义文化和社会主义核心价值体系等。

一、中国特色社会主义开创时期中国共产党的意识形态建设

1978—1992年,中国社会历史开始了历史性的伟大转折,经历了拨乱反正、改革开放起步和全面展开、改革开放和现代化建设深入推进、中国特色社会主义事业继续推进等发展过程。以邓小平同志为主要代表的中国共产党人,顺应历史潮流和民心指向,"团结带领全党全国各族人民,深刻总结新中国成立以来正反两方面经验,围绕什么是社会主义、怎样建设社会主义这一根本问题,借鉴世界社会主义历史经验,创立了邓小平理论"[①],成功开创了中国特色社会主义,实现了伟大的历史性变革。

党的十一届三中全会确立了正确的路线方针政策,确定了工作重点的战略转移,明确了意识形态工作的根本任务是为改革开放和社会主义现代

① 本书编写组:《〈中共中央关于党的百年奋斗重大成就和历史经验的决议〉辅导读本》,人民出版社,2021年,第28页。

化建设服务。1979年，全国宣传部长座谈会提出国家工作重点转移后宣传工作的根本任务是，"把马列主义、毛泽东思想的普遍真理同实现四个现代化的伟大实践密切结合起来，研究新问题，解决新问题，尽可能地使我们的思想理论工作走在实际工作的前头，把毛泽东思想推向前进，加速社会主义现代化建设的进程"①。在意识形态领域拨乱反正，1978年5月，《光明日报》发表了特约评论员文章《实践是检验真理的唯一标准》，开启了"真理标准问题大讨论"的序幕。这场思想解放运动否定了"两个凡是"的错误观点，彻底抛弃了"以阶级斗争为纲"和"无产阶级专政下继续革命的理论"，重新确立党的实事求是的思想路线。党的十一届六中全会科学评价了毛泽东和毛泽东思想的历史地位，对一些重大历史问题作出了科学论断，强调必须坚持"四项基本原则"。党的十二大再度确认，中国共产党以马克思列宁主义、毛泽东思想作为自己的行动指南。党的十三大将"四项基本原则"作为重要内容写入党在社会主义初级阶段的基本路线，第五届全国人大五次会议修改通过的《中华人民共和国宪法》也对此作明确规定。这一时期，中国共产党通过批判教条主义与"左"倾思想路线，成功实现了意识形态领域的拨乱反正，社会主义意识形态建设逐渐步入正常轨道。同时，伴随着改革开放的深入推进，人们的观念和思想文化领域也发生了重大变化，社会上出现了一股否定党的领导、反对马克思主义、怀疑社会主义制度、崇尚西方资本主义和资产阶级等错误思潮，到20世纪80年代中后期，发展为资产阶级自由化思潮，最终出现了政治动乱。针对这种状况，中国共产党开展了反对资产阶级自由化的斗争，明确指出在改革开放和实现现代化过程中始终存在着走社会主义道路和走资本主义道路的思想斗争问题，进一步强调必须坚持社会主义道路、坚持人民民主专政、坚持中国共产党领导、坚持马克思列宁主义、毛泽东思想，坚决抵制和反对资产阶级自由化。这个时期，中国共产党坚持

---

① 《伟大的转变和宣传工作的根本任务》，《人民日报》，1979年1月16日。

马列主义、毛泽东思想在意识形态领域的主导地位,确立了把服务于经济建设作为意识形态工作的中心地位和功能,为意识形态建设指明了方向。

这一时期,以邓小平同志为主要代表的中国共产党领导人面对复杂的国际国内形势,坚持把马克思主义基本原理同中国改革开放和现代化建设的具体实际相结合,围绕着"什么是社会主义、怎样建设社会主义"这个基本的理论问题和实践问题进行深层次思考,提出了走中国特色社会主义道路的战略决策,形成了一系列重要论断和创新思想,这就是以解放思想实事求是思想路线、社会主义初级阶段理论、党在社会主义初级阶段的基本路线、社会主义根本任务理论、"三步走"基本实现现代化的战略、改革开放理论、社会主义市场经济理论、"两手抓,两手都要硬"、"一国两制"、中国问题的关键在于党等为主要内容的邓小平理论。这一理论,立足和平与发展时代主题、建基于改革开放和现代化建设的实践,深刻总结了社会主义建设的经验教训,是马克思主义基本原理与当代中国实际和时代特征相结合的产物,是马克思主义、毛泽东思想的继承和发展,是全党全国人民集体智慧的结晶。邓小平作为改革开放的总设计师,是邓小平理论的主要创立者和历史性重大贡献者。中国共产党第十五次全国代表大会明确把邓小平理论与马列主义、毛泽东思想一并当作党的指导纲领写入党章,从而成为党的基本指导思想。邓小平理论开创了马克思主义中国化时代化新境界,指引着中国特色社会主义事业不断前进。

二、中国特色社会主义事业跨世纪发展时期中国共产党的意识形态建设

1992—2002年,中国特色社会主义事业开始了跨世纪发展,经历了改革开放新的历史性突破、进一步推进改革开放和现代化建设、改革开放和现代化建设的跨世纪发展过程。以江泽民同志为主要代表的中国共产党人,"团结带领全党全国各族人民,坚持党的基本理论、基本路线,加深了对什么是

社会主义、怎样建设社会主义和建设什么样的党、怎样建设党的认识"[1]，接续改革开放和现代化建设新航程，在探索和推进中国特色社会主义实践中，形成了中国特色社会主义理论体系的新成果——"三个代表"重要思想，全面推进社会主义现代化建设，开创了中国特色社会主义事业新局面，党的意识形态建设取得了新的伟大成就。

20世纪90年代，随着我国社会主义市场经济体制的确立，中国特色社会主义道路愈加明晰，社会主义市场经济观念深入人心，人民群众更加清晰地认识到，市场只是配置资源的一种手段，不是社会主义和资本主义的本质区别，资本主义有市场，社会主义也需要市场。而市场经济在一定程度上弱化了民众的政治意识和思想意识，开始将目光放在了经济与生活方面，比较看重个体实际效益与普通生活。在这一时期，随着东欧剧变、苏联解体，原来的社会主义阵营纷纷改旗易帜，社会主义意识形态遭遇空前危机。而随着改革开放的深入发展，西方资产阶级革命思想侵入社会，使一部分人迷信于、迷恋于西方社会形态、西方价值观，出现了享乐主义、拜金主义、自由主义、利己主义等错误思想观念，也在一定程度侵蚀了社会主义意识形态肌体。市场经济致使权益日益多样化，社会贫富差距也不断加大，这也导致个体意识觉醒，思想领域出现了多样性、繁杂性与未知性的境况，增加了社会整合的难度。绝对化、单一化的意识形态不再能够满足人们的需求，思想层面出现了较大的变动。知识阶层与精英文化地位逐渐被削弱，不再占据主要位置。在市场经济条件下和国外社会思潮的影响下，大众文化因其内容多样、格局新颖、娱乐性强而被民众接受，文化开始呈现出趋利性、娱乐性的特征。

针对意识形态领域的新情况新问题新挑战，党中央强调在注重物质文明建设的同时，更加强调精神文明建设，"抓好思想政治工作，是我们办好一

---

① 本书编写组:《〈中共中央关于党的百年奋斗重大成就和历史经验的决议〉辅导读本》，人民出版社，2021年，第29页。

切事情的保障,物质文明建设和精神文明建设必须一起抓"①,大力加强社会主义意识形态建设。1994年1月,江泽民在全国宣传思想工作会议上明确提出意识形态工作必须坚持"以科学的理论武装人,以正确的舆论引导人,以高尚的精神塑造人,以优秀的作品鼓舞人,不断培养和造就一代又一代有理想、有道德、有文化、有纪律的社会主义新人,在建设有中国特色社会主义的伟大事业中发挥有力的思想保证和舆论支持作用"②。为党的意识形态建设工作指明了前进方向,这一时期党的意识形态工作获得了创新发展。

这一时期,以江泽民同志为主要代表的中国共产党领导人,面对改革开放以来复杂的国际国内新形势,坚持把马克思主义基本原理同新时期中国改革开放和社会主义现代化建设的具体实际相结合,形成了"三个代表"重要思想。这一重要思想的核心观点是:中国共产党必须始终"代表中国先进生产力的发展要求,代表中国先进文化的前进方向,代表中国最广大人民的根本利益"③。其主要内容是:发展是党执政兴国的第一要务、建立社会主义市场经济体制、全面建设小康社会、建设社会主义政治文明、推进党的建设新的伟大工程。"三个代表"重要思想是一个完整的科学体系,以中国共产党代表先进生产力发展要求和先进文化前进方向为最终目的,代表最广大人民群众的根本利益,就是全心全意为人民服务,坚持马克思主义的无产阶级立场,即为广大人民群众服务。这一重要思想着眼于对冷战结束后国际局势的科学分析、建基于对党的历史方位和历史经验的科学研判与总结、立足新时期中国特色社会主义建设事业的伟大实践,是对马克思主义、毛泽东思想和邓小平理论的丰富和发展,是中国特色社会主义理论体系的重要组成部分,是加强和改进党的建设、推进我国社会主义自我完善和发展的强大理

---

① 中共中央政策研究室编:《江泽民论社会主义精神文明建设》,中央文献出版社,1999年,第114页。

② 中共中央文献研究室编:《江泽民思想年编(一九八九—二〇〇八)》中央文献出版社,2010年,第146页。

③ 《江泽民文选》(第三卷),人民出版社,2006年,第280页。

论武器。2002年,中国共产党第十六次全国代表大会明确把"三个代表"重要思想作为党的指导纲领写入党章,从而成为党和国家必须长期坚持的指导思想。

三、在新的历史起点上推进中国特色社会主义时期中国共产党的意识形态建设

2002—2012年,中国特色社会主义事业站在了新的历史起点上。以胡锦涛同志为主要代表的中国共产党人,紧紧抓住我国发展的重要战略机遇期,带领全国人民战胜一系列重大挑战,确定了全面建设小康社会的战略目标,不断推动经济社会科学发展,形成了科学发展观,把中国特色社会的主义推进到一个新的发展阶段。

这一时期,伴随着改革开放的深入推进和全球化进程的快速发展,中国的社会转型速度加快,群体性事件时有发生,社会矛盾冲突增多,多元文化、多元价值观的碰撞愈发激烈,广大人民群众对于精神文化的需求不断增强,提出了更高的新要求。为了应对社会思想文化领域出现的挑战和亟待解决的矛盾,胡锦涛强调:"加强和改进对意识形态工作的领导,提高做好新形势下意识形态工作能力,牢牢掌握意识形态工作领导权和主动权。"①党中央适时提出了"建设和谐文化""构建社会主义核心价值体系""建设社会主义文化强国"的战略思想、战略目标。党的十七大报告指出:"社会主义核心价值体系是社会主义意识形态的本质体现。要巩固马克思主义指导地位,坚持不懈地用马克思主义中国化最新成果武装全党、教育人民,用中国特色社会主义共同理想凝聚力量,用以爱国主义为核心的民族精神和以改革创新为核心的时代精神鼓舞斗志,用社会主义荣辱观引领风尚,巩固全党全国各族人民团结奋斗的共同思想基础。"②提出"提高国家文化软实力"的目标任务。

---

① 《胡锦涛文选》(第二卷),人民出版社,2016年,第528页。
② 中共中央文献研究室:《十七大以来重要文献选编》(上),中央文献出版社,2009年,第26页。

党的十七届六中全会讨论通过了《中共中央关于深化文化体制改革推动社会主义文化大发展大繁荣若干重大问题的决定》,确立并阐述了"建设社会主义文化强国"的战略目标、指导思想、重要方针、主要任务和重大举措等诸多方面的内容。这一时期,党中央坚持用马克思主义中国化的最新理论成果武装全党、教育人民,大力推进马克思主义理论研究和建设工程,努力繁荣和发展哲学社会科学,教育、科学、文化等各项事业取得长足的进步,社会主义精神文明建设成效显著,中国特色社会主义文化建设快速发展,党的文化思想日益成熟和完善,党的意识形态建设得到了不断进步和创新发展。

这一时期,以胡锦涛同志为主要代表的中国共产党人,深刻把握我国基本国情和新的阶段性特征,深入总结改革开放以来特别是党的十六大以来实践经验,深刻分析国际形势、顺应世界发展趋势、借鉴国外发展经验,不断把马克思主义基本原理同中国社会主义现代化建设具体实际相结合,"在全面建设小康社会进程中推进实践创新、理论创新、制度创新,深刻认识和回答了新形势下实现什么样的发展、怎样发展等重大问题"[①],形成了中国特色社会主义理论体系的创新成果——科学发展观。胡锦涛在2003年7月28日的讲话中提出"坚持以人为本,树立全面、协调、可持续的发展观,促进经济社会和人的全面发展",主张要按照"统筹城乡发展、统筹区域发展、统筹经济社会发展、统筹人与自然和谐发展、统筹国内发展和对外开放"的要求推进各项事业的改革和发展。胡锦涛在党的十七大报告中指出,科学发展观的第一要义是发展,核心是以人为本,基本要求是全面协调可持续,根本方法是统筹兼顾,指明了进一步推动中国社会发展的新思路和新战略,标志着中国共产党的理论认识达到了新高度和新阶段。这次会议把科学发展观写入党章,党的十八大列入党的指导思想。这一理论的主要内容是加快转变经济发展方式、发展社会主义民主政治、推进社会主义文化强国建设、构建

---

① 本书编写组:《〈中共中央关于党的百年奋斗重大成就和历史经验的决议〉辅导读本》,人民出版社,2021年,第29页。

社会主义和谐社会、推进生态文明建设、全面提高党的建设科学化水平。科学发展观着眼于党和人民事业发展的全局,认真研究和回答了建设中国特色社会主义这个主题和党的建设面临的一系列重大问题,进一步指明了我国经济社会发展的正确方向,丰富和发展了中国特色社会主义理论体系,是指导党和国家全部工作的强大思想武器。科学发展观同马克思列宁主义、毛泽东思想、邓小平理论、"三个代表"重要思想一样,是党必须长期坚持的指导思想,对于发展中国特色社会主义具有长远的指导意义。

党的十一届三中全会以后,以邓小平、江泽民、胡锦涛为主要代表的中国共产党领导人,根据国内外形势发展的新变化,紧紧围绕中华民族伟大复兴这个历史主题和中国特色社会主义建设这个时代主题,把马克思主义基本原理同新时期中国具体实际相结合、同中华优秀传统文化相结合,开创、推进、发展了中国特色社会主义事业,创造了改革开放和社会主义现代化建设的伟大成就,相继创立了邓小平理论,形成了"三个代表"重要思想和科学发展观,形成了中国特色社会主义理论体系,丰富和发展了马克思主义,实现了马克思主义中国化新的历史性飞跃,把马克思主义中国化的历史进程推向了更高的新阶段。

第四节　党的十八大之前中国共产党意识形态建设的历史经验与启示

中国共产党从成立至党的十八大召开,带领中国人民围绕中华民族伟大复兴这个主题,经历了新民主主义革命时期、社会主义革命和建设时期、改革开放和社会主义现代化建设新时期三个阶段,完成了开天辟地的救国大业和改天换地的兴国大业,推进了翻天覆地的富国大业,取得了三个阶段的伟大成就,将中华民族伟大复兴事业胜利推进到中国特色社会主义新时代并开辟了实现惊天动地强国大业的新征程。中国共产党的意识形态建设始终围绕党的中心任务,也经历了这三个不同时期,一以贯之又与时俱进,表现出不同的历史阶段性特征。

党对马克思主义和自身的认识从自发走向自觉,不断实现马克思主义中国化的发展;结合时代主题,对使命担当的认识从革命斗争转向现代化建设,从内在要求转向外在交往,从中国内部转向中国与世界的关系。新民主主义革命时期的主题是革命,这一时期是社会主义意识形态建设的萌芽和开创时期,党的意识形态建设的主要任务是争取意识形态领导权,为夺取革命胜利提供舆论先导和理论基础。中国共产党人在与资产阶级、封建主义等意识形态的论战中,推动了马克思主义在中国社会广泛传播。在党内肃清"左"倾教条主义、右倾机会主义等错误的革命思想路线,将马克思主义基本原理与中国革命具体实际相结合,探索中国革命话语建设,动员群众广泛参与革命,并产生了马克思主义中国化第一个重大理论成果——毛泽东思想。社会主义革命和建设时期的主题是社会主义改造和建设,这一时期是社会主义意识形态一元化指导地位的确立和维护阶段。党的意识形态建设工作的主要任务是扫除旧社会意识形态,在全国范围内加强马克思主义理论教育宣传,推进意识形态建设工作的科学化、组织化、制度化,增强群众的意识形态认同,动员群众投身社会主义建设,为巩固政权和国家制度建设确立理论依据。改革开放和社会主义现代化建设新时期的主题是改革和中国特色社会主义现代化建设,这一时期是发展社会主义意识形态,巩固意识形态领导权,建设中国特色社会主义意识形态话语体系的阶段。党的意识形态建设工作的主要任务是以意识形态建设服务于社会主义经济建设,在解放思想中统一思想,以一元指导思想引领多样性思想,牢牢掌握意识形态领导权,为促进改革开放奠定观念前提。

从革命、建设到改革的整个过程中,党的意识形态建设虽然也出现过挫折、失误,但是坚持马克思主义、社会主义意识形态的主导地位没有改变,党和国家的思想文化建设事业没有停顿,在工作实践中积累了宝贵而丰富的历史经验。党的意识形态建设工作在各个关键阶段都能够保持正确的路线,究其根本在于初心明确,坚持为了实现中华民族伟大复兴而奋斗;主义鲜明,即坚持高举马克思列宁主义的伟大旗帜,以唯物史观为根据指导意识形态工作;理想坚定,建设具有先进性的无产阶级政党,为共产主义事业而奋斗。这对于中国共产党在新时代的意识形态建设工作具有重要的启示意义。

一、高度重视意识形态工作的地位和作用

意识形态关乎党和国家的前途命运,关乎党、国家、民族的向心力和凝聚力。中国共产党由小变大、由弱变强并带领中国人民取得开天辟地、改天换地、翻天覆地、惊天动地的伟大成就,都与重视意识形态建设息息相关。习近平指出:"意识形态工作是党的一项极端重要的工作。"①高度重视意识形态建设是中国共产党的优良传统和政治优势。中国共产党自成立以来,就十分重视意识形态的理论研究工作、人民群众的动员教育工作及各种与错误思潮的斗争工作等。意识形态领域作为一个"没有硝烟"的战场,一直是革命实践、阶级斗争的重要阵地。邓小平强调:"我们说改善党的领导,其中最主要的,就是加强思想政治工作。"②胡锦涛也指出:"意识形态领域历来是敌对势力同我们激烈争夺的重要阵地,如果这个阵地出了问题,就可能导致社会动乱甚至丧失政权。敌对势力要搞乱一个社会、颠覆一个政权,往往总是先从意识形态领域打开突破口,先从搞乱人们的思想下手。"③因此,建党百余年来,中国共产党始终重视思想文化战线工作,在各个历史发展时期,党始终都把意识形态建设摆在突出重要地位。在党成立早期就建立自

---

① 《习近平谈治国理政》,外文出版社,2014年,第153页。
② 《邓小平文选》(第二卷),人民出版社,1994年,第365页。
③ 中共中央文献研究室编:《十六大以来重要文献选编》(中),中央文献出版社,2006年,第318页。

上而下的文化宣传机构,出版马克思主义著作,宣传共产党的主张,积极发动广大人民群众,了解马克思主义和社会主义、共产主义,采用大众化、通俗化、群众喜闻乐见的宣传手段,传播党的理论和路线方针政策。新中国成立后,面对旧中国留下的"混合多元"的思想文化领域状况,党采取一系列有效措施,强化马列主义和毛泽东思想在意识形态领域的主导地位,树立中国共产党在全党和全国人民中执政的威信,对各种非马克思主义思想和非无产阶级思想进行了全面清理和整顿,很快就确立了社会主义意识形态的主流、主导地位。在改革开放和社会主义现代化建设新时期,中国共产党面对改革开放和市场经济带来的资产阶级思想、个人主义思想等的冲击,强调"两手都要抓,两手都要硬",坚持四项基本原则,从而抵御西方资本主义的和平演变,牢牢掌握马克思主义、社会主义意识形态领导权,捍卫了社会主义,开辟了中国特色社会主义伟大事业,取得了世所罕见的伟大成就。

二、坚持党性与人民性的统一

党性与人民性的关系是关涉舆论导向的重要意识形态问题。党性是一个政党所固有的、区别于其他政党的本质属性,具有鲜明的阶级性特征。中国共产党党性的阶级性就表现在其始终站在无产阶级和广大劳动人民的立场上。中国共产党以马克思主义理论为指导思想,深刻认识到人民群众的历史作用和主体地位,提出了"党性与人民性统一论",自1921年成立以来,就坚定站稳了人民立场,在近百年的发展中,紧紧依靠人民取得了革命、建设和改革时期的一个又一个胜利。

中国共产党在唯物史观的指导下,在舆论宣传、革命路线等方面始终重视人民群众的重要作用,坚持为人民服务的宗旨,把党的命运和人民的命运相联系,紧密团结人民,发挥人民的能动性,将人民群众作为革命、建设、改革的主体力量和价值评判的主体。毛泽东较早地将"党性"与"群众性"并提,1942年在指导《解放军报》改版时,指出"(党报)要适应党和人民群众的需要"。在《在延安文艺座谈会上的讲话》中深刻阐述了党性与人民性的关系："我们是站在无产阶级的和人民大众的立场。对于共产党员来说，也就是要站在党的立场，站在党性和党的政策的立场。"①中国共产党时刻注意由于马克思列宁主义思想理论准备不充分而容易出现的党内教条主义、封建思想残留、共产国际不适当干预等问题。在此条件下，以毛泽东同志为主要代表的共产党人结合中国国情，提出并落实了一套正确有效的党建理论，包括思想、政治、组织和作风等建设。通过经常性的思想教育、批评和自我批评等活动，以及整风运动总结经验教训，改正党内"左"倾或右倾错误，不断进步，保持与人民群众的密切联系。1949年，毛泽东在《论人民民主专政》中总结概括了新民主主义革命胜利的基本经验：统一战线、武装斗争和党的建设。这三大法宝是中国共产党的坚强领导与人民群众的支持参与相结合的经验总结。党的八大明确提出"党是人民群众的工具，而不是人民群众是党的工具"。1979年3月8日，时任《人民日报》总编辑的胡绩伟在全国新闻工作座谈会上的发言中指出："我们认为，党委领导党报来反映人民的声音，反映人民的意愿，成为人民的喉舌，正是党性的表现。离开了人民性就根本谈不上我们党的党性。"其后，如何理解党性与人民性的关系引发了全国新闻学界人士的一系列讨论。这是中国共产党在新闻宣传工作的实践探索中，创造性地提出的"党性与人民性相统一"的政治议题。沿着这一议题，中国共产党人不仅初步廓清了对党性与人民性关系的认识，也丰富了二者的话语内涵，即从马克思、恩格斯和列宁以革命和批判的角度将之作为政治话语来使用，发展为具有明确政治方向的、建设性的理论构想和方法论。

从毛泽东提出的"全心全意为人民服务"，邓小平把"人民拥护不拥护，赞成不赞成，高兴不高兴，答应不答应"作为检验党工作的标准，到江泽民强调"党始终代表最广大人民的根本利益"，胡锦涛指出的"权为民所用、情为

---

① 《毛泽东选集》(第三卷)，人民出版社，1991年，第848页。

民所系、利为民所谋",中国共产党始终坚持以历史唯物主义的理论方法理解党性与人民性的关系,把二者的统一贯穿到党的意识形态建设工作中。

三、坚持马克思主义在意识形态领域的指导地位

马克思主义深刻揭示了自然界、人类社会和人类思维发展的普遍规律,是科学的理论、人民的理论、实践的理论、不断发展的开放的理论,为人类社会发展进步指明了方向。中国共产党自诞生之日起,就把马克思主义写在了自己的旗帜上,并把它作为立党立国的根本指导思想和意识形态建设的灵魂与旗帜。毛泽东指出:"我们的党从它一开始,就是一个以马克思列宁主义的理论为基础的党,这是因为这个主义是全世界无产阶级的最正确最革命的科学思想的结晶。"[1]胡锦涛指出:"马克思主义是我们立党立国的根本指导思想。坚持和巩固马克思主义指导地位,是党和人民团结一致、始终沿着正确方向前进的根本思想保证。"[2]在新民主主义革命、社会主义革命与建设、改革开放和社会主义现代化建设新时期,党对马克思主义、共产主义的信仰没有改变,始终强调坚持马克思主义在意识形态领域的指导地位,坚持运用马克思主义立场观点方法研究解决中国革命、建设和改革开放事业中的各种重大理论和实践问题,推进事业发展。邓小平指出:"解放思想,就是要运用马列主义、毛泽东思想的基本原理,研究新情况,解决新问题。"[3]坚持马克思主义在意识形态领域的指导地位,事关党和国家的生死存亡,事关中华民族伟大复兴事业的前途命运。江泽民也曾指出:"如果在意识形态领域不能巩固马克思主义的指导地位,东一个主义,西一个主义,在指导思想上搞多元化,搞得五花八门,最终必然由思想混乱导致社会政治动荡。"[4]综

---

[1]　《毛泽东选集》(第三卷),人民出版社,1991年,第1093页。

[2]　胡锦涛:《在纪念党的十一届三中全会召开30周年大会上的讲话》,《人民日报》,2008年12月18日。

[3]　《邓小平文选》(第二卷),人民出版社,1994年,第179页。

[4]　《江泽民文选》(第三卷),人民出版社,2006年,第228页。

观党和国家的历史发展进程,当我们坚持以马克思主义为指导的时候,意识形态建设工作就能够与时俱进,获得创新发展,党的建设、党和国家的事业就会兴旺发达,取得进一步发展;当我们偏离、脱离马克思主义指导的时候,党的意识形态建设工作就会遭受挫折、陷入混乱,党的建设、党和国家的事业就会陷入停滞不前甚至倒退。可以说,没有马克思主义的指导,就没有党的意识形态建设成就,也就不会有中国的革命、建设和改革开放现代化建设取得的伟大成就。历史和实践深刻昭示,中国共产党为什么能,中国特色社会主义为什么好,归根到底是因为马克思主义行。

四、坚持党对意识形态工作的绝对领导

中国共产党是代表中国最广大人民根本利益、以马克思主义为行动指南、最终要实现共产主义的无产阶级先进政党。党政军民学,东西南北中,党是领导一切的。意识形态领域是一个"没有硝烟"的战场,一直是敌我双方激烈争夺的重要阵地。牢牢掌控意识形态领域的绝对领导权,关系着党和国家的生死存亡。建党百余年来,中国共产党始终坚持对意识形态工作的绝对领导,这是党在风云变幻的国际国内环境中勇立潮头而不垮并取得举世无双伟大成就的根本原因所在。毛泽东指出:"掌握思想领导是掌握一切领导的第一位。"①长期以来,党一直保持和发扬通过政治领导、组织领导、思想领导实现对意识形态领域的绝对领导。在政治领导方面,党坚持以马克思主义理论和路线方针政策来指导意识形态建设的正确方向。在组织领导方面,始终坚持在意识形态部门建立党组织,确保党的意志得到贯彻执行;始终坚持党管干部原则,确保思想文化领域干部队伍的思想纯洁性和政治立场坚定性。在思想领导方面,党坚持大力宣传社会主义和共产主义思想,旗帜鲜明地反对、抵制和批判一切"左"倾和右倾错误思想,坚持用正确

---

① 《毛泽东文集》(第二卷),人民出版社,1993年,第435页。

的理想信念去占领意识形态领域;坚持党对新闻媒体的直接领导,不允许新闻媒体的私有化,确保党对报纸刊物、广播电视、影视作品等舆论阵地的领导,并对一些电台、电视台、专业性报刊实施指导监督,从而确保了马克思主义意识形态的主导地位。新中国成立后,在第一届中国人民政治协商会议通过的具有临时宪法性质的《共同纲领》在确定我国社会主义根本性质的同时,也确定了我国的主导意识形态——社会主义意识形态,也就是坚持马克思主义和毛泽东思想。中国共产党利用政治力量进行马克思主义和毛泽东思想的宣传教育活动和"三反""五反"等运动,从而很快确立了社会主义意识形态的主导地位,牢牢掌握意识形态的领导权。习近平指出:"在集中精力进行经济建设的同时,一刻也不能放松和削弱意识形态工作。……必须把意识形态工作的领导权、管理权、话语权牢牢掌握在手中,任何时候都不能旁落,否则就要犯无可挽回的历史性错误。"①中国共产党在长期意识形态工作实践中形成了一系列党管意识形态、党管宣传思想文化领域的重要原则和规章制度,这是党意识形态建设取得辉煌成就的重要法宝。

五、依据不同时代主题,不断推进理论创新

在中国共产党意识形态建设工作中,正确把握理论与实践的关系是推进意识形态理论创新的必然要求。中国共产党的意识形态话语从革命到现代化建设、从阶级斗争到以经济建设为中心,都是根据不同时期我国社会的主要矛盾变化而变化。理论是实践的先导,思想是行动的指南。列宁指出:"没有革命的理论,就不会有革命的运动。"②思想理论是一个政党的行动指南,而理论只有不断创新才具有强大生命力。马克思主义不是教义而是行动的指南,没有结束真理,而是在实践中不断开辟认识和发展真理的道路。

---

① 中共中央文献研究室编:《习近平关于社会主义文化建设论述摘编》,中央文献出版社,2017年,第21页。

② 《列宁选集》(第一卷),人民出版社,2012年,第311页。

毛泽东指出："马克思这些老祖宗的书，必须读，他们的基本原理必须遵守，这是第一。但是，任何国家的共产党，任何国家的思想界，都要创造新的理论，写出新的著作，产生自己的理论家，来为当前的政治服务，单靠老祖宗是不行的。"[1]百余年来，中国共产党坚持解放思想与实事求是相统一、培元固本与守正创新相统一，坚持把马克思主义基本原理同中国具体实际相结合、同中华优秀传统文化相结合，不断发展马克思主义，推进实现马克思主义中国化。在新民主主义革命、社会主义革命和社会主义建设时期，以毛泽东同志为主要代表的中国共产党人坚持这"两个结合"，创立了毛泽东思想，实现了马克思主义中国化的第一次飞跃，产生了马克思主义中国化的第一大理论成果。在改革开放和社会主义现代化建设新时期，以邓小平、江泽民、胡锦涛为主要代表的中国共产党人坚持这"两个结合"，创立了邓小平理论，形成了"三个代表"重要思想和科学发展观，实现了马克思主义中国化新的历史性飞跃，产生了中国特色社会主义理论体系这一马克思主义中国化的重大理论成果。正是一次次理论创新，才使得党能够始终走在实践前列、时代前列，意识形态内容不断创新发展，从而增强了吸引力、感染力和引领力。

与时俱进，是马克思主义的本质体现和最重要的理论品格。中国共产党意识形态建设的历史进程表明，在新民主主义革命、社会主义革命与建设、改革开放和社会主义现代化建设过程中，当中国共产党严格遵循这一理论品质的时候，党的意识形态建设就顺利、成功，就能够取得伟大成就；当我们坚持不够甚至迷茫背离时，党的意识形态建设就出现失误，就走弯路。从1949年至1956年，在党肩负社会主义改造这个艰巨任务的复杂情况下，马列主义、毛泽东思想在获得主导地位的同时，较快赢得了全国人民的认同，并获得了主流、主导意识形态地位。这是因为我们真正坚持了马克思主义基本原理同中国具体实际相结合、同中华优秀传统文化相结合，并使毛泽东思

---

[1]　《毛泽东文集》（第八卷），人民出版社，1999年，第109页。

想得到新发展。"文革"时期背离了这"两个结合",就出现了"无产阶级专政下继续革命理论"的错误。改革开放以来,中国共产党立足现实的国情世情,坚持以中国化马克思主义为理论指导,实现了马克思主义中国化新的历史性飞跃,形成了中国特色社会主义理论体系,丰富了马克思主义的理论宝库,推进了意识形态建设的发展,指引着党从胜利走向新的更大胜利。

六、在"破"与"立"的斗争中确保意识形态建设的正确方向

破与立体现了事物发展的辩证统一关系,不破除旧事物就不能发展新事物。在意识形态领域,当旧观念、错误的思想阻碍新观念、新事物的产生时,就要当机立断,破除旧思想,确立新思想。中国共产党意识形态建设的历史表明,在思想文化领域必须敢于亮剑,勇于斗争,不断提升主流意识形态的引领力,积极批判、抵制、应对、引导非主流意识形态的冲击及消极影响,在解放思想中统一思想,确保主流意识形态的正确方向。毛泽东指出:"马克思主义必须在斗争中才能发展,不但过去是这样,现在是这样,将来也必然还是这样。正确的东西总是在同错误的东西作斗争的过程中发展起来的。真的、善的、美的东西总是在同假的、恶的、丑的东西相比较而存在,相斗争而发展的。当着某一种错误的东西被人类普遍地抛弃,某一种真理被人类普遍地接受的时候,更加新的真理又在同新的错误意见作斗争。这种斗争永远不会完结。这是真理发展的规律,当然也是马克思主义发展的规律。"[1]

新民主主义革命时期,党的一系列正确的革命思想路线的提出及整风运动的推进,往往与对资产阶级、封建主义思想观念的破除和对党内主观主义、教条主义、机会主义等错误思想路线的批判相关,是在斗争中确立正确的思想,破中有立。新中国成立初期,我国的意识形态建设是在思想文化领

---

① 《毛泽东文集》(第七卷),人民出版社,1999年,第230~231页。

域还处于"混合多元"的背景下开始的,封建主义、殖民主义、资产阶级、买办资产阶级、小资产阶级等思想都存在,都对主流意识形态建设产生着冲击。为了结束这种"混合多元"的状态,中国共产党通过一系列举措,使马列主义、毛泽东思想很快就成了被全国人民高度认同的主流意识形态。改革开放初期,党的意识形态建设旨在"破",即拨乱反正,解放思想,打破思想僵化,破除对社会主义和马克思主义的教条化理解,破除苏联模式社会主义观念,破除市场经济姓资姓社的思维定式,结合时代和生产力水平深入思考什么是社会主义。随着改革开放的推进,党的意识形态建设更多地需要着眼于"立",即围绕着"如何建设社会主义",从传统观念的束缚中解放出来,探索中国特色的社会主义现代化建设,建构中国特色社会主义意识形态话语。在改革开放的新时期,面对国外各种社会思潮和国内不同思想观念对主流意识形态的冲击,江泽民指出:"思想文化阵地,马克思主义、无产阶级的思想不去占领,各种非马克思主义、非无产阶级的思想甚至反马克思主义的思想就会去占领。"①中国共产党旗帜鲜明地反对资产阶级自由化及各种各样的错误思潮,确保马列主义毛泽东思想和中国特色社会主义理论体系在意识形态领域中的主导地位。党的意识形态建设是在与各种错误思想的斗争中,在破除教条主义等僵化的思想观念中,积极地进行自我建构和自我调适,以确保意识形态建设的正确方向。

七、在正面宣传教育中提升马克思主义意识形态的吸引力和战斗力

中国共产党在不同历史时期,始终坚持正面宣传教育和科学灌输相结合原则,通过多种多样的方式方法提升主流意识形态的吸引力和战斗力。列宁指出:"社会主义意识是一种从外面灌输到无产阶级的阶级斗争中去的

---

① 《江泽民文选》(第三卷),人民出版社,2006年,第97页。

东西,而不是一种从这个斗争中自发地产生出来的东西。"①所以中国共产党始终坚持正面宣传教育,旗帜鲜明地宣传弘扬主流意识形态。早在新中国成立初期的1951年,刘少奇就在全国宣传工作会议上明确指出,我们当前的主要政治任务是用马克思主义在全国范围内来教育人民群众,这是我们向社会主义、共产主义前进的思想准备工作。②为此,中国共产党采取了一系列行动进行主流意识形态宣传教育,如在全党范围内进行整党整风学习教育,通过各级各类学校教育和党校教育对广大群众和各级干部进行教育学习,通过全国性群众运动来进行主流意识形态的学习,通过各类大众传媒对全国人民进行教育等。可见,中国共产党极为重视主流意识形态——马克思主义的宣传教育,理论只有真正为群众所掌握,才会有力量,我国主流意识形态——马克思主义只有真正为群众所接受,才能有利于我国社会主义现代化建设顺利进行。

八、在不断总结经验教训中保持意识形态建设行稳致远

百余年来,中国共产党意识形态建设在积累了宝贵经验和取得了伟大成就的同时,也经历了一些挫折,甚至犯有严重错误,但中国共产党能够及时拨乱反正,校正航向,启航意识形态建设新征程。

首先,要严格把控思想文化领域中的阶级斗争范围,不能盲目人为扩大意识形态领域的阶级斗争。在阶级社会里,思想文化具有阶级性。在无产阶级与资产阶级、社会主义与资本主义共同存在的当今时代,意识形态领域始终存在着两条道路、两条路线的阶级斗争。在新中国成立初期的几年里,中国共产党把控好了思想文化领域阶级斗争的范围,批判了各种封建主义、资本主义等错误思想,肃清了人们头脑中的错误思想意识,取得了主流意识形态建设的成功。但是1957年后,在社会主义制度建立、马克思主义已成为

---

① 《列宁专题文集·论无产阶级政党》,人民出版社,2009年,第85页。
② 《刘少奇选集》(下卷),人民出版社,1985年,第82页。

主流意识形态的现实情况下,党在思想文化领域的工作却出现了把意识形态领域斗争扩大化的现象。在实际工作中,1959年的反右斗争被扩大化了,延伸到思想文化领域。随后的一些政治运动、经济工作中的问题都纳入了阶级斗争的范围,思想文化领域的学术问题、文艺思想的分歧都成了阶级斗争问题。这就犯了把意识形态领域阶级斗争扩大化的错误,不仅破坏了"百花齐放,百家争鸣"方针,阻碍了思想文化事业的健康发展,而且导致了在错误思想(无产阶级专政下继续革命理论)指导下的"文革"十年内乱,给我国的社会主义建设事业,尤其是意识形态建设事业造成了损害。党的十一届三中全会以后,中国共产党及时开展了"真理标准大讨论",彻底抛弃了"以阶级斗争为纲",重新确立党的实事求是的思想路线,不断进行理论创新,推进马克思主义中国化时代化,创立了邓小平理论,形成了"三个代表"重要思想和科学发展观等一系列中国特色社会主义理论体系,意识形态工作取得了重大成就。

其次,遵循思想文化领域建设规律,防止意识形态领域"左"倾思想的教条化。思想文化发展有自己的规律,意识形态建设也应该遵循其内在规律。毛泽东指出:"应该是充分说理的、有分析的、有说服力的,而不应该是粗暴的、官僚主义的,或者是形而上学的、教条主义的。"[1]在绝大部分历史时期内,中国共产党能够遵循这些原则要求,思想文化领域出现了繁荣昌盛的景况,意识形态建设取得了巨大成绩。但是1957年后,党在一些方面背离了这些原则要求,而是"主观主义和个人专断作风日益发展……把马列著作中的某些观点加以误解或教条化的倾向越来越突出"[2]。在思想文化领域的工作中,采取了简单化、教条化的做法,采取了"大鸣、大放、大辩论、大字报"的群众运动方式,而不是说理的方式。"'左'的思想开始在党内越来越占据主流

---

[1] 《毛泽东文集》(第七卷),人民出版社,1999年,第281页。
[2] 石仲泉:《"三个代表"重要思想与中国共产党八十年》,《马克思主义与现实》,2001年第3期。

地位,……尤其是导致了'文化大革命'的爆发和持续的十年浩劫。"①这给我国的主流意识形态建设造成了损害。党的十一届三中全会以后,党及时进行调整,纠正了这些错误做法。正如邓小平指出的:"历史经验证明,用大搞群众运动的办法,而不是用透彻说理、从容讨论的办法,去解决群众性的思想教育问题……从来都是不成功的。"②从此,党的意识形态建设步入正轨,取得了伟大成就。

最后,要重视思想文化赖以存在的物质基础的建设,减少意识形态建设急于求成的过于理想主义倾向。社会意识是对社会存在的反映,意识形态作为一种特殊的社会意识,它必然也是对社会物质资料生产方式的反映。所以意识形态建设不能脱离它所依存和服务的生产力和生产关系条件。新中国成立后,党的意识形态建设曾经出现过不顾物质生产条件限制而片面强调主观能动性、精神力量作用的情况,过多地强调意识形态建设的中心地位,从而导致了一系列空洞的政治化、非实际化的口号(宁要社会主义的草,不要资本主义的苗)和荒唐荒谬言论,③严重影响和阻碍了我国经济发展和人民生活水平的提高,势必影响人们对共产主义的信仰和对马克思主义意识形态的认同。党的十一届三中全会以后,党实现了以经济建设为中心的战略转移,明确了意识形态工作的根本任务是为改革开放和社会主义现代化建设服务,重视思想文化建设的物质基础建设,加大意识形态建设的经费投入,加强了意识形态的基础设施、研究平台等的建设,从而打牢了意识形态建设的物质基础。

总之,党的十八大之前意识形态建设的历史过程和经验表明,必须高度重视马克思主义意识形态建设,牢牢掌握意识形态工作的领导权和话语权,

---

① 张娟:《建国以来主流意识形态的变迁及启示》,《求实》,2006年第6期。
② 《邓小平文选》(第二卷),人民出版社,1994年,第336页。
③ 郭文亮:《1949—1976:我国社会主义意识形态建设历史回眸》,《广州社会主义学院学报》,2004年第3期。

牢牢占领意识形态领域的主阵地,坚持用马克思主义武装全党、教育人民,指导我们的各项事业。我们一定要坚持习近平强调的"经济建设是党的中心工作,意识形态工作是党的一项极端重要的工作",坚持物质文明建设和精神文明建设都要抓都要硬,为实现中华民族伟大复兴的中国梦奋勇前进。

第二章

社会主义意识形态建设的新起点

面对世界百年未有之大变局加速演进,中华民族伟大复兴进入关键时期,战略机遇和风险挑战并存,意识形态工作面临新形势新任务,以习近平同志为核心的党中央,从党和国家战略全局出发,对意识形态工作作出系统谋划和全面部署,意识形态工作开启新征程,步入新时代。

第一节　新时代意识形态建设面临的新形势新问题新任务

21世纪初,国内外形势发生了深刻而复杂的变化,世界多极化、经济全球化、社会信息化深入发展,世情、国情、党情发生了深刻变化,意识形态领域一系列长期积累的问题和矛盾亟待解决,意识形态建设面临新形势新问题新任务。

一、各种社会思潮相互激荡,错误思潮试图改变中国特色社会主义的发展方向

20世纪末到21世纪初,外来的、本土产生的各种社会思潮相互激荡,试图影响我国政治经济文化社会发展走向。其中,传播广、危害深,对社会主义意识形态冲击力大的社会思潮主要有新自由主义、宪政民主论、"普世价值"观、历史虚无主义等。

新自由主义试图改变我国社会主义基本经济制度。从20世纪90年代中期到21世纪前十年,新自由主义逐步成为我国经济学界的主流话语,并超出学术界对社会形成影响,甚至一度影响我国经济决策。直到2013年党的十八届三中全会召开前夕,新自由主义仍围绕经济体制改革发声,主张国有企业私有化,反对政府干预市场,放开资源型产品价格,放开人民币汇率利率等,试图影响我国改革发展的政策走向。从本质上看,新自由主义试图以私有制替代以公有制为主体的社会主义所有制,以完全市场化替代政府对经济的宏观调控与管理,以泛全球化消解国家经济主权,是"西方中心主义"的典型表现,"全盘西化"是其典型特征。新自由主义的主张与我国实行的公有制为主体、多种所有制经济共同发展,按劳分配为主体、多种分配方式并存、社会主义市场经济体制等经济制度相对立,意在从根本上否定和改变中国特色社会主义基本经济制度,对我国社会主义意识形态的危害性和破坏性极大。

宪政民主论试图破坏我国社会主义根本政治制度。宪政民主理论传入我国的历史较长,到21世纪初,已成为中国最具影响力的社会思潮之一。直到2014年10月,党的十八届四中全会召开,研究全面推进依法治国重大问题。宪政思潮还颇为活跃,将四中全会提出的"依宪治国""依宪执政"解读为实行"宪法至上"的"宪政",批评党的领导过于"强势",宪法权威无法保障和落实等。宪政民主论简单套用西方宪政民主的标准来衡量中国的社会主

义制度,兜售西方资本主义的多党制、议会民主和三权分立,鼓吹"宪政民主是中国政治体制改革的理想模式",试图用西方资产阶级政治制度改造我国的社会主义政治制度,认为既然"社会主义+市场经济"能够使中国成为第二大经济体,"社会主义+宪政"也必然能推动中国政治的发展,实现"绝对式自由民主"。宪政民主论无视制度背后的历史、文化、社会现实等独特因素,所持政治立场和政治主张,完全承袭西方宪政民主理论的衣钵,把产生于西方社会的资本主义政治制度,作为一种"普世(适)"的标准,照搬到中国,试图从根本上改变中国特色社会主义政治制度,其根本目的就是要取消中国共产党的领导,从根本改变我国民主政治建设的社会主义方向,颠覆我国的社会主义制度。

"普世价值"论损毁全党全国人民共同的思想基础。西方资产阶级把自由、民主、平等、人权等价值理念等同于"普世价值",奉为超阶级、超国家、超时空的价值观念,把近现代以来西方资本主义社会所取得的成就归结为遵循"普世价值"的结果,推演出人类历史将"终结"于资本主义的"结论"。宣称"普世价值"及其背后的资本主义制度是所有国家和地区实现文明进步的唯一选择,打着"捍卫自由、追求民主、保障人权"的旗号,用西方价值观,影响世界各国尤其是社会主义国家。"普世价值"论者,一方面把西方资本主义制度模式当作"普世价值"推销兜售,另一方面又把中国经济社会发展中出现的问题归咎于社会主义制度,鼓吹中国只有接受"普世价值"才有前途。"普世价值"论者试图通过"普世价值"消解、替代共产主义远大理想和中国特色社会主义共同理想,把中国的改革开放引导到"回归西方文明"的方向,把中国的政治体制改革引导到西方"民主化"的陷阱,从"制度精神"层面解构中国特色社会主义制度。

历史虚无主义否定中国特色社会主义的历史文化根基与立国根基。改革开放初期,社会上出现了一股以否定毛泽东、歪曲中国共产党历史和中华人民共和国历史,乃至否定中国历史文化的虚无主义思潮。到20世纪90年代中后期,历史虚无主义思潮在新的历史条件下再度活跃,借助迅速发展的网络平台和社交媒体,得到进一步强化和扩散。一直持续到党的十八大前后,在社会上产生了比较广泛的影响。历史虚无主义是一种彻底背离马克思主义唯物史观,以否定人民革命和社会主义建设成就历史为重点的,带有强烈现实政治诉求的错误思潮。其主要表现是:歪曲中国革命的历史,否定中国人民争取民族独立和解放而进行的反帝反封建斗争,歪曲中国共产党领导社会主义革命和建设的历史;以假设推断代替历史事实,打着"还原历史"的旗号,作翻案文章,编造历史、阉割历史,为已被历史淘汰的旧势力和反动统治人物评功摆好,美化反面人物;利用文学和影视作品"戏说"历史,利用各种方式"恶搞"历史,对中国近现代历史上的仁人志士、革命先烈进行调侃、讥笑、贬损,恶意丑化党的领袖;宣称追求所谓的"价值中立"和"纯客观",对党领导中国人民挽救民族危亡、振兴民族大业艰苦奋斗的历史进行歪曲、虚化。打着"还原历史真相"的幌子,通过"反思历史""重评历史",解构、否定中国革命的性质及其意义、中国社会主义道路选择等。达到所谓"重构历史""分化"中华民族的政治目的。历史虚无主义提出了"告别革命论""西方殖民有功论""西方侵略有功论",鼓噪"重评历史""虚构历史""恶搞历史""戏说历史",其要害就在于颠覆正确的历史观,否定已有的历史结论,歪曲已经发生的历史事实,掩盖历史真相,否定中国共产党领导的革命和建设的历史,否定近代中国一切进步的、革命的运动,乃至否定五千年中华文明;其目的在于颠覆中国社会的基本共识,消解全党全国人民共同奋斗的历史文化基础,解构中国特色社会主义的历史根基、文化根基与中华人民共和国的立国根基。

二、美西方意识形态渗透加剧,舆论倒灌现象严重

20世纪90年代以后,以美国为首的西方国家加紧了对社会主义国家的意识形态渗透,其目的就是要消解社会主义意识形态,颠覆社会主义制度。

这一时期,西方世界提出了"中国统治论""中国威胁论""中国责任论""中国崩溃论""中国国家资本主义论"等论调,对我国社会主义意识形态进行肆意歪曲、污蔑、攻击、渗透、破坏。美西方在对中国进行"西化""分化"的同时,在渗透成效方面增加了"四化",即让中国老百姓对政治"淡化",让中国官员"腐化",让中共领袖"丑化",让马克思主义在多元化意识形态冲击下"溶化"。为此,美西方从以下五个方面对我国进行全面的意识形态渗透,对我国意识形态形成严重威胁与挑战。

第一,美西方对我国意识形态的渗透,是以宣扬、灌输其所谓的"普世价值"观为主要内容和方式的,渗透始终围绕着核心价值观这条主线展开。他们认为,西方价值观是代表人类的"普世价值观"。倡言西方的"自由""民主""人权""法治"等都是"普世价值",美国的自由和民主价值在全世界具有很大的吸引力,坚信美国依然代表着全世界民众向往的普世理想——自由和民主。2010年5月,时任美国总统奥巴马向国会提交《国家安全战略报告》,提出了"重振美国和领导世界"战略。美西方国家不断利用经济贸易、学术交流、文化交往等活动,向我国渗透美式"自由""民主""人权""法治"等所谓"普世价值"观。同时,把新媒体作为推进"自由""民主""人权"价值观,扩大美国意识形态影响,实现美国"21世纪治国方略"和霸权战略的新工具和新途径。美西方之所以热衷于"普世价值"的输出,根本原因就在于其本质上是资产阶级实行思想统治和价值渗透的有效方式,意在干预我国民主政治建设的进程,以期破坏、颠覆我国社会主义意识形态和社会主义制度,使中国成为美西方的附庸。

第二,20世纪90年代以后,随着文化战略地位的提升,思想文化领域成为美西方进行长期渗透的重点,美西方意识形态渗透出现了以文化为依托、不断加大思想文化渗透力度的趋势。意识形态斗争由理论形态之争向以价值观为内核的生活和消费方式的建构转化,主要表现聚焦在文化商品的消费、生活方式的构建、学术话语权的争夺和学术话语的构建上。在文化渗透方面,美西方国家主要采取以下三个方面的手法。一是文化产品输出,改变思想观念。美西方通过大规模的文化出口,向中国传播其电影、电视剧、动漫、音乐、书籍、刊物、广告等文化娱乐产品。通过世俗化的、大众化的、娱乐化的文化产品,潜移默化地影响我国民众尤其是年轻人的价值取向、思维习惯、生活方式。美西方对我国文化渗透的另一条重要途径是鼓励支持在我国大量出版宣扬西方资本主义思想理论、价值观念、制度精神的代表性著作,如马克斯·韦伯、哈耶克、弗里德曼等人的著作。二是通过实体商品推销,改变中国人的生活方式和文化生存环境。20世纪90年代,各种舶来文化涌入,消费主义开始盛行,流行文化逐渐消解传统主流文化形态。美西方以改变中国人的生活方式为主要手段,借助跨国公司和对外贸易宣传其文化和价值观念,以实体商品为媒介推销本国文化。购买这些商品与服务成为一种消费时尚、一种文化符号。三是通过文化习俗输入,改变中国人的文化生活与文化情感。20世纪90年代以后,西方节日在中国年轻人中日趋流行,过"洋节"成为一种时尚和风气,西方的情人节、愚人节、平安夜、圣诞节,甚至感恩节等,在青少年中比较普遍地流行;另一方面,对我国的传统节日如寒食节、元宵节、端午节、七夕节、重阳节等却日渐冷淡。西方国家通过文化传播,宣扬西方世界的先进性,推广西方物质、精神和制度文化,把文化渗透作为控制他国民众思想和精神生活的方式、实现其政治目的的手段、一种可以操控的政治资源、一种实现国家利益的特殊工具,对中国进行文化渗透,其最终目的是在潜移默化中改变中国人的价值观念、思维习惯、生活方式,实现对中国人思想和精神生活的控制,对中国人进行彻底的"洗脑",削弱中华民族的认同感和民族凝聚力,消解社会主义意识形态,达到颠覆社会主义中国的政治目的。

第三,20世纪末,美西方对我国的宗教渗透,花样不断翻新。一是推行"新宗教治外法权"和"中国宗教政治化"。1998年,美国基督教新基要主义势力和政治新保守主义势力结盟,共同推动美国国会通过《国际宗教自由法案》,法案的制定与实施,是美国通过国内立法,定期审查世界各国宗教现状、以国家力量进行基督教全球战略扩张的工具,其实质就是美国政府企图获得国际宗教事务中的"新治外法权"。依据《1998年国际宗教自由法案》,美国政府长期对中国的"宗教问题"进行审查,干预中国宗教事务。试图使中国信徒脱离中国政府的管辖,使教会团体成为受美西方国家保护的"国中之国"。为实现在中国建立"新宗教治外法权"基础上的"国中之国"这一目标,美国对华宗教宣教机构在中国推行"宗教政治化"。把推动基督徒维权运动或"维权政治"作为实现中国"宗教政治化"策略的主要途径,开展"维权"和"争权",并形成了具体的"运动式维权"模式使个体的维权事件迅速运动化、规模化、国际化和政治化。二是利用民族问题,以宗教问题为借口,实施意识形态渗透,达到分裂中国的政治图谋。借宗教问题、民族问题、人权问题,甚至借用宗教极端主义支持"疆独"势力进行宗教渗透和分裂活动,是西方反华势力长期以来的渗透策略。长期以来,美西方反华势力打着"民族""宗教""人权"的旗号,大肆散布民族分裂言论,歪曲中国宗教信仰自由政策,对我国边疆民族地区进行宗教渗透,妄图通过唤起少数民族的宗教感情与狂热,以宗教认同来弱化国家认同,在意识形态领域制造民族矛盾和思想混乱,其目的就是要割断少数民族与中华民族血脉相连的关系,实现遏制、分裂中国的政治图谋。三是在中国国内培养扶持其"宗教代理人"从而进行渗透。为达到推动"中国宗教政治化"的目的,美西方国家扶持和栽培华人传教知识分子,寻找"宗教代理人",对我国进行宗教渗透。20世纪90年代以后,来自中国的知识分子群体成为美国宗教宣教机构重点关注和培植的对象,寄希望于这一群体回国后,成为他们在中国国内新的传教者。为了达到对华宗教渗透的目的,美国还在2002年成立了"对华援助协会",策划、推动并直接参与中国国内的"宗教事件",并以这些所谓的"宗教事件"为素材推动美国和其他国际机构对中国施压;每年向美国国会和国务院提交所谓的"中国宗教迫害年度报告",在美国国内和国际上系统炮制和宣扬"中国宗教迫害论";阻碍中国宗教组织正常开展的对外交流活动。许多教会组织和教会院校协同配合,形成国家、宗教和非政府组织发挥各自不同"优势",运用政治威胁、经济收买、文化宣传、合法与非法手段,对中国进行宗教扩张和渗透,甚至出现了地下教会与国家法规公开对立的现象。西方反华势力对中国的宗教渗透,本质上是一种政治渗透。其根本目的在于把宗教作为可利用的"合法""合理"的"工具"和"手段",以此消解、替代社会主义意识形态,达到分裂、瓦解社会主义中国的目的。

第四,西方学术思想理论具有浓厚的意识形态属性,是西方意识形态的学术话语表达。20世纪90年代中后期至21世纪前10年,通过学术理论渗透,西方意识形态实现了话语和主体的改变,学者和思想家成为新的意识形态话语主体。如马克斯·韦伯、丹尼尔·贝尔、弗朗西斯·福山、塞缪尔·P.亨廷顿、哈耶克、科尔奈、科斯、诺斯等人,都是以学者的身份、用学术的话语表达西方世界的思想理论观点,其背后隐含的是西方资本主义的政治立场、理论逻辑、价值观念、道德标准,是以学术面目呈现的西方资本主义意识形态。在我国,美西方在学术理论的意识形态渗透,以经济学领域最为突出。20世纪90年代中期以后,西方经济学作为国际主流经济学,在我国经济学教学和研究领域占据主导地位。许多高校,尤其是知名高校的经济学专业几乎严格按照所谓的国际标准进行改造和设计,采用原原本本的西方教材、用英语授课,实现了与西方经济学的"全面接轨"。越来越多的西方经济学的理论、方法和分析工具被直接用于研究中国经济问题,国内主要报纸杂志上的经济类文章绝大多数使用的都是西方经济学的概念、理论和方法。西方经济学将资本主义的意识形态融入经济学理论体系,以科学、学术的名义阐释西方主流价值观的合理性,并运用西方理论、概念、方法和话语解读中国经济实践、对中国问题提出对策建议;而且对中国的影响不限于经济学领域,甚至延宕到对马克思主义在整个人文社会科学领域的指导地位。除经济学领域外,通过学术理论实现意识形态渗透,在法学、哲学、文艺学等人文社会科学领域,都有程度不同的表现和影响,方式、路径不同,但目的、目标一致。

第五,随着互联网信息技术的迅猛发展,网络空间及网络文化领域成为西方进行意识形态渗透的新工具和主渠道。2001年,美国著名智库兰德公司应美国国防部委托,完成了《美国信息新战略:思想战的兴起》的分析报告。强调要维护互联网传播内容的政治性,在全球互联网领域中传播美国价值观念,使美国的思想、观念、行为准则和道德标准成为互联网主导思想。美国把新媒体作为推进"民主""自由""人权"和价值观、扩展美国意识形态、强化美国软实力建设、实现美国"21世纪治国方略"和霸权战略的新工具和新途径。2011年,美国发布《网络空间国际战略报告》,明确提出要在世界范围内建立网络自由。确认将互联网作为传播美国价值理念的重要渠道,"互联网自由"正式政策化,网络自由成为美国的一种政治手段与意识形态输出工具。由此,美国政府逐步确定了以美国国家利益为核心,以推进美国意识形态和"普世价值"观为目标,以演化和影响国际社会、他国民众思想和行动程度为衡量标准的基本原则。以政府主导,互联网等新媒体跨国公司共同参与的复合型立体式运作机制。以Facebook、Twitter、Youtube等为主的社交媒体,成为美国开展意识形态渗透和文化侵入的主要平台。美国之音、自由亚洲电台、大纪元、博讯、北京之春、多维网、万维网、大参考、新世纪等成为向中国文化渗透的主要媒体。利用青年群体喜欢通过即时通信工具、电子论坛、博客、聊天室、电邮等方式交流与传播信息的特点,通过电子邮件、电子论坛、网络聊天室、留言板等网络传播途径,向中国境内发送虚假不实信息,美化西方生活、西方社会和西方资本主义制度,攻击我国的政治制度、抹黑我国家形象、消解我国的主流意识形态、破坏我国社会稳定发展大局。

三、意识形态领域一系列长期积累的突出问题亟待解决

从20世纪90年代到21世纪初的10年,意识形态领域积累了一系列问题没有从根本上得到解决,主要表现为以下五个方面。

一是部分党员干部理想信念动摇、宗旨意识淡薄，形式主义、官僚主义问题突出。受国内经济社会环境的变化，国外错误思想和生活方式的影响，部分党员干部理想信念动摇，蜕变为口头上信仰共产主义、社会主义，实际上却在背离其信仰的两面人。不信马列信鬼神，精神人格分裂，贪污腐化突出，动摇了人们的社会主义信念。如何坚定党员干部的共产主义理想、中国特色社会主义信念，消除形式主义、官僚主义，端正党风和工作作风，成为亟须解决的根本性问题。

二是经济社会领域存在道德失范、诚信缺失现象。随着经济的快速发展，市场化存在的弱点和消极因素同时进入人们的精神文化生活，甚至渗透到党内政治生活中来。市场经济的竞争机制容易导向功利主义，而功利主义的盛行导致利他主义赖以生存的社会基础环境发生变化，缺少道德规范、法的约束、社会制约，必然导致个人主义和唯利是图，为达目的不择手段。市场经济的负面功能被进一步放大——假冒伪劣产品泛滥、坑蒙拐骗行为时有发生、社会诚信快速降低、市场环境趋于恶化等，经济社会领域出现道德失范、诚信缺失现象，社会主义道德规范遭遇市场逐利性的挑战。另一个方面就是道德相对主义的泛滥，把道德看作私人的事情，社会、组织和他人无权干涉。造成社会道德规范失灵，道德信仰危机，导致利己主义道德观的流行。经济社会领域存在的拜金主义、享乐主义、极端个人主义，是非、善恶、美丑不分等不道德现象。道德相对主义的泛滥，消解人们对主流价值观的认同，冲击社会道德规范，瓦解社会道德基础。面对经济社会领域存在的道德失范、诚信缺失现象，如何搞好精神文明建设，积极培育和践行社会主义核心价值观成为意识形态领域建设一项长期的基本任务。

三是意识形态"学术化"现象严重。意识形态学术化——以学术的名义表达意识形态诉求。意识形态学术化的主要表现，从高校教学、课程设置看，西方意识形态通过哲学社会科学学科建设和国民教育体系逐步在中国"扎根"，在经济学、法学、政治学、社会学等领域，表现尤为突出。极少数哲学社会科学界的"精英人物",以"经济学家""知名教授"专家学者身份出现,把西方意识形态渗透到学术研究之中,通过"学术思潮""学术文章"、学术话语加以表达、传播。这些"学术化"的表达,具有很强的隐蔽性、欺骗性,产生了比较广泛的社会影响,在知识分子群体中影响尤甚。意识形态"学术化",对社会主义意识形态提出了多方面的挑战,如何建设具有强大凝聚力和引领力的社会主义意识形态,成为新时代坚持和发展中国特色社会主义的一个重大命题,也是全党特别是宣传思想战线必须担负起的一个战略任务。

四是消费主义、享乐主义、拜物主义成为社会上一些人的生活态度和价值追求。随着人们物质生活条件的提高,人们的消费理念、消费行为、消费习惯发生了根本性的转变,消费不再只是一种经济行为,而是日渐成为一种生活态度和价值观的表达。消费产品奢侈化、消费过程娱乐化,消费目的庸俗化、消费行为符号化等意识性特征越来越突出。商品、金钱和奢侈品成为新的"自由"的象征。拜物主义思想在一定程度上主导着一些人的生活,拜物主义的风尚已经成为一种所谓的"中国病"。消费主义、享乐主义、拜物主义对人们的思想观念、价值追求、生活态度、生活方式的不良影响,越来越深入越来越广泛。消费主义、享乐主义思潮从单纯的物质领域向精神文化领域延展,导致文化娱乐领域庸俗、低俗、媚俗之风兴起,泛娱乐主义成为时尚潮流。意识形态娱乐化——娱乐至死的背后隐含着鲜明的意识形态取向。一个时期以来,文化产品的娱乐性被无限度地扩张,突破底线、跨越红线。20世纪末21世纪初,泛娱乐主义在文艺、新闻、出版、广播、电视、网络等领域都有普遍表现,并呈从文化生活领域向社会政治领域蔓延的趋势。泛娱乐主义以恶搞、调侃、戏说、解构为主要特征,盲目推崇和过度追求娱乐化,重感官刺激,突出渲染低级趣味,哗众取宠、博人眼球,陷入庸俗、低俗、媚俗的泥淖。优秀传统文化、革命文化、社会主义先进文化被无视和排斥,积极健康有价值的文化产品供给严重不足,矮化民族精神境界,动摇民族精神的文化根基。面对纷繁复杂的社会潮流,如何积极培育和践行社会主义核心价值观,探索运用社会主义核心价值观引领社会思潮的有效途径,为发展中国特色社会主义提供精神动力,成为一个亟待破解的难题。

五是意识形态网络化——网络意识形态野蛮生长、美西方互联网霸权猖獗。互联网技术尤其是移动互联网技术呈现裂变式发展,对媒体格局、舆论生态带来全方位的深刻影响。微博、微信、手机媒体和社交网络已经成为舆论生成的策源地、文化传播的集散地、思想交锋的主阵地,互联网意识形态狂飙突起,正以其独特的方式重塑舆论形态、改造文化环境,改变政治生态、影响文化安全和社会安全。从国内看,各种思想观点和亚文化现象交汇,网络舆情生态更加复杂多变。随着新技术的不断发展,新媒体平台不再只是"两微一端"(微博、微信和客户端),知乎、网络电台、AB站弹幕、网络直播、网络字幕组、笔记类分享应用等兴起,并成为舆论生成的重要源头,成为各种错误思想观点和低俗文化的滋生地、发酵池,肆意传播,无限蔓延,持有不同思想观点、文化偏好、生活态度的社群争议更加激烈,使得网络舆论生态更加复杂多变,思想舆论场效应更加明显。资本力量的介入。在很多网络公共事件中都有资本的"幽灵"在显现,甚至是资本力量直接赤膊上阵,冲在第一线,为本来已经波诡云谲的舆论生态增加了更多的不确定因素。从国际上看,西方大国和敌对势力意识形态渗透与入侵。美西方国家和敌对势力借用网络控制权、信息发布权、规则制定权、文化话语权等优势,推行网络霸权,利用网络对我国进行全面攻击,妄图"扳倒中国"。一些西方政要也一再声称,要用互联网对付中国。西方网络媒体持续放大"中国威胁论",将中国塑造成"躁动不安的帝国""地区紧张的渊薮",国际舆论中被动"挨骂"的局面没有从根本上得到改变。在互联网条件下,人们的生活方式、思想观念、价值取向、道德准则、思维模式、话语体系、生活习惯都发生了一系列深刻变化,意识形态工作面临前所未有的挑战。如何推进主流意识形态占领网络舆论阵地,建设网络主流文化,维护网络安全、国家安全尤其是意识形态安全,成为意识形态领域建设的一项重大使命和任务。

第二节　新时代以来创新发展马克思主义意识形态理论的新举措

　　面对国内外形势的深刻变化,针对意识形态领域存在的主要问题,党和国家事业发展对意识形态建设提出的新要求,以习近平同志为核心的党中央,采取一系列新的重大举措,为创新发展马克思主义意识形态理论创造了有利条件、提供了坚强保证。

一、从制度建设入手夯实马克思主义在意识形态领域的指导地位

　　建立健全意识形态工作责任制,以制度建设不断巩固马克思主义在意识形态领域的指导地位,是新时代意识形态建设工作创新性举措,是加强党对意识形态工作全面领导的重大战略举措,是坚持马克思主义在意识形态领域指导地位这一根本制度的重要体现。

　　实施《党委(党组)意识形态工作责任制实施办法》,把落实意识形态工作责任制纳入巡视工作安排。2015年10月3日,中共中央办公厅印发《党委(党组)意识形态工作责任制实施办法》,以党内法规形式明确各级党委(党组)的责任。该实施办法要求,按照属地管理、分级负责和谁主管谁负责的原则,各级党委(党组)领导班子对本地区本部门本单位意识形态工作负主体责任。党委(党组)书记是第一责任人,应当旗帜鲜明地站在意识形态工作第一线,带头抓意识形态工作,带头管阵地、把导向、强队伍,带头批评错误观点和错误倾向,重要工作亲自部署、重要问题亲自过问、重大事件亲自处置。党委(党组)分管领导是直接责任人,协助党委(党组)书记抓好统筹协调指导工作。党委(党组)其他成员根据工作分工,按照"一岗双责"要

求,抓好分管部门、单位的意识形态工作,对职责范围内的意识形态工作负领导责任。

通过《中国共产党党委(党组)理论学习中心组学习规则》,确立党委中心组学习制度。坚持马克思主义在意识形态领域指导地位的根本制度,第一位的要求就是推动全党全社会全面贯彻落实习近平新时代中国特色社会主义思想。党的十八大以来,为进一步加强和改进党委(党组)理论学习中心组学习制度,规范学习管理,提高学习效果。按照建设学习型服务型创新型马克思主义执政党的要求,充分发挥党委中心组学习的示范带动作用,把学习贯彻习近平总书记系列重要讲话精神引向深入。2017年1月30日,中共中央办公厅印发《中国共产党党委(党组)理论学习中心组学习规则》。该规则对党委(党组)理论学习中心组学习的性质定位原则、内容形式要求、组织管理考核等方面作出明确规定。该规则出台后,学习情况通报制度逐步建立,学习书目推荐机制逐渐完善,领导班子、领导干部的学习由"软要求"变成"硬任务"。对于提高领导干部的理论水平和工作能力,加强领导班子思想政治建设,提高党对意识形态工作的领导能力,发挥了重要引领和推动作用。

发布《中国共产党宣传工作条例》等,为新形势下党的宣传工作守根脉、创新局提供法规依据。随着中国特色社会主义进入新时代,宣传思想工作面临新形势、新任务、新要求,需要通过法治方式提升工作的制度化、规范化、科学化水平。为此,中央把《中国共产党宣传工作条例》,列入《中央党内法规制定工作第二个五年规划(2018—2022年)》。2019年4月19日,习近平主持召开中共中央政治局会议,审议《中国共产党宣传工作条例》。该条例以习近平新时代中国特色社会主义思想为指导,对党领导宣传思想工作的主要目的依据、定位作用、指导思想、根本任务、工作原则作出规定,对宣传领域各方面工作,包括理论、新闻舆论和出版、思想道德建设、文化文艺、互联网宣传和信息内容管理、对外宣传、基层宣传工作、意识形态管理、加强党对宣传工作的全面领导等作出规定。该条例明确各级党委对宣传工作负主体责任,党委宣传部是党中央和地方各级党委主管意识形态方面工作的职能部门,是社会主义精神文明建设的牵头协调部门,并对基层宣传工作作了明确规定。同时要求,各级党委(党组)要加强该条例执行情况的监督检查,纳入党建工作责任制,纳入意识形态工作责任制,纳入领导班子、领导干部目标管理,纳入监督执纪问责范围。《中国共产党宣传工作条例》,是中国共产党第一部关于宣传工作的基础性、主干性党内法规,以刚性的法规制度为全党开展宣传工作提供了有力指导和支撑,标志着宣传工作科学化规范化制度化建设迈上新的台阶,在党的宣传事业发展史上具有重要的里程碑意义。2019年6月29日,中共中央发出关于印发《中国共产党宣传工作条例》的通知。要求各级党委(党组)要把学习贯彻《条例》作为一项重要政治任务,抓好宣传解读和督促检查,进一步加强党对宣传工作的全面领导,确保党中央关于宣传工作的重大决策部署落到实处。

颁布实施《新时代爱国主义教育实施纲要》和《新时代公民道德建设实施纲要》,推进社会主义道德建设。2019年9月24日,习近平主持召开中共中央政治局会议,审议《新时代爱国主义教育实施纲要》。该纲要对新时代爱国主义教育的总体要求和基本内容,新时代爱国主义教育的群体对象、载体手段和氛围营造,新时代爱国主义教育的组织保障作出明确规定。该纲要规定,要充分发挥课堂教学的主渠道作用,将爱国主义精神贯穿于学校教育全过程,推动爱国主义教育进课堂、进教材、进头脑。要办好学校思想政治理论课,组织推出爱国主义精品出版物,广泛组织开展实践活动,把爱国主义内容融入各类主题教育活动之中。2019年10月17日,中共中央、国务院印发《新时代公民道德建设实施纲要》。该纲要对新时代公民道德建设的总体要求、重点任务、深化道德教育引导、推动道德实践养成、抓好网络空间道德建设、发挥制度保障作用和加强组织领导等内容作出规定。对推进新时代公民道德建设要在四个方面下功夫:聚力培养担当民族复兴大任的时代新人,坚持以社会主义核心价值观为引领,大力夯实基层基础,强化道德建设的法治保障。该纲要的发布实施,对于把社会主义思想道德建设优势进一步转化为治理效能,不断把新时代公民道德建设引向深入,培养担当民族复兴大任的时代新人,凝聚奋斗新时代的强大精神力量,具有重要的制度性规范指导作用。

二、通过推进马克思主义意识形态理论体系化建设,占领意识形态高地

党的十八大以来,习近平总书记高度重视意识形态工作,作出了一系列重要论述,深刻回答了意识形态工作方向性、全局性、战略性重大问题,创新丰富发展了马克思主义意识形态理论,为加强和改进新时代意识形态工作提供了重要的理论指导和根本遵循。

开展学习贯彻落实习近平《论党的宣传思想工作》精神。2020年11月,《论党的宣传思想工作》出版。这部全面系统反映习近平关于宣传思想工作重要思想的权威著作的出版,对于推动全党全社会特别是宣传思想战线学懂弄通做实习近平新时代中国特色社会主义思想,特别是习近平关于宣传思想工作的重要思想具有十分重要的指导作用。这部重要著作,连同2013年、2018年全国宣传思想工作会议重要讲话,全面系统阐述了习近平总书记关于宣传思想工作的重要思想,将马克思主义宣传理论推进到一个新境界,为通过马克思主义意识形态理论的体系支撑,占领意识形态高地提供了理论依据和根本遵循。

通过建设理论工作"四大平台",用马克思主义占领意识形态高地。党的十九大以来,宣传思想工作在打通基层、夯实基础方面,紧跟时代变化,适应信息化条件下干部群众理论学习需求,积极推进探索创新,打造理论工作"四大平台"高地,先后谋划推出新时代文明实践中心、县级融媒体中心和"学习强国"学习平台等深受广大干部群众喜爱的新载体新阵地,用马克思

主义意识形态理论的体系支撑,占领意识形态高地。2015 年 7 月 28 日,中央宣传部召开推进理论工作"四大平台"建设工作会议,统筹推进马克思主义理论研究和建设工程、中国特色社会主义理论体系研究中心、马克思主义学院、报刊网络理论宣传阵地"四大平台"建设,是新形势下汇集力量深化拓展马克思主义理论研究和宣传教育、加强党的思想理论工作的重要举措。2015 年 9 月 10 日,中央宣传部、教育部印发《关于加强马克思主义学院建设的意见》;2015 年 9 月 30 日,中央宣传部印发《关于进一步加强中国特色社会主义理论体系研究中心建设的意见》;2017 年 3 月,中央宣传部印发《深入实施马克思主义理论研究和建设工程规划纲要》,带动了各地研究中心壮大发展。在报刊网络理论宣传阵地建设方面,重点建设扶持了一批党报理论版和党刊,打造了一批有影响力的全国重点理论网站(频道)。通过上述制度性设计和安排,并在实践中落实创新发展,进一步夯实了马克思主义意识形态理论指导地位。

三、加强思想政治工作,提升意识形态凝聚力引领力

党的十八大以来,习近平总书记高度重视思想政治工作,作出一系列重要论述,深刻阐明了新时代思想政治工作的重大意义、根本任务、方针原则、基本要求,丰富和发展了党对思想政治工作的规律性认识,为做好思想政治工作提供了根本遵循。

发布实施《关于新时代加强和改进思想政治工作的意见》。2020 年 12 月 30 日,习近平主持召开中央全面深化改革委员会第十七次会议,审议通过《关于新时代加强和改进思想政治工作的意见》。该意见对把思想政治工作作为治党治国的重要方式、深入开展思想政治教育、提升基层思想政治工作质量和水平、推动新时代思想政治工作守正创新发展、构建共同推进思想政治工作的大格局等提出明确要求。该意见明确思想政治工作的指导思想:围绕巩固马克思主义在意识形态领域的指导地位、巩固全党全国人民团结

奋斗的共同思想基础这一根本任务,自觉承担起举旗帜、聚民心、育新人、兴文化、展形象的职责使命,把思想政治工作作为治党治国的重要方式,着力固根基、扬优势、补短板、强弱项,提高科学化规范化制度化水平,充分调动一切积极因素,广泛团结一切可以团结的力量,为人民服务,为中国共产党治国理政服务,为巩固和发展中国特色社会主义制度服务,为改革开放和社会主义现代化建设服务。该意见明确了新时代思想政治工作的方针原则:坚持和加强党的全面领导,掌握工作领导权和主动权;坚持以人民为中心,强信心、聚民心、暖人心、筑同心;坚持服务党和国家工作大局,提供政治和思想保障;坚持遵循思想政治工作规律,因地、因事、因时制宜开展工作;坚持守正创新,保持生机活力。该意见强调要强化党委(党组)主体责任,即各级党委(党组)要切实负起政治责任和领导责任:制定思想政治工作责任清单,明确落实措施和推进步骤;认真落实思想政治工作定期分析报告制度;专题研究思想政治工作;专题学习思想政治工作理论方针。该意见要求深入开展思想政治教育:坚持用习近平新时代中国特色社会主义思想武装全党、教育人民;推动理想信念教育常态化制度化;培育和践行社会主义核心价值观;加强党史、新中国史、改革开放史、社会主义发展史和形势政策教育和社会主义法治教育,增强忧患意识、发扬斗争精神;提升基层思想政治工作质量和水平,强调加强网络思想政治工作;推动新时代思想政治工作守正创新发展。这是一个十分重要的文件,也是一项重要战略举措。按照思想政治工作文件形成机理和发生作用的规律,文件在解决人们思想问题、提高整个社会人文素养和思想道德水平、推动经济社会发展方面发挥十分重要的作用。

发布实施《关于加强和改进新形势下高校思想政治工作的意见》。2016年12月7日至8日,全国高校思想政治工作会议召开,习近平出席会议并发表重要讲话。他强调,高校思想政治工作关系高校培养什么样的人、如何培养人以及为谁培养人这个根本问题。要坚持把立德树人作为中心环节,把思想政治工作贯穿教育教学全过程,实现全程育人、全方位育人,努力开创我国高等教育事业发展新局面。2017年2月,中共中央、国务院印发《关于加强和改进新形势下高校思想政治工作的意见》。该意见明确了加强和改进高校思想政治工作的指导思想,阐明了加强和改进高校思想政治工作的基本原则。该意见指出,要强化思想理论教育和价值引领,把理想信念教育放在首位,要培育和践行社会主义核心价值观,把社会主义核心价值观体现到教书育人全过程;要弘扬中华优秀传统文化和革命文化、社会主义先进文化,实施中华文化传承工程,推动中华优秀传统文化融入教育教学,加强革命文化和社会主义先进文化教育,深化党史、新中国史、改革开放史和社会主义发展史学习教育;要进一步办好高校思想政治理论课,充分发挥思想政治理论课的主渠道作用,深入实施高校思想政治理论课建设体系创新计划,完善教材体系,提高教师素质,创新教学方法,增强教学的吸引力、说服力、感染力;要加强高校马克思主义学院建设,打造马克思主义理论教学、研究、宣传和人才培养的坚强阵地,支持有条件的高校设置马克思主义理论专业,深入实施马克思主义理论研究和建设工程。该意见指出,要发挥哲学社会科学育人功能,积极推进学术话语体系创新,努力建设一批中国特色、世界一流的哲学社会科学学科;加强教师队伍和专门力量建设,推进高校思想政治工作改革创新;加强和改善党对高校的领导,完善高校党的领导体制,为加强和改进高校思想政治工作创造良好条件。

开展党史学习教育,弘扬伟大建党精神。2021年2月1日,中共中央决定在全党开展党史学习教育。2021年2月,中共中央印发《关于在全党开展党史学习教育的通知》,就党史学习教育作出部署安排。2021年2月20日,党史学习教育动员大会召开,习近平出席会议并发表重要讲话。他强调,在全党开展党史学习教育,是牢记初心使命、推进中华民族伟大复兴历史伟业的必然要求,是坚定信仰信念、在新时代坚持和发展中国特色社会主义的必然要求,是推进党的自我革命、永葆党的生机活力的必然要求。教育引导全党从党史中汲取正反两方面历史经验,坚定不移向党中央看齐,不断提高政治判断力、政治领悟力、政治执行力,自觉在思想上政治上行动上同党中央保持高度一致。全党同志要做到学史明理、学史增信、学史崇德、学史力行,学党史、悟思想、办实事、开新局,以昂扬姿态奋力开启全面建设社会主义现代化国家新征程,以优异成绩迎接建党一百周年。①会议对党史学习教育工作提出了明确要求:一是要加强组织领导,二是要树立正确党史观,三是要切实为群众办实事解难题,四是要注重方式方法创新。要在全社会广泛开展党史、新中国史、改革开放史、社会主义发展史宣传教育,普及党史知识,推动党史学习教育深入群众、深入基层、深入人心。中共中央印发《关于在全党开展党史学习教育的通知》,就党史学习教育作出部署安排,引导广大党员干部学深悟透笃行,推动党史学习教育取得新进展新成效。

四、加强新闻宣传工作,扩大主流意识形态传播路径

党的十八大以来,宣传思想工作得到了全面加强,为主流意识形态传播奠定了思想基础、指明了努力方向、拓展了传播路径。主要体现为:召开全国宣传思想工作会议为宣传思想工作明确任务、指明方向。2013年8月19日至20日,全国宣传思想工作会议召开,习近平发表重要讲话。讲话提出了"两个巩固"的重要观点,即宣传思想工作就是要巩固马克思主义在意识形态领域的指导地位,巩固全党全国人民团结奋斗的共同思想基础。强调领导干部特别是高级干部要把系统掌握马克思主义基本理论作为看家本领,学会运用马克思主义立场、观点、方法观察和解决问题,坚定理想信念。要加强社会主义核心价值体系建设,积极培育和践行社会主义核心价值观,全面提高公民道德素质,培育知荣辱、讲正气、作奉献、促和谐的良好风尚。宣传思想工作要坚持党性和人民性的统一。要树立以人民为中心的工作导

---

① 《〈求是〉杂志发表习近平总书记重要文章 在党史学习教育动员大会上的讲话》,《人民日报》,2024年4月1日。

向,丰富人民精神世界,增强人民精神力量,满足人民精神需求。必须坚持巩固壮大主流思想舆论,弘扬主旋律,传播正能量,激发全社会团结奋进的强大力量。强调要把握好时、度、效,增强吸引力和感染力,充分发挥正面宣传鼓舞人、激励人的作用。在事关大是大非和政治原则问题上,必须增强主动性、掌握主动权、打好主动仗。

习近平强调,宣传思想工作创新重点要抓好理念创新、手段创新、基层工作创新,努力以思想认识新飞跃打开工作新局面,积极探索有利于破解工作难题的新举措新办法,把创新的重心放在基层一线。要继续推进文化体制改革,推动文化事业全面繁荣和文化产业快速发展、建设社会主义文化强国。宣传思想部门必须守土有责、守土负责、守土尽责。各级党委要负起政治责任和领导责任,加强对宣传思想领域重大问题的分析研判和重大战略性任务的统筹指导,不断提高领导宣传思想工作能力和水平。[1]习近平总书记的这一重要讲话,站在党和国家全局高度,深刻阐述了事关宣传思想工作长远发展的一系列重大理论问题和现实问题,进一步明确了宣传思想工作的方向目标、重点任务和基本遵循。这次全国宣传思想工作会议,是进入新时代召开的第一次全国宣传思想工作会议,习近平总书记的重要讲话,系统全面地阐明了宣传思想工作的一系列重大问题,对于做好新时代宣传思想文化工作具有筑基定调的先导作用。

2018年8月21日至22日,全国宣传思想工作会议召开,习近平出席会议并发表重要讲话。他强调,中国特色社会主义进入新时代,必须把统一思想、凝聚力量作为宣传思想工作的中心环节。做好新形势下宣传思想工作,必须自觉承担起举旗帜、聚民心、育新人、兴文化、展形象的使命任务。举旗帜,就是要高举马克思主义、中国特色社会主义的旗帜,坚持不懈用新时代中国特色社会主义思想武装全党、教育人民、推动工作,在学懂弄通做实上

---

① 《习近平在全国宣传思想工作会议上强调 胸怀大局把握大势着眼大事 努力把宣传思想工作做得更好》,《人民日报》,2013年8月21日。

下功夫,推动当代中国马克思主义、21世纪马克思主义深入人心、落地生根。聚民心,就是要牢牢把握正确舆论导向,唱响主旋律,壮大正能量,做大做强主流思想舆论,把全党全国人民士气鼓舞起来、精神振奋起来,朝着党中央确定的宏伟目标团结一心向前进。育新人,就是要坚持立德树人、以文化人,建设社会主义精神文明、培育和践行社会主义核心价值观,提高人民思想觉悟、道德水准、文明素养,培养能够担当民族复兴大任的时代新人。兴文化,就是要坚持中国特色社会主义文化发展道路,推动中华优秀传统文化创造性转化、创新性发展,继承革命文化,发展社会主义先进文化,激发全民族文化创新创造活力,建设社会主义文化强国。展形象,就是要推进国际传播能力建设,讲好中国故事、传播好中国声音,向世界展现真实、立体、全面的中国,提高国家文化软实力和中华文化影响力。习近平强调,建设具有强大凝聚力和引领力的社会主义意识形态,是全党特别是宣传思想战线必须担负起的一个战略任务。要把坚定"四个自信"作为建设社会主义意识形态的关键,坚持马克思主义在我国哲学社会科学领域的指导地位,建设具有中国特色、中国风格、中国气派的哲学社会科学。要把握正确舆论导向,提高新闻舆论传播力、引导力、影响力、公信力,巩固壮大主流思想舆论。习近平强调,要把优秀传统文化的精神标识提炼出来、展示出来,把优秀传统文化中具有当代价值、世界意义的文化精髓提炼出来、展示出来。要完善国际传播工作格局,创新宣传理念、创新运行机制,汇聚更多资源力量。

习近平指出,要加强党对宣传思想工作的全面领导,旗帜鲜明坚持党管宣传、党管意识形态。要以党的政治建设为统领,牢固树立"四个意识",坚决维护党中央权威和集中统一领导,牢牢把握正确政治方向。习近平总书记的这一重要讲话,深刻阐述了新形势下党的宣传思想工作的历史方位和使命任务,深刻回答了一系列方向性、根本性、全局性、战略性重大问题,对做好新形势下党的宣传思想工作作出重大部署,是指导新形势下党的宣传思想工作的纲领性文献。这次会议,对于贯彻落实习近平关于宣传思想工作的重要思想,自觉肩负起新形势下宣传思想工作的使命任务,开创宣传思想工作新局面,为党和国家事业发展提供坚强思想保证和强大精神力量。

2023年10月7日至8日,全国宣传思想文化工作会议召开。会上传达了习近平重要指示,强调宣传思想文化工作事关党的前途命运,事关国家长治久安,事关民族凝聚力和向心力,是一项极端重要的工作。要坚持以习近平新时代中国特色社会主义思想为指导,全面贯彻党的二十大精神,聚焦用党的创新理论武装全党、教育人民这个首要政治任务,围绕在新的历史起点上继续推动文化繁荣、建设文化强国这一新的文化使命,坚定文化自信,秉持开放包容,坚持守正创新,着力加强党对宣传思想文化工作的领导,着力建设具有强大凝聚力和引领力的社会主义意识形态,着力培育和践行社会主义核心价值观,着力提升新闻舆论传播力引导力影响力公信力,着力赓续中华文脉、推动中华优秀传统文化创造性转化和创新性发展,着力推动文化事业和文化产业繁荣发展,着力加强国际传播能力建设、促进文明交流互鉴,充分激发全民族文化创新创造活力,不断巩固全党全国各族人民团结奋斗的共同思想基础,不断提升国家文化软实力和中华文化影响力,为全面建设社会主义现代化国家、全面推进中华民族伟大复兴提供坚强思想保证、强大精神力量、有利文化条件。习近平的重要指示具有很强的政治性、思想性、指导性,为进一步做好宣传思想文化工作指明了方向。会议认为,党的十八大以来,习近平在新时代文化建设方面的新思想新观点新论断,内涵十分丰富、论述极为深刻,是新时代党领导文化建设实践经验的理论总结,丰富和发展了马克思主义文化理论,构成了习近平新时代中国特色社会主义思想的文化篇,形成了习近平文化思想,为做好新时代新征程宣传思想文化工作、担负起新的文化使命提供了强大思想武器和科学行动指南。会议第一次明确提出习近平文化思想,对于做好新时代新征程宣传思想文化工作,为全面建设社会主义现代化国家、全面推进中华民族伟大复兴提供坚强思想保证强大精神力量有利文化条件。

　　营造清朗网络空间,推动媒体融合发展。党的十八大以来,以习近平同志为核心的党中央把做好新时代互联网内容建设与管理工作作为党的意识形态工作的重中之重,作出一系列重大决策,提出一系列重大举措,提高用网治网水平,加强互联网内容建设,推进媒体深度融合发展。为做好新时代学术理论网络传播工作提供了根本遵循和科学指导。2013年12月30日,党中央决定,成立中央网络安全和信息化领导小组。2014年2月27日,习近平主持召开中央网络安全和信息化领导小组第一次会议并发表重要讲话。他强调,做好网上舆论工作是一项长期任务,要创新改进网上宣传,运用网络传播规律,弘扬主旋律,激发正能量,大力培育和践行社会主义核心价值观,把握好网上舆论引导的时、度、效,使网络空间清朗起来。

　　2016年4月19日,网络安全和信息化工作座谈会举行,习近平主持会议并发表重要讲话。他强调,要建设网络良好生态,发挥网络引导舆论、反映民意的作用。让互联网成为了解群众、贴近群众、为群众排忧解难的新途径,成为发扬人民民主、接受人民监督的新渠道。网络空间是亿万民众共同的精神家园。要本着对社会负责、对人民负责的态度,依法加强网络空间治理,加强网络内容建设,做强网上正面宣传,培育积极健康、向上向善的网络文化,用社会主义核心价值观和人类优秀文明成果滋养人心、滋养社会,做到正能量充沛、主旋律高昂,为广大网民特别是青少年营造一个风清气正的网络空间。

　　2020年6月30日,中央全面深化改革委员会第十四次会议审议通过《关于加快推进媒体深度融合发展的指导意见》。会议强调,推动媒体融合向纵深发展,要深化体制机制改革,加大全媒体人才培养力度,打造一批具有强大影响力和竞争力的新型主流媒体。推动传统媒体和新兴媒体融合发展,是落实中央全面深化改革部署、推进宣传文化领域改革创新的一项重要任务,是适应媒体格局深刻变化、提升主流媒体传播力引导力影响力公信力的重要举措。新闻媒体认真贯彻习近平总书记关于媒体融合的重要论述精神,按照习近平提出的建设"四全媒体",构建全媒体传播格局、形成全媒体传播体系、实施全媒体传播工程这一媒体融合发展的重点任务和具体目标,落实党中央决策部署,强化互联网思维,坚持传统媒体和新兴媒体优势互补、一体发展,坚持以先进技术为支撑、内容建设为根本,推动传统媒体和新兴媒体在内容、渠道、平台、经营、管理等方面的深度融合,积极运用信息革命成果,大胆运用新技术,推进理念、内容、手段、体制机制等全方位创新,着力打造一批形态多样、手段先进、具有竞争力的新型主流媒体,建成拥有强大实力和传播力、公信力、影响力、竞争力的新型主流媒体集团,形成立体多样、融合发展的现代传播体系。中央媒体和地方媒体、主流媒体和商业平台、大众化媒体和专业性媒体,通过媒体融合,初步形成了全媒体传播格局。网络管理部门一手抓融合,一手抓管理,确保融合发展沿着正确方向推进。媒体融合发展,新型主流媒体传播体系的形成,进一步拓展了主流思想舆论传播阵地,形成了新的舆论引导格局。

五、提升国际话语能力,拓展意识形态海外影响力

党的十八大以来,以习近平同志为核心的党中央高度重视对外宣传工作和提高国际传播能力建设问题。党的十八届三中全会通过的《中共中央关于全面深化改革若干重大问题的决定》强调,加强国际传播能力和对外话语体系建设。这是中央全会文件第一次明确提出加强国际传播能力建设。党的十九大报告首次提出推进国际传播能力建设。2021年5月31日,中共中央政治局就加强我国国际传播能力建设进行第三十次集体学习。习近平在主持学习时强调,讲好中国故事,传播好中国声音,展示真实、立体、全面的中国,是加强我国国际传播能力建设的重要任务。要下大气力加强国际传播能力建设,形成同我国综合国力和国际地位相匹配的国际话语权,为我国改革发展稳定营造有利的外部舆论环境,为推动构建人类命运共同体作出积极贡献。他强调,要加快构建中国话语和中国叙事体系,用中国理论阐

释中国实践，用中国实践升华中国理论，打造融通中外的新概念、新范畴、新表述，更加充分、更加鲜明地展现中国故事及其背后的思想力量和精神力量。

习近平对加强国际传播，提高国际话语权提出要求：一是加强对中国共产党的宣传阐释，帮助国外民众认识到中国共产党是真正为中国人民谋幸福而奋斗，了解中国共产党为什么能、马克思主义为什么行、中国特色社会主义为什么好。要围绕中国精神、中国价值、中国力量，从政治、经济、文化、社会、生态文明等多个视角进行深入研究，为开展国际传播工作提供学理支撑。二是推动中华文化走出去，以文载道、以文传声、以文化人，向世界阐释推介更多具有中国特色、体现中国精神、蕴藏中国智慧的优秀文化，努力塑造可信、可爱、可敬的中国形象。三是广泛宣介中国主张、中国智慧、中国方案，要高举人类命运共同体大旗，依托我国发展的生动实践，全面阐述我国的发展观、文明观、安全观、人权观、生态观、国际秩序观和全球治理观。要倡导多边主义，反对单边主义、霸权主义，引导国际社会共同塑造更加公正合理的国际新秩序，建设新型国际关系。说明中国发展本身就是对世界的最大贡献、为解决人类问题贡献了智慧。四是要深入开展各种形式的人文交流活动，通过多种途径推动我国同各国的人文交流和民心相通。各地区各部门要发挥各自特色和优势开展工作，展示丰富多彩、生动立体的中国形象。五是要全面提升国际传播效能，建强适应新时代国际传播需要的专门人才队伍。推进中国故事和中国声音的全球化表达、区域化表达、分众化表达，增强国际传播的亲和力和实效性。六是要讲究舆论斗争的策略和艺术，提升重大问题对外发声能力。习近平关于推进国际传播能力建设重要论述精神和新理念新思想新战略，对于加强和改进国际传播工作、提高国际话语能力提供了重要的理论指导和行动指南。

第三节　新时代意识形态形势实现全局性根本性转变

新时代,以习近平同志为核心的党中央坚持和加强党对意识形态工作的全面领导,坚持以人民为中心的工作导向,坚持守正创新,推动意识形态领域治理体系和治理能力现代化,从根本上扭转了意识形态领域一度出现的被动局面,我国意识形态领域形势发生了全局性、根本性的转变,党对意识形态工作的领导得到全面加强,党的创新理论深入人心,马克思主义在意识形态领域指导地位的根本制度得以确立和坚持、在意识形态领域的指导地位更加鲜明,全党全社会思想上的团结统一更加巩固,全党全国各族人民文化自信显著增强、精神面貌更加奋发昂扬。

一、马克思主义在意识形态领域的指导地位更加巩固

马克思主义中国化时代化的最新理论成果——习近平新时代中国特色社会主义思想成为党的指导思想。进入新时代,以习近平同志为主要代表的中国共产党人,坚持把马克思主义基本原理同中国具体实际相结合、同中华优秀传统文化相结合,深刻总结并充分运用党成立以来的历史经验,从新的实际出发,创立了习近平新时代中国特色社会主义思想。

2017 年 10 月,党的十九大郑重提出习近平新时代中国特色社会主义思想,并把这一思想确立为党必须长期坚持的指导思想,写进党章,实现了党的指导思想的又一次与时俱进。大会报告用"八个明确"和"十四个坚持"系统阐述了习近平新时代中国特色社会主义思想的科学内涵和实践要求。"八个明确""十四个坚持"有机融合、有机统一,反映了以习近平同志为核心的党中央对中国特色社会主义规律性认识的深化,体现了理论与实践相结合、

认识论和方法论相统一的鲜明特色。2021年11月,党的十九届六中全会审议通过了《中共中央关于党的百年奋斗重大成就和历史经验的决议》,全会总结了党的十八大以来取得的"十三个方面成就",明确进入新时代,中国共产党人以全新的视野深化对共产党执政规律、社会主义建设规律、人类社会发展规律认识,取得重大理论创新成果,集中体现为新时代中国特色社会主义思想。党的十九大提出的"八个明确""十四个坚持",党的十九届六中全会提出的"十三个方面成就",概括了习近平新时代中国特色社会主义思想的主要内容。

党的十九届六中全会通过的《中共中央关于党的百年奋斗重大成就和历史经验的决议》指出,习近平新时代中国特色社会主义思想是当代中国马克思主义、二十一世纪马克思主义,是中华文化和中国精神的时代精华,实现了马克思主义中国化新的飞跃。这一重要论述科学阐明了确立习近平新时代中国特色社会主义思想指导地位的重大意义,标明了这一重要思想在马克思主义发展史、中华文明发展史上的重要地位,是党中央对习近平新时代中国特色社会主义思想的时代主题、历史地位、理论价值的最新概括,实现了党的指导思想的与时俱进,为进一步增强全面贯彻习近平新时代中国特色社会主义思想的政治自觉、理论自觉、行动自觉提供了重要指引。

用习近平新时代中国特色社会主义思想武装全党、教育人民。坚持用马克思主义中国化时代化最新成果武装全党、指导实践、推动工作,是中国共产党创造历史、成就辉煌的一条重要经验。党的十八大以来,以习近平同志为核心的党中央先后部署并开展了党的群众路线教育实践活动、"三严三实"专题教育、"两学一做"学习教育、"不忘初心、牢记使命"主题教育、党史学习教育、习近平新时代中国特色社会主义思想主题教育等,作为用马克思主义中国化最新成果武装党员干部、教育群众的重大战略举措,对于推动全党强化理论武装、坚定理想信念、提升思想境界、提高政治能力、永葆初心使命,达到了预期效果,产生了深远的影响,特别是在全党开展"不忘初心、牢记使命"主题教育、学习贯彻习近平新时代中国特色社会主义思想主题教育，对于深化理论武装、统一全党思想，强化主流意识形态，发挥了重要作用。

2017年10月，党的十九大明确提出，要在全党开展"不忘初心、牢记使命"主题教育，用党的创新理论武装头脑，推动全党更加自觉地为实现新时代党的历史使命不懈奋斗。按照党的十九大战略部署，2019年5月13日，中共中央政治局召开会议，决定从2019年6月开始，以县处级以上领导干部为重点，在全党自上而下分两批开展"不忘初心、牢记使命"主题教育。在全党开展"不忘初心、牢记使命"主题教育，总要求是"守初心、担使命，找差距、抓落实"；根本任务是深入学习贯彻习近平新时代中国特色社会主义思想，锤炼忠诚干净担当的政治品格，团结带领全国各族人民为实现伟大梦想共同奋斗；具体目标是，理论学习有收获，重点是教育引导广大党员干部在原有学习的基础上取得新进步，加深对新时代中国特色社会主义思想和党中央大政方针的理解，学深悟透、融会贯通，增强贯彻落实的自觉性和坚定性，提高运用党的创新理论指导实践、推动工作的能力。2020年1月8日，"不忘初心、牢记使命"主题教育总结大会在北京召开，习近平出席会议并发表重要讲话。2020年9月，中共中央办公厅印发了《关于巩固深化"不忘初心、牢记使命"主题教育成果的意见》通知要求各地区各部门结合实际认真贯彻落实。主题教育达到了预期目的、取得了效果。

2023年4月1日，中共中央发布《关于在全党深入开展学习贯彻习近平新时代中国特色社会主义思想主题教育的意见》。该意见提出开展主题教育的总要求是学思想、强党性、重实践、建新功；根本任务是坚持学思用贯通、知信行统一，把习近平新时代中国特色社会主义思想转化为坚定理想、锤炼党性和指导实践、推动工作的强大力量，使全党始终保持统一的思想、坚定的意志、协调的行动、强大的战斗力，努力在以学铸魂、以学增智、以学正风、以学促干方面取得实实在在的成效；达到的具体目标是凝心铸魂筑牢根本、锤炼品格强化忠诚、实干担当促进发展、践行宗旨为民造福、廉洁奉公树立新风。

为巩固拓展学习贯彻习近平新时代中国特色社会主义思想主题教育成果，建立健全以学铸魂、以学增智、以学正风、以学促干的长效机制，始终做习近平新时代中国特色社会主义思想的坚定信仰者和忠实实践者，2024年2月23日，中共中央办公厅发布《关于巩固拓展学习贯彻习近平新时代中国特色社会主义思想主题教育成果的意见》。该意见提出，一是坚持以学铸魂，持续做好学习贯彻习近平新时代中国特色社会主义思想的深化、转化工作。具体要求是建立健全"第一议题"制度，健全理论学习制度，强化党性教育。二是坚持以学增智，不断从党的创新理论中悟规律、明方向、学方法、增智慧。具体要求是加强党员、干部政治教育和政治训练，分层次分类别分领域开展培训轮训，抓好党员、干部履职能力培训。三是坚持以学正风，推动全党以自我革命精神解决党风方面的突出问题。具体要求是践行党的群众路线，落实"四下基层"制度，经常性开展领导班子"政治体检"，扎实开展纪律教育，持之以恒纠治形式主义、官僚主义。四是坚持以学促干，不折不扣贯彻落实党中央决策部署。具体要求是树立和践行正确政绩观，推动高质量发展，激励干部担当作为，充分发挥党员先锋模范作用，常态化开展突出问题整治。该意见要求，各级党委（党组）要把巩固拓展主题教育成果作为重大政治任务，扛起主体责任，对各项任务举措明确责任单位和具体要求，不折不扣抓好落实。把主题教育探索的有效做法运用到日常工作的研究谋划、督促指导和推进落实中，推动各方面工作高质量发展。

党的十八大以来，以习近平同志为核心的党中央把用习近平新时代中国特色社会主义思想凝心铸魂作为党的思想建设的根本任务，在全党组织实施六次集中学习教育，每一次都是理论武装的重要课堂。广大党员、干部在学习热潮中接受全面深刻的政治教育、思想淬炼、精神洗礼，全党全国各族人民用习近平新时代中国特色社会主义思想武装头脑、指导实践、推动工作,思想上更加统一、政治上更加团结、行动上更加一致,全党马克思主义水平普遍提高,习近平新时代中国特色社会主义思想更加深入人心,马克思主义在意识形态领域的指导地位更加鲜明有力,为新时代党和国家事业取得历史性成就、发生历史性变革提供了坚实保障和强大动力。

坚持党对意识形态工作的领导权、管理权、话语权。2013年11月9日,习近平在党的十八届三中全会第一次全体会议上的讲话中明确指出:"意识形态工作是党的一项极端重要的工作。面对改革发展稳定复杂局面和社会思想意识多元多样、媒体格局深刻变化,在集中精力进行经济建设的同时,一刻也不能放松和削弱意识形态工作,必须把意识形态工作的领导权、管理权、话语权牢牢掌握在手中,任何时候都不能旁落,否则就要犯无可挽回的历史性错误。"①

意识形态工作,事关党的前途命运,事关国家长治久安,事关民族凝聚力和向心力。巩固马克思主义在意识形态领域的指导地位,巩固全党全国人民团结奋斗的共同思想基础,最根本最关键的是全面加强党对意识形态工作的领导,牢牢掌握意识形态工作的领导权、管理权、话语权。

坚持和加强党的全面领导,坚持党管宣传、党管意识形态,牢牢掌握党对意识形态工作领导权,是党管意识形态工作的一项根本原则。加强党对宣传思想文化工作的领导,是确保宣传思想文化工作始终沿着正确方向前进的根本政治保证。加强党对宣传思想文化工作的领导,最关键的是要充分发挥党总揽全局、协调各方的领导核心作用,旗帜鲜明地坚持党管宣传、党管意识形态,把党的领导贯穿宣传思想文化工作全过程,让党的旗帜在宣传思想文化战线高高飘扬。以党的政治建设为统领,牢固树立"四个意识",坚决维护党中央权威和集中统一领导,牢牢把握正确政治方向。坚持正确的政治方向,管好方向,把好导向,是牢牢掌握意识形态工作领导权的关键。

---

① 习近平:《论党的宣传思想工作》,中央文献出版社,2020年,第21页。

是党委(党组)抓意识形态工作第一位的责任。党的领导干部特别是高级干部要把系统掌握马克思主义基本理论作为看家本领,学会运用马克思主义立场、观点、方法观察和解决问题,坚定理想信念,把政治方向摆在第一位,坚持党性原则、坚持党管媒体原则不动摇,坚持政治家办报、办刊、办台、办新闻网站,坚持正确舆论导向、坚持正面宣传为主,弘扬主旋律,传播正能量。

通过党内法规和相关法律将意识形态管理工作纳入国家治理框架,强化依法依规管理,建立意识形态管理工作的长效机制,强化党对意识形态的管理权。出台《中国共产党巡视工作条例》与《党委(党组)意识形态工作责任制实施办法》两部党内法规,把意识形态工作责任制落实情况纳入巡视工作安排,在党的历史上第一次以党内法规形式,对意识形态工作作出制度性规定,以党内法规建设推动形成意识形态工作管理长效机制。《社会主义核心价值观融入法治建设立法修法规划》,在国家立法中体现与社会主义社会相适应的道德观念和价值取向。《中华人民共和国网络安全法》,使建设网络强国、维护网络安全、保障国家安全的战略任务转化为一种可执行、可操作的制度性安排。

马克思主义是社会主义意识形态的旗帜和灵魂。牢牢掌握意识形态工作的领导权、管理权、话语权,是新的历史条件下做好意识形态工作的根本要求,是巩固马克思主义在意识形态领域的指导地位、巩固全党全国人民团结奋斗的共同思想基础的基本前提和保障。

二、中国式现代化与中国式现代化的理论为中华民族伟大复兴开辟了唯一正确的道路和广阔的发展前景

党的十八大以来,以习近平同志为核心的党中央坚持和发展中国特色社会主义,推动物质文明、政治文明、精神文明、社会文明、生态文明协调发展,开创了中国式现代化道路。概括提出并深入阐述中国式现代化理论,是

党的二十大的一个重大理论创新,是科学社会主义的最新重大成果。以中国式现代化全面推进强国建设、民族复兴,成为新征程上党的中心任务。

党的二十大对中国式现代化作出了全新的概括与阐发,明确中国共产党的中心任务就是团结带领全国各族人民全面建成社会主义现代化强国、实现第二个百年奋斗目标,以中国式现代化全面推进中华民族伟大复兴。对中国式现代化的主要特征作出质的规定,强调中国式现代化是中国共产党领导的社会主义现代化,是人口规模巨大的现代化,是全体人民共同富裕的现代化、是物质文明和精神文明相协调的现代化、是人与自然和谐共生的现代化、是走和平发展道路的现代化。明确中国式现代化的本质要求是,坚持中国共产党领导,坚持中国特色社会主义,实现高质量发展,发展全过程人民民主,丰富人民精神世界,实现全体人民共同富裕,促进人与自然和谐共生,推动构建人类命运共同体,创造人类文明新形态。阐明必须牢牢把握的重大原则是,坚持和加强党的全面领导、坚持中国特色社会主义道路、坚持以人民为中心的发展思想、坚持深化改革开放、坚持发扬斗争精神。

中国式现代化理论是一个包含指导思想、领导力量、根本性质、科学内涵、主要特征、重大原则、总体目标、战略安排,具有科学性、整体性、系统性的理论实践创新体系,具有鲜明的中国特色和时代特征,是马克思主义基本原理同中国具体实际相结合、同中华优秀传统文化相结合的结果,体现了社会主义建设规律,也体现了人类社会发展规律,是科学社会主义的最新成果,是对世界现代化理论和实践的重大创新和历史性贡献。中国式现代化的理论体系是理论与实践辩证统一的科学理论体系,是中华民族伟大复兴的理论指南,为全面建成社会主义现代化强国、实现中华民族伟大复兴开辟了正确的道路和广阔的发展前景。

三、社会主义核心价值观广泛传播普遍践行

习近平总书记关于社会主义核心价值观的重要论述,为新时代新征程

上社会主义核心价值观建设提供了根本遵循。2014 年 2 月 24 日,中央政治局就培育和弘扬社会主义核心价值观、弘扬中华传统美德进行第十三次集体学习。习近平在主持学习时强调,把培育和弘扬社会主义核心价值观作为凝魂聚气、强基固本的基础工程,继承和发扬中华优秀传统文化和传统美德,广泛开展社会主义核心价值观宣传教育,积极引导人们讲道德、尊道德、守道德,追求高尚的道德理想,不断夯实中国特色社会主义的思想道德基础。习近平强调,培育和弘扬社会主义核心价值观必须立足中华优秀传统文化,要切实把社会主义核心价值观贯穿于社会生活的方方面面。要通过教育引导、舆论宣传、文化熏陶、实践养成、制度保障等,使社会主义核心价值观内化为人们的精神追求,外化为人们的自觉行动。要按照社会主义核心价值观的基本要求,健全各行各业规章制度,完善市民公约、乡规民约、学生守则等行为准则,使社会主义核心价值观成为人们日常工作生活的基本遵循。要建立和规范一些礼仪制度,组织开展形式多样的纪念庆典活动,传播主流价值观,把社会主义核心价值观的要求融入各种精神文明创建活动之中,提高精神境界、培育文明风尚。要发挥政策导向作用,使经济、政治、文化、社会等方方面面政策都有利于社会主义核心价值观的培育,用法律来推动核心价值观建设。

2017 年 10 月 18 日,习近平在党的十九大报告中指出,必须坚持马克思主义,牢固树立共产主义远大理想和中国特色社会主义共同理想,培育和践行社会主义核心价值观。他强调,社会主义核心价值观是当代中国精神的集中体现,凝结着全体人民共同的价值追求。要以培养担当民族复兴大任的时代新人为着眼点,强化教育引导、实践养成、制度保障,发挥社会主义核心价值观对国民教育、精神文明创建、精神文化产品创作生产传播的引领作用,把社会主义核心价值观融入社会发展各方面,转化为人们的情感认同和行为习惯。

2022 年 10 月 16 日,习近平在党的二十大报告中提出:社会主义核心价值观是凝聚人心、汇聚民力的强大力量。要坚持马克思主义在意识形态领域指导地位的根本制度，以社会主义核心价值观为引领，发展社会主义先进文化，弘扬革命文化，传承中华优秀传统文化，满足人民日益增长的精神文化需求，巩固全党全国各族人民团结奋斗的共同思想基础，不断提升国家文化软实力和中华文化影响力。要深入开展社会主义核心价值观宣传教育，深化爱国主义、集体主义、社会主义教育，着力培养担当民族复兴大任的时代新人。用社会主义核心价值观铸魂育人，完善思想政治工作体系，推进大中小学思想政治教育一体化建设。坚持依法治国和以德治国相结合，把社会主义核心价值观融入法治建设、融入社会发展、融入日常生活。

习近平总书记关于社会主义核心价值观的一系列重要论述，对进一步推进新时期社会主义核心价值观建设、培育和弘扬社会主义核心价值观具有重要指导意义。

把培育和弘扬社会主义核心价值观作为意识形态工作凝魂聚气、强基固本的基础工程。遵照习近平总书记关于培育和践行社会主义核心价值观的重要论述精神，把培育和弘扬社会主义核心价值观作为凝魂聚气、强基固本的基础工程，在全国范围内开展了广泛践行社会主义核心价值观实践活动。2013年12月11日，中共中央办公厅印发《关于培育和践行社会主义核心价值观的意见》，对社会主义核心价值观建设工作进行总体部署，提出原则要求。该意见指出，要把培育和践行社会主义核心价值观融入国民教育全过程、落实到经济发展实践和社会治理中，加强社会主义核心价值观宣传教育，开展涵养社会主义核心价值观的实践活动。党员、干部特别是领导干部要在培育和践行社会主义核心价值观方面带好头，以身作则、率先垂范，讲党性、重品行、作表率，为民、务实、清廉，以人格力量感召群众、引领风尚。着力增强走中国特色社会主义道路、为党和人民事业不懈奋斗的自觉性和坚定性，做共产主义远大理想和中国特色社会主义共同理想的坚定信仰者。贯彻党的群众路线，弘扬党的优良传统和作风，以优良党风促政风带民风。

加强道德建设,始终保持高洁生活情趣,坚守共产党人精神追求。培育和弘扬社会主义核心价值观要从娃娃抓起、从学校抓起,做到进教材、进课堂、进头脑。

2014年10月17日,为落实中央《关于培育和践行社会主义核心价值观的意见》,推进社会主义核心价值观培育和践行工作长效化常态化科学化。中共教育部党组、共青团中央以教党印发《关于在各级各类学校推动培育和践行社会主义核心价值观长效机制建设的意见》,该意见明确推动培育和践行社会主义核心价值观长效机制建设的重要意义、指导思想和主要原则;提出推动社会主义核心价值观融入教育教学、融入社会实践、融入文化育人、融入制度建设和推进社会主义核心价值观研究传播等具体要求和措施,在各级各类学校普遍开展了培育和践行社会主义核心价值观的教学与活动。培育和弘扬社会主义核心价值观这一凝魂聚气、强基固本基础工程的实施,在个人、家庭、学校、社会中夯实了中国特色社会主义的思想道德基础,为实现中华民族伟大复兴的中国梦凝聚起了强大的精神力量和有力的道德支撑。

四、中华优秀传统文化得以广泛弘扬

习近平文化思想为全面建成社会主义文化强国提供了根本指导和基本遵循。党的十八大以来,习近平总书记在文化建设方面提出了一系列新思想新观点新论断,是新时代党领导文化建设实践经验的理论总结,丰富和发展了马克思主义文化理论,构成了习近平新时代中国特色社会主义思想的文化篇,形成了习近平文化思想。

习近平文化思想坚持马克思主义基本原理,坚持马克思主义的世界观方法论,坚持以人民为中心的根本价值立场,坚持和加强党对宣传思想文化工作的全面领导,旗帜鲜明地坚持党管宣传、党管意识形态,牢牢把握党对文化工作的领导权,牢牢把握文化发展的正确政治方向,强调文化建设的首要政治任务就是坚持用新时代中国特色社会主义思想武装全党、教育人民。提出在新的起点上继续推动文化繁荣、建设文化强国的文化使命。强调把培育和践行社会主义核心价值观作为基础工程,建设具有强大凝聚力和引领力的社会主义意识形态作为文化建设的战略任务。推动马克思主义基本原理与中华优秀传统文化相结合,推进中华优秀文化的创造性转化、创新性发展,铸牢中华民族共同体意识,建设中华民族共有精神家园。弘扬全人类共同价值,推动文明平等交流互鉴,提升中华文化影响力,建设人类文明新形态,铸就社会主义文化新辉煌。习近平文化思想既有文化理论观点上的创新和突破,又有文化工作布局上的部署要求,明体达用、体用贯通,标志着中国共产党对中国特色社会主义文化建设规律的认识达到了新高度,并在我国社会主义文化建设中展现出了强大伟力,为做好新时代新征程宣传思想文化工作、担负起新的文化使命,为全面建成社会主义文化强国提供了强大思想武器和科学行动指南。

建成社会主义文化强国成为意识形态建设的新目标。文化具有鲜明的意识形态属性,主流意识形态决定文化的前进方向和发展道路。党的二十大提出,全面建设社会主义现代化国家,必须坚持中国特色社会主义文化发展道路,增强文化自信,围绕举旗帜、聚民心、育新人、兴文化、展形象建设社会主义文化强国,发展面向现代化、面向世界、面向未来的,民族的、科学的、大众的社会主义文化,激发全民族文化创新创造活力,增强实现中华民族伟大复兴的精神力量。

文化的政治属性、社会属性和意识形态属性,决定了建成社会主义文化强国,成为新时代意识形态建设的新目标。2017年1月,中共中央办公厅、国务院办公厅印发《关于实施中华优秀传统文化传承发展工程的意见》;2017年5月,中共中央办公厅、国务院办公厅印发《国家"十三五"时期文化发展改革规划纲要》;2022年8月,中共中央办公厅、国务院办公厅印发了《"十四五"文化发展规划》等文化建设的指导性文件,对传承弘扬中华优秀传统文化的重点目标任务、重要政策举措和重大工程项目作出谋划和部署,要求各地各有关部门在实际工作中执行落实。按照中央部署和文件要求,继承发展弘扬中华优秀传统文化工作,取得了历史性成就。主要是加强中华优秀传统文化研究阐释,系统梳理中华文化的历史渊源、发展脉络、时代影响,阐明中华文明的突出特性,论述中华文化的独特创造、价值理念,厘清中华优秀传统文化的内涵。深入研究中华文明、中华文化的起源和特质,构建中国文化基因的理念体系。加强中华民族共同体重大基础性问题研究。实施文化遗产保护工程,加强文化遗产保护利用,对世界文化遗产、文物保护单位、国家考古遗址公园、重要工业遗址、历史文化名城名镇名村和非物质文化遗产等珍贵遗产资源实施保护,推动遗产资源合理利用。健全非物质文化遗产保护制度,加强非物质文化遗产保护传承,支持推进非物质文化遗产生产性保护。利用长城、大运河、长征、黄河、长江沿线等重要文化资源,推进国家文化公园建设,形成具有特定开放空间的公共文化载体,集中打造中华文化重要标志。实施中华优秀传统文化传承发展工程,加强中华文明探源和考古研究、加强中华优秀传统文化典籍整理出版和中华文化典籍等全媒体传播,推进文化典籍资源数字化,赋予新的时代内涵和现代表达形式。开展中华优秀传统文化普及工作。建设国家版本馆,提升博物馆、纪念馆和文物保护单位展陈教育水平,完善中华优秀传统文化教育,加强中华文化基因校园传承。阐述中华优秀传统文化传承体系,实现中华民族文化基因与当代文化相适应、与现代社会相协调,实现传统文化创造性转化和创新性发展。一系列文化发展的重点目标任务、重要政策举措和重大工程项目的实施,为实现中华优秀传统文化的创造性转化、创新性发展,增强文化发展动力,激发文化发展活力,赓续中华文脉,弘扬中华文化、发展社会主义先进文化,建设中华民族共有精神家园,提供了坚强支撑,为全面建设社会主义现代化国家提供了强大思想保证、精神动力和文化条件。经过十余年的努力,中华优秀传统文化实现创造性转化、创新性发展,成为中国社会主义文化的有机组成部分,中华优秀传统文化得到广泛弘扬。

五、社会主旋律更加响亮,全党全社会思想上的统一更加巩固

进入新时代,社会主义意识形态建设全面深入推进,中华优秀传统文化广为弘扬,主流舆论得到全面加强,社会主旋律更加响亮、正能量更加强劲。主要体现为:一是理论武装得到普遍强化。把用习近平新时代中国特色社会主义思想武装全党、教育人民、指导实践、推动工作作为长期重大政治任务,加强对习近平新时代中国特色社会主义思想体系化、学理性研究阐释,开展对象化、分众化、互动化理论宣传普及工作,持续完善深入学习常态化长效化机制,健全用党的创新理论武装全党、教育人民的工作体系。巩固马克思主义在意识形态领域的指导地位,增强广大干部群众中国特色社会主义道路自信、理论自信、制度自信、文化自信。二是新时代思想道德建设和群众性精神文明创建得到全面加强。深入推进社会主义核心价值观建设,持续深化社会主义核心价值观宣传教育,大力开展社会主义核心价值观教育实践活动,坚持贯穿结合融入、落细落小落实,把社会主义核心价值观要求融入日常生活,融入法治建设,推进社会主义核心价值观学习实践具体化、系统化。加强爱国主义、集体主义、社会主义教育,深入推进公民道德建设,实施公民道德建设工程。传承弘扬中华传统美德,把立德树人贯穿学校教育全过程。三是贯彻落实《关于新时代加强和改进思想政治工作的意见》武装取得新成效。加强和改进思想政治工作,实施精神文明创建工程和精神文明专项行动,深化拓展群众性精神文明创建活动健全志愿服务体系,加强网络文明建设。四是实施文化精品工程,繁荣文化产品创作生产,实施公共文化服务重大工程,加快现代公共文化服务体系建设,实现以文化人。五是建设中国特色、中国风格、中国气派的哲学社会科学。把习近平新时代中国特色社会主义思想贯穿哲学社会科学各领域各学科,推进构建中国哲学社会科学自主知识体系,推进学科体系、学术体系、话语体系建设和创新。

六是主流舆论得到全面巩固壮大。实施网络舆论阵地建设工程、舆论引导能力提升工程,推动媒体融合发展。建立以内容建设为根本、先进技术为支撑、创新管理为保障的全媒体传播体系。加快推进媒体深度融合发展,提升内容生产力、占据传播制高点。创新媒体业态、传播方式和运营模式,强化用户连接,发挥制度优势和市场作用,构建主流舆论新格局,增强主流媒体竞争力。建好用好管好网上舆论阵地,发展壮大主流舆论阵地,不断增强主流舆论传播力、引导力、影响力、公信力。唱响主旋律,激发正能量。社会主义意识形态的凝聚力和引领力、社会主义精神文明的生命力和创造力、社会主义先进文化的感召力和影响力得到进一步提升,全党全国人民思想上的团结统一进一步巩固。

六、社会主义意识形态的国际影响力大幅提升

党的十八大以来,以习近平同志为核心的党中央高度重视对外宣传工作。把对外宣传习近平新时代中国特色社会主义思想、阐释党的创新理论成果摆在重要位置,重塑外宣业务、重整外宣流程、重构外宣格局,统筹推进对外宣传、对外文化交流工作,加强国际传播能力建设,搭建开放包容的文明对话平台,明确向世界传递中国理念、中国价值、中国立场、中国方案,展现真实、立体、全面的中国形象。中华文化感召力、国际舆论引导力、社会主义意识形态国际影响力大幅度提升。

进入新时代,中国特色社会主义取得历史性成就、发生历史性变革,进一步引发国际社会对中国的高度关注。海外学者对中国共产党不断推进马克思主义中国化时代化所取得的理论成果和成功实践,对中国理论、中国道路、中国制度等问题开展广泛的研究和阐释。国外对新时代中国特色社会主义的认知认同,主要表现在以下六个方面。

一是对中国全面建成社会主义现代化强国、实现中华民族伟大复兴的中国梦的目标高度关注,认为实现中华民族伟大复兴的中国梦是全面建成

社会主义现代化强国的"总纲",而全面建成社会主义现代化强国是实现中华民族伟大复兴的中国梦的重要一环。对中国共产党全面建成社会主义现代化强国的"两步走"战略普遍持肯定赞赏态度。

二是对中国国家治理的主要经验进行总结,高度肯定中国共产党在国家治理中的重要作用。21世纪以来,海外学者逐渐认识到中国共产党在国家治理中的关键领导作用,必须在中国政治研究中"找回政党"成为不少海外学者的共识,这就是目前在国际社会形成的"政党主导论"。

三是对习近平新时代中国特色社会主义思想予以高度评价。党的十九大以后,全球主要媒体尤其是亚洲、欧洲和北美洲地区的媒体对习近平新时代中国特色社会主义思想的报道持续升温。作为最具代表性的中国符号,习近平新时代中国特色社会主义思想获得了世界范围内的关注和认同,特别是各国左翼政党,高度评价习近平新时代中国特色社会主义思想,认为这一思想对于丰富和发展马克思主义作出了重大理论贡献,彰显了未来的中国力量。

四是中国经验为广大发展中国家寻求自身发展提供了可资借鉴的新模式。进入21世纪特别是党的十八大以来,中国国家治理成为海外学者研究的重心。研究结论普遍认为,中国国家治理成效体现的制度优势、经验值得借鉴。

五是习近平新时代中国特色社会主义思想为维护世界和平、推动人类社会发展作出了重要的贡献。海外人士普遍认为,构建人类命运共同体的理念与"一带一路"建设及其实践,为维护世界和平与全人类的共同发展作出了巨大的贡献。

六是中国特色社会主义为21世纪世界社会主义运动注入了新的强大生命力,具有重要的理论意义和实践意义。国际社会比较普遍地认为,习近平新时代中国特色社会主义思想向世界各国人民展现了人类走向现代化的"非资本主义"道路图景,产生了巨大的"榜样"力量。

从国际上对党的十八大以来我国主流意识形态的传播、研究、阐释、评价看,国际社会对中国共产党理论创新的积极评价,对中国社会主义建设成就的肯定,对中国国家治理经验的重视,对中国对世界的贡献及中国对世界社会主义运动的推进作用,显示了中国主流意识形态国际话语权与影响力的提升,折射出中国国家政治制度的吸引力、中华文化价值的感召力,社会主义意识形态正日益释放出强大的国际影响力,正在从根本上改变全球发展的意识形态和方向。

第三章

新时代意识形态建设的理论创新

　　中国共产党始终高度重视意识形态工作。在领导中国人民进行革命、建设和改革的各个历史阶段,在始终围绕着中心工作的同时,一刻也不曾放松意识形态工作。新时代以来,习近平着眼坚持和发展中国特色社会主义的大局,坚持破立并举,着力解决意识形态领域党的领导弱化问题,致力于建设具有强大凝聚力和引领力的社会主义意识形态,确立了马克思主义在意识形态领域指导地位的根本制度,使我国意识形态领域形势发生了全局性、根本性转变。习近平总书记关于建设具有强大凝聚力和引领力的社会主义意识形态的重要论述,围绕"意识形态工作是一项极端重要的工作"的性质定位、"坚持党对意识形态全面领导"的责任定位、"意识形态话语权"的话语体系创新,深刻回答了"新时代要建设什么样的意识形态,怎样建设新时代意识形态"的根本问题,为新时代意识形态建设提供了根本遵循。深入研究习近平总书记关于建设具有强大凝聚力和引领力的社会主义意识形态的重要论述,对于深化党的意识形态理论创新研究,洞察历史规律和发展大势,实现全面建成社会主义现代化强国目标具有重大的现实意义和深远的历史意义。

第一节　强化性质定位:意识形态工作是一项极端重要的工作

"意识形态工作是一项极端重要的工作"是习近平总书记对新时代意识形态工作作出的重要性质论断。这一论断遵循理论、历史和现实的出场逻辑,为新时代意识形态建设提供了根本遵循。关于意识形态工作性质地位的判断,是对马克思主义关于意识形态重要性论述的具体展开。它以民族复兴为目标,凸显了新时代意识形态工作的使命任务、以"三个关乎"为立足点,揭示了新时代意识形态的运行逻辑、以"三个事关"为基石,凸显了意识形态的价值引领。从学理性探索、创新性拓展、创造性运用等方面,进一步丰富和发展了马克思主义意识形态理论,是新时代意识形态建设的行动指南。

一、"意识形态工作是一项极端重要的工作"论断的出场

意识形态问题是世界各国关注和争论的焦点问题之一。习近平关于"意识形态工作是一项极端重要工作"的重大论断是对马克思主义有关意识形态重要性地位论述的赓续,是对中国共产党意识形态工作和苏联社会主义建设经验教训的历史镜鉴,也是对新时代意识形态建设境遇现实审视的必然结果。这一重大理论判断,把无产阶级政党对意识形态工作的重视提升到了一个新的历史高度。

第一,对马克思主义有关意识形态重要性论述的赓续。马克思主义经典作家强调意识形态的重要性。马克思指出:"如果从观念上来考察,那么

一定的意识形式的解体足以使整个时代覆灭。"①习近平关于"意识形态工作是一项极端重要的工作"的重大论断,是对马克思主义经典作家有关意识形态重要性论述的继承和发展。

马克思和恩格斯通过对意识形态本质及其地位的探讨,阐明了意识形态的重要性。一方面,他们从意识形态作为普遍意义上的精神生产、维护阶级利益的思想活动、生产生活实践的精神反映等方面深入探讨了意识形态的本质问题。"如果在全部意识形态中,人们和他们的关系就像在照相机中一样是倒立成像的,那么这种现象也是从人们生活的历史过程中产生的,正如物体在视网膜上的倒影是直接从人们生活的生理过程中产生的一样。"②"我们不是从人们所说的、所设想的、所想象的东西出发,也不是从口头说的、思考出来的、设想出来的、想象出来的人出发,去理解有血有肉的人。我们的出发点是从事实际活动的人,而且从他们的现实生活过程中还可以描绘出这一生活过程在意识形态上的反射和反响的发展。"③另一方面,马克思和恩格斯论述了意识形态与经济建设的关系。他们指出:"那些更高地悬浮于空中的意识形态的领域,即宗教、哲学等等,……从事这些事情的人们又属于分工的特殊部门,并且认为自己是致力于一个独立的领域。只要他们形成社会分工之内的独立集团,他们的产物,包括他们的错误在内,就要反过来影响全部社会发展,甚至影响经济发展。"④这阐明了意识形态对经济建设的制约作用,进一步强调了意识形态工作的重要性。可以说,马克思和恩格斯正是通过对意识形态的分析与批判,在消灭德国旧哲学建立新哲学的过程中逐步建立起了马克思主义哲学这一无产阶级革命的世界观,推动了马克思主义意识形态理论的形成。

---

① 《马克思恩格斯文集》(第八卷),人民出版社,2009年,第170页。
② 《马克思恩格斯文集》(第一卷),人民出版社,2009年,第525页。
③ 《马克思恩格斯文集》(第一卷),人民出版社,2009年,第525页。
④ 《马克思恩格斯文集》(第十卷),人民出版社,2009年,第598~599页。

列宁在马克思和恩格斯关于意识形态重要性思想的基础上，从实践出发进一步深化了对意识形态建设重要性的认识。一方面，列宁强调了意识形态对革命实践的先行指导作用，提出了"革命的运动是以革命的理论为前提的"①，"没有革命的理论，就不会有革命的运动"②的重要论断，强调意识形态是工人阶级及其政党的强大思想武器，必须用马克思主义的科学意识形态武装马克思主义政党，使无产阶级认清自己的历史使命，明确最终的解放目标，才能打造出先进的无产阶级战士。另一方面，列宁阐明了意识形态工作的教育与动员作用。他明确指出："工人本来也不可能有社会民主主义的意识。这种意识只能从外面灌输进去。"③新的社会主义意识形态一定不是，也不可能会自发产生，而是一定要在真正战胜旧的资产阶级意识形态的基础之上才能建立起来，并通过无产阶级政党的"灌输"成为工人阶级强大的思想武器。除此之外，基于俄国社会主义建设的探索，列宁最早提出要加强意识形态制度建设，充分发挥意识形态工作在国家治理中的积极作用。

马克思主义经典作家的意识形态思想为习近平总书记关于建设具有强大凝聚力和引领力的社会主义意识形态的重要论述奠定了坚实的理论基础。在继承马克思主义意识形态理论的基础上，习近平总书记结合中国共产党的工作经验，在"8·19"讲话中首次用"极端重要"来形容意识形态工作，明确提出"经济建设是党的中心工作，意识形态工作是党的一项极端重要的工作"④，将党对于意识形态工作的重视提升至新的高度，并且指明"意识形态工作是与党命运与前途，国家的平安与稳定，民族内部之间凝聚力有着重要影响的关键性工作"，用"三个事关"对意识形态工作的重要性进行了总结概述。

---

① 《列宁全集》（第二卷），人民出版社，1984年，第471页。
② 《列宁专题文集·论无产阶级政党》，人民出版社，2009年，第39页。
③ 《列宁选集》（第一卷），人民出版社，1995年，第317页。
④ 习近平：《论党的宣传思想工作》，中央文献出版社，2020年，第14页。

　　在这一论断的基础上,习近平总书记结合党的十八大以来的现代化建
设经验,对意识形态工作重要性的论述作了新的拓展。从"5·17"讲话、
"2·19"讲话、纪念马克思诞辰200周年大会上的讲话,到党的十九大、党的十
九届四中全会、党的二十大,一方面,习近平总书记对于意识形态具体领域
的建设作出了阐释,提出必须加快构建中国特色哲学社会科学的要求,指明
新闻舆论工作"事关旗帜和道路,事关贯彻落实党的理论和方针政策,事关
顺利推进党和国家各项事业,事关全国各族人民凝聚力和向心力,事关党和
国家前途命运"①,指出"高校是意识形态工作的前沿阵地"②,做好高校思想
政治工作,"是一项重大的政治任务和战略工程"③等重要观点,把对意识形
态的论述深入到人文科学、新闻舆论、高校思想政治教育等各个领域,将意
识形态的极端重要性论断横向落实到各个层面。另一方面,习近平总书记
对意识形态工作的部署及要求逐步明确和深入,从党的十八届六中全会提
出的"进一步做好党和国家各项工作,特别是要切实做好思想理论准备工
作、组织准备工作、经济社会发展工作、意识形态工作"④,到进入新时代以后
党的十九大报告指出"意识形态决定文化前进方向和发展道路。必须推进
马克思主义中国化时代化大众化,建设具有强大凝聚力和引领力的社会主
义意识形态"⑤,再到党的二十大报告中指出"我们要坚持马克思主义在意识
形态领域指导地位的根本制度"⑥,"建设具有强大凝聚力和引领力的社会主

---

① 李斌、霍小光:《习近平在党的新闻舆论工作座谈会上强调 坚持正确方向创新方法手段 提
高新闻舆论传播力和引导力》,《人民日报》,2016年2月20日。
② 中共中央党史和文献研究院编:《习近平关于社会主义精神文明建设论述摘编》,中央文献
出版社,2022年,第81页。
③ 中共中央党史和文献研究院编:《十八大以来重要文献选编》(下),中央文献出版社,2018
年,第478页。
④ 《中国共产党第十八届中央委员会第六次全体会议公报》,人民出版社,2016年,第26页。
⑤ 习近平:《决胜全面建成小康社会 夺取新时代中国特色社会主义伟大胜利——在中国共产
党第十九次全国代表大会上的报告》,人民出版社,2017年,第41页。
⑥ 习近平:《高举中国特色社会主义伟大旗帜 为全面建设社会主义现代化国家而团结奋
斗——在中国共产党第二十次全国代表大会上的报告》,人民出版社,2022年,第43页。

义意识形态"①,根据我国的发展环境及发展进程将意识形态的极端重要性论断纵向逐级落实至不同层次。这一横向与纵向的论述深入拓展了"意识形态工作是一项极端重要工作"的重大论断,推动我国意识形态建设取得了持续发展,是在继承马克思主义经典作家关于意识形态重要性论述的基础上的一次理论突破与创新。

第二,对中国共产党意识形态工作和苏联社会主义建设经验教训的历史镜鉴。意识形态建设是政党建设的重要内容。习近平总书记关于建设具有强大凝聚力和引领力的社会主义意识形态的重要论述,就是对"建设什么样的长期执政的马克思主义政党,怎样建设长期执政的马克思主义政党"这一核心问题的回答。习近平强调:"党管宣传、党管意识形态、党管媒体是坚持党的领导的重要方面。"②"做好意识形态工作,做好宣传思想工作,要放到这个大背景下来认识。全党同志特别是党的各级领导干部必须按照中央要求扎扎实实做好意识形态工作。"③对历史的反思是历史主体作出的积极的、内向性的活动。习近平指出:"了解历史才能看得远,理解历史才能走得远。要教育引导全党胸怀中华民族伟大复兴战略全局和世界百年未有之大变局,树立大历史观,从历史长河、时代大潮、全球风云中分析演变机理、探究历史规律,提出因应的战略策略,增强工作的系统性、预见性、创造性。"④习近平总书记关于建设具有强大凝聚力和引领力的社会主义意识形态的重要论述,就是运用大历史观正确认识和分析意识形态问题所得出的重要理论成果。社会主义意识形态凝聚力和吸引力的建设与中国共产党先进性的本质密切相关。对于意识形态重要性的认识也是中国共产党在洞察历史发展

---

① 习近平:《高举中国特色社会主义伟大旗帜 为全面建设社会主义现代化国家而团结奋斗——在中国共产党第二十次全国代表大会上的报告》,人民出版社,2022年,第43页。
② 中共中央文献研究室编:《习近平关于社会主义文化建设论述摘编》,中央文献出版社,2017年,第40页。
③ 中共中央文献研究室编:《习近平关于社会主义文化建设论述摘编》,中央文献出版社,2017年,第32页。
④ 《习近平谈治国理政》(第四卷),外文出版社,2022年,第511页。

趋势、夯实执政之基的过程中逐步深化的。

中国共产党自成立之日起,就非常重视意识形态工作,对于意识形态工作的认识也经历了一个逐步深入的过程。在新民主主义革命时期,中国共产党主要将思想教育作为党的意识形态工作的重要形式。在党的七大报告中,毛泽东要求全党要高度重视并抓好思想教育,进一步指出"掌握思想教育,是团结全党进行伟大政治斗争的中心环节"[①],将全党对于思想教育的重视提升至新的高度。社会主义革命和建设时期,毛泽东反复强调要让马克思主义占领意识形态阵地的问题,提出了"社会主义意识形态"的重要概念和"政治工作是一切经济工作的生命线"的重要论断,强调"不注意思想和政治,成天忙于事务,那会成为迷失方向的经济家和技术家,很危险……思想和政治又是统帅,是灵魂。只要我们的思想工作和政治工作稍微一放松,经济工作和技术工作就一定会走到邪路上去"[②]。把意识形态的重要性上升到根本原则的高度。进入改革开放和社会主义现代化建设新时期,邓小平明确把意识形态工作视为"压舱石",提出"要在中国实现四个现代化,必须在思想政治上坚持四项基本原则。这是实现四个现代化的根本前提"[③]。江泽民将意识形态工作放置在国家生死存亡的高度加以肯定。他指出,"我们党历来重视意识形态工作。这方面工作做得好不好,直接关系社会主义事业的成败。"[④]胡锦涛则从建设文化强国的角度论述了意识形态工作的重要性。他强调,要"高度重视和切实做好意识形态工作。意识形态领域历来是敌对势力同我们激烈争夺的重要阵地,如果这个阵地出了问题,就可能导致社会动乱甚至丧失政权。敌对势力要搞乱一个社会、颠覆一个政权,往往总是先

---

① 《毛泽东选集》(第三卷),人民出版社,1991年,第1094页。
② 《毛泽东文集》(第七卷),人民出版社,1999年,第351页。
③ 《邓小平文选》(第二卷),人民出版社,1994年,第164页。
④ 中共中央文献研究室编:《改革开放三十年重要文献选编》(上),中央文献出版社,2008年,第600页。

从意识形态领域打开突破口,先从搞乱人们的思想入手"①。从"生命线"的判断到"极端重要"的强调,体现了中国共产党人对意识形态重要性的时代化表达,是认识上的不断升华和理论上的进一步创新。

苏联社会主义建设的失败教训深刻说明意识形态的重要性和紧迫性。二战后,西方资本主义国家通过"颜色革命",对苏东社会主义阵营实施攻击,试图消解马克思主义对社会主义意识形态的影响。面对西方资本主义的"和平演变",苏共放弃了意识形态领域的领导权,思想领域中新自由主义、意识形态多元论等错误思潮轮番登场,从根本上瓦解苏共的领导。习近平指出:"苏联为什么解体?苏共为什么垮台?一个重要原因就是意识形态领域的斗争十分激烈,全面否定苏联历史、苏共历史,否定列宁,否定斯大林,搞历史虚无主义,思想搞乱了,各级党组织几乎没任何作用了,军队都不在党的领导之下了。最后,苏联共产党偌大一个党就作鸟兽散了,苏联偌大一个社会主义国家就分崩离析了。这是前车之鉴啊!"②

党的十八大以来,正是在总结与借鉴中国共产党意识形态工作和苏联社会主义建设经验教训的基础上,习近平总书记再一次明确强调了意识形态工作的极端重要性,把意识形态摆在全局工作的重要位置,廓清了一系列大是大非,在坚持什么、反对什么上旗帜鲜明,正本清源,作出了一系列重大决策、实施了一系列重大举措,形成了关于建设具有强大凝聚力和引领力的社会主义意识形态的重要论述,有力推动了我国的意识形态建设。

第三,对新时代社会主义意识形态治理课题的现实应答。党的十八大以来,党和国家发展面临着一系列世界之变、历史之变、时代之变。在国际秩序调整过程中,各种矛盾、冲突不断出现,意识形态对抗凸显。习近平语

---

① 中共中央文献研究室编:《十六大以来重要文献选编》(中),中央文献出版社,2006年,第318页。

② 中共中央文献研究室编:《十八大以来重要文献选编》(上),中央文献出版社,2014年,第113页。

重心长地指出："当今世界,意识形态领域看不见硝烟的战争无处不在,政治领域没有枪炮的较量一直未停。"①"意识形态是一项极端重要工作"的论断,是立足现实需求,增强理论对客观现实解释力,发挥意识形态能动作用,深化"建设什么样的长期执政的马克思主义政党,怎样建设长期执政的马克思主义政党"规律性认识的体现。

其一,意识形态建设是应对复杂变局、有效防范化解反动和错误思潮侵蚀的迫切需要。"在现代社会中。任何一种重要的意识形态都要以巩固现存社会制度或推翻现存社会制度为宗旨,这也就决定了一定的社会制度必然要保护自己意识形态的统治地位,而排斥各种异己的意识形态。"②意识形态工作的极端重要性就体现在,它能够颠覆一个政权,也能够巩固一个政权。列宁指出:"对社会主义思想体系的任何轻视和任何脱离,都意味着资产阶级思想体系的加强。"③因此,这项工作的任务就在于辨别并抵御异己的意识形态以防止被颠覆,同时以对思想的提高和统一来巩固自身意识形态。

新时代以来,我国意识形态领域整体上发生了全局性、根本性转变,但仍面临严峻的挑战,呈现出许多新的特点。一是主流意识形态和非主流意识形态的并存和交织。习近平指出:"社会思想观念和价值取向日趋活跃,主流的和非主流的同时并存,先进的和落后的相互交织,社会思潮纷纭激荡。"④西方"宪政民主""历史虚无主义"等错误思潮伺机活动,妄图颠覆马克思主义的指导地位,攻击和否定党的领导和社会主义制度的合理性。主流意识形态的地位迫切需要通过夯实意识形态工作得以进一步加强。二是国际范围内日趋紧张的国际环境,对人们的思想意识产生了重要影响。新自

---

① 中共中央文献研究室编:《习近平关于社会主义政治建设论述摘编》,中央文献出版社,2017年,第18页。

② 李春华:《论习近平总书记8·19重要讲话的理论创新——深化对意识形态工作"极端重要性的认识"》,《思想政治教育研究》,2014年第2期。

③ 《列宁专题文集·论无产阶级政党》,人民出版社,2009年,第85页。

④ 习近平:《论党的宣传思想工作》,中央文献出版社,2020年,第159页。

由主义的式微带来了保护主义生存空间的扩展。以保护主义为底色的民族主义、国家主义、反智主义思潮为逆全球化的回潮推波助澜。同时,在对外交往中,秩序变革往往为极端思潮的滋生提供了空间。美国等西方资产阶级国家在霸权焦虑的冲击下,其意识形态呈现出对外排斥遏制,对内反智主义的鲜明特征。在实践中,它们依据价值观和意识形态划分"圈子",排除"异己",对新兴市场国家进行打压。与此同时,资本的"副作用"不断显现,拜金主义、享乐主义、消费主义思潮滋长蔓延,加剧了经济发展的不平衡。西方资本主义国家推进"西化"的手段和形式愈加隐蔽,但攻击性愈发严重,不少人不自觉成为西方意识形态的追随者,甚至是鼓吹手。三是网络空间诱发的意识形态安全问题愈发凸显。网络舆论直接影响着人们的思想观念、价值取向,是非判断。"网络水军""网络推手"等队伍利用一些舆论事件"推波助澜",使网络空间逐渐成为错误思潮的传播地和策源地,低俗媚俗庸俗化现象屡屡突破社会公序良俗,抹黑、丑化、攻击党的领导的"政治谣言"不断出现,"颜色革命"的意识形态渗透愈演愈甚,削弱了人民群众对社会主义核心价值观的认同,腐蚀着党的执政之基。

习近平反复强调要重视互联网这一意识形态斗争的主阵地、主战场、最前沿,并将对网络空间治理的有效性放在能否巩固政权的高度加以强调:"过不了互联网这一关,就过不了长期执政这一关。"①社会主义意识形态之所以能够防范和化解错误思潮的影响,根本原因在于用马克思主义的科学性实现了舆论引导。新媒体的出现,为各种舆论的生长提供了新的生存空间。意识形态是对特定阶级利益和需求的集中反映。作为一种思想观念体系,它承担着引导整个社会和全体社会成员形成符合自身发展需求的思想观念、理想信念、道德信仰和价值取向的职责。

掌握舆论和引导舆论是意识形态工作的重要组成部分。思想宣传部门

---

① 《习近平著作选读》(第一卷),人民出版社,2023年,第453页。

在使用新媒体的过程中,承担着以马克思主义为指导,用社会主义意识形态引领舆论的重要责任,这既是由意识形态本身的特性决定,也是党的执政能力建设的充分展现。我国的意识形态工作由中国共产党领导,以马克思主义为指导,目的是要维护最广大人民群众的根本利益,其内容是科学的、形式是与时俱进的。坚持科学的世界观就是要坚持辩证唯物主义和历史唯物主义,在科学思想的指导下透过现象看本质来辨别社会意识中非马克思主义、非社会主义的错误思潮。新时代意识形态工作的首要目标就是实现"两个巩固"的根本任务。在当今世界意识形态逐渐发挥更大作用、形势上和平与发展不断推进的趋势下,隐性的文化霸权和舆论干预成为霸权主义颠覆他国政权的主要战线。社会主义意识形态以科学的世界观教育人民群众,使人民牢固树立实现共同利益这一追求,"要自觉在大局下思考、在大局下行动,在围绕中心、服务大局中找到坐标,找准定位,做到服从服务于党和国家大局不错位、党和人民需要时不缺位"①。意识形态工作要始终牢记"国之大者",发扬斗争精神,确保我国意识形态安全。

其二,意识形态建设是维护人民群众根本利益的重要抓手。意识形态是对一定社会经济形态和政治制度的反映,与一定阶级、阶层或社会集团的需求、利益相一致,要为一定社会阶级、集团的实践提供合法性的论证,为其政治纲领、思想观点、价值取向和行为规范提供合理性依据,具有鲜明的阶级性。马克思主义认为,意识形态作为上层建筑,具有能动作用。从政党建设规律的角度来看,一个统治阶级要想实现和维护自己的统治,就必然需要不断增强意识形态工作。正如马克思和恩格斯所指出的:"统治阶级的思想在每一时代都是占统治地位的思想。这就是说,一个阶级是社会上占统治地位的物质力量,同时也是社会上占统治地位的精神力量。支配着物质生产资料的阶级,同时也支配着精神生产的资料,因此,那些没有精神生产资

---

① 中共中央文献研究室编:《习近平关于社会主义文化建设论述摘编》,中央文献出版社,2017年,第47页。

料的人的思想,一般地是受统治阶级支配的。"①

同时,任何一种意识形态都与特定的社会制度紧密相连,反映和维护特定社会制度的发展需求。从本质上来看,意识形态的重要性主要源自其反映和服务特定的利益需求。一个社会占统治地位的意识形态,一般是以阶级利益为基础、以政治信仰为核心、以社会关系为对象、以思想文化为内容、以深入人心为原则、以实践精神为特征、以引领社会为目的的集体性社会观念体系。它的主要功能在于维护利益、协调利益、表达利益,以此实现特定的宗旨和目标。

马克思主义作为无产阶级的指导思想,其基本立场是人民至上。在我国的革命、建设和改革历程中,中国共产党就是贯彻这一立场,始终与人民站在一起才能不断地赢得伟大胜利。党的意识形态工作也鲜明地体现着人民性,其内容源自人民共识,工作围绕人民展开,目的是以先进的社会意识推动社会经济建设、政治建设及其他各方面的发展以更好地维护人民群众的根本利益。意识形态工作就这样将人民紧紧联系在一起来加强人民的共同体意识,将党与人民紧紧联系在一起来增强人民的政治认同。通过思想教育和理论武装、通过对马克思主义人民立场的深刻理解,人民群众能够进一步地认同中国共产党,认同中国特色社会主义事业,筑牢共同体意识和共同思想基础。

社会主义意识形态是与社会主义制度相适应、以马克思主义为指导的、体现着最广大人民群众根本利益的观念体系。社会主义意识形态的科学性根源于人民群众的利益。这就决定了社会主义意识形态凝聚力和引领力的建设,必然要以维护最广大人民群众的根本利益为目标,实现党性和人民性的高度统一。坚持意识形态党性和人民性的统一,是通过意识形态工作巩固人民群众思想基础的前提。习近平指出:"党性和人民性都是整体性的政

---

① 《马克思恩格斯全集》(第三卷),人民出版社,1960年,第52页。

治概念,党性是从全党而言的,人民性也是从全体人民而言的,不能简单从某一级党组织、某一部分党员、某一个党员来理解党性,也不能简单从某一个阶层、某部分群众、某一个具体人来理解人民性。只有站在全党的立场上、站在全体人民的立场上,才能真正把握好党性和人民性。"①意识形态工作就是要坚持以人民性和党性的统一,实现意识形态工作方向性和时度效的统一。进入新时代,人民利益集中表现为社会主要矛盾主导下的各种需求。人民群众对意识形态的认可与否取决于自身利益的满足程度。加强党的建设,物质文明建设和精神文明建设都不能偏废。

其三,意识形态建设是坚定"四个自信"、汇集中华民族伟大复兴精神力量的现实需要。意识形态工作事关党的执政基础夯实与否。党的执政基础是一个包括物质基础、群众基础、精神基础在内的有机整体。精神基础就有凝心聚气、强基固本的作用。习近平指出:"只有物质文明建设和精神文明建设都搞好,国家物质力量和精神力量都增强,全国各族人民物质生活和精神生活都改善,中国特色社会主义事业才能顺利向前推进。"②当前,党的中心任务就是以中国式现代化全面推进中华民族伟大复兴。马克思主义认为,人民群众是历史的创造者、是社会发展变革的决定力量。只有在人民群众中形成共同的思想价值和梦想追求,才能凝聚起实现复兴伟业的伟大力量。

理解并认同社会主义制度,就必须对近代以来的革命斗争历史有正确的认识。党的意识形态工作高度重视"四史"学习,以党史、新中国史、改革开放史和社会主义发展史来教育人民群众,使群众认识到近代中国是因中国共产党的诞生才改变了发展轨迹;认识到中国共产党始终坚持将马克思主义科学理论和中国具体实际结合起来,以中国化的马克思主义作指导赢

---

① 中共中央文献研究室编:《习近平关于社会主义文化建设论述摘编》,中央文献出版社,2017年,第23页。

② 《习近平著作选读》(第一卷),人民出版社,2023年,第147页。

得了新民主主义革命和社会主义革命的伟大胜利;认识到社会主义是党始终以实现人民群众的根本利益为目标,实事求是地探索并确认的正确道路。要使人民通过对社会主义制度本身的先进性和这一制度与中国发展需要的适配性的认识,增强对社会主义道路、理论、制度的认同,以及对我国发展前途的自信。

意识形态工作使人民正确地对待党领导的现行事业,增强对中国特色社会主义的认同。我国如今所建设和发展的是中国特色社会主义,这条科学道路是以党的十一届三中全会为起点开辟并逐渐完善的,是对社会主义的创新和发展。结合当时的国内国际背景,十年严重挫折所致的社会发展受阻和人民政治认同的减弱,以及时代条件和国际形势提出的挑战,都要求社会主义制度作出合乎中国实际的创新。"从意识形态视角解读中国特色社会主义理论体系,必须扣住社会主义价值合理性这一关键。"①因此,可以说中国特色社会主义这条道路的建立既站稳了主义,也立足了实际。自党的十八大以来,党带领着我们应对了新的挑战,完成了新的变革,实现了第一个百年奋斗目标,书写了经济快速发展和社会长期稳定两大奇迹新篇章。②意识形态工作就是要以思想理论教育使人民群众进行对中国特色社会主义理论体系的学习并领悟其科学性,进一步增强对中国特色社会主义的认同和信心。

意识形态工作使人民正确地认识党领导下的新发展,牢固树立中华民族伟大复兴的共同理想追求。党的二十大报告强调:"从现在起,中国共产党的中心任务就是团结带领全国各族人民全面建成社会主义现代化强国、实现第二个百年奋斗目标,以中国式现代化全面推进中华民族伟大复兴。"③

---

①　侯惠勤:《马克思的意识形态批判与当代中国》,中国社会科学出版社,2010年,第510页。

②　习近平:《高举中国特色社会主义伟大旗帜 为全面建设社会主义现代化国家而团结奋斗——在中国共产党第二十次全国代表大会上的报告》,人民出版社,2022年,第16页。

③　习近平:《高举中国特色社会主义伟大旗帜 为全面建设社会主义现代化国家而团结奋斗——在中国共产党第二十次全国代表大会上的报告》,人民出版社,2022年,第21页。

意识形态工作增强了人民群众对社会主义,特别是对中国特色社会主义的认同,这就能够使其对中国的发展前途保持信心并由此牢固地树立中华民族伟大复兴的中国梦这一最大公约数。人民群众是中国式现代化发展的主要推动力和意识形态凝聚力建设的主要目标对象。社会主义意识形态在人民群众进行现代化实践的过程中充分发挥指导作用,能够最大限度地提高群众的主观能动性,激发群众的创造力。

一是社会主义意识形态的凝聚力能够充分激发群众的集体智慧。社会主义意识形态以马克思主义为指导,揭示了人类社会发展规律,是广大劳动人民强大的精神武器。用社会主义意识形态教育和武装人民,有助于增强人民群众对人类社会发展规律的认识,启发民智,为国家的现代化建设集思广益,凝心聚力。二是从马克思主义唯物辩证法的角度看,社会主义意识形态凝聚力为人民群众自觉投身现代化建设提供动力保障。社会历史是人的活动过程和结果,人的活动总是受一定的动机、愿望、思想等精神因素的支配和调节,在一定条件下,由物质派生的精神可以转化成为历史发展的动力。社会主义意识形态符合全体人民的根本利益,能够满足人民群众的需求,得到人民群众的拥护,推动人民群众自觉投身于国家的现代化建设。三是现代化强国目标蓝图通过社会主义意识形态凝聚力作用的发挥,能够在实践中激发人民群众的责任意识、认同意识和奋斗意识。社会主义现代化强国的目标要求,充分符合人民群众对实现国家富强、民族振兴、人民幸福的美好愿景,在社会主义意识形态凝聚力的作用下,可以使人民群众时刻牢记自己身为中华儿女所承担的实现中华民族伟大复兴的历史责任,引发群众对充分体现社会主义制度优越性的中国式现代化道路的认同,进而紧紧团结在党的周围,认真贯彻党的方针政策,脚踏实地,奋发拼搏,将自己置于国家发展大局中,为推动党和国家事业艰苦奋斗。

二、意识形态性质定位内涵的拓新

习近平总书记关于意识形态性质定位的论述,是对马克思主义关于意识形态重要性论述的具体展开。习近平总书记关于"意识形态工作是一项极端重要的工作"的论断,以民族复兴为目标,凸显了新时代意识形态工作的使命任务;以"三个关乎"为立足点,揭示了新时代意识形态的运行逻辑;以"三个事关"为基石,凸显了意识形态的价值引领。

第一,以思想宣传文化工作使命为着力点,把握意识形态工作重点。以中国式现代化全面推进中华民族伟大复兴是中国共产党的中心任务。意识形态工作是文化工作的重要组成部分,在推进实现这一中心任务中扮演着重要角色。习近平总书记关于意识形态工作性质地位的论断,既是重大战略任务,也是具体政治目标和要求。意识形态工作是宣传思想文化工作的重要组成部分,其发展内在地肩负着"举旗帜、聚民心、育新人、兴文化、展形象"的使命任务。这些使命任务为意识形态工作指明了目标、方向、方式和途径。"举旗帜"旨在解决意识形态工作的方向问题,"聚民心"旨在回答意识形态工作的目标问题,"育新人"旨在回答意识形态工作的力量问题,"兴文化"旨在从根本上解决意识形态发展的动力问题,"展形象"旨在阐明提升意识形态工作质效的具体路径问题。

旗帜关乎道路。意识形态工作就是要回答"举什么旗,走什么路"的重要问题。习近平明确指出:"举旗帜,就是要高举马克思主义、中国特色社会主义的旗帜,坚持不懈用新时代中国特色社会主义思想武装全党、教育人民、推动工作,在学懂弄通做实上下功夫,推动当代中国马克思主义、21世纪马克思主义深入人心、落地生根。"[①]这一论述为做好新时代意识形态工作提供了根本遵循。认同是举旗帜的首要前提。认同教育包括政治认同、思想

---

① 《习近平谈治国理政》(第三卷),外文出版社,2020年,第312页。

认同、理论认同和情感认同四个方面。要实现对习近平新时代中国特色社会主义思想的认同,就要从丰富理想信念教育形式、推进主题教育制度化发展等方面持续加强理论武装。通过意识形态工作,帮助人民群众更好地理解习近平新时代中国特色社会主义思想蕴含的学理、道理、哲理,体悟其实践伟力,掌握其中的世界观和方法论,将其转化为指导实践工作的锐利武器。

民心是最大的政治。民心问题关乎政权建设的有效性和持久性。习近平明确指出:社会主义意识形态工作要"做大做强主流思想舆论,把全党全国人民士气鼓舞起来、精神振奋起来,朝着党中央确定的宏伟目标团结一心向前进"[①]。意识形态工作要以共同奋斗的目标为核心,在同各种错误思潮、观点的争论中,夯实主流意识形态的地位,积极发挥凝聚民心的功能。赢得民心是科学理论得以成功转化为实践力量的关键要素。赢得民心与争夺民心肯綮相连。二者对意识形态工作形式、方法等提出了更高的要求。只有始终坚持以人民为中心的立场,运用人民群众喜闻乐见的方式更新意识形态语言,才能牢牢把握意识形态工作的主导权和话语权,进而筑牢意识形态安全的根基。

人既是意识形态工作的对象,也是其主要依靠力量。习近平明确指出:"育新人,就是要坚持立德树人、以文化人,建设社会主义精神文明,培育和践行社会主义核心价值观,提高人民思想觉悟、道德水准、文明素养,培养能够担当民族复兴大任的时代新人。"[②]时代新人的培养质量直接关系意识形态工作的成效。习近平总书记关于时代新人的重要论述,具有鲜明的实践指向性。在充分把握时代新人内涵、标准的基础上,深入回答了"培养什么样的人、怎样培养人、为谁培养人"的问题,突出意识形态工作的思想引领。

文运和国运紧密相连。文化是意识形态工作发展的深层动力。习近平

---

① 《习近平谈治国理政》(第三卷),外文出版社,2020年,第312页。
② 《习近平谈治国理政》(第三卷),外文出版社,2020年,第312页。

明确指出："兴文化,就是要坚持中国特色社会主义文化发展道路,推动中华优秀传统文化创造性转化、创新性发展,继承革命文化,发展社会主义先进文化,激发全民族文化创新创造活力,建设社会主义文化强国。"①意识形态作为观念上层建筑,对社会存在具有反作用。习近平从唯物史观的科学态度出发,突出了"文化基因"和"国家命脉"之间的关系。既明确了文化建设的基础性、前提性问题,也积极回应了文化建设的主体性问题,把对文化建设规律的探索提高到新的高度。"如何对待传统文化"是每个国家在推进现代化发展进程中必然面临的重要问题。意识形态工作在解答这一问题中承担着重要使命。习近平强调要坚持树立正确的历史观、文化观,要结合新的实践和时代要求对传统文化进行正确取舍,将优秀传统文化作为治国理政的重要资源,把传承优秀文化同社会主义核心价值观建设密切联系起来,为意识形态工作提供了基本遵循。

"展形象"要解决的是意识形态的传播问题。在意识形态传播过程中,我们要牢牢把握叙事向主体自我叙事的转变,这是关乎意识形态主动权的核心问题。习近平明确指出："展形象,就是要推进国际传播能力建设,讲好中国故事、传播好中国声音,向世界展现真实、立体、全面的中国,提高国家文化软实力和中华文化影响力。"②各种错误意识形态、思想观点借助故事、论调抹黑中国形象,达到消解主流意识形态的目的。主流意识形态要实现民众的认同,就亟须从理论性表达向叙事性表达的转变。只有意识形态从内容建构、表达方式等方面和人民需求实现高度契合,才能不断提升人民群众的认同感。意识形态建设包括意识形态建构和传播两个层面。叙事性表达是传播的重要组成部分。只有在明确叙事主体的基础上,不断丰富叙事类型、营造净化叙事环境,才能不断满足受众需求,提升意识形态传播效果。

第二,以"三个关乎"为立足点,洞悉意识形态工作运行逻辑。2014年,

---

① 《习近平谈治国理政》(第三卷),外文出版社,2020年,第312页。
② 《习近平谈治国理政》(第三卷),外文出版社,2020年,第312页。

针对一些单位和党政干部政治敏感性、责任感不强,在重大意识形态问题上含糊、遮掩等态度助长错误思潮扩散的问题,习近平明确指出:"意识形态关乎旗帜,关乎国家道路,关乎国家政治安全。"这一论断阐明了社会主义意识形态的发展逻辑,为我们准确理解"马克思主义行"提供了基本遵循。"三个关乎"超越了文化发展逻辑的分析框架,强调意识形态总体性逻辑框架,凸显意识形态对政权建设的决定性意义。"历史和现实反复证明,搞乱一个社会、颠覆一个政权,往往先从意识形态领域打开缺口,先从搞乱人们思想入手。"①

　　旗帜就是政党的指导思想问题。习近平指出:"马克思主义是我们立党立国的根本指导思想,是我们党的灵魂和旗帜。"②旗帜问题是意识形态工作的根本性问题。"关乎旗帜"实质上是回答意识形态工作要坚持马克思主义指导地位的问题。坚持马克思主义理论在意识形态的指导地位是关系党和国家发展的重大问题。马克思主义的指导地位面临着严峻挑战:一方面是陷入"马克思主义=外来文化"的迷思;另一方面是把"马克思主义"和"中国化时代化马克思主义"作简单、粗暴的割裂,否认后者是对前者的继承和发展。为此,必须进行清晰的思想辨析、澄清理论边界。把"马克思主义=外来文化",就会陷入一种争论,即马克思主义是外来的,中华优秀传统文化是本土的,二者的关系沦为了简单的"体用之争"。二者的关系问题事关当代中国意识形态发展的重大问题。"无论是历史上的'体用之争',还是今天的'中西马关系'之辨,在'文化'这一核心观念的认知上都存在欠缺。它们都从一般的精神生活层面把握文化,而严重缺乏对于其中最为特殊的形态—意识形态的正确理解。"③马克思主义认为,经济基础决定观念上层建筑,观念上

---

　　①　中共中央党史和文献研究院编:《习近平关于网络强国论述摘编》,中央文献出版社,2021年,第55~56页。
　　②　习近平:《在庆祝中国共产党成立100周年大会上的讲话》,人民出版社,2021年,第12页。
　　③　侯惠勤:《马克思主义和中国化时代化的马克思主义》,《思想理论教育导刊》,2023年第3期。

层建筑对经济基础具有能动的反作用。观念上层建筑主要是以思想、主义等为载体的政治意识形态。因此,马克思主义和中华优秀传统文化的争辩,本质上就是回答意识形态与文化的关系问题。恩格斯指出:"由于文明时代的基础是一个阶级对另一个阶级的剥削,所以它的全部发展都是在经常的矛盾中进行的。生产的每一进步,同时也就是被压迫阶级即大多数人的生活状况的一个退步。对一些人是好事,对另一些人必然是坏事,一个阶级的任何新的解放,必然是对另一个阶级的新的压迫。"①这就说明,文化具有鲜明的阶级性、意识形态性,并且阶级性是文化发展的本质特性。试图消灭文化的阶级性,凸显所谓的"人性化",本身就是统治思想伪善的表征。"在马克思主义那里,意识形态作为工人阶级阶级意识的本质是完全高于其他特性的,坚持马克思主义首先要坚持它的意识形态立场……马克思主义不是纯粹的文化现象,它不仅是精神现象,还由于其与特定阶级不可分割、作为科学的世界观和革命实践要素融入人类解放的潮流而具有实体性存在的一面。这是它与宗教等精神文化的根本区别。"②

道路是旗帜的产物。道路的选取、发展取决于如何对待指导思想,即如何科学对待马克思主义。综观中国共产党百余年历史,什么时候实现了对马克思主义的科学发展,什么时候道路畅通。在运用马克思主义解决中国问题的进程中,创造性地发展马克思主义是其应有之义。马克思主义在中国的发展史,就是一部中国共产党探索中国道路的历史。中国道路不是对马克思主义本真性的抹杀,相反,是对其科学性和真理性的彰显。

政治安全是道路生成后的内在要求。政治安全包括国家主权安全、制度安全和政权安全。从不同维度出发,政治安全的内含呈现不同的特点。无论是哪种形式的安全,实质上都是寻求一种稳定的状态。从意识形态视

---

①　《马克思恩格斯选集》(第四卷),人民出版社,2012年,第194页。
②　侯惠勤:《马克思主义和中国化时代化的马克思主义》,《思想理论教育导刊》,2023年第3期。

角出发,政治安全意味着主流意识形态的安全。习近平提出:"当前,各种敌对势力一直企图在我国制造'颜色革命',妄图颠覆中国共产党领导和我国社会主义制度。……他们选中的一个突破口就是意识形态领域,企图把人们思想搞乱,然后浑水摸鱼、乱中取胜。"①意识形态成为各种制度、势力争夺的主战场。政治安全的问题就是回答如何始终坚持党管意识形态的问题。尤其是网络阵地中,各种意识形态的争夺愈发激烈,对党管意识形态的方式、方法等提出了更高的要求,亟须党因势而动,不断增强意识形态话语权、管理权、领导权。

第三,以"三个事关"为基点,把控意识形态工作全局。习近平总书记从党、国家和民族三个主体出发,进一步阐释了意识形态工作根本性、战略性、全局性意义。习近平指出:"能否做好意识形态工作,事关党的前途命运,事关国家长治久安,事关民族凝聚力和向心力。"②"事关党的前途命运"是关键,"事关国家长治久安"是目标,"事关民族凝聚力和向心力"是抓手。

做好意识形态工作是提升政党执政能力的重要途径。中国共产党作为马克思主义政党,意识形态建设是党的建设的重要组成部分。要坚持党性和人民性的统一。党性和人民性是意识形态建设的重要原则。习近平明确指出:"党性和人民性从来都是一致的、统一的。坚持党性,核心就是坚持正确政治方向……所有宣传思想战线上的党员、干部都要旗帜鲜明坚持党性原则。坚持人民性,就是要把实现好、维护好、发展好最广大人民根本利益作为出发点和落脚点……丰富人民精神世界,增强人民精神力量,满足人民精神需求。"③坚持党性,就是要求广大党员干部要不断提升马克思主义理论的武装水平。坚持人民性,就是要把人民的利益作为出发点和落脚点。马

①　中共中央党史和文献研究院编:《习近平关于总体国家安全观论述摘编》,中央文献出版社,2018年,第118页。

②　中共中央党史和文献研究院编:《习近平关于社会主义精神文明建设论述摘编》,中央文献出版社,2022年,第17页。

③　《习近平著作选读》(第一卷),人民出版社,2023年,第148~149页。

克思主义具有鲜明的阶级性。这种阶级性集中表现为以人民为中心的工人阶级性。它可以消灭剥削,实现每个人自由而全面地发展。理论因此而成为世界历史性的存在。在这个意义上,马克思主义并不是"外来"的存在,而是与中国化时代化马克思主义相伴相生的、一体化的理论体系。马克思主义的科学性,正是通过中国化时代化马克思主义的发展得以充分彰显。"中国共产党坚持马克思主义基本原理,坚持实事求是,从中国实际出发,洞察时代大势,把握历史主动,进行艰辛探索,不断推进马克思主义中国化时代化,指导中国人民不断推进伟大社会革命。中国共产党为什么能,中国特色社会主义为什么好,归根到底是因为马克思主义行!"①而中国化时代化马克思主义的科学性,则又以马克思主义的科学性为前提。"马克思主义是我们立党立国、兴党兴国的根本指导思想。实践告诉我们,中国共产党为什么能,中国特色社会主义为什么好,归根到底是马克思主义行,是中国化时代化的马克思主义行。拥有马克思主义科学理论指导是我们党坚定信仰信念、把握历史主动的根本所在。"②

用马克思主义和党的创新理论武装全党、教育人民是意识形态建设的主线。百余年来中国共产党坚持真理,坚守理想,弘扬伟大建党精神,坚持用马克思主义和党的创新理论引领人类历史上最伟大的社会实践,展示了马克思主义的强大生命力。这是党领导意识形态建设一以贯之的历史主线。在新时代,就是要用习近平新时代中国特色社会主义思想武装全党、教育人民。党的十八大以来,全党运用各种形式开展学习、宣传、教育,深刻把握习近平新时代中国特色社会主义思想的丰富内涵、世界观和方法论,在追求真理、揭示真理、笃行真理的过程中发展真理,不断深化和提高对"三大规律"的认识,向着建设社会主义现代化强国的目标奋勇前进。

做好意识形态工作是消除错误思潮危害,提振民族凝聚力和向心力的

---

① 《习近平著作选读》(第二卷),人民出版社,2023年,第483页。
② 《习近平著作选读》(第一卷),人民出版社,2023年,第14页。

重要保障。我国意识形态领域始终面临着错误思潮的侵蚀。集中表现在如下三方面。其一,面临着以资本主义的现实性变化否定马克思主义理论的实践性为主要内容的"过时论"挑战。"过时论"在不同的历史时期呈现出不同的理论表征。詹姆逊曾说:"每当马克思主义的研究对象——资本主义——发生变化或经历出乎意料的变异时,马克思主义的范式就会产生危机。由于对论争问题的旧表述不与新的现实相适应,所以容易得出结论说,这种范式本身被超越了和过时了。"①伯恩施坦是马克思主义"过时论"的早期代表人物。19世纪末20世纪初,伯恩施坦在《社会主义的前提和社会主义民主党的任务》一书中认为,马克思主义所批判的资本主义"崩溃论"已经过时,资本主义的发展进入了矛盾缓和期。但随着俄国十月革命的爆发,马克思主义的生命力得以充分彰显,马克思主义从理论走向实践,以社会主义实践回击了"过时论"的质疑。进入20世纪中叶,随着资本主义发展进入"黄金时期",马克思主义"过时论"复燃。让-鲍德里亚认为20世纪资本主义社会已经进入了"消费社会",劳动成为生产符号价值的知识劳动。他认为:"资本主义社会发生了一场马克思主义想理解而又不能理解的社会革命,认为当今的社会'仍然被商品的逻辑所决定的观点是落伍的'。"②同样,哈贝马斯也认为:"运用马克思根据自由资本主义社会正确提出的政治经济学的重要条件消逝了。"③二者割裂了马克思主义与现实社会的发展,主要从资本主义社会历史条件的变化性否定了马克思主义的科学性。他们并不是"过时论"的全部观点,诸如丹尼尔·贝尔后工业社会理论、安东尼·吉登斯反思的现代性理论都不同程度地宣扬了马克思主义的过时。当然,最具代表性的仍属20世纪90年代福山的"历史终结论"。"过时论"以静止的眼光看待马克思主

---

①　[美]弗里德里克·詹姆逊:《论现实存在的马克思主义》,《马克思主义与现实》,1997年第1期。

②　罗骞:《论马克思的现代性批判及其当代意义》,上海人民出版社,2007年,第289页。

③　[德]尤尔根·哈贝马斯:《作为"意识形态"的技术与科学》,李黎、郭官义译,学林出版社,1999年,第58页。

义,以理论的表象否定了其对现实的解释力,而没有从历史发展的规律性中充分认识马克思主义的穿透力。

其二,面临着以民族发展的特殊性否定马克思主义真理普遍性为主要内容的"外来论"挑战。马克思主义传入中国之际,就面临着如何处理与本国传统文化的关系问题。文化保守主义者盲目拒绝外来文化,不能准确理解马克思主义揭示人类社会发展规律的历史意义,孤立地批判马克思主义是外来文化。持"外来论"者没能认识马克思主义和中华优秀传统文化结合的可能性、必然性,而是将其视为抽象于中华优秀传统文化的存在,没能充分认识具体化、中国化的马克思主义对中国革命、建设的重大意义,因而也就不可能理解马克思主义之于中国的根本意义。

其三,面临着以单纯工具理性否定马克思主义科学性为主要内容的"无用论"的挑战。持"无用论"观点者,从现实的效用角度出发,衡量马克思主义的现实价值。工具理性的价值评价标准主要表现为时效性、实用性,以及可量化的各种指标。"无用论"者由于未能正确处理经验和理性的关系,因此就无法正确理解马克思主义作为科学的世界观和方法论的重大意义。只有超越狭隘的实用主义、经验主义才能真正认识马克思主义的"用"。从表面上看,各种思潮有着明显的差别。但从本质上来看,它们的目标和效果都是要着力消解社会主义意识形态,解构马克思主义在意识形态领域的指导。

第四,以"两个巩固"为目标,提升意识形态工作质效。2013年8月,习近平在全国宣传思想工作会议上明确提出了"两个巩固"。"两个巩固"是指"宣传思想工作就是要巩固马克思主义在意识形态领域的指导地位,巩固全党全国人民团结奋斗的共同思想基础"。2018年8月,习近平在全国宣传思想工作会议的讲话中,进一步强调"两个巩固"是"做好宣传思想工作的根本遵循,必须长期坚持、不断发展"①。"两个巩固"是实现"举旗帜"这一目标的具

---

① 《习近平谈治国理政》(第三卷),外文出版社,2020年,第311页。

体展开,是对意识形态多元化与指导思想一元化辩证关系的回答。"两个巩固"的确立,既是总结我国社会主义建设正反两方面经验的必然选择,也是在新形势下深入推进中国特色社会主义建设的现实考量。

巩固马克思主义在意识形态领域指导地位,是中国共产党保持先进性的内在要求。马克思主义的理论追求在于不断反映人民群众的深切需要和根本利益。中国共产党的先进性在于其指导思想的先进性。马克思主义是中国共产党的指导思想。毛泽东明确指出:"领导我们事业的核心力量是中国共产党,指导我们思想的理论基础是马克思列宁主义。"①马克思主义之所以能够始终处于指导地位,除了是党的指导思想之外,更重要的原因在于它自身的科学性和实践性。马克思主义指导地位的确立是历史的选择、人民的选择。"没有革命的理论,就不可能有被压迫阶级的即历史上最革命的阶级的世界上最伟大的解放运动。革命理论是不能臆造出来的,它是从世界各国的革命经验和革命思想的总和中生长出来的。"②中国共产党正是秉承着马克思主义的科学性、革命性、实践性,不断巩固和扩大党的执政基础,运用马克思主义科学的世界观和方法论,根据不同时期的使命主题,不断丰富和发展马克思主义。

巩固马克思主义在意识形态领域的指导地位,是中国革命、建设和改革正反两方面经验的总结。近代以来,为了挽救民族危亡,无数仁人志士进行了可歌可泣的斗争,各种主义轮番登场,但都以失败告终。俄国十月革命一声炮响,在马克思主义和中国工人运动相结合的过程中,中国共产党应运而生。党坚持马克思主义的指导,运用马克思主义世界观和方法论创造性地解决了中国的时代问题,成功推进了中国革命、建设和改革的发展进程,推动中华民族伟大复兴进入不可逆转的历史进程。但是在革命和建设的过程中,由于放弃、夸大马克思主义的倾向,导致了革命和建设遭受了各种挫折。

---

① 《建国以来毛泽东文稿》(第四册),中央文献出版社,1990年,第554页。
② 《列宁全集》(第二十七卷),人民出版社,2017年,第15页。

比如,由于放弃了马克思主义的指导,放弃了党的领导,第一次国共合作和大革命以失败告终。在第五次反"围剿"的过程中,博古等人由于不能准确把握中国革命的具体情况,完全照搬苏联作战经验,导致革命遭受了严重损失。

巩固马克思主义在意识形态领域指导地位,是借鉴世界社会主义经验教训的必然结果。苏东剧变的原因是错综复杂的,但其未能正确对待和坚持马克思主义是重要原因之一。苏联在社会主义建设进程中,由于把马克思主义理论神圣化,没能正确认识理论在实践运用中的特殊性,出现了把苏联经验模式化、神圣化、简单化的倾向,最终僵化了马克思主义的发展。苏联试图用自身的模式和经验主导社会主义阵营的发展,最终结果是东欧各国政治、经济、文化的发展最终走向僵化。苏联用多元价值取代马克思主义一元价值必然导致思想领域的混乱。坚持马克思主义在意识形态的指导地位,重要的是处理好主导性和多样性的关系问题。社会存在决定社会意识,社会意识是对社会存在的反映。在一定社会中,存在多种意识形态。但是多样化的意识形态不能淡化和取代主导性意识形态的地位。在苏联社会主义建设中,对各种思潮不加批判,任其自由发展,最终造成了重大危机。通过对苏联社会主义建设的反思,我们不难发现,苏联社会主义的失败,并不是社会主义的失败,不是马克思主义的失败,是苏联社会主义模式的失败。只有坚定地坚持马克思主义的指导地位,不断丰富和发展马克思主义才能更好地指导社会主义的建设。

巩固马克思主义在意识形态领域指导地位,是坚持和发展中国特色社会主义,实现中华民族伟大复兴的必然要求。自鸦片战争以来,实现民族复兴就是中国人民的共同梦想。民族复兴要有精神的支撑,这种精神集中表现为社会意识形态,成为激励和支撑社会发展的强大动力。只有用伟大精神力量引领,才能更好地推进民族复兴的进程。马克思主义是全党、全国各族人民奋斗的共同思想基础。这就要求党员领导干部要自觉用习近平新时代中国特色社会主义思想武装头脑,自觉划清马克思主义和各种非马克思主义、反马克思主义的界限,坚持马克思主义在一切重大理论性、原则性问题上的指导地位不动摇,要自觉同各种错误思潮作斗争。新时代,坚持马克思主义在意识形态领域的指导地位,就是要牢牢把握社会主义建设方向,增强文化自觉,更好构筑中国精神和中国力量。

巩固马克思主义在意识形态领域指导地位,是应对西方资本主义意识形态渗透的重要举措。资本主义制度和社会主义制度的竞争从未停止,由于资本主义制度的自我调适,其制度活力仍在释放,面对资本主义意识形态的挑战,亟须马克思主义科学理论的积极回应。《共产党宣言》明确提出:"资产阶级的灭亡和无产阶级的胜利是同样不可避免的。"[1]《〈政治经济学批判〉序言》指出:"无论哪一个社会形态,在它所能容纳的全部生产力发挥出来以前,是决不会灭亡的;而新的更高的生产关系,在它的物质存在条件在旧社会的胎胞里成熟以前,是决不会出现的。"[2]"两个必然""两个绝不会"是马克思主义对人类社会发展规律的科学把握。马克思主义以其理论的彻底性、科学性为破解人类社会发展难题提供了理论指导。进入新时代,西方意识形态渗透的方式方法发生了巨大转变,围绕马克思主义是否过时,是否有用的言论和思潮此起彼伏,试图以此消解马克思主义的指导地位,否认中国共产党领导的合法性,继而达到颠覆中国社会主义政权的目的。"两个巩固",一方面,以明确的价值目标、评判标准、价值规范确立鲜明的社会价值导向,为规范社会成员实践行为提供了基本遵循,为中国特色社会主义经济体制改革、政治体制改革、文化体制改革等提供坚实保障。另一方面,以抵制西方意识形态渗透为目标,有效调动社会力量投身中国特色社会主义建设。指导思想的一元化和思想文化的多元化是意识形态建设不可忽视的重要现实。多元化的思想文化反映了多元化的价值取向和现实需求。确立"两个

---

[1] 《马克思恩格斯选集》(第一卷),人民出版社,2012年,第413页。
[2] 《马克思恩格斯选集》(第二卷),人民出版社,2012年,第3页。

巩固"，就是要在坚持马克思主义一元领导的前提下，正确认识、剖析多元化思想，为丰富和发展新时代意识形态建设，促进一元化和多样性的辩证共存。

三、习近平关于意识形态重要地位重要论述的原创性贡献

习近平总书记有关"意识形态是一项极端重要工作"的重要论述，从学理性探索、创新性拓展、创造性运用等方面，进一步丰富和发展了马克思主义意识形态理论，是新时代意识形态建设的行动指南。

第一，对马克思主义意识形态理论的理论升华与思想跃迁。一是提出了"意识形态工作是一项极端重要工作"的原创性概念。马克思主义意识形态理论通过梳理意识形态与社会物质生活、意识形态与经济社会发展等关系，明确阐明了意识形态工作的重要性。毛泽东、邓小平等领导人都充分肯定并强调了意识形态的重要性，但是他们没有明确提出"极端重要"的概念。习近平对意识形态重要性的认识紧紧围绕"坚持和发展马克思主义"这个主线，着重强调马克思主义意识形态的本质属性、时代价值和实践价值，把对意识形态重要性的认识提升到一个新的高度，实现了理论上的创新和突破。习近平从党和国家发展的高度强调意识形态工作，展现了其作为党和国家最高领导人高度的政治清醒。二是从整体性出发，提出了"使命任务""三个关乎""两个巩固""三个事关"的战略性考量，深刻洞察了必然秩序和发展趋向，准确把握了意识形态合法性和有效性。习近平着眼坚持和发展中国特色社会主义的大局，围绕政党建设和意识形态建设、国家发展和意识形态建设、社会主义发展和意识形态建设等问题，网络空间和现实社会意识形态等关系，运用系统思维，正确处理了意识形态建设贯通性战略目标和整体指向性目标之间的关系，深刻揭示了意识形态工作的重要意义。三是从世界观的高度夯实马克思主义意识形态理论基础。习近平有关意识形态的思考，是对各种马克思主义哲学非意识形态化、非世界观化曲解的回应。非意识

形态化的结果只能是丧失政治敏锐性和政治鉴别力。西方意识形态对中国意识形态的妖魔化,本质上是要釜底抽薪式地消解共产主义革命的合理性。

第二,对马克思主义意识形态理论的内容丰富与视角拓新。一是针对现实问题进行理论拓展。一方面,习近平关于意识形态性质定位的判断建基于对社会主要矛盾的准确分析。社会主要矛盾是关乎国家发展全局的判断。意识形态工作的开展自然也就囊括其中。意识形态工作打通了思想问题和现实问题的壁垒,为解决现实问题提供了有力抓手。现实问题对主流意识形态叙事提出了更高的要求。只有通过优化叙事风格,改善叙事方式,才能更好地整合多元价值观念,为解决社会主要矛盾提供源源不断的精神支撑。社会主要矛盾的解决程度是检验意识形态工作质效的重要维度。只有意识形态工作回应社会问题,才能在不断解决社会矛盾中提升人民群众对主流意识形态的认可程度。另一方面,习近平关于意识形态性质定位的实践落成于与中心任务的良性互动。习近平强调:"既要切实做好中心工作、为意识形态工作提供坚实物质基础,又要切实做好意识形态工作、为中心工作提供有力保障;既不能因为中心工作而忽视意识形态工作,也不能使意识形态工作游离于中心工作。"[1]以中国式现代化全面推进中华民族伟大复兴是新时代中国共产党的中心任务。中国式现代化建设为意识形态工作提供了丰富的素材,意识形态工作的重要议题正是中国式现代化建设重大理论和现实问题的聚焦。二是汲取历史智慧进行理论拓展。历史思维是习近平新时代中国特色社会主义思想科学思维的重要组成部分。历史思维是运用历史眼光分析历史发展、探索历史规律、把握前进方向、指导现实工作的能力。习近平关于意识形态性质定位的判断,是在深刻总结中国共产党百余年来意识形态工作经验基础上作出的科学判断。坚持理论创新、坚持马克思主义在意识形态领域的指导地位、坚持党对意识形态的全面领导等

① 中共中央文献研究室编:《习近平关于社会主义文化建设论述摘编》,中央文献出版社,2017年,第21页。

新思想、新认识,无不源自对中国共产党意识形态工作经验的总结和认识。三是借鉴世界经验进行理论拓展。树立大历史观是习近平对新时代党史研究提出的具体要求。习近平明确指出:"树立大历史观,从历史长河、时代大潮、全球风云中分析演变机理、探究历史规律,提出因应的战略策略,增强工作的系统性、预见性、创造性。"①习近平关于意识形态的性质定位离不开对苏联社会主义经验教训的反思。苏联在社会主义建设的进程中,逐渐放弃党对意识形态的领导,没能始终坚持马克思主义在意识形态领域的指导地位,是其走向衰亡的重要原因。党的十八大以来,习近平聚焦意识形态建设的重要性,多次谈到要汲取苏联教训,避免重蹈苏联覆辙。

第三,对马克思主义意识形态理论的灵活运用与生动实践。一是坚持党性和人民性的统一,增强意识形态领导权。习近平总书记关于意识形态的重要论述,坚持人民立场,发扬斗争精神是对马克思主义意识形态理论价值立场的创造性运用。习近平明确提出了党管意识形态的论断。这是其对意识形态鲜明立场的体现。党性原则是意识形态的首要的、根本的原则。中国共产党代表最广大人民的根本利益,归根结底,党性就是人民性。习近平强调:"党性和人民性从来都是一致的、统一的。"②在推动二者实现统一的进程中,习近平把社会主义意识形态和人民理想信念统一起来,并内化到人们改变客观世界的实践活动中去。只有实现二者的结合,才能"建设具有强大凝聚力和引领力的社会主义意识形态,使全体人民在理想信念、价值理念、道德观念上紧紧团结在一起"③,不断巩固共同奋斗的思想基础。习近平强调,要坚持党管媒体、党管宣传、党管意识形态。意识形态领域的矛盾是社会经济领域矛盾的集中反映。一方面,习近平强调了意识形态领

---

① 《习近平谈治国理政》(第四卷),外文出版社,2022年,第511页。
② 《习近平谈治国理政》(第一卷),外文出版社,2018年,第154页。
③ 习近平:《决胜全面建成小康社会 夺取新时代中国特色社会主义伟大胜利——在中国共产党第十九次全国代表大会上的报告》,人民出版社,2017年,第41页。

域斗争的长期性、复杂性,要求要发扬斗争精神,应对持久的挑战。"对重大政治原则和大是大非问题,要敢于交锋、敢于亮剑。对恶意攻击、造谣生事,要坚决回击、以正视听。"①另一方面,坚持解放思想,实事求是,以思想创新推动实践创新,建立了相应的意识形态制度,规制了可能出现的"意识形态泛化""意识形态窄化"的问题。二是对马克思主义意识形态理论核心观点的创造性运用。灵活运用社会存在和社会意识的关系,准确处理了网络信息化时代意识形态建设境遇和发展趋向的关系。习近平总书记关于意识形态的重要论述,生成于网络化迅速发展阶段。与马克思主义经典作家所处的时代相比,意识形态话语生成机制发生了明显变化,话语分配模式已经由一对多的编发模式转为算法推荐的精准传播模式。多元主体的话语生产,必然导致"失语""权威弱化"等问题并存,增加了意识形态话语生产和传播的难度。为此,习近平在深入探究网络意识形态发展境遇的基础上,明确了网络化时代意识形态建设的实施策略。三是对马克思主义意识形态理论思想方法的创造性运用。一方面,在文化自信和规制霸权相结合中,明晰意识形态工作与文化建设的范畴,进一步深化对社会主义文化建设规律的探索。文化具有鲜明的意识形态属性。习近平总书记有关意识形态的重要论述是习近平文化思想的重要组成部分。习近平文化思想中提出的中华优秀传统文化创造性转化、创新性发展,"两个结合""文化自信"等新论断,从方法论层面提升了意识形态建设,夯实了意识形态的性质地位。另一方面,坚持树立科学思维能力,正确区分政治原则问题、思想观点问题和学术观点问题。意识形态领域的问题多是由于没能准确认识三者、捋顺三者关系而产生。围绕这一问题,党中央出台了一系列党内法规和制度安排(《关于新形势下党内政治生活的若干准则》《党委(党组)意识形态工作责任制实施办法》等),为党员干部正确认识和处理三者关系提供了依据。

---

① 习近平:《论党的宣传思想工作》,中央文献出版社,2020年,第189页。

第二节　明确责任定位：坚持党对意识形态工作的全面领导

　　坚持和加强党对意识形态工作的领导，是从立场论和方法论角度对意识形态工作作出的判断。党对意识形态工作的全面领导是习近平总书记关于意识形态工作重要论述的核心原则，党管宣传、党管媒体、党管意识形态是鲜明立场的体现。习近平总书记围绕增强意识形态领导权、管理权和话语权的重要论述形成了较为完善的科学体系，是马克思主义意识形态理论中国化时代化的重要成果，为新时代做好意识形态工作提供了根本指南，对新形势下更有效地做好意识形态工作具有十分重要的理论价值和实践意义。

一、正确认识党的建设和意识形态建设的关系

　　党的二十大报告指出，要"把党的领导落实到党和国家事业各领域各方面各环节"①。意识形态建设是党治国理政的重要方式。党的领导是意识形态建设的前提，也是意识形态建设的目标。意识形态领导权是管理权、话语权实现的前提和基础。意识形态领导权的核心是通过政策制定、设置管理机构、培养人才队伍，进而把握社会舆论的管控权，实现对宣传思想工作的领导。意识形态的领导权要以意识形态的合法性为前提。"任何一个政治系统，如果它不抓住合法性，那么，它就不可能永久地保持住民众对它所持有的忠诚心与认同度。也就是说，就无法永久地保持住它的成员们紧紧地跟

---

　　①　《习近平著作选读》（第一卷），人民出版社，2023年，第22页。

随它前进。"①意识形态的合法性是统治阶级政治秩序建立之后,进一步推动秩序合法化的重要手段。人们对意识形态的认可程度直接关系政权合法性的实现和维持。政权的合法性又保障了意识形态领导权的实现,决定了意识形态管理权和话语权的实现程度。"意识形态领导权"(ideological hegemony)的理论最早可以追溯至葛兰西,在《狱中札记》中他提出了"智识与道德的领导权"②的概念。在反思意大利革命失败原因、总结中西欧革命失败教训、批判第二国际经济主义思潮的过程中,葛兰西提出在无产阶级夺取政权的过程中,文化和意识形态发挥了重要作用。他认为,无产阶级革命的目标不应局限于夺取政治社会的领导权,可以先通过"阵地战"取得"市民社会"的意识形态领导权,而只有通过意识形态的权力才能真正实现统治。

马克思和恩格斯最初是从否定意义上使用"意识形态"概念,他们并没有明确提出"意识形态领导权"的概念。但是他们关于意识形态领导权的思想却散落在其《评普鲁士最近的书报检查令》《关于新闻出版自由和公布省等级会议辩论情况的辩论》《德意志意识形态》《〈黑格尔法哲学批判〉导言》等文献之中。"任何一个时代的统治思想始终都不过是统治阶级的思想"③,理论只要说服人,就能掌握群众的理论判断,表明马克思和恩格斯已经涉及了意识形态领导权的问题。马克思和恩格斯认为资产阶级一旦成为统治阶级之后,已经不能也不愿意代表各阶级普遍利益,无产阶级就要从他们手中夺取权力。马克思和恩格斯深刻批判了资产阶级意识形态的虚假性,指出:"资产阶级已经强大得足以建立他们自己的、同他们的阶级地位相适应的意识形态了,这时他们才进行了他们的伟大而彻底的革命。"④简言之,意识形态领导权不是马克思主义的主要概念,马克思和恩格斯对其探讨更多地聚

---

①　[德]尤尔根·哈贝马斯:《重建历史唯物主义》,郭官义译,社会科学文献出版社,2000年,第56页。

②　[意]安东尼奥·葛兰西:《狱中札记》,汪民安等译,河南大学出版社,2014年,第59页。

③　《马克思恩格斯选集》(第一卷),人民出版社,2012年,第420页。

④　《马克思恩格斯选集》(第四卷),人民出版社,2012年,第242页。

焦于其与政治、经济生活的联系,强调通过教育等方式获取领导权,而没有直接分析意识形态为什么会获取领导权的问题。

19世纪末20世纪初,普列汉诺夫和其他一些马克思主义者最早开始使用了"领导权"这一术语。列宁进一步发展了"领导权"概念,并形成了自己的领导权思想。列宁在《马克思主义和〈我们的曙光〉杂志》一文中深刻指出:"从马克思主义观点来看,否认或不了解领导权思想的阶级就不是阶级,或者还不是阶级,而是行会,或者是各种行会的总和。"①在《怎么办》中阐述了无产阶级政党意识形态领导权建设的思想。通过批判"教条主义和批评自由"和"经济派"的其他错误观点,主张用科学理论指导工人革命运动,强调自觉性工人运动的重要意义,要求建立革命家组织和创办全俄政治机关报,向工人阶级灌输社会民主主义意识,开展全民宣传运动,与资产阶级意识形态抢占思想阵地。列宁明确提出:"对社会主义意识形态的任何轻视和任何脱离,都意味着资产阶级意识形态的加强。"②一方面,他批判了"批评自由"的观点,主张要用马克思主义理论指导革命运动。在马克思和恩格斯逝世之后,随着伯恩施坦修正主义的提出,社会民主党内出现了以"批评自由"为口号,攻击马克思主义的思潮。列宁对这一错误观点及时展开批判:"'批评自由'就是机会主义派在社会民主党内的自由,就是把社会民主党变为主张改良的民主政党的自由,就是把资产阶级思想和资产阶级因素灌输到社会主义运动中来的自由。"③"批评自由"并不是马克思主义理论指导下的思想解放,更谈不上对社会革命运动的正确引导。列宁强烈批判"批评自由"的观点,反对意识形态调和论,主张俄国社会民主党内党员要认真学习马克思主义理论,要掌握意识形态的领导权。另一方面,他批判了"经济主义"的错误观点,主张工人运动要增强自觉性。"经济派"认为,无产阶级的政治斗

　① 《列宁全集》(第二十卷),人民出版社,1989年,第111页。
　② 《列宁全集》(第六卷),人民出版社,2013年,第38页。
　③ 《列宁专题文集·论无产阶级政党》,人民出版社,2009年,第55页。

争应当服从于经济斗争的需要,无产阶级只应进行经济上的斗争,而不用关注政治斗争,没有把政治斗争视为无产阶级的历史使命。并且在实际斗争中,"经济派"强调斗争的随机性,否定了工人运动的自觉性,进而弱化了俄国社会民主党对工人运动的领导。列宁认为,"经济派"所主张的工人运动的自发性,实质是为资产阶级意识形态在实践领域支配和控制工人运动提供了机会。要推动工人运动从自发走向自觉,就要彻底摆脱资产阶级意识形态的控制,加强其与资产阶级意识形态的斗争。"我们应当坚决地同一切资产阶级意识形态作斗争,不管它披着怎样时髦而华丽的外衣。"[1]简言之,列宁的领导权思想主要包括无产阶级领导权不是天然的,而是要通过革命,通过和其他阶级的联合获取。

　　我国学界关于意识形态领导权的内涵基本达成一致。学者们从价值理论、意识形态属性和阶级分析视角,对"意识形态领导权"的概念展开探讨。从价值理论的角度来看,学者们主要从意识形态代表的阶级利益角度出发,认为意识形态具有"道德制高点的品质"[2],因而领导权的实现是人们自觉服从权威的产物。从意识形态属性角度来看,学者们认为社会主义意识形态和其他意识形态之间存在排斥性,因此要借助有目的、有针对性的手段和方法掌握社会主义意识形态的领导权。从阶级分析的角度来看,学者们着重强调阶级权利的作用,认为"马克思主义意识形态具有维护和巩固政权的合法性,对异己意识形态的批判性,以及对社会成员的导向性和动员性的功能"[3]。综上所述,所谓意识形态领导权就是一定阶级及其政治代表,为了实现政治权力的稳定和安全,通过非暴力方式对社会各阶层意识形态要素进行包容性整合,引导人们将其对意识形态的普遍认可转化为政治信仰和政治行动的过程。习近平总书记关于社会主义意识形态领导权的重要论述建

---

[1]　《列宁全集》(第六卷),人民出版社,2013年,第251页。
[2]　程竹汝:《实现意识形态领导权须厘清的几个规律性认识》,《理论视野》,2012年第10期。
[3]　秦龙、肖唤元:《"两个巩固":新时期意识形态工作的科学指南》,《求实》,2015年第7期。

立在党性和人民性高度统一的基础之上,进一步丰富了对"什么是意识形态领导权,为什么要掌握意识形态领导权,怎样掌握意识形态领导权"的认识。

第一,掌握意识形态领导权是意识形态建设重要组成部分。掌握意识形态领导权与增强意识形态建设是一致的。中国共产党是马克思主义政党。社会主义意识形态肩负着论证党的领导合法性的任务。意识形态领导权是实现党的全面领导的重要保障,是回答"建设什么样的长期执政的马克思主义政党,怎样建设长期执政的马克思主义政党"的应有之义。只有坚持意识形态领导权,才能保障意识形态建设功能的发挥。意识形态具有辩护功能和规范功能。只有增强对意识形态的领导,才能真正发挥意识形态的两重功能,使其成为推动国家和社会发展的积极力量。掌握意识形态领导权,其一,有助于更好地宣传中国特色社会主义建设取得的历史性成就、发生的历史性变革,增强受众对习近平新时代中国特色社会主义思想的政治认同、理论认同、情感认同、思想认同。进入新时代,坚持马克思主义在意识形态领域的指导地位,就是要坚持思想建党、理论强党,使全党更加自觉地高举马克思主义伟大旗帜,不断焕发新的生机和活力,始终保持时代先锋。其二,有助于更好地辨别、区分各种错误社会思潮的危害,加强社会主义思想文化建设,用马克思主义引领当代中国社会思潮。

第二,中国共产党百余年掌握意识形态领导权的经验总结。意识形态领导权是动态的发展过程,其实现程度直接关系中国革命、建设和改革的进程和效果。中国共产党依据意识形态领域发生的新变化,逐渐深化对意识形态领导权的认识,实现从强调宣传领导工作方式到制定意识形态风险防控策略的转变。中国共产党成立之初,《中国共产党第一个决议》就对宣传工作的原则做了明确规定:"一切书籍、日报、标语和传单的出版工作,均应受中央执行委员会或临时中央执行委员会的监督"①,保证了宣传工作的方

---

① 中共中央纪律检查委员会办公厅:《中国共产党党风廉政建设文献选编:1921—2000》(第一卷),中国方正出版社,2001年,第1页。

向性。中国共产党还通过开展整风运动,凝聚意识形态共识。1942 年发动延安整风运动,使全党的马克思主义理论水平得到空前提高,为意识形态领导权的确立创立了重要的理论前提和思想基础。新中国成立初期,面对复杂多变的国际国内局势,毛泽东认为"掌握思想领导是掌握一切领导的第一位"①,通过梳理思想领导和党的领导的关系,明确强调要克服各种非无产阶级思想的影响,防止各种错误思想对党的领导的冲击,这实质就是探讨意识形态领导权的问题。在改革开放和社会主义现代化建设新时期,为确保我国意识形态安全,巩固马克思主义指导地位,党中央把加强社会主义精神文明建设作为一项重要政治任务,从领导宣传工作的角度强调意识形态领导权的重要性。党的十六届四中全会通过的《中共中央关于加强党的执政能力建设的决定》把"牢牢把握舆论导向,正确引导社会舆论"作为执政党能力建设的重要内容之一,强调:"坚持党管媒体的原则,增强引导舆论的本领,掌握舆论工作的主动权。"②总体而言,这一时期党对意识形态领导权的认识,逐渐向体制、机制的完善发展。

党的十八大以来,面对新时代新形势新要求,习近平同志为核心的党中央更加注重加强意识形态工作,坚持党对意识形态工作的领导,推动意识形态领域形势发生全局性、根本性转变,为新时代坚持和发展中国特色社会主义提供了强大思想支撑。党的十九届四中全会明确提出:"坚持马克思主义在意识形态领域指导地位的根本制度",从制度层面确立了马克思主义在意识形态领域的指导地位。

---

① 中共中央文献研究室编:中共中央文献研究室、中央档案馆编:《建党以来重要文献选编(1921—1949)》(第十九册),中央文献出版社,2011 年,第 364 页。

② 中共中央文献研究室编:《十六大以来重要文献选编》(中),中央文献出版社,2006 年,第 284 页。

二、坚持党对意识形态工作的全面领导

世界社会主义实践的曲折历程告诉我们,马克思主义政党如果放弃对意识形态的领导,就会陷入土崩瓦解的境地。

党的初心和使命是实现意识形态领导的逻辑起点。习近平立足唯物史观这一基本立场,强调党性原则是意识形态工作的根本原则,要加强党对意识形态工作的领导权,各种意识形态阵地都必须姓党。这是关乎意识形态建设根本的方向性问题。要以党的旗帜为旗帜、以党的使命为使命,高扬党的理想信念旗帜。意识形态工作者特别是党员领导干部,要学好党性这门"必修课"和"心学"。要坚持党管媒体、党管宣传的原则不动摇。这不仅是对宣传规律的精准把握,也是新时代加强意识形态领导权、管理权、话语权的重要遵循。

严密的组织架构是实现党对意识形态领导的介体。组织架构是结构逻辑的呈现。一方面,党在纵向维度上明确了各级党委(党组)与基层党组织的职能,优化了意识形态工作的层级分工。另一方面,在横向维度上,意识形态工作是各部门齐抓共管的事情,党通过严密的运行机制,完成了意识形态工作的"一盘棋"格局。

完善的制度是实现党对意识形态领导的保障。党的十八大以来,党通过一系列制度安排,进一步保障了党对意识形态的领导。一方面,党以专项党内法规的形式规范党对意识形态工作的领导。另一方面,党以意识形态相关制度与党的监督制度、干部选拔认同制度相结合,贯穿意识形态全过程。

三、坚持党管意识形态的实现路径

党管意识形态实质是回答党的意识形态管理权的问题。意识形态管理权是意识形态话语权、领导权实现的有力保障。意识形态管理权集中表现

为统治阶级对意识形态资源要素的组织和支配,是意识形态领导权的具体展开。意识形态管理权表现为主体通过各种方式引导客体形成符合阶级需求意识形态的过程。马克思主义经典作家没有直接论述意识形态管理权的问题,但是论述了对无产阶级意识形态的教育。列宁指出:"无产阶级一面进行阶级斗争,一面受到启发和教育,他们逐渐摆脱资产阶级社会的偏见,日益紧密地团结起来并且学习怎样衡量自己的成绩,他们正在锻炼自己的力量并且在不可遏止地成长壮大。"①斯大林针对党内存在的争论现象指出:"争论是必需的,但是,争论一定要有范围,以便防止党这个无产阶级的战斗部队堕落成为争论俱乐部。"②

葛兰西在论述文化领导权时谈到了意识形态管理权,将其视为"在市民社会组织开展的'文化和道德的改革'活动"③。阿尔都塞认为意识形态是国家机器,是某个阶级观念和价值体系的表达,意识形态领导权是保障阶级统治合法性的重要工具。简言之,合法性是意识形态管理权生成的源动力。学界对意识形态管理权的认知不尽相同。有学者侧重行为的指向性,强调意识形态主体对客体意识形态的管理;有学者强调意识形态的工具性和目标性,认为意识形态管理权是包含用意识形态管人和对意识形态管理两个方面。在遵循概念生成逻辑进路的前提下,我们认为,意识形态进行管理权是占社会统治地位的阶级,利用一定的方式,通过组织、协调、引导、控制等方式,实现主导和规范意识形态发展,完成对社会发展有效引导目的的过程。意识形态管理权具有鲜明的指向性,它与社会发展的其他管理活动密切相关。因此,可以将意识形态管理权视为意识形态主体在实施意识形态管理过程中所拥有的权力。

意识形态管理权可以简单概括为"管人""管事""管思想"。其中,"管

---

①　《列宁全集》(第二十三卷),人民出版社,2017年,第48页。
②　《斯大林选集》(上卷),人民出版社,1979年,第155页。
③　潘西华:《葛兰西文化领导权思想研究》,社会科学文献出版社,2012年,第86页。

事"是主要的介体,承载着"管人"和"管思想"的目的。报刊是早期中国共产党人开展意识形态领导权实践的重要载体。在推动办刊的实践中,中国共产党逐渐明晰了对报刊的领导原则,即"任何出版物,无论是中央的或地方的,均不得刊登违背党的原则、政策和决议的文章"①。同时,党也十分重视对报刊从业人员的管理。1943年中央宣传委员会取代中央党报委员会,统筹管理中央宣传部、中央党校、出版局等机构单位,并对通俗报纸、通俗性地方小报提出明确的要求,使其与社会发展统一起来。要求一切报纸要充分反映社会现实问题,反映群众呼声。解放战争后,党逐渐把意识形态管理工作的重心转向城市管理。进入社会主义革命和建设时期,党不断健全意识形态的管理机构。社会主义改造完成后,党通过建设广播电台、广播站、邮发报纸等,初步构建了社会主义新闻事业的总体布局,实现了指导思想、工作队伍和管理水平的整体提升。但是由于这一时期,党主要是借鉴苏联新闻媒体经验,新闻媒体的传播力有限,削弱了社会主义意识形态的号召力。同时,新闻媒体在实际运行中,对社会主义建设的报道出现了浮夸、造假的现象,使党在这一时期意识形态管理偏离了马克思主义的指导。进入改革开放和社会主义现代化建设新时期,随着社会主义市场经济体制的确立,党在媒体经营管理方面也不断完善,强化阵地意识。

第一,明确落实党委(党组)意识形态工作的主体责任。强化意识形态工作的刚性约束。做好意识形态工作,必须加强制度建设和纪律建设,贯彻落实意识形态工作责任制。《党委(党组)意识形态工作责任制实施办法》《党委(党组)网络意识形态工作责任制实施细则》《党委(党组)落实全面从严治党主体责任规定》等相关法规对意识形态工作责任制作出明确制度安排。意识形态工作责任制是落实意识形态工作的刚性约束,要求健全完善党委统一领导、党政齐抓共管、宣传部门组织协调、各相关部门积极配合的治理

---

① 中共中央文献研究室、中央档案馆编:《建党以来重要文献选编(1921—1949)》(第一册),中央文献出版社,2011年,第5页。

格局;要求确保党委(党组)书记为第一责任人,分管领导为直接责任人,领导班子成员担负起"一岗双责",推动主体责任深化、细化、具体化;要求落实监督考核制,做到有责必履、失责必问、问责必严,以刚性约束督促意识形态工作主体不折不扣担当责任。实践证明,健全工作机制、严格制度执行,为各级党委切实落实中央要求和规定提供了有力保障。

第二,提升党员干部的意识形态工作能力。意识形态工作的极端重要性对党员干部提出了更高的要求。切实提升党员领导干部的意识形态工作能力,是筑牢意识形态重要地位的有力保障。要发扬斗争精神,提升党员干部的意识形态鉴别能力。党员干部要切实提升政治站位,以敏锐的政治视角准确辨别。新时代,意识形态领域面临着诸多危及党的执政地位,试图颠覆中国特色社会主义制度的错误思潮。为此,掌握战略主动,同各种错误思潮作斗争,尤为迫切和必要。习近平多次强调,要"发扬斗争精神,把握斗争方向,把握斗争主动权,坚定斗争意志,掌握斗争规律,增强斗争本领,有效应对重大挑战、抵御重大风险、克服重大阻力、解决重大矛盾,战胜前进道路上的一切艰难险阻,不断夺取新时代伟大斗争的新胜利"[1]。防控意识形态风险的前置情境是斗争精神的充分发挥。习近平强调防范化解重大风险需要有顽强的斗争精神。排斥斗争精神实质上就是政治上的是非不分。排斥斗争精神并不能支撑动态的实践论。实践是变化发展的,变化来自斗争而不是一团和气。坚持马克思主义在意识形态领域的指导地位,最直接体现为发挥马克思主义的批判精神。马克思主义是批判性和建构性的统一体。马克思主义在意识形态领域指导地位的确立,既有赖于其理论自身的科学性,也有赖于其同各种错误思潮较量中展现出的强大斗争性。对后者而言,实质上是检验理论对现实阐释力和解释力的重要维度。因此,在同各种错误思潮的斗争中,要在批判中建构,掌握意识形态的主动权。马克思和恩格

---

[1] 《习近平著作选读》(第二卷),人民出版社,2023年,第558页。

斯在创立马克思主义理论的过程中，就不断开展对同时代错误思潮的批判和斗争。马克思在写给卢格的信中，明确提出要"对现存的一切进行无情的批判"。但是这种批判本身是为了更好地确立理论的指导。比如，在批判拉萨尔主义的过程中，马克思深刻揭示了国家的本质、发展规律，阐述了共产主义社会的发展学说。在《反杜林论》中，恩格斯指出："消极的批判成了积极的批判；论战转变成对马克思和我所主张的辩证方法和共产主义世界观的比较连贯的阐述。"①可以看出，马克思和恩格斯并不是拘泥于单纯的批判，而是强调在批判的过程中，及时地、积极地阐释正确理论。列宁也始终高度重视意识形态工作的主动性。在《怎么办》中，针对批评派对马克思主义的批评，明确提出要主动展开理论斗争；针对社会民主党内出现的主张工人自发运动时，明确提出要增强对意识形态的领导，警惕非马克思主义思潮对马克思主义的消解。毛泽东也十分强调意识形态工作的主动性问题。新中国成立之初，毛泽东针对党内出现的丧失意识形态批判精神的现象明确提出："特别值得注意的，是一些号称学得了马克思主义的共产党员。他们学得了社会发展史——历史唯物论，但是一遇到具体的历史事件，具体的历史人物……具体的反历史的思想……就丧失了批判的能力，有些人则竟至向这种反动思想投降。资产阶级的反动思想侵入了战斗的共产党，这难道不是事实吗？一些共产党员自称已经学得的马克思主义，究竟跑到什么地方去了呢？"②

　　在意识形态领域发扬斗争精神，实质上就是同各种反马克思主义、非马克思主义思潮作坚决的斗争。新时代，这种意识形态批判精神就表现为斗争精神。坚持以斗争精神谋划和应对意识形态领域斗争，能够进一步增强意识形态风险防控的自觉性，提升意识形态安全建设的实效性。一方面，没有斗争精神就没有社会活力。马克思主义哲学认为，矛盾是无处不在的。

① 《马克思恩格斯选集》（第三卷），人民出版社，2012年，第383页。
② 《毛泽东文集》（第六卷），人民出版社，1999年，第167页。

矛盾双方在一定条件下是可以相互转化的。斗争性是矛盾的主导方面。没有斗争性，矛盾无法转化。只要存在矛盾，就会有斗争。习近平在党的二十大报告中将"敢于斗争、善于斗争"作为"三个务必"的重要组成部分。强调斗争性，并不意味着否认对社会和谐的追求，相反，更为强调以斗争促团结。党在领导社会革命的伟大进程中，注重矛盾的斗争性和同一性，防止对二者的简单割裂，及时纠正了党内存在的各种错误斗争倾向。另一方面，斗争精神是人的丰富性、全面性的源泉。人的需要是不断更新的，是无法满足的。即有的需求得以满足，新的需求就会产生。需要的生产反映了人的发展不断地趋向全面丰富。发现问题，发现差异，发现不平衡是绝对的。矛盾的斗争性谱写了千变万化的世界。马克思主义本身也只有在同各种错误思潮的斗争中，才能愈加发展壮大。当然，在推动新时代斗争中，要坚持斗争底线，准确审视斗争对象和领域，创新斗争手段，既要打好防范和抵御风险的"准备战"，也要打好转危为机的"战略主动战"。

以利益协调增强意识形态的凝聚力，必须在意识形态工作中站稳人民根本利益的立场，坚持以人民为中心的发展思想，坚持共同富裕的原则和方法，将公平正义作为社会主义制度的首要价值，牢固确立和落实共享发展理念，从人民群众现实和长远的利益需求着眼，直面人民群众最关心最直接最现实的利益问题，协调好、照顾好人民群众的利益。要将人民群众的利益看作一个利益系统，在坚持经济建设、政治建设、文化建设、社会建设和生态文明建设的同时，维护好、实现好和发展好人民群众的经济权益、政治权益、文化权益、社会权益和生态权益。要通过强化法律在维护人民群众利益和化解利益矛盾、利益冲突中的权威地位，引导和支持人民群众理性地表达多元利益诉求，保障人民群众合理合法的利益诉求在法治框架内得到合理合法的处理。只有自觉地摒弃意识形态工作只是停留于和满足于理论灌输，从利益着眼和协调利益着手，才能在协调好人民群众利益的基础上达到价值共识和思想认同，使人民群众由拥护党的路线方针政策达到对于意识形态的心理认同,从而推动基于不同利益上的多元思想意识汇聚到中国特色社会主义意识形态之中。由此可见,领导干部的意识形态工作与经济工作、政治工作、文化工作、社会管理工作、生态治理工作是紧密结合的。它们在实践中相互影响、相互作用和相互制约。领导干部只有认真做好民生的各项实际工作,才能为做好意识形态工作奠定坚实的基础,而做好意识形态工作就能为做好各项实际工作提供思想文化基础和强大精神动力。

第三,构建和完善党对意识形态工作的领导权制度。意识形态问题的探讨,从来都不是单纯的学术争鸣。意识形态的争论,最根本的是对世界观和方法论的探讨。意识形态领域的问题是政治、经济、社会等其他领域危机的先兆。只有牢牢坚持马克思主义在意识形态领域的指导地位,才能真正实现对其他领域的指导。这既是一个重要的政治任务,又是一个重大的理论建设任务。其一,坚持马克思主义在意识形态领域的指导地位。党的十九届四中全会审议通过的《中共中央关于坚持和完善中国特色社会主义制度 推进国家治理体系和治理能力现代化若干重大问题的决定》明确提出了"坚持马克思主义在意识形态领域指导地位的根本制度"。这是党第一次把马克思主义作为意识形态领域的指导地位作为根本制度提出来,是关系党和国家发展的重大制度创新,标志着党对社会主义意识形态工作的规律性认识进入一个新的境界。习近平指出:"宣传思想工作的根本任务,就是要巩固马克思主义在意识形态领域的指导地位,巩固全党全国人民团结奋斗的共同思想基础。"[1]因此,只有在深入研究坚持马克思主义在意识形态领域指导地位的必然性和必要性的基础上,充分认识当前马克思主义在意识形态领域面临的重大挑战,深入探究应对之策,找到发展马克思主义意识形态的途径和方法,才能为实现中华民族伟大复兴提供坚强的思想保证和精神动力。其二,以专项党内法规的形式规范了党对意识形态工作的领导。意

---

① 中共中央文献研究室编:《十八大以来重要文献选编》(上),中央文献出版社,2014年,第465页。

识形态工作是各级党委(党组)的重要内容。要充分发挥制度的顶层设计作用,实现意识形态建设从"软指标"到"硬要求"的转变。其三,以意识形态工作相关制度与党内监督制度、干部选拔任用制度的有机融合贯穿意识形态全过程。既要明确意识形态工作主体、工作内容、工作清单等具体制度规定,也要加强党对意识形态环节的监督、考核,并将其作为干部选拔任用、考评考核的重要评价,增强意识形态工作的主动性。

第三节　创新话语体系:牢牢掌握社会主义意识形态话语权

话语是思想、观念的重要承载体。社会主义意识形态通过话语实现思想传递、观念表达、意义建构、权力确定。话语体系是增强话语权、领导权和管理权的重要途径。习近平指出:"要着力推进国际传播能力建设,创新对外宣传方式,加强话语体系建设,着力打造融通中外的新概念新范畴新表述,讲好中国故事,传播好中国声音,增强在国际上的话语权。"①要凝聚主流意识形态话语共识,就要坚持马克思主义的指导,不断提升马克思主义的现实阐释力。要坚持包容原则,用马克思主义规制其他思想文化的发展。坚持创新原则,从对内和对外两个层面,不断提升马克思主义的话语感染力。

一、掌握社会主义意识形态话语权的价值指向

媒体融合、多元载体的发展既为意识形态叙事提供了广阔的空间,也为意识形态话语权的消解埋下了隐患。科学认识和准确把握意识形态话语权的基本内涵是掌握意识形态话语权的前提。新时代,掌握意识形态话语权

---

① 中共中央文献研究室编:《习近平关于社会主义文化建设论述摘编》,中央文献出版社,2017年,第197~198页。

是对党构建意识形态话语权实践探索的继承,是破解我国社会主义意识形态话语困境的内在要求,是解决多元化思想观念的存在和意识形态一元主导需求矛盾的迫切需要。

话语权是政治学、社会学、哲学、马克思主义理论等学科研究的重要范畴。要准确认识"话语权"的概念,就要正确区分"语言""言语"和"话语"的概念。语言"是语言共同体成员心中的语法体系,言语则是人们平时所说的那些话,是依赖于语法系统的说话行为"[①]。正是由于言语承担了更多的社会意义,西方哲学由语义学转向了语用学。哈贝马斯、福柯、德里达等西方哲学家从不同的角度研究语用学,"话语"承载着"意义"逐渐取代了"言语"。"话语权"来自米歇尔·福柯,他在《知识考古学》中提出,人类所有的知识都是通过"话语"获得,脱离话语的事物是不存在的。"话语"意味着权力,提出了"话语即权力"的观点。关于"话语权"的概念,不同的学者给出了不同的界定。基于"话语权力"和"话语权利"不同的关系,学者们给出了不同的定义。有观点认为:"话语权包括提问权、论断权、解释权和批判权等"[②];有观点认为:"话语权指说话权利与权力、话语资格与话语权威、权力主体与客体的统一"[③]。

话语权和意识形态须臾不可分离。对意识形态话语权的探讨,实质上是对意识形态思想领导权和统治权的回应。思想领导权是探讨意识形态话语权的前提和基础,意识形态话语权是思想领导权的实现途径。思想的先进性是确立意识形态话语权的前提和基础。思想的先进性与经济社会的发展程度并非正相关。恩格斯指出:"经济上落后的国家在哲学上仍然能够演奏第一小提琴:18世纪的法国对英国来说是如此(法国人是以英国哲学为依

---

① 陈嘉映:《语言哲学》,北京大学出版社,2003年,第782页。
② 侯惠勤:《意识形态话语权初探》,《马克思主义研究》,2014年第12期。
③ 吴学琴等:《当代中国马克思主义意识形态话语体系的研究》,江苏人民出版社,2018,第21页。

据的),后来的德国对英法两国来说也是如此。"①

　　马克思和恩格斯从意识形态的阶级性属性出发,阐释了意识形态话语权的思想,明确提出了:"统治阶级的思想在每一时代都是占统治地位的思想"②的论断,阐释了无产阶级掌握意识形态话语权的重要性。从生产资料和精神文化的辩证关系出发,指出"一个阶级是社会上占统治地位的物质力量,同时也是社会上占统治地位的精神力量。支配着物质生产资料的阶级,同时也支配着精神生产资料,因此,那些没有精神生产资料的人的思想,一般地是隶属于这个阶级的"③,揭示了意识形态话语权生成的认识论基础。与此同时,马克思和恩格斯进一步阐释了群众获取革命理论的两种方式,即以理论的彻底性征服群众和向群众传播革命理论。总体而言,马克思和恩格斯虽然没有明确提出意识形态话语权的思想,但有关"占统治地位的思想""精神生产资料"等论述蕴含着丰富的意识形态话语权思想。列宁在继承马克思和恩格斯有关意识形态重要性认识的基础上,在《怎么办?》《小资产阶级社会主义和无产阶级社会主义》《社会主义政党和非党的革命性》等系列著作中,深刻揭示和批判了资产阶级意识形态的本质及其虚假性,揭示了意识形态的阶级属性。列宁强调无产阶级要实现自身的解放,就要掌握科学的理论,并且"必须以高度的热情把由此获得的日益明确的意识传播到工人群众中去"④,进一步探讨了无产阶级政党学会"思想领导者"的问题,为无产阶级掌握意识形态话语权提供了思想指南,积累了丰富的意识形态斗争经验。

　　西方哲学家们加强了话语和意识形态关系的研究,葛兰西从意识形态斗争的角度提出:"'语言'本质上是一个集合名词,它并未预先假定存在于

---

① 《马克思恩格斯选集》(第四卷),人民出版社,1995年,第704页。
② 《马克思恩格斯选集》(第一卷),人民出版社,2012年,第178页。
③ 《马克思恩格斯选集》(第一卷),人民出版社,2012年,第178页。
④ 《列宁全集》(第六卷),人民出版社,2013年,第26页。

时空之中的任何单个东西。语言也意味着文化和哲学……每个讲话的人都有他自己的个人语言,也就是他自己独特的思考和感觉方式。"①据此,语言不同则世界观不同,影响个体的意识形态也就不尽相同。葛兰西认为,意识形态的领导是通过话语权得以实现。他将文化领导权和意识形态领导权视为同位概念。综上所述,所谓意识形态话语权是一定社会占统治地位的阶级,在准确把握时代问题的基础上,对本阶级历史任务进行科学研判,形成具体的思想理论体系指导实践发展需求,作出合理解释,并通过一定的话语方式形成对错误思想、观念、思潮的批判,进而实现增强其意识形态感召力、战斗力的过程。

意识形态话语权建设是实现意识形态领导权、管理权的关键环节。掌握意识形态话语权是获取意识形态建设主动权、提升意识形态影响力的必经之路。社会主义意识形态话语权建设,是指马克思主义意识形态被认可、接受、内化的过程。社会主义意识形态话语权建设是历史逻辑、理论逻辑和实践逻辑综合作用的结果。

第一,中国共产党高度重视意识形态话语权建设。新民主主义革命时期,党就十分重视意识形态话语权问题。《中国共产党第一个决议》指出:"党应警惕,不要使工会成为其他党派的傀儡"②,强调了工人阶级意识形态话语权的问题。1924年5月,党决定成立宣传部,为意识形态话语权的实现创造了组织保障。党的六大提出了加强党的思想建设的任务,强调要重视群众中的宣传工作。毛泽东在《新民主主义论》等一系列重要文章中,创造性地构建了中国共产党社会革命话语体系,回答了中国革命向何处去的问题,使党在多次思想论战中获得了群众的支持和认同。经过延安整风运动,全党在思想上达到了空前一致,为意识形态话语权的建设奠定了坚实的思想

---

① [意]安东尼奥·葛兰西:《狱中札记》,汪民安等译,河南大学出版社,2014年,第261页。
② 中共中央文献研究室、中央档案馆编:《建党以来重要文献选编(1921—1949)》(第一册),中央文献出版社,2011年,第4页。

基础。

社会主义革命和建设时期,党积极推动意识形态话语权的建设。一方面,在学习宣传工作中增强马克思主义在意识形态的领导权。1951年,中共中央在《关于健全各级宣传机构和加强党的宣传教育工作的指示》中明确了各级党委宣传马克思列宁主义、毛泽东思想的任务,并对宣传工作制度化进行了初步探索,明确提出:"必须有系统地建立对人民群众的经常性的宣传网。"①从1951年秋开始,在全党范围内开展对知识分子的思想改造学习运动。通过这一运动,"知识分子思想改造工作取得了重大成就,他们的思想有了显著进步,大部分人都坚决拥护并大力宣传马克思主义,成为意识形态建设的重要主体"②。1952年,党对高校马克思主义教育作出了系统安排。通过运用报纸、戏剧、广播等不同媒介开展宣传工作,增进了广大人民群众对马克思主义的了解和认同,有效确立了党的意识形态话语权。另一方面,在与错误思潮的斗争中加强意识形态话语权建设。新中国成立以后,党旗帜鲜明地批判了党内存在的资产阶级、小资产阶级等错误思想,不断巩固马克思主义在意识形态的话语权。

改革开放和社会主义现代化建设新时期,意识形态话语权经历了从步入正轨到继续巩固的发展进程,总体呈现出稳步发展的特点。改革开放以后,面对世情、国情、党情的变化和发展,党创新话语体系,实现了意识形态话语权的稳固发展。以邓小平同志为主要代表的中国共产党人对新中国成立以来党的重要历史事件作出了正确评价,旗帜鲜明地反对资产阶级自由化,推动意识形态步入正轨。四项基本原则提出之后,邓小平明确提出:"今天必须反复强调坚持这四项基本原则,因为某些人(哪怕只是极少数人)企

---

①　中共中央文献研究室编:《建国以来重要文献选编》(第二册),中央文献出版社,1992年,第2页。

②　金民卿:《新中国社会主义制度创建过程中的意识形态探索》,《高校马克思主义理论研究》,2019年第2期。

图动摇这些基本原则。这是决不许可的。"①随着改革开放的不断深入,针对国际国内形势的深刻变化,以江泽民同志为主要代表的中国共产党人,明确提出要用社会主义意识形态占领思想文化阵地,"思想宣传阵地,社会主义思想不去占领,资本主义思想就必然会去占领"②。强调要注重对外宣传话语的构建,为改革开放营造了有益的外部环境。进入社会主义现代化建设新时期,胡锦涛明确提出:"要加强具有世界眼光和战略思维能力的人才队伍建设,整合各方面优势和资源,深入开展重大国际问题研究,不断增加我国国际话语权。"③总体而言,这一时期的意识形态话语权建设依托党的理论创新形成,形成了具有中国特色的话语体系,有力地回应和阐释了中国特色社会主义发展的一系列重大问题,提升了意识形态话语的阐释力和吸引力,为中国特色社会主义事业的发展提供了强大的思想、舆论保障。

第二,破解我国社会主义意识形态话语困境的内在要求。世界百年未有之大变局加速演进,中国特色社会主义取得的巨大成果,使世界范围内两种意识形态、两种社会制度的较量呈现出了东升西降的发展态势。但是国际舆论场域中"西强东弱"的状况并没有根本改变。资本主义意识形态话语渗透、挤占了社会主义意识形态话语空间。我国社会主义意识形态话语面临着"有理说不出,说了传不开,传开叫不响"的话语困境仍然十分突出。一方面,资本主义意识形态话语借助学术话语的外衣传播其主流意识形态。资本主义意识形态具有鲜明的虚伪性和欺骗性。列宁认为"看似无害的知识分子"是资产阶级意识形态话语的主要传播者。他们通过粉饰、包装资产阶级意识形态的各种口号,迷惑民众,以此达到解构、破坏社会主义意识形态的目的。资本主义依靠自身的技术优势,利用网络文化和社交媒体,通过

① 中共中央文献研究室编:《改革开放三十年重要文献选编》(上),人民出版社,2008年,第38页。
② 《江泽民文选》(第一卷),人民出版社,2006年,第160页。
③ 《胡锦涛文选》(第三卷),人民出版社,2016年,第285页。

学术交流、文化交流等途径,推行文化殖民话语,不断炮制"中国威胁论""意识形态终结论"等错误言论,对我国意识形态话语展开理论攻势,消解社会主义意识形态话语影响力,挤压主流意识形态的话语空间,弱化人民群众对马克思主义意识形态的话语认同。另一方面,西方资本主义意识形态用"超党派"的话语消解马克思主义意识形态话语空间。马克思主义观照社会现实,以共产主义未来社会的发展为目标,阐明了到达共产主义社会的实践路径。它既不忽视现实利益的分裂,又不驻足于利益的分裂,而是积极探索消除分裂的实践方式。马克思认为,要消除这种利益分裂,"就在于形成一个被戴上彻底的锁链的阶级,一个并非市民社会阶级的市民社会阶级,形成一个表明一切等级解体的等级,形成一个由于自己遭受普遍苦难而具有普遍性质的领域……在于形成一个若不从其他一切社会领域解放出来从而解放其他一切社会领域就不能解放自己的领域,总之,形成这样一个领域,它表明人的完全丧失,并因而只有通过人的完全回复才能回复自己本身。社会解体的这个结果,就是无产阶级这个特殊等级"①。正是在此意义上,列宁认为"只有承认阶级斗争、同时也承认无产阶级专政的人,才是马克思主义者。马克思主义者同平庸的小资产者(以及大资产者)之间的最深刻的区别就在这里。必须用这块试金石来检验是否真正理解和承认马克思主义。"②因此,马克思主义关于共产主义目标所遭遇的每一次挑战,都必然要落脚到对无产阶级自身及其领导权的反思。当前,意识形态领域的斗争也就转变为对基本问题、立场的争论。资本主义意识形态逐渐演变为用"普世性"的观念,以"非意识形态化"的形式消解具有明显阶级性、党性的马克思主义意识形态,从而以此解构人民群众对社会主义的认同。邓小平曾语重心长地说:"离开了这些具体情况和具体任务而谈人,这就不是谈现实的人而是谈抽象

---

① 《马克思恩格斯选集》(第一卷),人民出版社,2012年,第15页。
② 《列宁选集》(第三卷),人民出版社,2012年,第139页。

的人,就不是马克思主义的态度,就会把青年引入歧途。"①

　　第三,解决多元化思想观念的存在和意识形态一元主导需求矛盾的迫切需要。新时代既为我国社会主义意识形态建设提供了良好的机遇,也给社会主义意识形态建设带来了巨大的挑战。随着新时代社会主要矛盾的发展变化,意识形态领域多元化思想观念的存在和意识形态一元主导需求之间的矛盾愈加凸显,对增强意识形态话语权提出新的更高的要求。

　　日常生活流行话语吞噬了人们的哲学眼界,挑战了马克思主义意识形态话语空间的发展。网络新媒体的发展,萌生和加速了各种流行语的传播,这些流行语裹挟着各种意识形态渗透到了人们的日常生活。日常生活是个体进行生产和再生产的重要领域,更关注于"世俗生活"。日常生活话语是对日常生活中存在的各种意识形态的反映。其中,有些生活话语因其多关注个人叙事,以感性逃避的方式"回应"人们社会生活中的困境和矛盾,最终达到用生活话语吞噬人们哲学眼界,把生活话语变成哲学眼界的目的,实质上是达到了否定了理想信念的价值,否定马克思主义世界观和方法论的作用。比如,"明天和意外永远不知道哪个会先来,我们能做的就是且行且珍惜"等话语表述,以浓墨重彩的情感叙事,直击人们的日常困惑,却在本质上否定了马克思主义理论对人类社会发展规律的把握,否认了理想信念的价值。在这种意义上,社会主义意识形态的传播就应当充分关注、观照人们的日常生活话语,要积极回应流行语对主流意识形态的消解,增强主流意识形态的引导和塑造能力。

　　媒体格局和舆论生态的迭代削弱了主流意识形态的影响力,亟须主流意识形态建设因势而谋。智能技术的迭代更新,互联网的迅猛发展,促使媒介生态发生颠覆性转变,加速了传统传播格局和舆论生态的重塑,为各种思想观念的传播提供了平台和渠道,给主流意识形态建设带来了新挑战、提出

---

　　① 《邓小平文选》(第三卷),人民出版社,1993年,第41页。

了新要求。詹姆斯·柯兰认为,互联网为思想观念的传播提供了"国际的、去中心化"的组织模式,促进了激进政治思想多样性的发展。安德鲁·基恩认为,互联网促使人们追求"平等化的话语权",逐渐出现了反对权威的趋势。尼葛洛庞蒂认为个人主义价值观使"分权心态正逐渐弥漫于整个社会之中……传统的中央集权的生活观念将成为明日黄花"[①]。网络的开放性赋予人们平等进入网络空间的权利。网络世界变成"意见自由市场",人人手拿"麦克风",成为信息源、信息通道、信息接受者的统一体。虽然为民意的表达和疏通提供了便利条件,但同时也为各种错误思潮的传播提供了空间,无形中消解着主流意识形态,解构着民众的价值认同。一方面,媒介生态的颠覆性转变导致主流媒体传播力的式微。媒介是意识形态获取话语权的重要手段。网络信息碎片化的发展消解着主流意识形态的传播力。人们习惯于短、平、快的信息,对于信息的思考大大降低。迈克尔·海姆深刻指出:这种信息"侵蚀了我国对于意义的容纳力,把思维的弦绷在信息之后,我们的注意力的音符便短促起来,我们收集的是支离破碎的断简残篇,我们逐渐习惯于抱住知识的碎片而丧失了对知识后面那对智慧的感悟"[②]。主流意识形态的传播方式亟须进行时代化的调整,才能满足人们在网络空间传播中的信息需求。另一方面,网络信息匿名化的特性加大了主流意识形态传播的难度。网络空间中匿名化的存在状态容易放大人们对于权利的需求和守护。人们很容易把现实生活中无法满足的需求或是受到的不合理的待遇带入网络空间,在网络提供的"释放空间"中,人们会过分关注现实生活中的不足和问题,非理性的表达状态随之生成,现实生活无法满足的需求被放大到意识形态层面加以否定、批判甚至诋毁。"网络非理性使它们先验地否定了和现

---

① [美]尼古拉·尼葛洛庞蒂:《数字化生存》,胡泳、范海燕译,南海出版公司,1997年,第270页。

② [德]迈克尔·海姆:《从界面到网络空间》,金吾伦、刘钢译,上海科技教育出版社,2000年,第9页。

实生活相关的一切,而片面追求网络空间中的'异类',所以他们往往非理性地否定社会主流意识形态而追求其他意识形态。"①

　　资本主义意识形态和错误思潮观点的"隐喻化"渗透和传播削弱了主流意识形态的引领力,亟须主流意识形态建设应势而动。习近平指出:"当前,各种敌对势力一直企图在我国制造'颜色革命',妄图颠覆中国共产党领导和我国社会主义制度。这是我国政权安全面临的现实危险。他们选中的一个突破口就是意识形态领域。"②网络成为西方敌对势力进行思想渗透的主要场域。当前,西方意识形态和错误思潮呈现"隐""柔"的传播特点,直接冲击主流意识形态建设。一方面,马克思主义和非马克思主义的斗争从未停止。西方敌对势力把中国的发展壮大视为极大的威胁,从未停止意识形态的渗透。较之于之前明显的资本主义和社会主义的"主义之争",渗透转向了更为隐蔽的方式展开。用学术交流裹挟政治图谋影响人们的价值选择。比如,试图通过设置话语议题、话语陷阱,利用西方意识形态话语体系解读、解释中国特色社会主义道路的发展,妄图否定中国道路合法性、否定中国共产党领导,最终达到颠覆政权的目的。正如习近平所说:"西方国家策划'颜色革命',往往从所针对的国家的政治制度特别是政党制度开始发难,大造舆论,大肆渲染,把不同于他们的政治制度和政党制度打入另类,煽动民众搞街头政治。"③同时,包括新自由主义在内的各种错误思潮迭起。这些错误思潮标榜"思想自由""普世价值",贩卖其错误的观点和价值。比如,有些人主张各种思潮、各种观念的"自由竞争",强调马克思主义也是众多思潮之一,要和其他思潮形成竞争的局面。这种观点实质是否定了马克思主义在意识形态领域的指导地位,给党和国家的发展造成了冲击。

---

　　①　辛鸣、唐爱军主编:《当代意识形态问题概论》,中共中央党校出版社,2021年,第62页。
　　②　中共中央党史和文献研究院编:《习近平关于总体国家安全观论述摘编》,中央文献出版社,2018年,第118页。
　　③　中共中央文献研究室编:《习近平关于社会主义政治建设论述摘编》,中央文献出版社,2017年,第18页。

"资本逻辑"和"算法程序"裹挟着错误思潮向意识形态领域的渗透削弱了主流意识形态的吸引力,亟须主流意识形态建设驭势而治。媒介平台商业化运作背后的资本化加速了资本群体利益的表达和传播。它们通过算法设计,实现了利益诉求和价值观念的隐蔽性输出,而受众只能被迫接受。市场经济作为一种物质力量,推动了生产力的快速发展。但作为一种精神力量,其自身存在的逐利性弊端渗透到了社会生活的方方面面,泛娱乐化、泛自由化、泛物质化的算法程序,滋生出享乐主义、拜金主义、消费主义"娱乐至上"等价值观念。这些观念和集体主义、社会主义等主流价值发生碰撞,导致一些人思想观念发生"转变",遮蔽了社会主流意识形态的价值和意义,一定程度上"解构"了共产主义远大理想和中国特色社会主义理想的引领,弱化了民众对主流意识形态的认同。同时,媒介的资本化运作导致传播由"内容为王"转向"渠道为王","部分非马克思主义思想借助算法程序搭载于信息、潜藏于信息之中进行意识形态入侵,消解主流意识形态统合力"。①

进入新时代,以习近平同志为核心的党中央把意识形态工作摆在突出位置,先后召开了全国宣传思想工作会议、新闻舆论工作座谈会、哲学社会科学工作座谈会、高校思想政治工作座谈会,十九届中央政治局第三十次集体学习,全国宣传思想文化工作会议等,对意识形态工作进行了战略安排,全方位强化意识形态话语权建设,提升了对意识形态话语权建设的认识。习近平指出:"争取国际话语权是我们必须解决好的一个重大问题。"②这表明党对意识形态话语权的突出强调。同时,在意识形态话语权建设中形成了一系列话语体系构建的丰硕成果。习近平新时代中国特色社会主义思想聚焦时代之问、世界之问、人民之问,深化了对共产党执政规律、社会主义建

① 沈正赋等:《阐释与理路:智能媒体场域中主流意识形态安全建构》,《安徽师范大学学报(哲学社会科学版)》,2023年第6期。
② 中共中央党史和文献研究院编:《习近平关于总体国家安全观论述摘编》,中央文献出版社,2018年,第117~118页。

设规律、人类社会发展规律的认识。新思想提出了一系列新论断、新理念，通过话语体系的创新，增强了新理念在国际社会的影响力。

二、社会主义意识形态话语权建设的话语系统

意识形态是以政治信仰为核心的思想体系，是一定阶级、社会团体政治纲领、价值取向、社会理想的思想理论依据。意识形态话语权建设实质是坚持以马克思主义为指导，以话语为载体，以意识形态为内核的外化系统。这一系统依据话语内容，主要包括宣传话语、国家传播话语、生活话语等方面。

第一，宣传话语建设。宣传具有鲜明的价值导向性。意识形态决定了宣传的内容、价值取向，意识形态话语权建设与舆论宣传密切相关。马克思主义意识形态基本理论、观点正是通过舆论宣传逐渐被人们所熟知、接受和认同。"新闻媒介在传递新闻信息的同时，也大量传递着各种价值观，传播者以各种公开或隐秘的方式散布着自己的价值取向以及对报道事物的价值判断……新闻传播过程，也是一个价值观传播过程。"[1]其一，宣传话语的叙事方式。宣传的目的在于实现理论的"落地生根"。在这一过程中，要积极寻求理论与受众的"共情点"，最为关键的是要实现理论话语叙事向生活话语叙事的转变，以贴近受众的方式、方法完成理论的输出。其二，宣传话语的话语策略。受众接受某一思想，并不意味着宣传的结束。相反，"口头上承认这个思想是一回事，实际上把这个思想分别运用于每一个研究领域，又是一回事"[2]。要实现思想理论的入脑、入心，就要注重优化宣传话语策略，从受众生活中寻找合适的叙事素材，建构符合现实需要的叙事体系。

党的十八大以来，习近平总书记围绕宣传思想工作作出了一系列重要论述，对意识形态宣传话语建设提出了具体要求。其一，强调意识形态宣传队伍建设。习近平强调，做好新时代意识形态工作，关键要靠人才和队伍，

---

① 童兵：《理论新闻传播学导论》，中国人民大学出版社，2000年，第50页。
② 《马克思恩格斯文集》（第四卷），人民出版社，2009年，第299页。

明确指出："宣传思想部门工作要强起来,首先是领导干部要强起来,班子要强起来。""宣传思想干部要不断掌握新知识、熟悉新领域、开拓新视野,增强本领能力,加强调查研究,不断增强脚力、眼力、脑力、笔力,努力打造一支政治过硬、本领高强、求实创新、能打胜仗的宣传思想工作队伍。"①其二,要树立"大宣传"的工作理念。意识形态工作要加强各部门的整体联动、协同合作。既要全党一起动手抓宣传工作、各级党委和老领导干部自觉承担主管意识形态工作的职责和任务,也要充分调动各部门、各战线的力量,形成联动宣传格局,把宣传思想工作同各个领域的行政管理、行业管理、社会管理更加紧密结合起来。不可忽视的是,宣传话语建设与舆论斗争密切相关。要坚持正面宣传和舆论斗争相结合,牢牢掌握意识形态工作的主动权。习近平指出:"坚持团结稳定鼓劲、正面宣传为主,是宣传思想工作必须遵循的重要方针","必须坚持巩固壮大主流思想舆论,弘扬主旋律,传播正能量,激发全社会团结奋进的强大力量"。②

第二,生活话语建设。进入新时代,我国社会主要矛盾、国内外形势发生重大变化。意识形态领域的交战突破了日常生活和非日常生活的藩篱,以一种隐蔽的方式浸润于人们日常生活,使其面临着很大的变化和挑战,为社会主义意识形态功能的发挥提供了宽广的话语空间,对其话语叙事也提出了更高的要求。人们日常生活话语需求的变化迫切需要社会主义意识形态话语供给方式的转变。生活话语建设亟须推动话语叙事方式的转变。

推动话语叙事实现从"独白式叙事"向"复调式叙事"的转变。"独白式叙事"是指社会生活叙事中只有叙事主体一种声音的叙事方式。"复调式叙事"是指社会生活叙事中存在两种以上不同声音围绕主题开展的叙事,但本质上仍是同一叙事者的不同叙事声音。目前,人们对社会生活变化的不安和

---

① 《习近平谈治国理政》(第三卷),外文出版社,2020年,第315页。
② 中共中央党史和文献研究院编:《习近平关于社会主义精神文明建设论述摘编》,中央文献出版社,2022年,第66页。

未来发展不确定的焦虑,实质上是马克思主义意识形态引导、阐释功能的缺位。以国家发展为视角的宏大"独白式叙事"并不能有效解决人们日常生活面临的困境。遵循社会生活主要矛盾的转变逻辑,社会主义意识形态话语也亟须实现从理论话语向生活话语的转变。资本主义"政治意识形态的重要功能之一,是组织那些对自己生活不满的人们去改变他们的生活,或者真正组织他们设想自己的生活值得改变"①。习近平指出:"一种理论的产生,源泉只能是丰富生动的现实生活,动力只能是解决社会矛盾和问题的现实要求。"②社会主义意识形态只有不断调整话语叙事方式,才能不断适应人民群众日益多样化的精神需求,实现对人民精神生活的充分观照,推动意识形态价值与工具的统一。而推动这一转变的根本遵循在于坚持马克思主义在意识形态领域的指导。只有马克思主义介入日常生活,实现对日常生活领域的指导,才有可能真正赢得大众。

推动实现马克思主义理论政治生活话语和日常生活话语的有机统一,夯实信仰认同。马克思指出:"一个时代的迫切问题,有着和任何在内容上有根据的因而也是合理的问题共同的命运:主要的困难不是答案,而是问题。因此,真正的批判要分析的不是答案,而是问题。"③精准回应问题是社会主义意识形态提升话语权、领导权的深层逻辑。马克思主义传入中国以后,其在意识形态领域的指导地位,多是通过政治话语得以展现。一般情况下,政治话语主要以国家的宏大叙事为主,围绕国家发展的主要问题,最大限度发挥意识形态凝聚功能。在百余年的发展进程中,中国共产党依托意识形态政治话语体系的强大感召力和影响力,凝聚社会共识,达成社会发展目标的实践。比如,在新民主主义革命时期、改革开放和社会主义现代化建

---

① ［匈］阿格妮丝·赫勒:《日常生活》,衣俊卿译,黑龙江大学出版社,2010年,第94~95页。
② 中共中央党史和文献研究院编:《十九大以来重要文献选编》(中),中央文献出版社,2021年,第645页。
③ 《马克思恩格斯全集》(第一卷),人民出版社,1995年,第203页。

设新时期,革命话语体系、改革话语体系等充分发挥了意识形态强大的凝聚和引领功能,推动了不同时期主要历史任务的有效解决。但是意识形态政治话语的传播本身也存在弊端,极易引发"泛意识形态化"现象。在社会主义革命和建设时期,中国共产党由于没能准确处理这一问题,致使党和国家各项事业遭遇了重大挫折。社会主义意识形态话语体系的传播必然面临着更深层次的逻辑转向,即如何实现话语体系的有效转化。这种转化首要的问题,就是避免从"泛意识形态化"落入"非意识形态化"的境遇。

人们社会日常生活话语的建构就是从个人发展角度切入叙事,以解决人们日常生活的问题为主要目标,逐渐实现意识形态渗透的目标。要坚持创新原则,不断提升马克思主义话语体系的感染力。马克思指出:"任何一个阶级要能够扮演这个角色,就必须在自身和群众中激起瞬间的狂热。"[1]马克思主义只有从受众需求出发,聚焦受众关注的理论和现实问题,不断更新其话语体系,强化话语体系的人民性和现实性,才能真正被受众所接受、所认同。意识形态的话语表达要贴近实际生活,用受众喜闻乐见的语言和方式表达。

第三,国际传播话语建设。国际传播话语是对话语有效性的重要检验。国际传播话语是获取国际话语权传播的核心要素。在国际舆论场上,话语是一国政治观点的集中表达。依据社会历史实践,特定的话语逐渐生成。话语的使用频次、认可程度、交流的便捷程度直接关系话语的影响力。国际传播话语建设主要包括话语传播主体、话语传播平台、话语传播内容等要素。其中,贯穿其中的国际话语传播叙事逻辑直接影响了各要素的作用发挥程度。

当前,这是我国国际传播话语建设面临着重要挑战。其一,多元话语主体建设较为薄弱。国际传播多以政府和主流媒体为主,民间组织、团体、个

---

① 《马克思恩格斯选集》(第一卷),人民出版社,2012年,第13页。

人等参与国际话语传播叙事的程度较低。其二,国际传播话语叙事逻辑有待增强。一方面,我国主流媒体话语叙事多呈现为宏大叙事。理论话语与人们日常生活话语的链接有待提升。另一方面,国际传播话语议程设置的主动权较为欠缺,议题设置零散,体系性不足。

三、掌握社会主义意识形态话语权的路径

意识形态话语权主要有两种获取途径:一是通过权力获取,二是通过权威获取。执政党通过权力获取意识形态话语权是较为常见的方式,却不是最稳固的方式。相反,通过权威获取的话语权则较为稳固。通过权威获取话语权,是个体对政党主张认可和信赖的表现,是政党意识形态现实解释力和说服力的彰显。要从强化阵地意识、构建传播新格局、构建话语体系等方面着手,不断增强社会主义意识形态话语权。

第一,强化阵地意识,筑牢社会主义主流意识形态主阵地。"阵地是意识形态工作的基本依托。"① 习近平指出:"宣传思想阵地,我们不去占领,人家就会占领",要"加强对意识形态阵地的管理,落实谁主管谁主办和属地管理,防止给错误思想观点传播提供渠道",确保宣传思想工作的领导权牢牢掌握在忠于党和人民的人手里。

牢牢掌控网络舆论新阵地,构建网络空间治理新格局。随着互联网的普及和应用,舆论战场实现了从传统媒体向网络媒体的转变。"数字化世界是一片崭新的疆土,可以释放出难以形容的生产能量,但它也可能成为恐怖主义者和江湖巨骗的工具,或是弥天大谎和恶意中伤的大本营……它是一个虚拟的宣传工作,但却是施展阴谋的好地方。"②中国共产高度重视网络意

---

① 中共中央党史和文献研究院编:《习近平关于网络强国论述摘编》,中央文献出版社,2021年,第69页。

② [美]埃瑟·戴森:《2.0版数字化时代的生活设计》,胡泳、范海燕译,海南出版社,1998年,第17页。

识形态工作,对互联网阵地的认识经历了从"重要战场"到"主阵地"的转变。习近平特别强调意识形态工作的"阵地意识",明确提出"互联网是当前宣传思想工作的主阵地。这个阵地我们不去占领,人家就会去占领"①。"管好用好互联网,是新形势下掌控新闻舆论阵地的关键。"②"要把网上舆论工作作为宣传思想工作的重中之重来抓"③,并进一步提出了思想舆论阵地存在的三个地带,即红色地带、黑色地带和灰色地带。其中,红色地带是意识形态的主阵地;黑色地带是要坚决管控,大大压缩的地带;灰色地带是要加大力度争取,防止其转向黑色地带的部分。为此,占领新兴舆论阵地,推动网络阵地从"最大变量"到"最大增量"的转变。习近平对掌握思想舆论主导权,强化阵地意识有深刻的阐释。他把思想舆论阵地分为红色、黑色、灰色三个地带,明确提出要守住红色地带,压缩黑色地带,争取灰色地带。要充分利用新兴媒体,占领信息传播的制高点。传统媒体要充分利用新兴网络技术,加快向数字化、网络化、移动化的转型,不断拓展新兴传播领域。在信息传播中,要充分考虑受众的分众化、对象化趋势,拓展传播渠道,扩大传播范围,发挥主流媒体引导社会舆论的优势。其一,要加强主流意识形态在媒介场域的思想阐释力。主流意识形态要坚持问题导向,正面、积极、主动回应热点、民众诉求等,实现对舆论精准的引导。其二,强化主流意识形态的话语供给。通过主动书写、话语议题设置,壮大主流意识形态的声音。要培育网络意见领袖,打造一支政治强、业务精、信得过的人才队伍,推动意识形态领导权、管理权和话语权建设。其三,通过优化话语方式实现和非马克思主义的"对话"。打通马克思主义和非马克思主义的话语衔接是有效应对非马克思主义挑战的重要方法。只有以极富针对性、时效性的信息供给迅速回击非马克思主义的挑战,才能实现主流意识形态的精准供给。正如习近平

---

① 《习近平谈治国理政》(第二卷),外文出版社,2014年,第325页。
② 《习近平著作选读》(第一卷),人民出版社,2023年,第453页。
③ 《习近平关于社会主义精神文明建设论述摘编》,中央文献出版社,2022年,第66页。

指出："必须科学认识网络传播规律,提高用网治网水平,使互联网这个最大变量变成事业发展的最大增量。"①

要通过理论创新,增强马克思主义理论的现实解释力和理论阐释力,增进民众的思想认同。各种非马克思主义的隐蔽性、渗透性、迷惑性倒逼马克思主义主导力、说服力、感染力的提升。习近平指出:"坚持以马克思主义为指导,必须落到研究我国发展和我们党执政面临的重大理论和实践问题上来,落到提出解决问题的正确思路和有效办法上来。"②"凡是广大干部群众普遍关注的深层次问题,都要从历史和现实、理论和实践的结合上作出令人信服的回答。"③要强化内容设计,把握正确思想舆论导向,唱响网络意识形态阵地主旋律。网络信息良莠不齐,各种非马克思主义思潮、"谣言"弱化了主流意识形态的领导权、管理权、话语权。只有通过正面内容设计、引导,掌握舆论整体走向,影响良好的舆论氛围,才能占领主阵地。一方面,要提供精准化的内容供给,主动发声、正面引导,大力培育和践行社会主义核心价值观,厚植网络空间精神根基。另一方面,要通过法律规范,守好话语边界,对于话语失范行为给予规制,进一步筑牢主流意识形态话语权。

第二,推动融合发展,构建社会主义意识形态新型主流媒体传播新格局。以马克思主义规制多样性思想文化的发展,增强理论对现实的阐释力。社会存在决定社会意识,多样化的思想文化是对社会历史发展的反映。意识形态发展始终面临着如何正确处理"多样性"和"一元化"关系的问题。承认思想文化的多样性并不意味着放任各种错误意识形态的发展,而是强调坚持用马克思主义去引领和带动,要用马克思主义规制思想文化的多样性发展,用思想文化的多样性巩固马克思主义在意识形态领域的指导地位。

---

① 《习近平谈治国理政》(第三卷),外文出版社,2020年,第311页。

② 中共中央文献研究院编:《习近平关于社会主义文化建设论述摘编》,中央文献出版社,2017年,第80页。

③ 习近平:《在全国党校工作会议上的讲话》,人民出版社,2016年,第17页。

"对危害中国共产党领导、危害我国社会主义政权、危害国家制度和法治、损害最广大人民根本利益的问题,必须旗帜鲜明反对,不能让其以多样性的名义大行其道。"①压缩错误意识形态的网络生存空间。同时,也要在马克思主义指导下,创造文化繁荣发展的氛围,进一步彰显马克思主义的话语创新能力。

打造智能化、移动化的主流意识形态传播新平台。以提升意识形态渗透力为抓手,打造交互性、沉浸式主流意识形态传播新模式。习近平明确指出:"要抓紧做好顶层设计,打造新型传播平台,建成新型主流媒体。"②传统的大众传播属于单向度传播,受众是信息的接受者,所接触、接收的信息取决于传播者的设定。单向度的意识形态传播,因忽视受众的需求,无法发挥实现理想的传播效果。以智能媒体为抓手,主流意识形态可以自建网络系统,为用户提供沉浸式的信息接受场景,突出了受众的信息体验,统一的话语环境使受众能够专注接受主流信息,不再被其他信息干扰。受众可以在沉浸式的环境中,形成有序表达,并逐渐达成价值认同。

用主流价值导向驾驭"算法",打造新型主流媒体舆论生态。习近平明确提出:"探索将人工智能运用在新闻采集、生产、分发、接收、反馈中,用主流价值导向驾驭'算法',全面提高舆论引导能力。"③这就为当前智能媒体的推荐算法治理提供了根本遵循。当前,智能媒体推荐算法中存在算法价值观偏差的问题。算法作为一种信息技术,本身并不具有价值立场。但是算法推荐者的价值立场会蕴藏在算法之中,并逐渐传递出去。一些错误的言论会逐渐被个性化推荐,造成受众的信息成瘾、信息偏见。受众的主体选择权逐渐弱化,长期接受单一信息的推荐,慢慢置身在了"信息茧房"。算法推荐的蔓延和规制权力缺位的矛盾逐渐显现。为此,亟须主流价值破除目前

---

① 《习近平著作选读》(第一卷),人民出版社,2023年,第358页。

② 《习近平谈治国理政》(第三卷),外文出版社,2020年,第319页。

③ 《习近平谈治国理政》(第三卷),外文出版社,2020年,第318页。

的困局。一方面,主流价值可以遵循算法推荐逻辑,着力提升主流价值内容的占比,强化主流价值观的引领。这就需要在内容推荐时,充分了解受众需求,有意识地提升受众对内容的亲近度。另一方面,主流价值要增强对算法的监管。要加大人工对信息的筛选和监管。用主流价值观的引导,不断提升受众的信息素养。

第三,构建话语体系,夯实社会主义意识形态话语权根基。话语体系是话语权的重要表征。话语体系的核心是思想体系,是各种意识形态交锋的正面战场。社会主义意识形态话语体系主要包括内、外两个层面话语体系的建构问题。我们既要以构建中国特色的对外话语体系,改变各种话语"逆差""反差""失真"的问题,增强国际舆论斗争的话语权,也要加快构建中国特色哲学社会科学话语体系,提升理论解释力、阐释力,增强社会主义意识形态叙事本领。

其一,打造中国特色对外话语体系,提升意识形态话语影响力。对外话语体系是一国影响力的重要表征。习近平高度重视对外话语传播。在党的二十大报告中提出:"加快构建中国话语和中国叙事体系,讲好中国故事、传播好中国声音,展现可信、可爱、可敬的中国形象。"[①]对外话语体系构建是一个系统工程,包括对外话语内容、对外话语主体、对外话语媒介、对外话语平台等方面内容。习近平总书记关于对外话语体系的重要论述,立足国家前途、民族命运和人类发展等重大问题,对人类面临的共同问题、责任展开了深入思考和阐述。这一论述是为新时代占领国际话语权制高点,推进中华民族伟大复兴构建良好外部环境提出的明确要求。亟须解决好"说什么""谁来说""怎么说"等一系列战略问题,进而实现维护国家安全,推动文化软实力、影响力层级跃升。

坚持守正创新,推动意识形态话语优质内容生产和话语传播策略的统

---

① 习近平:《高举中国特色社会主义伟大旗帜,为全面建设社会主义现代化国家而团结奋斗——在中国共产党第二十次全国代表大会上的报告》,人民出版社,2022年,第46页。

一,增强社会主义意识形态的情感认同。要构建对外话语体系首先要提升对外话语能力。情感认同是主体对意识形态观念、价值、理论积极拥护和支持的情感倾向,是实现主流意识形态内化的关键环节。一方面,要积极不断赋能马克思主义核心话语新的时代化表达,激活话语概念的生产力,提升马克思主义理论的供给力和引领力。"话语的背后是思想、是'道'。"[1]马克思主义的科学性赋能其核心话语时代化表达的根本动力。要坚持马克思主义的立场、观点、方法把握、分析问题,要以科学的概念、范畴和术语宣介中国。正如列宁所说:"如果把马克思在《资本论》和其他著作中的一些哲学言论考察一下,那么你们就会看到一个始终不变的主旨:坚持唯物主义,轻蔑地嘲笑一切模糊问题的伎俩、一切糊涂观念和一切向唯心主义的退却。"[2]这就要求随时随地依据不断变化的客观实际,以"旧语新说"的创新能力,推动增强思想、理论的说服力。另一方面,要更新话语传播手段,增强意识形态话语的感染力、亲和力、解释力、传播力。通过拓展话语载体(比如电影、短视频等)实现理论传播和民生关切的有机结合,达到"于无声处"的情感认同。

坚持真理性话语和政治性话语的统一,打破西方"普世价值"的话语陷阱,构建全人类共同价值话语体系,提升对外话语塑造能力。"普世价值"是西方意识形态传播和渗透中使用的话语。这一话语混淆了真理性话语和政治性话语的边界,试图借助价值事实和价值观念的统一,实现推销资本主义制度的政治目的,具有极强的迷惑性、蛊惑性和欺骗性。"普世价值"话语生成于西方宗教神学的"普世主义"文化语境。从抽象的人出发,忽视了规定人存在条件的社会、文化等各种要素,将"普世价值"包装成全人类共同认同的价值。马克思明确指出:"每一个企图取代旧统治阶级的新阶级,为了达到自己的目的不得不把自己的利益说成是社会全体成员的共同利益,就是

---

①　中共中央文献研究室编:《习近平关于社会主义文化建设论述摘编》,中央文献出版社,2017年,第213页。
②　《列宁选集》(第二卷),人民出版社,2012年,第229页。

说,这在观念上的表达就是:赋予自己的思想以普遍性的形式,把它们描绘成唯一合乎理性的、有普遍意义的思想。"①"普世价值"话语把资本主义价值描绘成人类对于共同价值的认同,以超阶级的虚幻性,企图构建西方价值观主导的价值格局,实现对其他民族价值观的颠覆,达到维护资本主义制度的政治目的。全人类共同价值是中国共产党人在充分认识人类发展困境和充分尊重民族发展差异基础上,提出的价值共识,是在与各国交流基础上,对抹黑中国观点的有力回击,是新时代我国对外话语的显著成果。这一话语打破了"普世价值"的超阶级性,以"现实的人"为基础,打通了观念和社会变革,强调"现实的人"可以通过解决生产力和生产关系的矛盾,打破"普世价值"以及"抽象的人"所规定的"唯一道路"——资本主义制度。它以鲜活的社会主义属性,引领人类共同价值的发展,是社会主义意识形态话语的积极表达。这一话语中蕴含着社会主义意识形态对和平、公平、发展、民主等价值的追求。

　　坚持中国特色和国际视野相统一,打造具有鲜明文化标识的话语体系,彰显中华文化的感召力。"中华优秀传统文化是中华民族的突出优势,是我们在世界文化激荡中站稳脚跟的根基,必须结合新的时代条件传承和弘扬好。"②中华优秀传统文化是中国特色对外话语体系的底色。一方面,要深入挖掘传统文化资源,用马克思主义激活优秀传统文化,为对外话语体系注入动力,为全球问题的解决贡献中国智慧。另一方面,要提升文化影响力。要通过凝练标识性概念,更好向世界宣介中国的文明取向、文化追求对于国际秩序的重大时代意义。要积极推动概念生成。概念是术语革命的表征。直接关系对外话语的言说能力。在以中国式现代化全面推进中华民族伟大复兴的历史进程中,既要不断改造外来概念,赋予其中国内涵,也要注重从实践中提炼新概念。

---

① 《马克思恩格斯选集》(第一卷),人民出版社,2012年,第180页。
② 《中共中央关于党的百年奋斗重大成就和历史经验的决议》,人民出版社,2021年,第46页。

坚持传播内容与宣讲艺术相统一,实现话语体系"他塑""他议"与"自塑""自议"的统一,增强舆论把控能力。对外话语体系构建亟须解决的问题是如何实现对中国形象"他塑"的"客观事实"与"自塑"的事实之间的统一。为此,在对外话语传播过程中,就要了解国外受众的思维方式、表达特点、语言习惯等,探索其能愿意听、听得懂的话语表达。把"说理"蕴含于"陈情"之中,使"陈情"内蕴着"说理",缩小信息流之间的"逆差""反差"和"落差"。习近平提出:"要加强国际传播能力建设,精心构建对外话语体系,发挥好新兴媒体作用。"①要坚持受众本位,以对外话语表达的客观性、通识性、差异性,提升对外传播的精准性。同时,要注重以先进媒体为支撑,为话语体系对外传播提供不竭动力。这就亟须我们掌握先进技术、开展技术层面的交流合作,通过技术赋能,增强对外话语体系的辐射力和吸引力。

其二,加快构建中国特色哲学社会科学话语体系。从党的十四大提出"繁荣发展哲学社会科学"到习近平总书记在哲学社会科学座谈会上提出"加快构建中国特色哲学社会科学",这不仅是一个重大提法的变化,而且是党中央关于哲学社会科学的使命职责、战略要求的重大发展。自改革开放以来,中国共产党始终带领人民解放思想谋发展,取得了中国特色社会主义事业多方面建设的巨大成就,并在实践中逐步开辟了马克思主义中国化时代化的新境界,成功推动了实践创新基础上的理论创新、推进着中国特色哲学社会科学的建设步伐。进入新时代,新的发展条件对理论的建设和创新提出了新的要求。在"两个大局"不断演进的背景下,理解和把握习近平总书记关于"加快构建中国特色哲学社会科学"的重大论断,亟须从"加快构建"和"中国特色哲学社会科学"两个维度加以分析和阐释。加快构建哲学社会科学话语体系是其中的重要组成部分。这是我们理解习近平总书记关于建设具有强大凝聚力和引领力的社会主义意识形态的重要切口。

---

① 《习近平谈治国理政》(第一卷),外文出版社,2018年,第162页。

"夺取政权的舆论先导和维持政权的统治思想营造,是哲学的两大意识形态功能。"①哲学是时代精神的精华。任何颠覆政权的实践行为或是以哲学作为精神乱象的突破口,或是以哲学错误世界观方法论的指导为抓手。恩格斯在观察了法国革命和德国革命之后,明确指出:"正像在18世纪的法国一样,在19世纪的德国,哲学革命也作了政治变革的前导。"②哲学以其隐蔽性、晦涩性,承载意识形态的功能,实现社会变革的目的。"黑格尔的体系,甚至在某种程度上已经被推崇为普鲁士王国的国家哲学! 在这些教授后面,在他们的迂腐晦涩的言词后面,在他们的笨拙枯燥的语句里面竟能隐藏着革命吗?"③在具体的社会实践中,意识形态往往以非意识形态的形式隐藏在哲学等思辨性学术思潮之中。通过学术话语权消解思想话语权,是今天资本主义意识形态对我国渗透的重要特点。

社会历史实践推动哲学社会科学自主性的发展,不断唤醒哲学社会科学的主体意识。近代以来,西方现代化实践的先进性为其理论的"优越性"提供了温床。随着世界历史的发展,造成了"东方从属于西方"的文明格局,中国现代化的探索不可避免地落入了"以西释中"的窠臼。但是经济文化的落后并不意味着思想文化上的落后。恩格斯指出:"经济上落后的国家在哲学上仍然能够演奏第一小提琴:18世纪的法国对英国来说是如此(法国人是以英国哲学为依据的),后来的德国对英法两国来说也是如此。"④我国现代化探索的深入推进,面临着新的问题,迫切需要自主性理论体系回应实践探索。在一定程度上,马克思主义中国化时代化的发展孕育了中国共产党人的主体意识。习近平总书记关于加快构建中国特色哲学社会科学体系的重要论述,是对近代以来以西方理论理解中国现实问题的超越,呈现出鲜明的

---

① 侯惠勤:《哲学与意识形态领导权》,《马克思主义研究》,2019年第3期。
② 《马克思恩格斯选集》(第四卷),人民出版社,2012年,第220页。
③ 《马克思恩格斯文集》(第四卷),人民出版社,2009年,第267页。
④ 《马克思恩格斯文集》(第十卷),人民出版社,2009年,第599页。

主体意识。自主性是推动话语体系构建的重要基础。只有在自主哲学社会科学体系的基础上,才能运用一定的学理逻辑、理论框架使社会主义意识形态话语体系的真理性得以有效阐发。为此,必须夯实哲学社会科学体系的学理性,增强其学术阐释力。哲学社会科学的科学性需要实证,但实证不是全部。对其发展而言,更为重要的是看其能否正确揭示规律的发展。只有加强整体性的认知和分析,才能真正把握其科学性。习近平强调:"支撑话语体系的基础是哲学社会科学体系。没有自己的哲学社会科学体系,就没有话语权。"①而要发展中国特色社会主义哲学社会科学,首先就是要加强自主性,建设自身的学科、学术和话语体系。

正确处理中国特色哲学社会科学学科体系、学术体系、话语体系的关系。哲学社会科学学科体系是基础,学术体系是核心,话语体系既是学术体系的反映,也是不同学科体系的纽带。哲学社会科学学科体系,是意识形态领导权的基础,是对立意识形态之间较量的根本所在;哲学社会科学的学术体系,是意识形态影响力的支撑,也是对立意识形态之间较量的重点;哲学社会科学话语体系,是意识形态传播力的表征,也是对立意识形态之间较量的载体。习近平聚焦体系建设中学科规范化、学术指向性和话语阐释力等问题,强调要在"三大体系"的良性互动中构建好以学科体系为基础、以学术体系为内核的中国特色哲学社会科学话语体系。他进一步明确提出:"推进学科体系、学术体系、话语体系建设和创新,努力构建一个全方位、全领域、全要素的哲学社会科学体系。"②

中国特色哲学社会科学学科体系是学术体系和话语体系的基础。学科体系关乎学术研究和话语建构方向。习近平强调要从学科建设做起,坚持马克思主义在各学科中的指导地位,推动学科体系进一步突出优势、拓展领域。只有建立起涵盖丰富知识和理论,且与社会发展紧密联系的学科体系,

①　习近平:《在全国党校工作会议上的讲话》,人民出版社,2016年,第20~21页。
②　习近平:《在哲学社会科学工作座谈会上的讲话》,人民出版社,2016年,第22页。

才能更有针对性地提出学术课题、培养专业人才、组织科研团队，加快构建学术体系和话语体系。中国特色哲学社会科学学术体系是学科体系和话语体系的内核。学术研究成果的推出能够推动现有学科的成熟和新兴学科的建立，也能为核心概念的提炼和话语的生成提供科学理论作为依托。因此，必须深入研究中国社会发展的现实问题、世界各国面临的共同难题。只有建立起体现中国智慧，且具有重要现实意义的学术体系，才能推动学科体系的进一步完善，增强话语体系的解释力和说服力。中国特色哲学社会科学话语体系是学科体系和学术体系的表达。话语能够连接不同学科，推动各学科学术理论的创新阐发，促进学科体系和学术体系的不断完善。习近平强调要善于提炼标识性概念，以话语体系的建构和传播来引发国内外学术界讨论，使学术成果在话语传播中得到认同和发展。概言之，要把握好哲学社会科学工作的各环节，在"三大体系"的良性互动中建设中国理论与中国话语，不断提升中国学术话语权。

第四章

马克思主义在意识形态领域指导地位的制度确立

马克思主义是社会主义主流意识形态建设的理论武器。马克思主义认为,人们的思想意识和观念是社会存在的反映和映射,而社会存在就是"现实的人"的真实生活和物质实践。也就是说,意识形态和社会意识是人们的现实生活和物质实践的观念表现,同时可以反作用于社会现实和社会存在。马克思主义意识形态是无产阶级政党推进人类解放的信仰体系和价值观念,决定着人们对世界图景的思想体认、对历史规律的逻辑认识、对国家性质的理性把握、对社会道路的自觉选择、对人类解放的历史确证。新时代以来,以习近平同志为核心的党中央创造性提出了坚持马克思主义在意识形态领域指导地位的根本制度,坚决捍卫了马克思主义在意识形态领域的指导地位,有效批判了社会主义意识形态领域错误的社会思潮,有力推动马克思主义意识形态理论的制度创新和中国化发展。

新时代,党中央以"制度思维"确立马克思主义在意识形态领域指导地位的制度边界,这是马克思主义意识形态理论的中国化发展和制度化建构,重点从"根本制度"的制度思维向度确立了马克思主义的意识形态领导权、主导权、话语权和管理权。在资本主义意识形态和社会主义意识形态交锋斗争的关键时期,把坚持马克思主义在意识形态领域的指导地位提升到社会主义根本制度的"原则高度",这是推进国家治理体系和治理能力现代化的经验总结,更是增强社会主义主流意识形态凝聚力和影响力的政治抉择,为构建社会主义意识形态规定了意识形态制度边界。在新时代新征程,深入追问这一根本制度的制度边界、价值规定和运思逻辑,映现这一根本制度"何以存在"的价值前提和本体论规定、"如何展开"的基本方法和认识论原则、"何以可为"的实践方略和实践论要求,对确立主流意识形态的制度权威、巩固主流意识形态话语权、推进意识形态风险治理具有重要的理论价值和实践意义。

第一节　确立马克思主义在意识形态领域指导地位的根本制度与国家治理能力的现代化

马克思主义是中国共产党推进国家治理能力和治理水平现代化的理论导引和思想武器。回顾党建设社会主义意识形态的百年历程,中国共产党一经诞生就牢牢高举马克思主义的思想旗帜,无论是革命的低谷抑或革命的高潮,中国共产党人始终坚守共产主义的崇高信念,积极宣传马克思主义,牢牢坚持马克思主义在意识形态领域的政治领导权、舆论话语权,推进革命、建设和改革事业发展进步的政治效度。

一、坚持马克思主义在意识形态领域指导地位的根本制度能够破解世界社会主义发展过程中制度建构与国家治理现代化的历史难题

新时代,党中央确立马克思主义在意识形态领域指导地位的根本制度是中国共产党对传统社会主义国家治理难题的时代回答和中国方案。马克

思主义诞生之初,就遭遇到资产阶级的各种指责和无情攻击。这是因为马克思主义站在最广大人民的立场上,为人类的解放而奋斗,这必然会遭到资产阶级的无情谩骂和思想攻击。马克思从来不惧怕各种反动势力的思想围攻,他时刻都在与资产阶级进行理论斗争。马克思和恩格斯在《共产党宣言》的开篇写道:"一个幽灵,共产主义的幽灵,在欧洲游荡。为了对这个幽灵进行神圣的围剿,旧欧洲的一切势力,教皇和沙皇、梅特涅和基佐、法国的激进派和德国的警察,都联合起来了。"①马克思在领导欧洲革命的过程中,德国、法国、英国的资产阶级开始意识到马克思主义学说的影响,资产阶级采取各种手段在工人阶级的队伍中拉拢小资产阶级分子来破坏工人阶级的内部团结,比如蒲鲁东主义、工联主义、巴枯宁主义对工人运动产生了重要危害。对此,马克思旗帜鲜明地批判了小资产阶级,及时清除工人运动中的错误思潮,指引国际工人运动朝着正确的方向发展。由于工人阶级尚未成熟,巴黎公社、第一国际、第二国际等组织都以失败而告终。20世纪后,马克思主义首先在俄国从理论走向实践。以列宁为主要代表的布尔什维克在马克思主义指导下,俄国工人阶级推翻旧的资产阶级政权,建成了世界上首个社会主义国家。苏维埃建立后,苏联带领社会主义国家与资本主义形成分庭抗礼的大好历史局面。1956年,苏共二十大之后,赫鲁晓夫、戈尔巴乔夫等苏联领导人开始忽视思想建设和意识形态工作,这就为苏联的解体埋下了伏笔。20世纪90年代初期,在西方"颜色革命"的渗透下,苏联共产党在国家治理中取消了马克思主义的指导,在思想上搞多元化,最终亡党亡国。传统社会主义国家治理的历史教训告诉我们一个道理:在任何时候,我们都不能放弃马克思主义的指导,决不能背离社会主义的方向,否则我们就会犯颠覆性错误。习近平总书记明确写道:"苏联为什么解体?苏共为什么垮台?一个重要原因就是意识形态领域的斗争十分激烈,全面否定苏联历史、苏共

---

① 《马克思恩格斯文集》(第二卷),人民出版社,2009年,第30页。

历史,否定列宁,否定斯大林,搞历史虚无主义,思想搞乱了,各级党组织几乎没任何作用了,军队都不在党的领导之下了。最后,苏联共产党偌大一个党就作鸟兽散了,苏联偌大一个社会主义国家就分崩离析了。这是前车之鉴啊!"①苏联解体的历史悲剧恰巧印证了马克思对意识形态的判断:"如果从观念上来考察,那么一定的意识形式的解体足以使整个时代覆灭。"②即就是说,意识形态工作是关乎国家命运和政党生命的根本性问题,容不得半点闪失。社会主义中国决不能重演苏联亡党亡国的历史悲剧。中国特色社会主义进入新时代,西方资本主义从未放弃过"颜色革命"的政治阴谋,社会主义与资本主义之间的意识形态斗争依然非常尖锐,这就是新时代建设具有强大凝聚力和引领力的社会主义意识形态的现实依据和斗争依据。

党的十八大以来,习近平总书记汲取苏联治国理政的历史教训,高度重视社会主义意识形态建设工作,不断加强党对意识形态工作的集中统一领导,马克思主义成为我国主流意识形态的"定海神针",全国各族人民紧紧团结在以习近平同志为核心的党中央的周围,统一思想,凝聚共识,团结一致、勇往直前,为推进国家治理体系和治理能力现代化而不懈奋斗。

从制度层面坚持马克思主义在意识形态领域指导地位是中国共产党治国理政的经验概括和思想提升。意识形态工作是为国家立魂、为民族立命的工作,关乎着国家的安定、社会的稳定和人民的幸福。毛泽东指出:"凡是要推翻一个政权,总要先造成舆论,总要先搞意识形态方面的工作。无论革命也好,反革命也好。马克思、恩格斯的学说,列宁的学说,是无产阶级的革命的意识形态,在中国就是将马克思列宁主义的普遍真理同中国革命的具体实践相结合。"③早在新民主主义革命阶段,中国共产党就非常重视意识形

---

① 中共中央文献研究室编:《十八大以来重要文献选编》(上),中央文献出版社,2014年,第113页。

② 《马克思恩格斯文集》(第八卷),人民出版社,2009年,第170页。

③ 中共中央文献研究室编:《毛泽东年谱(一九四九——一九七六)》(第五卷),中央文献出版社,2013年,第153页。

态工作,通过创办革命学校、报刊、整风运动等形式宣传马克思主义,积极抵制主观主义、宗派主义和教条主义的危害,增强党员的实事求是精神和党性修养。这些革命实践和宣传工作以马克思列宁主义基本原则为指导方针,为马克思主义在意识形态领域根本制度的确立奠定了历史基础。新中国成立后,中国共产党在马克思主义的指导下,加强思想政治教育和宣传思想文化工作,形成了"百花齐放、百家争鸣"的繁荣局面。在改革开放后,党及时汲取"文化大革命"的历史教训,从思想路线上进行全方位的拨乱反正,一切从社会主义的具体实际出发,将马克思主义与改革开放的实践结合起来,推进马克思主义国际性传播和中国化发展。进入新世纪,面对西方自由主义、宪政民主、历史虚无主义等社会思潮的冲击,马克思主义在意识形态领域主导地位遭遇巨大挑战,中国共产党提出社会主义核心价值体系、社会主义荣辱观等价值理念,直接与非马克思主义思潮进行思想交锋和坚决斗争,提升了马克思主义在意识形态领域的主导权和话语权,巩固了社会主义意识形态领域的安全。新时代以来,一些党员干部忽视马克思主义在意识形态领域的指导地位,理想信念动摇,出现政治信仰危机。面对这样的历史情境,中国共产党尤其重视意识形态工作,把意识形态工作看作第一位的政治工作。习近平明确指出,"意识形态工作是党的一项极端重要的工作"①,党员干部要胸怀民族复兴大局,敢于同各类错误思潮做坚决斗争,守好社会主义国家的思想屏障和阵地。面对马克思主义在意识形态领域的风险危机,党中央运用制度思维确立马克思主义在意识形态领域的根本指导地位,这足以看出党对社会主义意识工作的高度重视。坚持马克思主义在意识形态领域指导地位的根本制度,能够在制度规定性上防范化解意识形态领域的各类风险挑战,壮大社会主义主流意识形态的领导权和话语权,不断提升国家治理能力的现代化水平。

---

① 《习近平谈治国理政》,外文出版社,2014年,第153页。

二、坚持马克思主义在意识形态领域指导地位的根本制度能够推进中国共产党的政治制度改革

意识形态属于上层建筑,具有相对独立性。坚持马克思主义在意识形态领域的指导地位是推进国家治理体系和治理能力现代化的重要内容,更是社会主义主流意识形态建设的政治要求。马克思主义是无产阶级政党治理国家的理论指南,为国家治理体系和治理能力现代化指明了发展方向。依据马克思主义国家学说,资本主义国家是压迫人民的异化工具,是没有平等自由的"虚幻的共同体"①。在资本主义社会,国家是"最强大的、在经济上占统治地位的阶级的国家,这个阶级借助国家而在政治上也成为占统治地位的阶级,因而获得了镇压和剥削被压迫阶级的新手段","古希腊罗马时代的国家首先是奴隶主用来镇压奴隶的国家,封建国家是贵族用来镇压农奴和依附农的机关,现代的代议制的国家是资本剥削雇佣劳动的工具"。②在《莱茵报》时期,马克思发现莱茵省议会将贫苦农民在森林中捡拾枯枝的行为视为林木盗窃的违法行为,并给予严重处罚与告诫警示。对此,马克思批判地写道,普鲁士国家机关完全成为林木所有者的附庸和奴仆,站在林木所有者和封建主阶级的立场上压迫贫困农民和人民大众。在马克思看来,"一切国家机关都应成为林木所有者的耳、目、手、足,为林木所有者的利益探听、窥视、估价、守护、逮捕和奔波"③。进而言之,林木盗窃法就是封建特权和阶级压迫的工具法和私人法,是私人利益、私有财产支配国家机关的伪善法律。在揭露资产阶级国家虚伪性的丑陋面目后,马克思站在人民群众的立场上大呼,我们要为一切国家的贫苦穷人要求习惯法,奋力为广大人民群众争取最大的社会权利和生活保障。在马克思生活的历史时代,资产阶级

---

①　《马克思恩格斯文集》(第一卷),人民出版社,2009年,第571页。
②　《马克思恩格斯文集》(第四卷),人民出版社,2009年,第191页。
③　《马克思恩格斯全集》(第一卷),人民出版社,1995年,第267页。

把控着整个社会的统治权,国家政权是资产阶级压迫工人阶级和劳动大众的政治工具。马克思认为,工人阶级只有联合起来,才能推翻旧的资产阶级国家政权,进而建设人人平等、全面发展的共产主义国家,即"自由人的联合体"。

在资产阶级占统治地位的社会,无产阶级要想取得革命的彻底胜利,就必须联合一切革命力量来对抗资产阶级,建立无产阶级专政的国家政权。法国巴黎公社革命的胜利就是无产阶级取得政权的历史证明和首次尝试。马克思指出,在路易·波拿巴政府的统治下,社会财富日益集中到金融资产阶级和大工业资产阶级的钱袋子中,社会两极分化非常严重,人民群众的生活极为贫困,工人阶级的处境最为艰难。在各种社会矛盾的刺激下,巴黎工人阶级发起革命暴动,推翻资产阶级的国家机构,废除资产阶级议会制,成立了新的无产阶级的国家机关——巴黎公社。从国际共产主义运动的历史之维看,巴黎公社既是法国无产阶级推翻资产阶级政权的首次胜利,也是世界上第一个无产阶级专政的国家政权。仅存在72天的巴黎公社制定并实施了一系列符合广大人民群众根本利益和要求的政策方针,受到人民群众的热烈欢迎和热情赞颂。比如,巴黎公社废除了拿破仑三世政府对农民征收的苛捐杂税和无止境的剥削压榨和政治迫害,大力发展教育和文化事业,实行男女平等的社会政策和国际主义的对外政策,反对一切民族主义和社会沙文主义,始终做人民的公仆和勤务员。马克思写道,巴黎公社的最大荣幸,"就在于它的一切经济措施的'激励人心的灵魂'不是由什么原则,而是由简单的实际需要所构成"①。质言之,巴黎公社颁布和实施的重大策略,彰显出无产阶级全心全意为人民谋幸福的根本初心和历史使命,为提升新时代的国家治理提供历史滋养和历史启迪。

新时代确立马克思主义在意识形态领域指导地位的根本制度是中国共

---

① 《马克思恩格斯文集》(第三卷),人民出版社,2009年,第310页。

产党推动政治体制改革的制度实践。推进国家政治体制改革必须以马克思主义意识形态作为政治导向。改革开放之初,邓小平就强调要推进政治体制改革,构建一套现代化的国家政治制度,推进国家治理体系和治理能力的现代化。邓小平指出,我们的国家政治改革和经济改革必须坚持党的领导、社会主义道路、人民民主专政和马克思列宁主义,"四项基本原则"是改革开放和社会主义现代化顺利发展的政治保证和"立国之本","如果动摇了这四项基本原则中的任何一项,那就动摇了整个社会主义事业,整个现代化建设事业"①。中国特色的国家政治改革道路应该由中国人民一起商定,绝不能照搬其他国家政治改革的模式。习近平指出:"一个国家选择什么样的治理体系,是由这个国家的历史传承、文化传统、经济社会发展水平决定的,是由这个国家的人民决定的。"②

中国特色社会主义进入新时代以来,党中央强调要在坚持马克思主义的基础上推进国家政治体制改革。国家政治体制改革是一个极为复杂的系统工程,包含着政治、经济、文化、社会、生态等方面的深层次改革,需要从制度角度来为国家政治变革提供根本保证。在推进国家政治改革的历程中,决不能离开马克思主义的理论指导、中国共产党的政治领导和社会主义的发展道路。在推进国家政治改革的过程中,中国共产党探索出符合中国具体国情的发展道路和根本制度,成功取得了经济快速发展和社会长期稳定的"两大奇迹"。国家制度改革程度可以反映出中国特色社会主义的发展程度和中国特色社会主义制度的成熟程度。新时代党中央确立马克思主义在意识形态领域指导地位的根本制度,不仅体现了国家治理体系和治理能力的政治水准,而且能够为国家治理体系和治理能力现代化提供坚实制度基础。推进国家政治制度改革关系着党和人民的根本利益,关系着人民能够过上美好生活。中国共产党要想治理好中国这样一个具有14亿人口的社会

① 《邓小平文选》(第二卷),人民出版社,1994年,第173页。
② 《习近平谈治国理政》,外文出版社,2014年,第105页。

主义大国,首先就是要统一思想、凝聚共识、形成思想的同心圆和发展合力。马克思主义作为中国人民奋斗的思想同心圆,是中国共产党的指导思想和全国各族人民共同奋斗的思想基础。在推进国家政治改革过程中,首先要用马克思主义武装人民群众,才能发挥好人民群众创造历史的作用,推进国家治理水平再上新台阶。经过几十年的政治改革,中国共产党确立一套包含根本制度、基本制度、重要制度的制度体系,是中国共产党推动政治体制改革的巨大进步和制度成果。进而言之,只有坚持马克思主义意识形态的方向不变,我国国家政治改革的方向就不会"变质、变色、变味",中国特色社会主义的制度体系才会越来越完善,国家治理能力的现代化目标才能顺利实现。恰如邓小平所指出的那样,我们需要几十年的时间才能建构"一整套更加成熟、更加定型的制度。在这个制度下的方针、政策,也将更加定型化"①。推进国家政治体制改革是一个巨大的系统工程,不可急躁,更不可忽视马克思主义的指导,需要改的坚决改,不需要改的坚决不改,任何政治体制改革绝不走西方宪政民主、自由主义的改革道路。

三、坚持马克思主义在意识形态领域指导地位的根本制度能够推进中国化时代化马克思主义的理论创新

马克思主义是发展的理论,而不是封闭的教条。马克思主义是指导人们改造世界的思想武器和"普照之光"。无产阶级只有把马克思主义当成自己的"精神武器"并且与共产主义革命运动相结合,才能创造出指导革命实践的科学理论。毛泽东强调,"马克思主义的'本本'是要学习的,但是必须同我国的实际情况相结合"②。就中国来说,我们需要正确的"中国化"的马克思主义,但不要错误的教条主义的马克思主义。马克思主义不是僵化不变的呆板学说,必须与各国的具体实际、时代特征、历史境遇等结合起来,才

---

① 《邓小平文选》(第三卷),人民出版社,1993年,第372页。
② 《毛泽东选集》(第一卷),人民出版社,1991年,第111~112页。

能形成符合世界历史发展的理论学说。邓小平指出:"我们坚信马克思主义,但马克思主义必须与中国实际相结合。只有结合中国实际的马克思主义,才是我们所需要的真正的马克思主义。我们正是根据这样的思想,力求实现我们的发展目标。"①马克思主义只有创新发展才能发挥其理论魅力,习近平指出:"我们从事的是前无古人的伟大事业,守正才能不迷失方向、不犯颠覆性错误,创新才能把握时代、引领时代。"②

　　理论创新和理论创造是马克思主义的内在要求。坚持马克思主义在意识形态领域的指导地位是中国化时代化马克思主义话语创新和理论创造的意识形态边界。习近平指出:"我们党的历史,就是一部不断推进马克思主义中国化的历史,就是一部不断推进理论创新、进行理论创造的历史。"③百余年前,马克思主义传入中国之际,就被中国共产党人所接受。在革命年代,毛泽东把马克思主义基本原理与中国的具体国情、民族特征、时代趋势等结合起来,探索了一条符合中国革命的"农村包围城市,武装夺取政权"的新民主主义革命道路,创立了具有毛泽东思想这一中国化的马克思主义,为建立社会主义的新中国提供了思想指导。从思想创新的意识形态维度看,毛泽东思想是马克思主义意识形态学说的中国运用,巩固了马克思主义在主流意识形态领域的话语权。改革开放后,中国共产党牢牢坚持马克思主义在意识形态领域的政治领导,不断推进社会主义主流意识形态建设和党的理论创新,形成了以邓小平理论为标识的中国特色社会主义理论体系,极大地巩固了马克思主义在意识形态领域的领导权、话语权。一言以蔽之,坚持马克思主义在意识形态领域的政治领导和指导地位是中国共产党坚定道路自信、理论自信、制度自信、文化自信的价值要求,彰显了中国共产党的思

---

① 《邓小平文选》(第三卷),人民出版社,1993年,第213页。
② 习近平:《高举中国特色社会主义伟大旗帜 为全面建设社会主义现代化国家而团结奋斗——在中国共产党第二十次全国代表大会上的报告》,人民出版社,2022年,第20页。
③ 《习近平谈治国理政》(第四卷),外文出版社,2022年,第510页。

想定力、政治定力、理论定力、历史定力。

　　坚持马克思主义在意识形态领域指导地位的根本制度是我国社会主义意识形态建设的制度成果，是发展社会主义文化的制度保障和社会主义文化建设的重大制度突破和理论创新。马克思和恩格斯在《德意志意识形态》中写道："统治阶级的思想在每一时代都是占统治地位的思想"，"支配着物质生产资料的阶级，同时也支配着精神生产资料"。①每一个国家和社会都有自己占统治地位的意识形态和指导思想，意识形态并不是虚无缥缈的理想国，而是以占统治地位阶级的存在为前提。在中国，马克思主义作为中国文化系统占统治地位的意识形态和文化规定，根本规定着社会主义文化的发展方向，对繁荣文化、深化理论、完善制度、推进国家治理具有根本性意义。新时代以来，习近平从制度层面来认识党的意识形态建设和文化发展的内在规律，用根本制度来统摄中国特色社会主义事业的各项任务，不断推进社会主义制度体制的持续创新。坚持马克思主义在意识形态领域的根本制度本身就是一次理论跃升和制度跃迁，是马克思主义中国化的现实需要和实践要求。马克思主义是开放发展的理论系统，确立马克思主义在意识形态领域的根本指导，更加凸显马克思主义的实践性、时代性、发展性和开放性，内含着中国共产党人对社会主义意识形态建设规律的理论提升和科学把握。

　　马克思主义是科学的、开放的、发展的理论体系，是人类思想文明的理论库。马克思主义的科学性和开放性客观地决定了马克思主义中国化时代化的内在逻辑和本质规定。习近平指出，马克思主义中国化时代化的历史，"就是一部不断推进理论创新、进行理论创造的历史"②。中国化的马克思主义既是经典马克思主义观照中国革命、建设、改革的理论成果，又是无产阶级政党把握时代发展潮流、总结历史演进规律的实践必然。从根本制度的

---

① 《马克思恩格斯文集》（第一卷），人民出版社，2009年，第550页。
② 《习近平著作选读》（第二卷），人民出版社，2023年，第419页。

本质性维度确立马克思主义在意识形态领域指导地位是中国共产党以"制度思维""法治思维""边界思维"推进马克思主义意识形态学说中国化的思想创造、制度成果和中国实践,内蕴着社会主义意识形态建设的制度规定性和政治约束性,实现了"话语自主性"和"实践客观性"的辩证统一和内在结合。从话语自主性看,坚持马克思主义在意识形态领域指导地位的根本制度本身就是马克思主义中国化时代化的逻辑展现和话语边界,是习近平推进马克思主义意识形态中国化时代化的"边界设置"。从实践客观性看,坚持马克思主义在意识形态领域指导地位的制度权威是马克思主义中国化时代化的制度成果和中国实践,是习近平对社会主义意识形态的制度设定和话语规定。众所周知,制度是刚性的规定和硬性的约束,是规范人民群众思想言行的根本遵循,具有"化人"功能。制度是社会存在和社会生活的"硬思想",制度创新和实践创造要实现客观规律(真理)和人民利益(价值)的辩证统一,这是因为"'思想'一旦离开'利益',就一定会使自己出丑"①。概而言之,以"制度思维"确立马克思主义在意识形态领域指导地位的"制度权威",映现了马克思主义中国化时代化的"术语革命"和话语范式,守好社会主义意识形态的话语边界,将应然性的意识形态话语权之争上升到必然性的执政本领之争。

四、坚持马克思主义在意识形态领域指导地位的根本制度能够保证中国特色社会主义文化的发展方向

中国特色社会主义文化是中国共产党在汲取中华文明滋养的基础上,会通融合"中华优秀传统文化和革命文化、社会主义先进文化"②而生成的新的文化形态。马克思主义让中华文化有了主体意识,为中华文明和中华文

---

① 《马克思恩格斯文集》(第一卷),人民出版社,2009年,第286页。
② 中共中央党史和文献研究院编:《十八大以来重要文献选编》(下),中央文献出版社,2018年,第482页。

化的发展指明了发展路向。在繁荣社会主义文化事业中,必须牢牢坚持马克思主义的指导地位和文化魂脉,中国特色社会主义文化建设才能不迷失方向,社会主义文化事业和文化产业才能越来越繁荣昌盛。中国特色社会主义文化建设的理论指导就是马克思主义。当下,我国社会主义思想文化领域发生着根本性、全局性的变化,各种文化生态竞相发展,思想文化斗争极其复杂多变,马克思主义与反马克思主义思潮共时态存在、积极的文化和消极的文化相互交织、传统民族文化和外来的文化相互碰撞、社会主义先进文化和资本主义腐朽文化相互影响,坚持马克思主义在意识形态领域指导地位的根本制度就是要坚持文化自信、文化自觉和文化自强,坚持社会主义文化的前进方向,围绕举旗帜、聚民心、育新人、兴文化、展形象的意识形态规定,推进中华文明和中华文化的大发展、大繁荣、大进步、大跃迁,大力发展面向人民、面向世界、面向未来的社会主义新文化和文化生命体,不断提升全国各族人民的思想文化水平和精神境界,以文化人、以文铸魂,更好构筑中国人的精神家园和文化品格。

文化是最基本、最持久、最深沉的力量,中国特色社会主义文化对社会主义的发展具有能动的反作用。一个国家和民族的强盛,总是以文化强盛和文化繁荣为支撑,中华民族伟大复兴必须用马克思主义来指导中华文化的繁荣兴盛,不断提高国家文化软实力和综合竞争力。习近平指出:"思想文化建设虽然决定于经济基础,但又对经济基础发生反作用。先进的思想文化一旦被群众掌握,就会转化为强大的物质力量;反之,落后的、错误的观念如果不破除,就会成为社会发展进步的桎梏。"①在革命战争年代,中国共产党为了共产主义的伟大理想,不怕牺牲、前赴后继、英勇前行,形塑了革命文化和红色文化在内中国共产党精神谱系,为社会主义革命的胜利提供了坚实的文化基础,为社会主义建设和改革提供深厚的精神指引。在延安时

---

① 习近平:《在纪念马克思诞辰200周年大会上的讲话》,人民出版社,2018年,第19页。

期,毛泽东强调,在无产阶级专政的社会主义国家的思想文化领域,占统治地位的文化形态就是马克思主义。只有坚持马克思主义,中国文化和中华文明才能绽放生机活力,中国人民的精神面貌才能焕然一新。马克思主义的科学性、真理性、革命性、人民性、开放性和时代性孕育了包含伟大建党精神、长征精神、延安精神、红旗渠精神、伟大抗疫精神在内的中国共产党文化系统和精神谱系。这些伟大革命精神蕴含着马克思主义的科学真理和崇高追求,丰富了革命文化和社会主义先进文化的思想内涵,必定能对中国特色社会主义大踏步发展产生"惊天动地"的思想影响。进而言之,中国特色社会主义文化建设离不开马克思主义的思想指导,更离不开马克思主义的理论滋养。恰如党的二十大报告所指出的那样:"中国共产党为什么能,中国特色社会主义为什么好,归根到底是马克思主义行,是中国化时代化的马克思主义行。拥有马克思主义科学理论指导是我们党坚定信仰信念、把握历史主动的根本所在。"①

马克思主义是激活中华文明和中华文化的理论活水和内在动力。列宁在《关于无产阶级文化》中写道:"只有马克思主义的世界观才正确地反映了革命无产阶级的利益、观点和文化。"②中国共产党的文化建设必须坚持马克思主义的指导,如果没有马克思主义的指导,中国文化和中华文明就失去了内在活力和发展动能。近代以来,随着帝国主义列强的入侵,中华民族面临着前所未有的危机,国家蒙辱、人民蒙难、文明蒙尘,许多救国方案都没能解救中华民族的历史危难。在国家和民族遭遇危难之际,俄国十月社会主义革命爆发,给中国送来了马克思列宁主义,从此中国革命有了指路明灯,中国文化有了内生动力。毛泽东指出:"自从中国人学会了马克思列宁主义以后,中国人在精神上就由被动转入主动。从这时起,近代世界历史上那种看

---

①　习近平:《高举中国特色社会主义伟大旗帜 为全面建设社会主义现代化国家而团结奋斗——在中国共产党第二十次全国代表大会上的报告》,人民出版社,2022年,第16页。

②　《列宁选集》(第四卷),人民出版社,2012年,第299页。

不起中国人,看不起中国文化的时代应当完结了。"①历史证明,马克思主义
是挽救中华民族危机的科学理论,是激活中华文化和中华文明的思想工具。
在中国,只有坚持马克思主义,中华文明和中国文化才有新的出路,中华民
族才有新的希望。在中国文化和马克思主义的互动结合中,中华文明绽放
出新的思想火花和理论之光。众所周知,中国传统文化诞生于中国农耕文
明的时代,是维护封建国家政权的思想工具,因而传统文化带有浓厚的封建
主义意识形态底色。但是中华优秀传统文化蕴含着民为邦本的人本思想、
自强不息的奋斗观念、天下为公的大同理想、知行合一的实践观念等优秀文
化基因与马克思主义的价值观、世界观、人民观、实践观等具有内在的思想
契合性和文化贯通性、实践相通性。正是两种不同形态文化的契合性、贯通
性、相通性,才为马克思主义与中华优秀传统文化的结合融合(即"第二个结
合")奠定了文化根基。当下,在"两个变局"的历史背景下,我们要以马克思
主义之"矢"来射中国文化之"的",不但能为中华文明和中华文化增添活力,
还能推动中华优秀传统文化的创造性发展,进而巩固全国各族人民共同奋
斗的思想基础,为建设社会主义主流意识形态提供文化支撑。在马克思主
义的思想指引下,中华优秀传统文化焕发出新的生机活力,谱写了中华民族
现代文化的新辉煌和社会主义先进文化的新篇章。

　　马克思主义意识形态理论是建设中国特色社会主义文化的基本遵循,
更是思想文化领域辨识"香花"(符合马克思主义)与"毒草"(违背马克思主
义)的根本标准。在思想文化领域,马克思主义是社会主义文化建设的"最
高原则",关乎着思想文化的发展方向,关乎着思想文化的政治归属,关乎着
思想文化的基本立场。在这一关乎根本性、全局性、战略性、长期性的文化
建设问题上,我们必须坚守住马克思主义的意识形态底线和根本制度要求,
任何时候都不能放弃马克思主义的思想指导,犯颠覆性的历史虚无主义错

---

① 《毛泽东选集》(第四卷),人民出版社,1991年,第1516页。

误。近代以来,中华民族曾一度陷入国家蒙辱、人民蒙难、文明蒙尘的历史窘境,"自从中国人学会了马克思列宁主义以后,中国人在精神上就由被动转入主动"①,文化自卑的心理得到根本扭转,亦即人民群众的文化心理由文化自卑转向文化自信。习近平指出,意识形态是社会主义文化建设的核心内容,决定着"文化前进方向和发展道路"②。只有坚持马克思主义在思想文化领域的根本指导地位,中华优秀传统文化和中华文明才能绽放新的生机活力,中华民族的思想面貌和精神状态才能焕然一新。习近平指出:"在近代中国最危急的时刻,中国共产党人找到了马克思列宁主义,并坚持把马克思列宁主义同中国实际相结合,用马克思主义真理的力量激活了中华民族历经几千年创造的伟大文明,使中华文明再次迸发出强大精神力量。"③进一步说,马克思主义是激活中华文明和中华文化的"思想枪炮",为繁荣中国特色社会主义文化提供理论活水和精神养分。中国特色社会主义文化的形成离不开五千年中华文明的文化涵养,更离不开马克思主义的思想引领。新时代,中国共产党以"制度思维"的政治站位确立马克思主义在意识形态领域的指导地位,既是对中华优秀传统文化的思想自信和文化自信,也是对马克思主义的理论自信和历史自信。时下,在多元社会思潮并存的思想环境下,各种社会思潮伺机向人们渗透错误观点,冲击了马克思主义在意识形态领域的指导地位。有鉴于此,中国特色社会主义文化建设必须牢牢坚持马克思主义的根本指导,把马克思主义的"魂脉"和中华优秀传统文化的"根脉"熔铸于中国特色社会主义文化建设实践过程中,推动中华优秀传统文化的创造性转化和创新性发展,推进中国特色社会主义文化的大繁荣、大发展、大飞跃。一言以蔽之,只有牢牢坚持马克思主义的思想指导,中国特色社会主义文化发展方向才会不走偏、不偏航,中国特色社会主义文化才能实

---

① 《毛泽东选集》(第四卷),人民出版社,1991年,第1516页。
② 《习近平著作选读》(第二卷),人民出版社,2023年,第34页。
③ 习近平:《在党史学习教育动员大会上的讲话》,人民出版社,2021年,第11页。

现新的飞跃。

第二节　坚持马克思主义在意识形态领域指导地位的根本制度与人类文明新形态的建构

在唯物史观的思想视野中,制度作为上层建筑的重要组成部分,是合规律性与合目的性的统一,对规范人们的行为、推动社会发展进步和人类文明进程具有重要影响。历史唯物主义认为,社会存在决定社会意识,社会意识对社会存在具有能动的反作用。马克思明确强调:"人们按照自己的物质生产率建立相应的社会关系,正是这些人又按照自己的社会关系创造了相应的原理、观念和范畴。"①根本制度、基本制度、重要制度等制度形态都是中国共产党在社会革命中探索出来的治国理论和科学原理,具有鲜明的根本性、稳定性、强制性、全局性和长远性。确立马克思主义在意识形态领域指导地位的根本制度符合客观必然性与主观创造性的辩证统一,是以习近平同志为核心的党中央完善国家制度、推进国家治理、提升治理效能的科学战略,对推进构建人类文明新形态具有重大影响。在资本主义和社会主义两制并存的历史条件下,中国特色社会主义开创的人类文明新形态必定会遭遇资本主义国家的围堵。如何应对人类文明发展的各种"文明困境",成为中国共产党首要解答的时代之问、人类之问、世界之问。

一、当代人类文明遇到的发展困境和风险挑战

当今世界发展环境正处在百年未有之大变局的历史变革期,人类社会处在向何处去的十字路口,世界亟须新的全球治理策略和发展方案。2008

_____

① 《马克思恩格斯文集》(第一卷),人民出版社,2009年,第603页。

年国际金融危机以来,资本主义发达国家的相对贫困人口、失业问题、社会稳定等问题愈演愈烈。这就再次证明在资本主义生产方式下,"全部陈腐污浊的东西又要死灰复燃"①。

人类面临着"两极分化"的贫困困境。从人类历史发展的历程来看,统治阶级的富有与被统治阶级的贫困是人类历史发展到资本主义社会中的顽疾。马克思主义认为,贫富分化、阶级分化是资本主义私有制带来的严重后果,因而"消灭私有制"、消除资本异化是无产阶级革命的政治任务。马克思主义认为,资本主义发展的目的是追求剩余价值和资本利润最大化,这势必会造成资产阶级的富有和无产阶级的贫困。当今时代,资本主义发展为国家金融垄断资本主义阶段,资本压榨人民的本性没有改变,而且变本加厉。贫困问题越来越成为人类普遍关注的世界性问题。根据国际劳工组织发布的统计资料可知,"2008 年国际金融危机以来,发达国家的相对贫困人口都有所增长,平均达到总人口的 22%,而在美国则已接近总人口的 1/4"②。人类要想走出"两极分化"的贫困困境,就必须消灭以资本为核心的资本主义私有制,建立社会主义公有制,要坚持以人民为中心的发展理念,终结资本主义时代少数人占据多数人劳动成果的文明悖论和发展困境。与西方资本主义的文明悖论不同,中国特色社会主义始终践行为"绝大多数人"谋幸福的宗旨,严防资本的无序扩张,规约资本的邪恶行径,引导资本为中国式现代化服务、为全体人民共同富裕服务。新时代以来,中国共产党确立了"实现共同富裕"的历史目标,就是解决资本主义"两极分化"和文明悖谬问题的中国答案。

人类面临着"文明隔阂"的观念困境。西方国家长期秉持"文化优越论"和"西方文明中心论",他们认为只有西方的自由主义观念和"普世价值"才能成为国际社会通行的法则。换言之,西方社会的国家制度和发展理念才

---

① 《马克思恩格斯文集》(第一卷),人民出版社,2009 年,第 538 页。
② 侯惠勤:《论人类文明新形态》,《陕西师范大学学报(哲学社会科学版)》,2022 年第 3 期。

是人类社会的最高文明理念。交流互鉴、相互学习是世界文明发展的基本规律,世界各国只有在交流互鉴、融合共生中才能推动人类文明发展的历史进程。近代以来,随着西方国家工业革命的胜利发展,西方国家成为国际社会规则和交往秩序的制定者,各个文明国家之间的交流互鉴变成了单方面的向西方学习,西方文明似乎成为人类文明的最高形态和终极形态。马克思讲过,资本主义在其国内尚未表现出血腥的一面,一旦到了殖民地国家,资本主义就会撕下虚伪的面纱来剥削殖民地人民。历史证明,西方文明主导的国际规则和治理模式根本解决不了全球治理问题,世界性的问题需要世界各国共同协商解决。西方个别国家采取"本国优先"、单边主义的霸权行径导致国际社会发展环境动荡不安,全球贸易链断裂、逆全球化思潮、贸易保护主义抬头,这势必会阻碍人类文明的发展。相比西方国家,中国共产党人胸怀天下,倡导世界各国要交流互鉴、相互学习,共同协商,构建一个美美与共、和谐美好的理想共同体,即人类命运共同体。习近平指出,"文明交流互鉴,是推动人类文明进步和世界和平发展的重要动力"①,我们要树立平等、互鉴、对话、包容、开放的文明发展观,"以文明交流超越文明隔阂,以文明互鉴超越文明冲突,以文明共存超越文明优越"②。中国提出的交流互鉴的文明发展观为解决人类"文明隔阂"问题提供了参照方案,为指引人类文明走向多元互鉴提供了发展方向。

全球"文明冲突"的安全困境。美国学者亨廷顿提出的"文明冲突论",并不能解释后冷战时代的国际冲突和人类文明发展大势。美国学者亨廷顿认为,随着冷战结束,国际政治越过了自身的西方阶段,其核心部分已是西方文明和非西方文明以及非西方文明之间的相互作用。各文明国家之间的文明冲突是全球政治和世界动荡的主要矛盾,"文明间的冲突将主宰全球政

---

① 《习近平著作选读》(第一卷),人民出版社,2023年,第228页。
② 《习近平外交演讲集》(第二卷),中央文献出版社,2022年,第108页。

治,文明间的断裂带将成为未来的战线"①。亨廷顿还指出,人类生活的世界大体由七种或者八种文明形态和文化样态组成,"它们包括西方文明、儒教文明、日本文明、伊斯兰文明、印度文明、斯拉夫—东正教文明、拉美文明以及可能的非洲文明。文明间的差异不仅是现实的差异,而且还是基本的差异"②。不同的文明会形成不同的生活观念和交往方式,文明之间的差异比意识形态的差异更为根本。很明显,亨廷顿试图用"文明冲突"论来解释各个文明国家之间的当下对抗和未来冲突,这样他就看不到人类和平与发展的时代大势和各国人民追求合作共赢的价值追求,忽略了国际合作和互惠互利的交往原则,只能起到扩大矛盾、激化问题、引发战争的作用。从政治实质来看,"文明冲突"论的错误根源是西方国家推进"白人优先"战略的对抗性世界观,用文明之间的矛盾冲突来解释西方发动的殖民侵略,这本质上是强词夺理地解释西方殖民国家所犯的罪行,是西方国家发动殖民侵略、干涉他国内政、扰乱世界政治秩序的"遮羞布"。

　　从全球化发展的维度看,文明之间的冲突差异是不争的历史事实。但是,随着人类历史的发展和社会的进步,各个文明国家之间生活方式、价值理念和生产方式、经济交往越来越密切,人类变成了一个"地球村"。马克思早就指出,随着历史转变为世界历史(经济全球化),"过去那种地方的和民族的自给自足和闭关自守状态,被各民族的各方面的互相往来和各方面的互相依赖所代替了。物质的生产是如此,精神的生产也是如此。各民族的精神产品成了公共的财产。民族的片面性和局限性日益成为不可能,于是由许多种民族的和地方的文学形成了一种世界的文学"③。由此可以看出,亨廷顿只是狭隘地理解文明之间的差异和冲突,并没有认识到文明之间的

---

　　① 亨廷顿:《文明的冲突》,摘自美国《外交季刊》1993年夏季号,张铭、谢岳译,周士琳校,《现代外国哲学社会科学文摘》,1994年第8期。
　　② 亨廷顿:《文明的冲突》,摘自美国《外交季刊》1993年夏季号,张铭、谢岳译,周士琳校,《现代外国哲学社会科学文摘》,1994年第8期。
　　③ 《马克思恩格斯文集》(第二卷),人民出版社,2009年,第35页。

交流是历史客观规律的内在表现和本质要求。新时代以来，习近平秉持与"文明冲突论"完全不同的新型文明观，他强调，文明应该是多元的、开放的、包容的、和谐的、互利的、发展的、融合的理想状态，不应该用西方文明来同化东方文明和其他类型的文明，更不应该用东方文明和其他类型的文明来对抗西方文明，文明之间可以交流互鉴、互惠互利、合作共赢，才能创造一个五彩缤纷、多姿多彩的文明世界、和谐世界。基于对西方文明冲突、冷战思维和国强必霸思维的历史性反思，习近平指出，只要交流互鉴，一种文明才能够充满生命力。"只要秉持包容精神，就不存在什么'文明冲突'，就可以实现文明和谐"①，"和平、发展、公平、正义、民主、自由，是全人类的共同价值"②，也是联合国的奋斗目标，更是中国共产党构建人类命运共同体和创造人类文明新形态的根本理念。中国共产党的文明方案为解决全球文明发展困境贡献了中国智慧和中国力量，"文明冲突论"的价值预设是不符合世界发展形势的，中国在任何时候都不会威胁世界和平与发展的事业，中国始终做世界和平的建设者、人类发展的推动者、世界秩序的制定者、人类解放的守护者。

二、坚持马克思主义在意识形态领域指导地位的根本制度是中国共产党解决人类性问题和世界级难题的制度保证

坚持马克思主义在意识形态领域指导地位的根本制度的首要问题就是坚持中国共产党的全面领导。中国共产党是以马克思主义为理论武器的政党，坚持马克思主义的理论指导是社会主义革命和意识形态建设的政治实然。习近平指出："中国共产党为什么能，中国特色社会主义为什么好，归根

---

① 《习近平著作选读》（第一卷），人民出版社，2023年，第230页。
② 《习近平外交演讲集》（第一卷），中央文献出版社，2022年，第286页。

到底是马克思主义行,是中国化时代化的马克思主义行。"①马克思主义揭示了人类社会发展的一般规律,站在真理和道义的制高点上指导着中国革命、建设、改革和新时代的伟大事业。马克思主义是我们社会主义意识形态的"活的灵魂",是立党立国的"普照之光",是指引人类解放的"思想武器"。中国共产党是在马克思主义指导下创建的无产阶级政党,从创建之初就把马克思主义作为根本指导思想、把共产主义作为最高奋斗目标、把解放人类作为政治目标。正是因为我们选择了马克思主义,中国特色社会主义才发展得越来越好。正是因为我们选择了马克思主义,我们党才掌握认识国情、认识世界、认识中国科学的世界观和方法论。

在新民主主义革命阶段,中国共产党在马克思主义的指导下,科学认识中国社会性质、主要矛盾、革命阶段、发展目标等,制定了符合中国国情的新民主主义革命方略,推翻了帝国主义、封建主义、官僚资本主义的专制统治,建立了社会主义的新中国。在社会主义革命和建设阶段,中国共产党尤其重视马克思主义的教育,推进了社会主义意识形态建设,在思想层面加强党的领导,为改革开放和现代化事业的发展提供了坚实的政治保证。毛泽东明确强调,马克思主义"是放之四海而皆准的"②科学真理,学习马列主义就是为了巩固中国共产党的领导核心地位,确保社会主义沿着人类解放的方向发展。在改革开放和社会主义现代化建设新时期,西方资本主义改变了以往武力围攻的策略,采用思想渗透的方式影响社会主义国家的意识形态安全,中国共产党吸取了苏联解体、东欧剧变的惨痛经验和历史教训,牢牢坚持马克思主义在意识形态领域的科学权威和边界要求,以中国制度、中国道路构筑人类文明新形态,为人类文明发展指明了前行方向。中国特色社

---

① 习近平:《高举中国特色社会主义伟大旗帜　为全面建设社会主义现代化国家而团结奋斗——在中国共产党第二十次全国代表大会上的报告》,人民出版社,2022年,第16页。
② 中共中央文献研究室、中央档案馆编:《建党以来重要文献选编(1921—1949)》(第二十五册),中央文献出版社,2011年,第698页。

会主义进入新时代以来,中国共产党在汲取党的意识形态建设经验的基础上,不断巩固马克思主义在意识形态领域的根本地位,我国意识形态建设取得重大成就,马克思主义的影响力越来越大,党的宣传思想文化工作蓬勃发展,中国共产党的"政治领导力、思想引领力、群众组织力、社会号召力"显著提高,成为中国特色社会主义事业的坚强领导核心和全国各族人民团结奋斗的主心骨。在新发展阶段,全党全国各族人民要以马克思主义为理论指导,在意识形态、政治立场、思想话语上同习近平同志为核心的党中央保持一致,团结一心,举国同力,奋力实现中华民族伟大复兴和中国式现代化的宏伟目标。

马克思主义是党提高领导能力和政治凝聚力的思想武器。坚持马克思主义在意识形态领域的指导地位要坚决维护党中央的集中统一领导和领袖权威。从党的意识形态建设的价值向度看,新时代确立习近平同志党中央的核心和全党的核心地位,确立习近平新时代中国特色社会主义思想的指导地位(以下简称"两个确立"),是中国共产党巩固马克思主义在意识形态领域指导地位的根本制度的政治要求和"活的灵魂",对建设具有强大凝聚力和引领力的社会主义意识形态话语体系、实现中华民族伟大复兴等具有重要意义。党中央从根本制度的维度确立马克思主义在意识形态领域的指导地位旨在提升马克思主义的思想指引、增强无产阶级政党的政治领导。如果没有领袖核心的政治指引,没有党中央的领航掌舵,马克思主义便很难与中国的具体国情、发展实际相结合,马克思主义便不能成为全国各族人民团结奋斗的思想指南。

从党的历史发展维度来看,从1921年党的创立到1935年遵义会议期间,中国共产党作为共产国际的支部,一切服从共产国际的决策指示,缺乏理论的自主性、历史的主动性、实践的独立性和思想的创造性,教条主义、经验主义在党内盛行,导致党在革命实践中不加反思地把苏联经验先验地强加给中国革命,进而造成第五次反"围剿"的失败和红军的长征。邓小平指出："在历史上,遵义会议以前,我们的党没有形成过一个成熟的党中央。从陈独秀、瞿秋白、向忠发、李立三到王明,都没有形成过有能力的中央。"①如果没有"坚强的中央领导集体"②和马克思主义的指导,党的事业就不能胜利,革命的形势就不会高涨。能不能形成"成熟"的党中央关乎着马克思主义和中国革命的历史命运,遵义会议之后,党才确立了毛泽东同志在党中央和红军的领导地位和以毛泽东同志为主要代表的马克思主义正确路线在党中央的领导地位,根本扭转了第五次反"围剿"以来的被动局面和革命形势,推动了中国革命走向新的高潮。

党的六届六中全会之后,党中央提出"四个服从"的政治准则,克服了王明等机会主义者对党中央权威和领袖权威的挑战,为确立以毛泽东为核心的党中央权威和毛泽东思想的指导地位提供政治保证。党的七大郑重地把马克思主义和毛泽东思想确立为全党的指导思想并写入党章,根本上确立了毛泽东的领袖权威和毛泽东思想的指导地位。这就在中国共产党历史上第一次形成"两个确立"和成熟的党中央领导集体,这对赢得抗日战争、解放战争的胜利发挥了不可替代的作用。新中国成立前后,党中央明确强调,"党是无产阶级的先锋队和无产阶级组织的最高形式"③,党是领导其他一切(工农商学兵等)的政治组织。

党的十一届三中全会后,以邓小平为核心的党中央汲取"文化大革命"的历史教训,把党的工作重心从阶级斗争转移到经济建设上来,形成邓小平理论这一规定"社会主义改革开放"方向的思想法宝。

党的十八大以来,习近平以"我将无我,不负人民"的崇高情怀,全方位推动我国社会各方面大踏步发展,"解决了许多长期想解决而没有解决的难

---

① 《邓小平文选》(第三卷),人民出版社,1993年,第309页。
② 中共中央文献研究室编:《十四大以来重要文献选编》(中),人民出版社,1997年,第962页。
③ 中共中央文献研究室、中央档案馆编:《建党以来重要文献选编(1921—1949)》(第十九册),中央文献出版社,2011年,第423页。

题,办成了许多过去想办而没有办成的大事"①,把中国特色社会主义带进新时代。党的十八届六中全会明确提出了"习近平总书记党中央的核心、全党的核心地位"的政治论断,党的十九大明确提出"习近平新时代中国特色社会主义思想"的科学理论,党的十九届六中全会通过的《中共中央关于党的百年奋斗重大成就和历史经验的决议》将二者并列起来,形成"两个确立"的意识形态话语。党的历史证明,"两个确立"是党百年奋斗的重大历史结论和重大政治成果,是中国共产党政治上独立、理论上自觉、思想上成熟、策略上完备的历史标识,是中国共产党巩固马克思主义在意识形态领域的指导地位的政治要求和制度实践。

列宁写道:"只有以先进理论为指南的党,才能实现先进战士的作用。"②党百年意识形态建设的正反历史经验教训告诉人民,领导核心和科学理论是经过长期伟大斗争而形成的理性认识和规律总结。党的奋斗历史和现实实践证明,马克思主义政党什么时候确立正确的领导核心和科学的指导思想,无产阶级革命事业就会在斗争中创造新局面,革命就能成功。无产阶级政党什么时候背离党的领导核心和科学的指导思想,我们的革命事业就会遭遇前所未有的历史变故,革命必定失败。概而言之,党的领导核心与指导思想相辅相成,相互规定,内在统一,党的指导思想是领导核心的思想升华,重在从思想向度强调党中央和伟大领袖的政治地位,党的领袖核心是指导思想的主要创立者,重在从政治向度强调指导思想的最高权威,二者是相互规定的辩证统一关系。进而言之,坚持党的领导和坚持马克思主义在意识形态领域指导地位的根本制度是相互融通的政治共同体,二者相互依赖,相互成就,共同推进中国特色社会主义事业的繁荣发展,为创造人类文明新形态奠定坚实基础。中国问题是人类性、世界性问题的典型样本,在一定程度上解决中国问题就是解决人类问题,中国共产党作为无产阶级政党,始终肩

---

① 《习近平谈治国理政》(第三卷),外文出版社,2020年,第7页。
② 《列宁选集》(第一卷),人民出版社,2012年,第312页。

负着解放人类的历史使命,必定会碰到诸多意想不到的困难。在当今时代,人类面临着各种可以预料和不可预料的风险,中国共产党必须加强自身的建设,不断提高自身的执政能力和执政水平,才能更好地应对外界的各种挑战,自觉担负起世界历史赋予无产阶级的崇高使命,为人类谋进步、为世界谋大同。

三、构建人类文明新形态是中国共产党践行初心使命的价值旨归

中国共产党的政治追求和初心使命"就是为中国人民谋幸福、为中华民族谋复兴、为人类谋和平与发展"①。践行为人民谋幸福、为民族谋复兴、为世界谋和平与发展的初心和使命是中国共产党不断提高国家治理能力和建设马克思主义在意识形态指导地位的内在旨趣和价值旨归,是确保中国共产党为人类解放事业而不懈奋斗的根本政治要求,具有重大而深远的时代影响。马克思主义是为人类求解放、谋幸福的思想学说,其本身蕴含着"解释世界"和"改造世界"双重思想向度和实践要求。马克思在《关于费尔巴哈的提纲》中明确指出:"哲学家们只是用不同的方式解释世界,问题在于改变世界。"②在资本主义占统治地位的历史时代,西方资产阶级"使未开化和半开化的国家从属于文明的国家,使农民的民族从属于资产阶级的民族,使东方从属于西方"③。这样的时代现实和现代化的世界格局决定了只有带着锁链的无产阶级才能担任推翻资本主义、改变世界的历史使命。按照马克思主义哲学批判的逻辑理路可知,无产阶级解放自身的根本前提就是首先实现全体人类的普遍解放,而实现全人类解放就需要马克思主义的科学指导和无产阶级政党的坚强领导。

---

① 《习近平外交演讲集》(第二卷),中央文献出版社,2022年,第91页。
② 《马克思恩格斯选集》(第一卷),人民出版社,2012年,第136页。
③ 《马克思恩格斯选集》(第一卷),人民出版社,2012年,第405页。

　　践行全心全意为人民服务的宗旨是中国共产党践行初心使命的内在要求和价值体现。新中国成立之初,中国共产党始终践行全心全意为人民服务的根本宗旨。毛泽东明确指出:"全心全意地为人民服务,一刻也不脱离群众;一切从人民的利益出发,而不是从个人或小集团的利益出发;向人民负责和向党的领导机关负责的一致性;这些就是我们的出发点。"①在大革命时期,毛泽东就初步认识到中国农民阶级的社会地位、生活窘境和革命意愿、现实需求。在轰轰烈烈的革命浪潮中,为详细了解农民阶级的生活需要和目标追求,毛泽东到湖南、江西、福建等地进行社会调查,在调查研究的基础上分析农民阶级的生活状况和实际需要,这在客观上推动毛泽东自觉站到人民群众的立场上,为人民群众谋幸福、为中华民族谋复兴的革命决心。在土地革命时期,毛泽东带领人民群众打土豪、分田地、干革命,解决了人民群众对土地等生产资料的需要,开辟出中国式"农村包围城市,武装夺取政权"的革命道路,在此基础上,成立中华苏维埃人民政权,为人民过上幸福生活奠定了政权基础。

　　新中国成立之后,毛泽东带领人民恢复和发展社会经济,不断提高国家的综合实力和人民群众的生活质量,为当代中国的发展奠定了坚实的物质基础。改革开放新时期,以邓小平、江泽民、胡锦涛为主要领导的党中央坚持发展为了人民、发展依靠人民、发展成果由人民共享的思路,一心一意为人民群众谋福祉,社会经济平稳发展,人民生活水平和生活质量由"温饱不足"发展到小康水平。在新时代的治国理政中,习近平牢记全心全意为人民服务的根本宗旨,调查各地人民群众的生活状况,向贫困发起挑战,全面建成小康社会。习近平在浙江工作时强调:"坚持以人为本,重民生、办实事,解决人民群众最关心、最直接、最现实的利益问题,满足人民群众最基本、最紧迫的需求。"②新时代以来,习近平秉持中国共产党一心为民的政治立场,

①　《毛泽东选集》(第三卷),人民出版社,1991年,第1094~1095页。
②　习近平:《之江新语》,浙江人民出版社,2007年,第245页。

牢牢坚持以人民为中心的发展理念和稳中求进的工作基调,解决制约中国人民发展的绝对贫困问题,中国人民的生活走向了富起来的历史阶段。在全面深化改革问题上,习近平以"得罪千百人,不负十四亿"的政治魄力,坚决破除阻碍中国特色社会主义事业发展的各种体制机制,力图把中国共产党建成人民群众满意信任的"社会公仆"。在生态文明建设上,习近平强调,要树立"绿水青山就是金山银山"的生态文明意识,要"像保护眼睛一样保护生态环境,像对待生命一样对待生态环境"①,满足人民对美丽环境和美丽生态的需要。在其他一系列事关发展的根本性问题上,习近平再三强调,要在推动发展"新质生产力"的基础上,着力解决好发展不平衡不充分的重大结构性问题,大力提升经济发展的质量和效益,更好满足人民在经济、政治、文化、社会、生态等方面日益增长的需要,更好地推进人的全面发展和社会的全面进步,才能不断满足人民对美好生活的需要。概言之,坚持全心全意为人民服务的根本宗旨就是坚守党的初心和使命。

改变中国、造福世界、解放人类是中国共产党的初心使命,亦是中国化马克思主义"走向世界"的实然要求。毛泽东强调,中国共产党是以马列主义为指导的"国际主义"政党,不但要解决好本国的事务,而且"应当对于人类有较大的贡献"②。中国革命是世界革命的组成部分,解决中国问题就是解决世界问题。新民主主义革命的胜利为世界那些被压迫国家和人民寻求独立解放提供了中国样本和实践典范,改变了近代以来的中国"东方从属于西方"的世界格局和历史境遇。新中国成立后,毛泽东带领中国人民恢复和发展国民经济、镇压反革命、完成社会主义改造,建立独立的比较齐全的工业和国民经济体系,平稳过渡到社会主义初级阶段,探索了一条社会主义的现代化道路。改革开放新时期,邓小平在马克思主义指导下,实事求是地实行改革开放的历史决策,极力发展社会主义市场经济,中国人民的生活富起

---

① 《习近平谈治国理政》(第二卷),外文出版社,2017年,第395页。
② 《毛泽东文集》(第七卷),人民出版社,1999年,第157页。

来了，口袋鼓起来了，日子好过了，生活富裕了。新时代以来，以习近平同志为核心的党中央立足中华民族伟大复兴的战略全局和世界百年大变局，贯彻创新、协调、绿色、开放、共享的新发展理念，积极引领经济全球化朝着开放、包容、普惠、平衡、共赢的方向发展，推进"一带一路"建设，构建人类命运共同体，塑造新型国际政治新秩序，积极承担中国的大国责任，创造了不同于资本主义现代化的中国式现代化道路和人类文明新形态，给世界上那些既希望独立自主又探求繁荣富强的国家和民族贡献中国经验，为推动世界和平、人类进步提供中国智慧和中国示范，赋予当代中国马克思主义、21世纪马克思主义新的时代内涵、文明内涵和世界内涵。简而言之，坚持马克思主义的指导地位是中国共产党改造中国、造福世界、解放人类的理论要求，为构建人类文明新形态的理论遵循。

四、构建人类文明新形态必须进行具有新的历史特点的意识形态斗争

意识形态领域的斗争是看不见硝烟的隐形战斗，是无产阶级政党进行社会革命的实践探索。意识形态阵地从来都是敌我双方相互较量的思想战场，马克思主义不去占领这一阵地，其他反马克思主义的资本主义思潮就会争夺马克思主义的思想阵地。"意识形态工作搞不好也要出大问题。"[①]苏联传统社会主义意识形态解体就是明证。党的十九届六中全会强调："党着力解决意识形态领域党的领导弱化问题，立破并举、激浊扬清，……健全意识形态工作责任制，推动全党动手抓宣传思想工作，守土有责、守土负责、守土尽责，敢抓敢管、敢于斗争，旗帜鲜明反对和抵制各种错误观点。"[②]当下，在世界百年未有之大变局的时代处境中，中华民族伟大复兴正处在关键的历

---

①　中共中央文献研究室编：《十七大以来重要文献选编》(上)，中央文献出版社，2009年，第191页。

②　《中共中央关于党的百年奋斗重大成就和历史经验的决议》，人民出版社，2021年，第44页。

史阶段,中国特色社会主义发展道路上必然会遇到各种各样的"山丘""路障""天河""腊子口"等风险和挑战,阻碍中华民族伟大复兴的历史步伐,制约人民实现美好生活的历史节拍。

从国内维度来看,腐败问题、贫困问题、环境问题、收入差距、医疗卫生等人民群众极为关心的现实利益问题都没有得到妥善地解决,发展不平衡不充分的结构性问题也尚未解决,人民群众对就业、教育、医疗、居住、养老、生态等方面的美好生活需要还没有得到根本性满足,中国梦的实现道路依然任重而道远。从国际维度来看,西方资本主义国家依然秉持穷兵黩武的霸权思维,输出西方资本主义的意识形态理论,企图围猎、谋杀以中国为代表的发展中国家,搞"你输我赢、赢者通吃"的霸权博弈,暗地与一些分裂势力、宗教团伙媾和,肆意挑起争端,致使局部冲突、边界动荡、南海纷争、"台独"势力、恐怖主义等问题不时泛起。从国内外的发展环境来看,实现中华民族伟大复兴的中国梦的历史征途依旧充满荆棘。对此,习近平明确指出:"全党要充分认识这场伟大斗争的长期性、复杂性、艰巨性,发扬斗争精神,提高斗争本领,不断夺取伟大斗争新胜利。"①只有进行伟大斗争才能提高中国共产党的国际形象,才能向西方资本主义宣告中国化时代化的马克思主义是符合中国实际、指导中国人民奋斗的科学理论,是推动人类走向和平发展的先进理论,西方自由主义理论并不能给人类和平发展带来积极作用,相反会起到难以预料的历史后果和消极作用。

社会主义意识形态与资本主义意识形态之间的斗争是不可避免的。中国特色社会主义进入新时代,西方资本主义国家依然没有放弃围攻打压中国特色社会主义的发展。资本主义采取各种或明或暗的手段攻击我国主流意识形态,两种制度、意识形态之间的斗争呈现新特点、新趋势、新方式。

其一,在经济领域,西方资本主义恶意挑起贸易摩擦,消耗我国国内市

---

① 习近平:《决胜全面建成小康社会 夺取新时代中国特色社会主义伟大胜利——在中国共产党第十九次全国代表大会上的报告》,人民出版社,2017年,第16页。

场的发展潜能,阻碍我国社会主义市场经济的健康发展。

其二,在思想文化领域,资本主义披着普世的、道德的、人权的、全人类的外衣,把西方新自由主义、民主社会主义、宪政民主等自由化思想渗透到中国人民的思想观念中,严重冲击了马克思主义在我国意识形态领域的指导地位。

其三,在政治领域,西方资产阶级国家一反常态,大搞思想舆论战和学术话语战。在国际上,资本主义借助各种基金会和国际学术会议制造反华舆论,恶意炒作中国发展中存在的一些敏感政治问题,肆意败坏、抹黑中国的国际形象。

其四,在互联网领域,资本主义借助其技术优势和互联网科技,依托国内外一些反华势力和分裂势力,毫无底线地发布各种恐怖、暴力事件,恶意诽谤人民爱戴的革命领袖和革命先烈,试图摧毁青年一代的价值取向。意识形态领域的斗争大有愈演愈烈的趋势,同西方资本主义进行"有理有利有节"[1]的斗争成为意识形态斗争的重点工作。在新时代的意识形态斗争中,如何把握意识形态斗争策略是中国共产党在没有硝烟的思想战场取得胜利的根本前提。

面对西方资本主义国家在意识形态领域的宣战,中国共产党牢牢坚持马克思主义的指导地位,不断加强社会主义意识形态的制度建设。习近平向全党提出,"经济建设是党的中心工作,意识形态工作是党的一项极端重要的工作"[2],"建设具有强大凝聚力和引领力的社会主义意识形态,是全党特别是宣传思想战线必须担负起的一个战略任务"[3]。在新时代的意识形态建设工作中,我们必须时刻警惕资产阶级意识形态的思想渗透,坚决守好马

---

① 《毛泽东文集》(第四卷),人民出版社,1996年,第7页。
② 《习近平谈治国理政》,外文出版社,2014年,第153页。
③ 习近平:《举旗帜聚民心育新人兴文化展形象 更好完成新形势下宣传思想工作使命任务》,《人民日报》,2018年8月23日。

克思主义的思想阵地;把统一思想、凝聚力量作为意识形态工作的中心环节,把人民对美好生活的向往作为我们的奋斗目标,搞好人民群众的火热生活和伟大创造,不断提高社会主义意识形态凝聚人心、形塑共识的制度合力、思想合力;把习近平新时代中国特色社会主义思想贯彻到社会各个领域,凝心聚魂,不断巩固全党全国各族人民团结奋斗的共同思想基础,"不断提高人民思想觉悟、道德水平、文明素养,不断铸就中华文化新辉煌"[①],奋力夺取新时代中国特色社会主义新的伟大胜利。

面对西方资本主义国家挑起的各种贸易摩擦和贸易壁垒,习近平倡导世界各国应该秉持合作共赢的发展思路,摒除零和思维和霸权逻辑,积极构建健康和谐的全球市场和合作共赢的人类命运共同体。新时代以来,面对中美之间频繁发生的各种贸易摩擦和话语斗争,习近平强调,我们要保持高度的战略定力和战略耐力,把外在的压力转化为内在的发展动力,坚定不移推进改革开放,妥善应对中美之间的各种摩擦和冲突,坚决维护我国和平发展的大局。任何国家决不能损害我国的根本利益,对于美国无端挑起的各种摩擦和冲突,我们既要丢掉幻想,积极应对,又要保持理性,坚决还击。在资本主义占统治地位并向社会主义和共产主义过渡的历史阶段,我们要充分认识中美之间贸易摩擦的复杂性和严峻性,深入认识中美之间的摩擦是两种社会制度的思想交锋和制度较量。在面对美帝国主义的各种威胁时,我们必须坚持"有理、有利、有节"的原则,不惹事,也不怕事,不愿打,也不怕打,坚决捍卫人民的利益和国家的尊严,坚决捍卫多边贸易体制和世界各国人民的共同利益。在其他安全领域,我们也要积极应对各种外部挑战,决不能任由别人欺负,必须进行各种各样的伟大斗争,才能获得相对的战略优势和发展优势。

毛泽东曾经指出:"从现在起,五十年内外到一百年内外,是世界上社会

---

① 习近平:《在纪念马克思诞辰200周年大会上的讲话》,人民出版社,2018年,第20页。

制度彻底变化的伟大时代,是一个翻天覆地的时代,是过去任何一个历史时代都不能比拟的。处在这样一个时代,我们必须准备进行同过去时代的斗争形式有着许多不同特点的伟大的斗争。"①在构建人类文明新形态的历史阶段,中国共产党必须警惕资本主义的思想攻击和话语陷阱,用马克思主义指导新时代的人类文明新形态,夺取新时代中国特色社会主义新的伟大胜利。此外,为了推动世界和平、人类解放的目标,中国共产党在新时代的伟大斗争中还要团结世界上一切可以团结的力量,直面西方资本主义国家的各种思想挑衅,敢于向西方资本主义亮剑,在斗争中谋取发展,"在斗争中谋求合作,在斗争中争取共赢"②,在斗争中构建社会主义的文明形态和世界图景。

第三节　坚持马克思主义在意识形态领域指导地位的根本制度的基本遵循

　　坚持马克思主义在意识形态领域指导地位的根本制度是中国共产党百年奋斗的历史经验,是历史的选择和人民的选择。党的十八大以来,习近平在推进马克思主义意识形态理论中国化时代化的过程中,确立了坚持马克思主义在意识形态领域指导地位和根本制度的若干基本原则,这些基本原则为我们提高国家治理能力,建设具有强大凝聚力、统领力、影响力、引领力的社会主义意识形态提供了根本遵循。

---

① 《毛泽东文集》(第八卷),人民出版社,1999年,第302页。
② 《习近平著作选读》(第二卷),人民出版社,2023年,第259页。

一、坚持马克思主义的根本指导，做好社会主义主流意识形态的宣传教育

马克思主义深刻揭示了自然界、人类社会和人类思维发展的普遍规律，是"我们认识世界、把握规律、追求真理、改造世界的强大思想武器"①。马克思主义的科学性体现在马克思主义揭示了人类社会发展的客观规律，这就决定了马克思主义必然成为人类解放的理论指南。列宁指出："如果你们要问，为什么马克思的学说能够掌握最革命阶级的千百万人的心灵，那你们只能得到一个回答：这是因为马克思依靠了人类在资本主义制度下所获得的全部知识的坚固基础；马克思研究了人类社会发展的规律，认识到资本主义的发展必然导致共产主义，而主要的是他完全依据对资本主义社会所作的最确切、最缜密和最深刻的研究。"②在资本主义时代，马克思通过深入研究资本主义的运行机理，科学预示资本主义社会的内在规律和发展阶段，创立了唯物史观和剩余价值学说，为无产阶级革命提供科学指导。恩格斯在《在马克思墓前的讲话》中指出："马克思发现了人类历史的发展规律，即历来为繁芜丛杂的意识形态所掩盖着的一个简单事实：人们首先必须吃、喝、住、穿，然后才能从事政治、科学、艺术、宗教等等；所以，直接的物质的生活资料的生产，从而一个民族或一个时代的一定的经济发展阶段，便构成基础，人们的国家设施、法的观点、艺术以至宗教观念，就是从这个基础上发展起来的，因而，也必须由这个基础来解释，而不是像过去那样做得相反。不仅如此。马克思还发现了现代资本主义生产方式和它所产生的资产阶级社会的特殊的运动规律。由于剩余价值的发现，这里就豁然开朗了，而先前无论资产阶级经济学家或者社会主义批评家所做的一切研究都只是在黑暗中

---

① 习近平：《在纪念马克思诞辰200周年大会上的讲话》，人民出版社，2018年，第15页。
② 《列宁选集》(第四卷)，人民出版社，2012年，第284页。

摸索。"①

　　在无产阶级革命初期,马克思指出,无产阶级在革命中失去的只是锁链,他们得到的将是整个世界,并宣告:资本主义必然灭亡和社会主义必然胜利是不可避免的。马克思主义是实现人类解放和全面发展的科学指南,为人类社会未来发展指明了方向。正如马克思和恩格斯在《共产党宣言》中所言,在资本主义社会以后的共产主义社会,人类才能实现全面而自由的发展,人的类本质才能复归到人本身。按照马克思的思想论述,在共产主义社会中,"代替那存在着阶级和阶级对立的资产阶级旧社会的,将是这样一个联合体,在那里,每个人的自由发展是一切人的自由发展的条件"②。也就是说,全体人类解放和全面自由发展既是世界各国人民的崇高期盼和最高诉求,又是人类社会发展规律的实然逻辑。马克思主义不是旧的资本主义国家的意识形态,而是推动无产阶级革命科学的世界观和方法论。

　　马克思主义以其科学性和革命性来指引无产阶级政党的社会革命和意识形态斗争。中国共产党从诞生的那一刻起就高举马克思主义的思想旗帜,以李大钊、陈独秀、毛泽东为代表的早期革命者自觉探寻、学习、传播马克思主义,不断探索救国救民的革命道路。五四时期,中国共产党为了宣传马克思主义,积极与旧势力进行思想论争,最著名的三次论争是问题与主义的论争、社会主义的论争、马克思主义与无政府主义的论争。这三场思想论争的实质是资产阶级意识形态与马克思主义意识形态的思想较量。反马克思主义的人声称马克思主义的阶级斗争不适合中国革命,倡导资本主义的议会发展道路。以陈独秀、李大钊、毛泽东、蔡和森、李达为代表的马克思主义者详细阐释了马克思主义的社会革命理论、无产阶级专政理论和马克思主义唯物史观,经过激烈的思想论争和理论较量,许多知识分子在思想上划清了马克思主义与非马克思主义的理论界限,认识到只有马克思主义才能

---

① 《马克思恩格斯文集》(第三卷),人民出版社,2009年,第601页。
② 《马克思恩格斯文集》(第二卷),人民出版社,2009年,第53页。

解决中国革命的具体问题。在延安时期,中国共产党创建专门的马列主义学校来提高党员干部的马克思主义理论水平和思想觉悟,维护马克思主义在意识形态领域的指导地位。在新中国成立后,党中央始终把马克思主义作为根本指导思想和理论指南,批判形形色色的资产阶级思潮对马克思主义的污蔑,坚决维护社会主义主流意识形态安全,社会主义意识形态建设取得巨大成绩。新时代以来,以习近平同志为核心的党中央极为重视社会主义主流意识形态建设,习近平总书记围绕意识形态工作问题作出多次重要指示批示,并确立了马克思主义意识形态的制度边界和思想底线,为我们建设主流意识形态提供了制度遵循。进而言之,中国共产党确立马克思主义在意识形态领域指导地位的制度边界是由马克思主义意识形态的科学性和革命性所决定的,为新时代中国特色社会主义意识形态建设提供了制度边界。

做好主流意识形态的理论宣传和阐释研究是中国共产党巩固马克思主义在意识形态领域领导权的政治抉择。在风雨飘摇的革命战争年代,中国共产党革命先辈通过创建工人夜校、政治报刊、党团组织和文化论争等形式来宣传马克思主义理论,引导工人阶级学习马克思主义的立场观点方法,以鼓动工人阶级和人民群众的革命自觉和斗争意识。同样,在政权稳定的和平发展年代,中国共产党仍旧重视马克思主义在意识形态领域的指导地位,并通过专题教育、集中培训、网络宣传、主题教学等形式加强对马克思主义和中国化马克思主义的理论研习,以增强人民大众对马克思主义的政治承认及其对社会主义意识形态的思想认同。当下我们正处在新时代的历史阶段,中国共产党意识形态工作的核心任务就是宣传马克思主义中国化时代化的最新成果,用习近平新时代中国特色社会主义思想这一"彻底的理论"来武装人民群众的思想,抵制各类西化思潮对社会主义主流意识形态的渗透,进而筑牢社会主义意识形态的阶级基础和思想基础。进一步说,马克思主义的科学理论是强化社会主义主流意识形态的政治手段,是增强马克思主义影响力和传播力的有效途径。在思想宣传工作中,倘若忽视主流意识形态的宣传教育,其他非主流意识形态就会占据社会主义主流意识形态的思想阵地,势必带来严重的思想混乱,影响人民大众对社会主义主流意识形态的价值观认同。恰如习近平所指出的,"宣传思想阵地,我们不去占领,人家就会去占领"①。因此,我们必须加强社会主义意识形态领域的阵地意识和斗争意识,主动守好社会主义意识形态阵地的思想边界、政治边界、话语边界和制度边界,不断壮大主流意识形态的政治影响力。

二、坚持理论斗争和实践批判的统一

人的正确认识源于实践,一切思想理论归根结底都是实践的产物。实践的观点是马克思主义的基本观点。无产阶级革命导师马克思和恩格斯一生都在为批判揭露旧资本主义世界而革命,他们用毕生精力关心并且为之奋斗的问题就是实现全人类的解放。离开无产阶级革命,全人类的解放就没有阶级基础。马克思指出:"对实践的唯物主义者即共产主义者来说,全部问题都在于使现存世界革命化,实际地反对并改变现存的事物。"②在马克思主义的指导下,无产阶级革命实现了从自发到自觉的过渡。在工人运动的初期,无产阶级仅仅通过罢工、捣毁机器等方式同资本家进行斗争。随着资本主义剥削的加深,以马克思主义为理论武装的工人阶级开始觉醒,无产阶级逐步走向了联合,抵抗资产阶级的政治压迫和经济剥削。马克思曾经写道:"哲学把无产阶级当做自己的物质武器,同样,无产阶级也把哲学当做自己的精神武器。"③在资产阶级占统治地位的历史时代,无产阶级想要夺取革命的胜利就必须把马克思主义作为自己的"精神武器",才能与资产阶级

---

① 中央党史和文献研究院编:《习近平关于网络强国论述摘编》,中央文献出版社,2021年,第52页。
② 《马克思恩格斯文集》(第一卷),人民出版社,2009年,第527页。
③ 《马克思恩格斯文集》(第一卷),人民出版社,2009年,第17页。

意识形态彻底决裂，才能武装无产阶级和人民群众的思想，为无产阶级夺取政权、建立共产主义社会提供思想指导。马克思主义认为，无产阶级革命的根本目的是推进人类解放，人类解放的历程就是无产阶级革命的历程，而无产阶级革命得以胜利的前提就是坚持马克思主义的思想指导。正如习近平指出的那样，马克思主义是关于人类解放的学说，是无产阶级革命的理论指南，这就决定了马克思主义的实践性和革命性。

　　理论斗争和实践批判是无产阶级政党进行社会主义意识形态建设的重要手段。马克思主义始终是在同错误思想的斗争中前进发展的。马克思主义每前进一步都在同"反动的社会主义""资产阶级的社会主义"等错误思潮作"有方向、有立场、有原则"①的理论斗争。可以说，同形形色色错误思想和资产阶级意识形态进行理论斗争是马克思主义意识形态批判的斗争逻辑和实践根据。马克思主义意识形态批判的根本目的是提高工人群众的党性修养和革命自觉，从某种程度上说，理论斗争也是思想政治教育和意识形态批判的重要手段。毛泽东指出："掌握思想教育，是团结全党进行伟大政治斗争的中心环节"②，无产阶级政党的思想政治教育工作就是教会人民群众运用马克思主义的世界观和方法论来回答时代之问、世界之问和人类之问，着力解决时代难题，推进人类的解放和全面自由发展。在新时代社会主义意识形态建设中，习近平从理论斗争的层面指出，我国社会主义意识形态建设存在的弱化马克思主义指导、淡化共产主义信仰、虚化党的领导、精神上缺"钙"等问题，一针见血地提出要坚持马克思主义在意识形态领域指导地位的根本制度，坚持党对意识形态工作的全面领导。进而言之，以习近平同志为核心的党中央从"根本制度"和"领导力量"双重维度确立了马克思主义在意识形态领域的领导权、话语权，为强化马克思主义的指导地位提供制度支撑和领导保证。

---

① 《习近平著作选读》(第二卷)，人民出版社，2023年，第258页。
② 《毛泽东选集》(第三卷)，人民出版社，1991年，第1094页。

意识形态斗争是"没有硝烟"的思想之争、制度之争和文化之争,意识形态风险是无影无形的观念冲突和"思想暗箭"。在意识形态领域,我们必须认真研究意识形态斗争的主要对象、领导力量、根本保证、实践策略等主客观要素,才能在意识形态战争中赢得战略主动权和优先权,有效应对意识形态风险。进入新时代以来,随着中国国际影响力和综合国力的持续提升,西方敌对势力把意识形态领域作为其颠覆中国、实施"颜色革命"的突破口。面对西方意识形态的无端挑衅和恶意污蔑,以习近平同志为核心的党中央采取各类措施牢牢把握党对意识形态工作的领导权、管理权和话语权。

第一,建构中国化马克思主义的意识形态话语体系。在新时代党的意识形态建设中,习近平提出了中国式现代化、自我革命、人类命运共同体、全人类共同价值等中国话语,形塑了中国化马克思主义意识形态的话语体系,加强了党对意识形态工作的领导权和话语权。

第二,严格落实党管舆论、党管宣传的意识形态责任制。在意识形态领域,党委(党组)是落实宣传党的创新理论和思想文化的政治主体,"各级党委要负起政治责任和领导责任"[1],科学预判舆情的发展动向,严格管控监测各类媒体,理直气壮以中国化时代化的马克思主义引领社会主义主流意识形态的发展。

第三,加强主流意识形态的宣传教育。在意识形态教育方面,我们党加强马克思主义理论研究和建设工程,推进大中小思想政治理论课一体化建设,坚守好马克思主义意识形态教育的思想阵地和思想高地,增进人民群众对社会主义主流意识形态的政治认同和思想认同。概而言之,意识形态工作是一项极端重要的工作,牢牢把握党对意识形态工作的领导权、管理权和话语权有助于巩固马克思主义在思想领域的主导地位,有利于构建马克思主义意识形态的思想谱系,有助于妥善应对主流意识形态面临的危机风险。

---

① 《习近平著作选读》(第一卷),人民出版社,2023年,第151页。

三、坚持人民至上的意识形态工作理念

是否站在人民的立场上是马克思主义意识形态与非马克思主义意识形态的根本区别。马克思主义意识形态理论是服务于人类解放和人的全面发展的科学理论,这是因为只有符合人民群众利益和需要的思想理论,才能转化为强大的物质力量。在资本主义占统治地位的历史阶段,资产阶级把他们的意识形态描绘成人类的"普世价值"和最高思想形态。马克思明确写道:"每一个企图取代旧统治阶级的新阶级,为了达到自己的目的不得不把自己的利益说成是社会全体成员的共同利益,就是说,这在观念上的表达就是:赋予自己的思想以普遍性的形式,把它们描绘成唯一合乎理性的、有普遍意义的思想。"[①]马克思主义始终是为人类解放而服务的科学理论,这是马克思主义意识形态区别其他非马克思主义意识形态的显著特征。1848年,马克思和恩格斯在《共产党宣言》中指出:"过去的一切运动都是少数人的,或者为少数人谋利益的运动。无产阶级的运动是绝大多数人的,为绝大多数人谋利益的独立的运动。"[②]马克思和恩格斯提出的"两个绝大多数"的思想告诉人们,只有无产阶级政党才能真心实意为人民的解放和幸福而奋斗。中国共产党作为中国工人阶级的先锋队和中国人民和中华民族的先锋队,在实现中华民族伟大复兴中国梦的历史进程中,中国共产党始终为中国人民谋幸福,坚持全心全意为人民服务的根本宗旨,坚持从群众中来到群众中去的群众路线,把人民满不满意、人民幸不幸福、人民高不高兴、人民喜不喜欢、人民愿不愿意作为治国理政和制定政策的实践标准。毛泽东强调:"共产党就是要奋斗,就是要全心全意为人民服务,不要半心半意或者三分之二的心三分之二的意为人民服务。"[③]坚持人民利益至上是践行全心全意为人

---

① 《马克思恩格斯文集》(第一卷),人民出版社,2009年,第552页。
② 《马克思恩格斯文集》(第二卷),人民出版社,2009年,第42页。
③ 《毛泽东文集》(第七卷),人民出版社,1999年,第285页。

民服务的根本准则,彰显了中国共产党践行以人民为中心的发展理念。在毛泽东看来,为人民服务、为人民谋幸福、为人民奋斗是共产党人的根本立场和价值追求。坚持从群众中来到群众中去的群众路线是马克思主义政党的实践要求和使命规定。

毛泽东指出:"我们共产党人区别于其他任何政党的又一个显著的标志,就是和最广大的人民群众取得最密切的联系。全心全意地为人民服务,一刻也不脱离群众;一切从人民的利益出发,而不是从个人或小集团的利益出发。"①毛泽东最为痛恨脱离群众、危害人民群众的战士、领导干部,无论官职多高、贡献多大,绝不姑息养奸,贻害百姓。在延安时期,经过长征锻炼的红军旅长黄克功为爱情而失去理性,失去党性,失去原则,杀死自己的恋人刘茜,严重脱离党的群众路线,严重影响党同人民群众的团结,严重损害人民群众对党的政治情感,严重损害党在人民群众中的伟大形象,毛泽东只能严格按照党的纪律来处理。毛泽东反复告诫党员干部,务必不要脱离人民群众、危害人民,否则就会成为人民的敌人,社会主义的国家政权就会失去阶级基础和民心支撑。

新中国成立之初,毛泽东再次告诫党员干部,我们要保持革命的初心,不能脱离人民、忘记人民,不能让形式主义、官僚主义、特权政治影响党的革命性、先进性和纯洁性,他向全党庄严宣告:"资产阶级的捧场则可能征服我们队伍中的意志薄弱者。可能有这样一些共产党人,他们是不曾被拿枪的敌人征服过的,他们在这些敌人面前不愧英雄的称号;但是经不起人们用糖衣裹着的炮弹的攻击,他们在糖弹面前要打败仗……务必使同志们继续地保持谦虚、谨慎、不骄、不躁的作风,务必使同志继续地保持艰苦奋斗的作风。"②党的理想信念、性质宗旨、历史使命决定了马克思主义意识形态理论人民性的内在本质。党的十八大以来,习近平在总结中国共产党百年意识

---

①　《毛泽东选集》(第三卷),人民出版社,1991年,第1094~1095页。
②　《毛泽东选集》(第四卷),人民出版社,1991年,第1438~1439页。

形态建设基本经验的基础上,提出"江山就是人民,人民就是江山"①的人民至上思想,巩固了社会主义意识形态的群众基础和民心基础,为加强马克思主义在意识形态领域的指导地位奠定了深厚的阶级基础。

新时代以来,中国共产党坚持群众利益至上的政治原则,不断增强社会主义主流意识形态的凝聚力和影响力。第一,牢牢坚持人民立场,不断增强人民群众的满意度。习近平指出:"人民立场是中国共产党的根本政治立场,是马克思主义政党区别于其他政党的显著标志。党与人民风雨同舟、生死与共,始终保持血肉联系,是党战胜一切困难和风险的根本保证。"②党的十八大以来,习近平坚持马克思主义的人民立场,始终践行"一切为了群众,一切依靠群众,从群众中来,到群众中去"的群众路线,把马克思主义群众观点贯彻到治国理政的伟大实践中去。但是,一些党员干部却违背初心,在工作中脱离群众,忘记我们党的根本初心,用"形式主义、官僚主义、享乐主义、奢靡之风"代替"群众路线",摆官架子,搞花拳绣腿的"空样子",完全把人民的利益、群众的需要抛之脑后,严重损害党在人民群众中的伟大形象。腐朽的思想正在侵蚀着党的肌体,成为危害党群关系的社会毒瘤。"打铁还需自身硬。"习近平采取高压反腐的政治手段,严肃处理了一批屡教不改的"党的蛀虫",净化了共产党员的思想灵魂,把权力关进制度的笼子里,形成"不敢腐、不能腐、不想腐"的反腐败体制机制。

第二,坚持斗争精神,不断提高人民群众的批判意识和斗争觉悟。当今世界正处于大发展、大变革、大调整的历史时代,中国面临的机遇和挑战都是前所未有的,西方大国依然在搞"颜色革命"、和平演变、意识形态入侵战略,试图摧毁中国特色社会主义的意识形态防线。越是在这种重大关键时刻,越需要我们党发挥优良革命传统,团结人民、凝聚人心,依靠人民创造中国特色社会主义的历史伟业、丰功伟绩。责任重于泰山,使命任重道远。

---

① 《习近平著作选读》(第二卷),人民出版社,2023年,第421页。
② 习近平:《在中国共产党成立95周年大会上的讲话》,《人民日报》,2016年7月2日。

失去人民的支持和拥护,党和国家的事业、社会主义的前途将会变得毫无生机活力。习近平强调,中国共产党始终践行全心全意为人民服务的宗旨和群众路线,"人民是历史的创造者,是决定党和国家前途命运的根本力量"①。新时代,我们一定更要与人民心心相印、与人民同甘共苦、与人民团结奋斗,为人民谋幸福、为民族谋复兴,努力向历史、向人民交出一份满意的答卷。第三,坚持人民利益至上,不断满足人民对美好生活的需要。马克思主义认为,重视物质利益和美好生活是意识形态建设的根本要求,因为"'思想'一旦离开'利益',就一定会使自己出丑"②。习近平反复强调,人民对美好生活的向往,就是我们的奋斗目标。中国共产党的一切工作就是为了让广大人民群众过上美好生活和幸福日子,在新时代治国理政中,我们党始终坚持发展为了人民、发展依靠人民、发展成果由人民共享的原则,着力解决人民日益增长的美好生活需要与不平衡不充分发展之间的矛盾。经过长期努力,我们全面建成了小康社会,取得了脱贫攻坚战的全面胜利,历史性解决了绝对贫困问题。

四、坚持守正与创新的统一

马克思主义不是一成不变的教条,而是指导人们认识时代、把握历史、改变世界的指南。马克思和恩格斯在《共产党宣言》中就曾指出,马克思主义基本原理应该随着历史条件的变化而变化。在马克思生活的历史时代,无产阶级被资产阶级压迫成为资本的附庸,马克思通过批判资本主义意识形态来唤醒无产阶级的斗争意识和革命觉悟。马克思和恩格斯合写的《共产党宣言》就是为了提高无产阶级的革命意识和斗争自觉,让全世界无产者走向国际联合,只有这样,马克思主义才能指引无产阶级革命走向胜利。在

---

① 习近平:《决胜全面建成小康社会 夺取新时代中国特色社会主义伟大胜利——在中国共产党第十九次全国代表大会上的报告》,人民出版社,2017年,第21页。

② 《马克思恩格斯文集》(第一卷),人民出版社,2009年,第286页。

资本主义占统治地位的时代,马克思主义遭遇到资产阶级的各种指责,资产阶级将马克思主义看成"幽灵"和"洪水猛兽",试图扼杀马克思主义的国际传播,让无产阶级革命失去指路明灯和思想灯塔。为了遏制马克思主义的影响力,资产阶级还在工人阶级中培植代理人,以消解马克思主义意识形态的思想效能和革命动能。在法国、德国、意大利的工人革命中,蒲鲁东主义、拉萨尔主义、巴枯宁主义等社会思潮影响工人阶级的思想纯洁性,马克思和恩格斯为了维护工人阶级的利益,尖锐批判"出卖革命的叛徒",用马克思主义来统一工人阶级的战斗意识和党性。中国共产党作为马克思主义的继承者、实践者、维护者,始终把马克思主义作为社会主义的主流意识形态和根本指导思想,坚持和发展马克思主义,让马克思主义的"普照之光"照亮中国革命、建设和改革的历史航程。毛泽东写道:"共产党员是国际主义的马克思主义者,但马克思主义必须通过民族形式才能实现。没有抽象的马克思主义,只有具体的马克思主义。所谓具体的马克思主义,就是通过民族形式的马克思主义,就是把马克思主义应用到中国具体环境的具体斗争中去,而不是抽象地应用它。成为伟大中华民族之一部分而与这个民族血肉相联的共产党员,离开中国特点来谈马克思主义,只是抽象的空洞的马克思主义。"①马克思主义只有与时代特征、各国实际、民族特征相结合,推进马克思主义中国化时代化,才能让马克思主义观照时代,照亮人类解放的历史航程。

党的十八大以来,习近平"守"马克思主义之"正","创"中国化马克思主义之"新",形成了习近平新时代中国特色社会主义思想,极大地发展了马克思主义的理论图谱和思想体系。习近平在纪念马克思诞辰200周年大会上的讲话中讲道:"我们要坚持用马克思主义观察时代、解读时代、引领时代,用鲜活丰富的当代中国实践来推动马克思主义发展,用宽广视野吸收人类

---

① 中共中央文献研究室、中央档案馆编:《建党以来重要文献选编(1921—1949)》(第十五册),中央文献出版社,2011年,第651页。

创造的一切优秀文明成果,坚持在改革中守正出新、不断超越自己,在开放中博采众长、不断完善自己,不断深化对共产党执政规律、社会主义建设规律、人类社会发展规律的认识,不断开辟当代中国马克思主义、21世纪马克思主义新境界!"①习近平新时代中国特色社会主义思想是经典马克思主义在新时代中国的理论展现和思想实践,是增强主流意识形态凝聚力的"批判的武器"。习近平新时代中国特色社会主义思想是"当代中国马克思主义、21世纪马克思主义",是中华文化和中国精神的时代精华,是解答时代之问、人类之问、历史之问科学的世界观和方法论。在新的历史征程上,我们要学习、传播、阐释、解析、研习、考究习近平新时代中国特色社会主义思想的出场依据、逻辑机理、理论内涵、精神实质、思想原则、实践方略,既要做好对其的理论阐释和思想宣传,又要做好对其的学理分析和逻辑体认,由理论"本域"拓展到实践"它域",知其然还要知其所以然。在意识形态领域,我们要守住马克思主义意识形态的制度边界和思想边界,一方面与新自由主义、普世价值观、宪政民主等西方意识形态进行理论交锋和思想斗争,另一方面与历史虚无主义、文化虚无主义、儒化中国等错误思潮作坚决斗争,牢牢守护马克思主义在意识形态领域的话语权、主导权和领导权。

从守正创新与马克思主义意识形态创新的逻辑关系看,守正创新是马克思主义意识形态中国化时代化的理论逻辑。守正创新展现了新时代中国共产党"推进理论创新、进行理论创造"②的思想自觉和实践自觉,内含着道路自信、理论自信、制度自信、文化自信和历史自信,彰显了马克思主义的思想魅力。守正的核心就是在"坚持自信自立"的基础上守马克思主义基本原理之正、守中国共产党领导之正、守中国特色社会主义道路之正、守中华优秀传统文化之正。创新的核心就是在"坚持独立自主"的基础上创马克思主义中国化时代化之新、创中华文明之新。进而言之,守正创新蕴含着"守"与

①　习近平:《在纪念马克思诞辰200周年大会上的讲话》,人民出版社,2018年,第27页。
②　《习近平著作选读》(第二卷),人民出版社,2023年,第419页。

"变"的辩证思维和创新思维。只有"守正"才能把握方向、奔赴未来、实现飞跃,唯有"创新"才能赶上时代、引领时代、开创辉煌。

五、坚持马克思主义基本原理同中国具体实际相结合、同中华优秀传统文化相结合

坚持把马克思主义基本原理同中国具体实际相结合、同中华优秀传统文化相结合(即"两个结合")是在五千多年中华文明深厚基础上开辟和发展中国特色社会主义的必由之路,也是我们取得成功的最大法宝。

马克思主义是认识世界和改造世界的科学理论。恩格斯指出,马克思主义科学原理的实际运用,"随时随地都要以当时的历史条件为转移"[1],忽视"历史运动的真实关系变化"而硬性移植马克思主义的具体结论就会转向形而上学的教条主义。中国共产党高度重视马克思主义与中国实际的结合,毛泽东明确提出"使马克思主义在中国具体化"(即马克思主义中国化)和"使中国革命丰富的实际马克思主义化"(即中国经验的马克思主义化)的双重理论命题,新民主主义革命理论、社会主义改造理论、文艺工作理论和正确处理人民内部矛盾理论等就是马克思主义中国化和中国经验马克思主义化的理论典范。习近平反复强调,马克思主义是中国共产党的"理论法宝",我们要运用马克思主义"科学的世界观和方法论解决中国的问题,而不是要背诵和重复其具体结论和词句,更不能把马克思主义当成一成不变的教条"[2]。众所周知,社会主义国家面对的具体国情、文化传统、基本问题和主要矛盾是不同的,这就决定了马克思主义只有同各国具体实际、民族特色和历史文化等相结合,才会更好地推进各国的现代化建设进程。

在新时代意识形态建设过程中,习近平立足马克思主义意识形态的批判逻辑和中华文化的价值立场,牢牢坚守马克思主义的"魂脉"和中华优秀

---

① 《马克思恩格斯文集》(第二卷),人民出版社,2009年,第15页。
② 《习近平著作选读》(第一卷),人民出版社,2023年,第15页。

传统文化的"根脉",坚决回击各类非马克思主义意识形态和社会思潮的思想诋毁和理论攻击,从国家制度层面确立马克思主义在意识形态领域的指导地位,一方面极大地发展了马克思主义意识形态的思想内涵,另一方面极大地增强了中华民族的向心力、凝聚力和中国人民的文化自信。进而言之,"两个结合"是马克思主义中国化的客观需要和实践要求。在新时代的意识形态工作中,坚持"两个结合"是维护社会主义意识形态安全的理论基础,亦是中国共产党建设具有强大凝聚力和引领力的社会主义意识形态的理论要求。一言以蔽之,在新时代的思想文化建设中,以习近平同志为核心的党中央确立坚持马克思主义在意识形态领域指导地位的根本制度,一方面凸显了马克思主义意识形态的批判逻辑,另一方面彰显了"两个结合"的创新逻辑。

第四节　坚持马克思主义在意识形态领域指导地位的根本制度的实践要求

新时代,以习近平同志为核心的党中央确立马克思主义在意识形态领域指导地位的根本制度,这是我们党对意识形态工作的规律性总结,更是我们党对宣传思想文化工作的制度创新,关乎党和国家事业的长远发展,关乎我国社会主义文化的前进方向。在新时代的历史环境中,面对西方资本主义国家的意识形态围攻,我们要紧紧围绕在以习近平同志为核心的党中央周围,牢牢坚持马克思主义在意识形态领域指导地位的根本制度,把党的意识形态工作和宣传思想文化工作做实做细,做深做透,完善社会主义文化制度,才能建设具有强大凝聚力和引领力的社会主义意识形态。

一、自觉用党的创新理论、最新成果武装头脑

习近平新时代中国特色社会主义思想是 21 世纪马克思主义的时代精华和马克思主义中国化时代化的最新成果,是全党全国各族人民共同团结奋进的理论指南。我们要深入学习习近平新时代中国特色社会主义思想的主要内涵、思想体系、根本原则、世界观要求和方法论启示,深入理解这一科学理论体系的理论品格、人民立场、务实作风、创新精神、世界胸怀,自觉坚持用这一伟大思想武装头脑,教育人民,指导实践。

当前,在"两个大局"交织演变的时代条件下,西方资本主义国家对我们进行意识形态渗透,给我国意识形态安全带来巨大挑战。在这样的情形下,我们必须用马克思主义中国化时代化的最新成果武装全党、教育人民,增强斗争意识。

首先,要深刻把握好习近平新时代中国特色社会主义思想的内在结构和思想内涵。习近平新时代中国特色社会主义思想"科学回答了新时代坚持和发展什么样的中国特色社会主义、怎样坚持和发展中国特色社会主义,建设什么样的社会主义现代化强国、怎样建设社会主义现代化强国,建设什么样的长期执政的马克思主义政党、怎样建设长期执政的马克思主义政党等重大时代课题"[1],推进了马克思主义中国化时代化的思想进程。习近平新时代中国特色社会主义思想的内涵丰富,主要内容概括为"十个明确""十四个坚持""十三个方面成就"和"六个必须坚持"。[2]我们必须弄清楚习近平新时代中国特色社会主义思想科学体系的内在逻辑和理论架构,才能真正体悟这一思想的理论魅力和思想真谛,才能真正理解这一思想所蕴含的科

---

[1]　本书编写组:《习近平新时代中国特色社会主义思想概论》,高等教育出版社、人民出版社,2023 年,第 6 页。

[2]　本书编写组:《习近平新时代中国特色社会主义思想概论》,高等教育出版社、人民出版社,2023 年,第 8 页。

学性、时代性和人民性等思想特质和本质规定性。

其次,要系统性把握习近平新时代中国特色社会主义思想的原创性理论贡献。习近平新时代中国特色社会主义思想作为马克思主义中国化时代化的最新理论成果,与时俱进发展了马克思主义,对马克思主义哲学、政治经济学、科学社会主义作出了原创性的理论贡献。在马克思主义哲学方面,习近平提出"六个必须坚持"、系统观念、问题意识、战略思维、新时代社会主要矛盾理论等,深化发展了辩证唯物主义。在马克思主义政治经济学方面,习近平提出新质生产力、新发展理念、坚持和完善社会主义基本经济制度等理论,深化发展了马克思主义的社会发展理论和经济制度理论。在科学社会主义方面,习近平提出自我革命、人类命运共同体等理论,深化发展马克思主义建党理论和世界历史理论。最后,要多措并举贯彻落实党的最新理论成果。

二、严格落实意识形态工作责任制

在社会主义意识形态与资本主义意识形态之间的斗争愈演愈烈的时代变局中,为维护马克思主义在意识形态领域的指导地位,必须加强党对意识形态工作的全面领导和统筹部署,这是确保社会主义意识形态阵地安全的根本政治保证。习近平指出:"面对改革发展稳定复杂局面和社会思想意识多元多样、媒体格局深刻变化,在集中精力进行经济建设的同时,一刻也不能放松和削弱意识形态工作,必须把意识形态工作的领导权、管理权、话语权牢牢掌握在手中,任何时候都不能旁落,否则就要犯无可挽回的历史性错误。"[①]坚持党对意识形态工作的全面领导,首先要求各级党委及宣传部门要严格履行党的意识形态法规,牢牢把握马克思主义在意识形态领域的绝对领导权和政治话语权,才能提升主流意识形态的思想引领力。党的十八大

---

① 中共中央文献研究室编:《习近平关于社会主义文化建设论述摘编》,中央文献出版社,2017年,第34页。

以来,以习近平同志为核心的党中央非常重视新时代中国特色社会主义意识形态建设工作,出台了《中国共产党宣传工作条例》,修订了《党委(党组)意识形态工作责任制实施办法》,为坚持马克思主义在意识形态领域的指导地位提供了法律保证和法治基础。党管意识形态是社会主义意识形态建设的历史经验和政治要求,各级党委和政府要各司其职,高效应对意识形态领域的重大舆情和各类风险,同时要区分政治问题、思想问题和学术问题的意识形态属性,决不做"骑墙派"和"看风派",要同各类错误思潮做坚决的思想斗争。

在意识形态工作方面,各级宣传思想部门要做到守土有责、守土负责、守土尽责,守住马克思主义意识形态阵地的安全。习近平指出:"宣传思想部门承担着十分重要的职责,必须守土有责、守土负责、守土尽责。宣传思想部门工作要强起来,首先是领导干部要强起来,班子要强起来。各级宣传部门领导同志要加强学习、加强实践,真正成为让人信服的行家里手。"①党的各级宣传思想部门必须牢牢坚持马克思主义在意识形态领域的制度边界、思想边界和话语边界,以底线思维和法治思维来捍卫社会主义主流意识形态阵地的边界安全,同时警惕西方资本主义意识形态的思想渗透和和平演变,做好意识形态领域的思想斗争和边界斗争。在意识形态领域,各级领导干部和一把手要主动站出来,利用报刊、新闻媒体、微博、微信、论坛等渠道大力弘扬社会主义意识形态和马克思主义的崇高信仰,加强对意识形态领域的思想监管和政治巡视,决不给错误思潮提供任何传播渠道和发展土壤。进而言之,新时代做好意识形态工作要敢于亮剑、敢于斗争,才能阻止那些反共、反社会主义的敌对势力危害社会主义意识形态的安全。习近平曾经讲道:"任何一个阵地,我们不去占领,一些负面的东西就会乘虚而入。我们抓思想文化阵地建设就是一个雄辩的佐证,光是打击,总有漏网的;只

---

① 《习近平著作选读》(第一卷),人民出版社,2023年,第150~151页。

有让正面的东西去占领了,才能让负面的东西失去生存的土壤。"①此外,各级党委和政府还要革新工作理念,践行"大宣传"的意识形态思维和工作理念,"动员各条战线各个部门一起来做,把宣传思想工作同各个领域的行政管理、行业管理、社会管理更加紧密地结合起来"②,打好意识形态工作的"组合拳",才能形成意识形态建设的强大合力。

加强监督考核是贯彻落实意识形态工作责任制的政治要求。各级党委要明确责任归属,强化问责力度,对于一些在意识形态领域引起不良影响的党员干部要追究其责任,以坚决的政治执行力强化意识形态主体的责任担当,推动意识形态责任制的全面落实。具体来说,要建立健全意识形态工作考核机制和责任清单,将意识形态工作纳入领导干部工作的政治考核,将其作为领导干部职位晋升的政治依据。在考核形式上,要建立意识形态巡查制度,主要考察各级党委是否将意识形态工作纳入日常党建工作部署之中。在考核内容上,主要考察各级党委是否建立完善的意识形态工作机制,是否建立意识形态工作小组,是否严格落实意识形态属地管理,是否及时学习党中央的重要会议精神,是否及时批判错误社会思潮,是否主动发声维护党和国家的形象。同时,还要发挥社会舆论监督、互联网监督和民主法治监督作用,强化各级党委的政治责任和政治担当,督促各级党委和领导干部要敢于担当、敢于斗争、敢于亮剑,切实履行维护马克思主义在意识形态领域指导地位的根本制度,守住社会主义主流意识形态的"铜墙铁壁"。

三、坚持完善根本制度,推动社会主义文化繁荣兴盛

文化是一个民族内在的价值观和思想理念,是一个民族团结奋斗的精神支撑和文化血液。坚持和完善中国特色社会主义制度,推进国家治理体

---

① 习近平:《干在实处走在前列——推进浙江新发展的思考与实践》,中共中央党校出版社,2006年,第297页。

② 《习近平著作选读》(第一卷),人民出版社,2023年,第151页。

系和治理能力现代化离不开中华文明、中华文化的滋养,更离不开革命文化和社会主义先进文化的理论哺育。坚持马克思主义在意识形态领域指导地位的根本制度是繁荣社会主义文化的政治指南,是凝聚全体人民共同奋进的思想基础。习近平在党的十九届四中全会上明确指出,"坚持和完善繁荣发展社会主义先进文化的制度,巩固全体人民团结奋斗的共同思想基础"①。一个民族只有在思想文化上独立自主、自信自强,才能实现国家的繁荣强盛。在革命、建设和改革的历史阶段,中国共产党在马克思主义思想的指导下,不断完善社会主义的根本文化制度,推动了中国特色社会主义文化的繁荣兴盛。新时代以来,习近平明确提出要繁荣社会主义文化,"就是要坚持中国特色社会主义文化发展道路,推动中华优秀传统文化创造性转化、创新性发展,继承革命文化,发展社会主义先进文化,激发全民族文化创新创造活力,建设社会主义文化强国"②。

推动社会主义文化的繁荣兴盛,建设社会主义文化强国,首先必须坚持马克思主义的"魂脉",大力发扬中华优秀传统文化的"根脉",凸显中华文明的文化立场和价值理念。马克思主义是激活中华优秀传统文化的理论工具和思想法宝。我们知道马克思主义与中华优秀传统文化来源不同,但彼此之间存在高度的契合性和内在的融通性。中华优秀传统文化历史悠久、博大精深,内蕴着丰富的治国智慧、道德规范和人文精神、思维方法,为新时代中国共产党治国理政、维护国家团结统一、促进社会稳定发展提供思想文化基础。中华优秀传统文化倡导讲仁爱、重民本、守诚信、崇正义、尚和合、求大同等文化理念,反映了中华民族的内在性格、道德规范和民族气度。在新时代的历史条件下,中华优秀传统文化还需要与新时代中国的具体实际相结合,实现创造性转化、创新性发展,才能让中华优秀传统文化焕发生机,进

---

① 中共中央党史和文献研究院编:《十九大以来重要文献选编》(中),中央文献出版社,2021年,第283页。

② 《习近平著作选读》(第二卷),人民出版社,2023年,第194页。

而推动社会主义文化强国建设。毛泽东同志强调，"我们信奉马克思主义是正确的思想方法，这并不意味着我们忽视中国文化遗产"①。中国历史留给我们的东西中有很多很好的东西，我们要把这些文化遗产和历史智慧变成自己的东西，让中华文化"活起来"，让中华文明"火起来"。中华优秀传统文化的优秀基因是我们建设社会主义文化强国的文化前提，中华优秀传统文化历经5000年的历史演变，已然融入中国人民的精神世界和生产生活之中，成为中国人民自觉遵守的行为准则和道德遵循。

新时代以来，习近平总书记围绕发扬中华优秀传统文化和中华文明发表了诸多重要讲话、批示和指示，提出我们要特别重视挖掘中华五千年文明中的文化精华和优秀传统，"把弘扬优秀传统文化同马克思主义立场观点方法结合起来，坚定不移走中国特色社会主义道路"②。可以说，没有中华五千年文化传统和文明历史，就不会有中国特色社会主义道路，就不会产生中国特色的国家制度和思想文化。比如说，习近平在治国理政中坚持人民至上就是对中华优秀传统文化中的民本思想的理论升华；构建人类命运共同体就是对中华优秀传统文化中的天下大同思想的实践凝练；构建公平正义的国际政治秩序就是对中华优秀传统文化中的和睦相处、平等待人的灵活运用，等等。总而言之，中华优秀传统文化是中华民族的宝贵精神财富，更是中国人民的文化基因，为中国共产党治理中国、改变世界、造福人类提供文化智慧和可行方案。

弘扬革命文化是繁荣社会主义文化的内在要求。革命文化是中国共产党领导人民在社会主义革命的伟大斗争中造就出来的文化形态，是中国人民和中华民族的优良传统，是推进实现中华民族伟大复兴中国梦的强大精神力量。在新民主主义革命时期，中国共产党革命先驱浴血奋战、不怕牺

牲,在艰苦奋斗中创造了包含革命精神、革命优良传统、革命道德、革命遗址、革命故居等精神形态和物质形态的革命文化和红色精神。习近平指出:"在党和人民伟大斗争中孕育的革命文化和社会主义先进文化,积淀着中华民族最深层的精神追求,代表着中华民族独特的精神标识。"①新时代传承革命文化和红色精神首先要树立正确的思想认知和价值原则,坚持唯物史观的立场观点方法,批判历史虚无主义等错误思潮抹黑革命文化、英雄人物的错误行径,营造出崇尚革命英雄、保护革命烈士、积极践行革命精神文化的浓厚氛围。其次,要大力倡导人们学习红色革命精神和精神谱系。中国共产党在革命、建设、改革、新时代的历史阶段创造的建党精神、长征精神、西柏坡精神、抗美援朝精神、改革开放精神、载人航天精神、伟大抗疫精神、科学家精神等都是中国共产党建设社会主义现代化强国的宝贵精神财富,我们要利用好这笔文化财富,把老一辈革命家的精神风范发扬光大。此外,要利用好红色革命遗址遗迹等红色教育资源,着力打造一批具有教育价值的红色文化实践基地,组织好青年学生参观红色革命遗址和纪念馆,增强青年的直观体验、爱国热情和责任担当、报国情怀,从而激发人们自觉肩负传承保护革命文化的历史使命和行动自觉。

发展社会主义先进文化是推进社会主义文化繁荣的根本目标。社会主义先进文化是引领当代中国发展的精神旗帜。社会主义先进文化蕴含着中华优秀传统文化的文明基因,能够培养有理想、有道德、有文化、有纪律的社会主义新人,是民族的科学的大众的社会主义文化。习近平指出,发展社会主义先进文化,是繁荣发展中国特色社会主义伟大事业的根本要求,是以中国式现代化全面推进中华民族伟大复兴的应有之义。新时代,发展社会主义先进文化必须做到以下三点:首先,自觉弘扬和践行社会主义核心价值观。社会主义核心价值观反映了中华民族的共同价值观和思想同心圆,是

---

① 《习近平谈治国理政》(第二卷),外文出版社,2017年,第36页。

当代中国精神和时代精神的集中体现。新时代,弘扬社会主义核心价值观能够推进爱国主义、集体主义、社会主义教育,不断丰富和发展社会主义精神文明,提高公民的社会公德和文化素质,满足人民对真善美的需要。其次,大力发展公益性文化事业,推动文化产业繁荣发展。社会主义文化事业是一种为人民服务、为社会主义服务的公益事业,必须坚持政府主导文化事业和文化产业,不断加强文化基础设施建设,提高人民群众对基本公共文化事业的满足。比如,在乡村要建立乡村文化广播站、文艺活动广场、文艺节目等平民文艺活动舞台,丰富人民的精神世界;在城市要推进公共博物馆、文化馆、图书馆、科技馆等文化场所向全社会公众免费开放,真正实现文化产业、文化事业的最大社会效益和教育价值。此外,发展社会主义先进文化,还要不断加强文化人才队伍建设。培养一支德艺双馨、又红又专的文艺工作队伍是推动发展社会主义先进文化的人力资源保证。在社会主义国家,广大文艺工作者要秉持马克思主义的立场观点方法,坚守共产主义的远大信仰和崇高理想,不断提升自身的文化素养和家国情怀,才能创造出讴歌人民、讴歌祖国、讴歌社会主义的文化产品,进而推动社会主义文化事业的繁荣发展。

　　马克思主义意识形态制度是中国共产党建设社会主义文化强国的根本制度安排。坚持马克思主义在意识形态领域指导地位的政治要求是"把制度建设的'文化自信'与文化建设的'制度自信'有机结合起来"[①],在守正创新中把意识形态的制度优势转化为繁荣社会主义文化的文化效能。新时代党的宣传思想文化工作要牢牢坚持马克思主义意识形态制度,用根本制度赋能社会主义文化建设,巩固党对意识形态的文化领导权和话语主导权,确保新时代意识形态工作和社会文化建设的社会主义方向。马克思主义意识形态制度是中国特色社会主义文化建设的基本遵循,在新时代党的宣传思

---

　　① 吴学琴:《坚持马克思主义在意识形态领域指导地位根本制度的发展与创新》,《马克思主义理论学科研究》,2022年第12期。

想文化工作和意识形态建设中,坚持马克思主义在意识形态领域的指导地位要做到以制度之"力"构筑意识形态工作的思想之"魂",才能把作为"体"的根本制度优势转化为作为"用"的国家治理效能。

第一,加强党对宣传思想文化工作的政治领导和思想统领,为建设具有强大凝聚力和引领力的社会主义意识形态提供领导力量。

第二,强化制度意识,健全社会主义文化建设的意识形态责任制,提升马克思主义意识形态的传播力和影响力,为社会主义文化事业和文化产业的发展提供政治保证。

第三,推动中华优秀传统文化创造性转化和创新性发展,加强建设中华民族现代文明,不断提高社会主义文化的国际影响力和意识形态影响力。概而言之,做好新时代社会主义文化建设工作,既需要中国共产党这一政党主体的领航定向,又需要坚持马克思主义在意识形态领域的根本制度的思想赋能;既需要"守"马克思主义意识形态之"正",又需要"创"中华文化之"新";既需要抓住意识形态制度之"体",又需要发挥国家治理之"用",在守正创新、体用贯通中推进社会主义文化建设,不断提升国家文化软实力和中华文化影响力,助力构建人类文明新形态和中华民族现代文明。

四、建立不忘初心、牢记使命的制度

建立不忘初心、牢记使命的制度是落实坚持马克思主义在意识形态领域指导地位的政治要求,彰显了新时代党的意识形态建设的理论自信和制度自信。习近平指出:"为中国人民谋幸福,为中华民族谋复兴,是中国共产党人的初心和使命。"[①]建立不忘初心、牢记使命制度是新时代坚持党的领导制度的根本任务,为夯实党的初心使命意识提供制度保障。中国共产党自诞生之日起,无论是革命的低谷还是革命的高潮,都坚守为人民谋幸福、为

---

① 《习近平著作选读》(第二卷),人民出版社,2023年,第223页。

民族谋复兴的初心使命,带领人民实现了从站起来、富起来到强起来的伟大飞跃。新时代以来,党面临各种风险挑战,必须团结人民进行具有新的历史特点的伟大斗争,才能解决强党强国所面临的现实问题。比如说,领导干部的贪污腐败问题、党内出现信仰危机、形式主义、官僚主义、享乐主义、奢靡之风盛行,封建特权思想。这些问题会让党迷失前行方向,如果放任不管就会让党变质变色变味。习近平指出:"不忘初心、牢记使命,说到底是要解决党内存在的违背初心和使命的各种问题,关键是要有正视问题的自觉和刀刃向内的勇气。"①

　　新时代以来,党的意识形态建设面临着诸多问题和挑战,党必须探索建设不忘初心、牢记使命的制度,用制度来规范党员的马克思主义信仰和政治信念,明确党员干部的奋斗目标,唯有如此,中国共产党才能始终走在时代前列,成为指引中华民族实现伟大复兴的主心骨和领航者。恩格斯曾经指出:"一个知道自己的目的,也知道怎样达到这个目的的政党,一个真正想达到这个目的并且具有达到这个目的所必不可缺的顽强精神的政党,——这样的政党将是不可战胜的,特别是在当前这样的情况下,如果它的一切要求都符合本国经济发展的需要,而且正是这种经济发展的政治表现的话,那就更是如此。"②中国共产党治党治国的最大优势就是善于构筑制度体制来实现其治国理政的政治目标。党的十九届四中全会将不忘初心、牢记使命提升到党的领导的制度体系里面,为中国共产党加强党的意识形态建设提供了价值指引。

　　建立不忘初心、牢记使命的制度关键是用党的先进理论来教育全党,提高中国共产党的先进性和纯洁性。第一,强化共产主义的理想信念教育。必须从思想上把好入党关,要时刻强化新党员的理想信念教育和忠诚观教育,始终要把对党忠诚、永不叛党作为思想准则。第二,建立党员干部的集

---

① 《习近平谈治国理政》(第三卷),外文出版社,2020年,第532页。
② 《马克思恩格斯全集》(第三十九卷),人民出版社,1974年,第139页。

中学习体制。中国共产党是一个学习型政党,党依靠学习才能走向成功,只有强化马克思主义的理论学习,才能始终让党保持先进性、纯洁性。列宁指出:"只有以先进理论为指南的党,才能实现先进战士的作用。"[①]通过理论学习和思想教育,党员干部就会运用党的先进理论来指导工作,不断提高政治站位、思想站位、阶级觉悟,进而维护党的团结统一,提高党的战斗力。第三,建立主题教育实践的长效机制。领导干部不但要经常学习党的先进理论,更要把集中性教育和经常性教育结合起来,让理论学习和理论教育形成一种常态,才能发挥出理论指导实践、思想指引行动的教育目的。马克思指出:"理论只要说服人,就能掌握群众;而理论只要彻底,就能说服人。"[②]无产阶级政党作为理论创新和理论创造的政党主体,要在理论学习中提升自身的治国本领,淬炼"金钢不坏之身",要将政治纪律和政治规矩立起来,以自我革命、自我批判的勇气加强党的组织建设、作风建设、思想建设、制度建设,永葆党的先进性和纯洁性。概而言之,新时代,建立不忘初心、牢记使命的制度,就是为了让党员牢记使命、践行初心,进而用初心使命来聚合全党干事创业的凝聚力,以党的自我革命引领社会革命,推动中华民族实现伟大复兴的中国梦。

五、坚持推进各级党委(党组)理论学习制度建设

各级党委(党组)必须加强对马克思主义理论的深入学习。"马克思的整个世界观不是教义,而是方法。"[③]中国共产党是在马克思主义指导下建立起来的革命政党,马克思主义的立场观点方法是无产阶级政党进行革命斗争的思想指南。我们深入学习马克思主义就是要学习好马克思主义的根本立场。人民立场是马克思主义的根本立场,马克思始终站在人民群众的立场

---

① 《列宁选集》(第一卷),人民出版社,2012年,第312页。
② 《马克思恩格斯文集》(第一卷),人民出版社,2009年,第11页。
③ 习近平:《在纪念马克思诞辰200周年大会上的讲话》,人民出版社,2018年,第26页。

上批判资产阶级的剥削本性,呼吁无产阶级要联合起来,才能推翻资产阶级的专制统治。"江山就是人民,人民就是江山。"①中国共产党始终坚持马克思主义的人民立场,坚持一切为了人民、一切依靠人民,才创造了革命、建设、改革和新时代的伟大成就和历史功绩。我们深入学习马克思主义就是要学习马克思主义的基本观点。实践的观点是马克思主义的首要观点。马克思在《关于费尔巴哈的提纲》中写道:"全部社会生活在本质上是实践的。凡是把理论引向神秘主义的神秘东西,都能在人的实践中以及对这种实践的理解中得到合理的解决。"②物质生产实践是决定人类社会发展的实践基础,革命实践是推动人类社会进步的重要动力。中国共产党人坚持马克思主义的实践观,不断解放和发展社会生产力,提高人民的生活水平。我们深入学习马克思主义就是要学习马克思主义的辩证唯物主义和历史唯物主义的方法论,运用阶级斗争法、矛盾分析法、系统思维法来分析问题,才能制定出符合具体实际的方针政策。新时代以来,以习近平同志为核心的党中央坚持马克思主义的立场观点方法,形成了"坚持人民至上、坚持自信自立、坚持守正创新、坚持问题导向、坚持系统观念、坚持胸怀天下"③的世界观和方法论。

学史使人明智。我们必须加强学习党史、新中国史、改革开放史、社会主义发展史。历史是过去的现实,更是未来的起点,是我们确立文化自信和历史自信的逻辑前提。学习党史、新中国史、改革开放史和社会主义发展史是践行"不忘初心、牢记使命"主题教育的历史要求,是理想信念教育的重要内容。通过学习党百年发展的历史,我们能够把握中国共产党从诞生走向成熟的光辉历程,从历史发展中感悟"中国共产党为什么能"。通过学习新中国的历史,我们能够感受中国共产党是带领中华民族独立解放的最高政

---

① 《习近平著作选读》(第二卷),人民出版社,2023年,第421页。
② 《马克思恩格斯文集》(第一卷),人民出版社,2009年,第501页。
③ 本书编写组:《习近平新时代中国特色社会主义思想概论》,高等教育出版社、人民出版社,2023年,第8页。

治力量。通过学习改革开放史，我们能够从改革开放的历史进程中感悟"中国特色社会主义为什么好"。通过学习社会主义500年的历史，我们能够在社会主义的历史发展中把握"马克思主义为什么行"。通过学习中国民族复兴史，我们可以把握中国人民对民族复兴、国家富强、人民幸福的历史渴望。习近平强调，"初心易得，始终难守。以史为鉴，可以知兴替。我们要用历史映照现实、远观未来，从中国共产党的百年奋斗中看清楚过去我们为什么能够成功、弄明白未来我们怎样才能继续成功，从而在新的征程上更加坚定、更加自觉地牢记初心使命、开创美好未来"①。

必须加强学习党的创新理论。中国共产党是善于学习的学习型政党。中国共产党依靠学习才能推动马克思主义的理论发展和理论创新。没有先进的理论，革命就不会成功，社会主义意识形态就没有安全保障。在当代中国，习近平新时代中国特色社会主义思想作为党的最新理论成果，是指引全党前行的思想指南。我们要学深悟透习近平新时代中国特色社会主义思想蕴含的一般性原理，从习近平新时代中国特色社会主义思想中探寻解释世界和改变世界的理论工具。各级党委学习习近平新时代中国特色社会主义思想蕴含的世界观、真理观、人民观、辩证法、认识论和方法论，并且用其武装头脑，指导实践，改造世界，造福人类，增强担当意识、纪律意识、规矩意识和党性意识、政治意识，实现理论强党、学习强国的政治目标，真正将马克思主义及中国化时代化马克思主义贯彻到党的各级党委工作中，提升社会主义意识形态建设工作和宣传思想文化工作的时效性和针对性。

六、创新马克思主义理论研究和建设工程

马克思主义理论研究和建设工程是党中央推进马克思主义研究的伟大事业，是稳固马克思主义意识形态阵地安全的基础工程。俗话说，基础不

---

① 《习近平著作选读》(第二卷)，人民出版社，2023年，第481页。

牢,地动山摇。新时代以来,我们党深入推进马克思主义理论研究和建设工程,对巩固社会主义主流意识形态的领导权和话语权发挥了重要作用。

其一,加强对马克思主义经典著作的理论研究,要从马克思主义经典著作中探寻治国理论思想资源,为创新发展马克思主义作出理论贡献。

其二,加强对中国特色社会主义"三基本"(即基本理论、基本路线、基本方略)的学术研究,把中国特色社会主义发展的宝贵经验、实践成果、历史成就及时总结成为中国化马克思主义的创新理论,全面展现中国特色社会主义的制度优势、道路优势、理论优势、文化优势,坚定中国特色社会主义的理论自信。

其三,加快构建中国特色哲学社会科学话语体系。新时代,构建中国特色哲学社会科学话语体系要用好马克思主义、中华优秀传统文化、国外哲学社会科学这三大理论资源,坚持古为今用、洋为中用的原则,深入推进中国特色哲学社会科学学科话语体系的不断创新。习近平指出:"当代中国的伟大社会变革,不是简单延续我国历史文化的母版,不是简单套用马克思主义经典作家设想的模板,不是其他国家社会主义实践的再版,也不是国外现代化发展的翻版,不可能找到现成的教科书。我国哲学社会科学应该以我们正在做的事情为中心,从我国改革发展的实践中挖掘新材料、发现新问题、提出新观点、构建新理论,加强对改革开放和社会主义现代化建设实践经验的系统总结……加强对党中央治国理政新理念新思想新战略的研究阐释,提炼有学理性的新理论,概括有规律性的新实践。这是构建中国特色哲学社会科学的着力点、着重点。"[1]

其四,加强马克思主义理论的人才队伍建设,形成马克思主义理论研究"老中青"相互衔接的人才梯队。毛泽东写道:"在担负主要领导责任的观点上说,如果我们党有一百个至二百个系统地而不是零碎地、实际地而不是空

---

[1] 《习近平著作选读》(第一卷),人民出版社,2023年,第484页。

洞地学会了马克思列宁主义的同志,就会大大地提高我们党的战斗力量,并加速我们战胜日本帝国主义的工作。"①新时代以来,习近平反复强调,要着力培养忠诚于党、忠诚于人民的马克思主义理论家队伍,宣传、研究、阐释好中国共产党的故事、中国特色社会主义的故事,提升中国特色社会主义的国际影响力和认同度。

其五,着力打造马克思主义理论研究和建设的思想高地。推进马克思主义理论研究是中国哲学社会科学的理论任务,关乎中国特色哲学社会科学的发展方向。新时代以来,在以习近平同志为核心的党中央的带领下,我们以各级党校、行政学院、高校马克思主义学院等为依托,打造21世纪马克思主义、当代中国马克思主义的研究中心,提升马克思主义在意识形态领域的话语权,巩固马克思主义在意识形态领域的指导地位。

深入推进马克思主义中国化时代化的最新成果进教材、进课堂、进头脑是维护马克思主义在意识形态领域指导地位的政治规定和思想要求。习近平新时代中国特色社会主义思想是武装社会主义主流意识形态阵地安全的理论法宝。新时代,增强马克思主义在意识形态领域的主导地位,必须让习近平新时代中国特色社会主义思想进入寻常百姓家,进入人民群众的思想中,成为人民群众认识世界大变局和中华民族伟大复兴的"普照之光"。高等院校是社会主义主流意识形态教育的主渠道、主阵地,是培养社会主义事业接班人的大熔炉、蓄水池。高等院校要加强对马克思主义及其中国化马克思主义理论的学习,不仅要让学生真懂真信真学马克思主义,而且要引导学生自觉用马克思主义的世界观和方法论来改变主观世界,真正让党的创新理论入脑入心,进而维护马克思主义在意识形态领域的指导地位。此外,高等院校还要自觉开展大思政教育,要立足各门学科的特色,把习近平新时代中国特色社会主义思想全面融入各学科的教育教学过程之中,用习近平

---

① 《毛泽东选集》(第二卷),人民出版社,1991年,第533页。

新时代中国特色社会主义思想来指导教育教学改革,推进"大思政课"建设,增强"四个意识"、坚定"四个自信"、做到"两个维护"、捍卫"两个确立"。

七、加强和改进学校思想政治理论课

对马克思主义的信仰、对共产主义的信念、对社会主义的信心是指引青年学生改造客观世界和主观世界的理论指南和精神支柱。思想政治理论课是宣传马克思主义、落实立德树人的关键课程,是维护社会主义意识形态安全的主阵地和防火墙,必然要用习近平新时代中国特色社会主义思想铸魂育人,厚植青年学生爱党、爱国、爱社会主义的崇高情怀和崇高情感。新时代,思想政治理论课必须贯彻党的教育方针,为党育人、为国育才,培养德智体美劳全面发展的时代新人。新时代,加强和改进高校思想政治理论课要做到如下三个方面,才能发挥好思想政治理论课的立德树人和铸魂育人的教育效能。

首先,加强对青年学生进行理想信念教育和爱国主义教育。思想政治理论课是进行理想信念教育和爱国主义教育的教育载体和重要媒介。习近平强调,青年是建设祖国的力量,只有把青年一代培养好,社会主义的前景才会无比光明。青年一代要胸怀理想,不负时代,不负韶华,为祖国繁荣昌盛而不懈奋斗。这就要求思想政治理论课要讲清楚中国共产党人坚守理想,为共产主义不懈奋斗的壮烈故事,以增强青年学生的理想信念;讲清楚中国共产党人不怕流血牺牲,推翻三座大山的革命故事,以增强青年学生的爱国情怀。党的二十大报告指出:"全党要把青年工作作为战略性工作来抓,用党的科学理论武装青年,用党的初心使命感召青年,做青年朋友的知心人,青年工作的热心人,青年群众的引路人。"[①]

其次,必须理直气壮讲好思政课。讲好新时代思想政治理论课要坚持

---

①　习近平:《高举中国特色社会主义伟大旗帜　为全面建设社会主义现代化国家而团结奋斗——在中国共产党第二十次全国代表大会上的报告》,人民出版社,2022年,第71页。

政治性和学理性相统一的教学原则,坚持用学术讲政治,通过透彻的理论引导学生真懂真信真学马克思主义,牢固树立政治意识、大局意识、核心意识和看齐意识,确保思想政治理论课为培养担当民族复兴大任的时代新人服务。坚持知识性和价值性相统一的原则,用知识传递价值,通过深厚的知识引导学生树立辩证唯物主义和历史唯物主义的世界观,提高青年学生的马克思主义理论素养。坚持建设性和批判性相统一的原则,以批判的方式建构青年学生的是非观,提高青年学生辨别是非的能力。坚持理论性和实践性相统一的原则,用科学理论凝练中国特色社会主义的成功实践,提高青年学生对伟大变革的理论认识。坚持统一性与多样性相统一的原则,以多样性的教学方法教育学生形成热爱领袖的政治自觉和拥护马克思主义理论的思想自觉,提高青年学生的政治敏锐度和思想认同感。坚持主导性和主体性相统一,以教师的主导性来引导学生自觉学习马克思主义及中国化时代化的马克思主义,进而让学生把马克思主义内化于心、外化于行,提高青年学生的道德品行。坚持灌输性和启发性相统一的原则,以教师的理论灌输来启发学生对马克思主义的理论思考,让学生从被动的教学参与者变为主动的知识探索者,自觉担负起时代和历史赋予的历史使命。坚持显性教育和隐性教育相统一,让"思政课程"的显性教育和"课程思政"的隐性教育协同发力,构建全员、全过程、全方位的育人体系。

最后,坚持社会主义办学方向,全面贯彻立德树人的教育方针。方向决定道路,道路决定命运。习近平多次指出,"我们的国家是中国共产党领导的社会主义国家,我们办的是社会主义教育,要坚持以马克思主义为指导,坚持社会主义办学方向"①。为谁培养人、培养什么人,是教育的首要问题。我国社会主义教育培养的是有理想、有道德、有文化、有纪律的社会主义建设者和接班人,而不是挖社会主义墙脚的掘墓人和反对派。我国办的教育

---

①　本书编写组:《习近平总书记教育重要论述讲义》,高等教育出版社,2020年,第91页。

是社会主义教育,我们的教育必须坚持社会主义的办学方向,坚持马克思主义的指导地位。社会主义的教育一旦不坚持马克思主义的指导,就会造成主流意识形态的混乱,马克思主义就会被边缘化,社会主义教育就失去灵魂、失去方向。一言以蔽之,社会主义教育的根本任务就是培养社会主义事业的建设者和接班人,就是维护马克思主义指导地位。

八、用社会主义核心价值观培育时代新人

社会主义核心价值观凝聚着中国共产党人的道德追求和中国人民的价值同心圆,是马克思主义意识形态建设的理论工程。在西方"普世价值观"肆意泛滥的背景下,社会主义核心价值观是加强主流意识形态建设的思想法宝,也是将马克思主义意识形态转化为人民群众思想信仰的理论武器。马克思写道:"理论只要说服人,就能掌握群众;而理论只要彻底,就能说服人。"[①]社会主义核心价值观是马克思主义立场观点方法的价值凝结,更是中华民族共同利益的"最大同心圆",这就客观决定了社会主义核心价值观是党性和人民性、科学性和阶级性相统一的社会主义意识形态。毛泽东说:"思想斗争同其他的斗争不同,它不能采取粗暴的强制的方法,只能用细致的讲理的方法。"[②]社会主义核心价值观整合了国家层面的价值目标、社会层面的价值准则、个人层面的价值规范,是培育时代新人的科学思想,提高人民思想素质的道德准则,实现人民美好生活的价值指引。

青年群体是国家发展的后备力量,必须以社会主义核心价值观之"理"来培养青年群体的世界视野和家国情怀,让社会主义核心价值观对青年群体的理想信念、生活观念、价值立场发挥思想引导功能。从理想信念层面说,社会主义核心价值观作为"国家的德、社会的德"[③],涵养有理想、有本领、

---

① 《马克思恩格斯文集》(第一卷),人民出版社,2009年,第11页。
② 《毛泽东文集》(第七卷),人民出版社,1999年,第231页。
③ 《习近平著作选读》(第一卷),人民出版社,2023年,第238页。

有担当、有本领的时代新人体现了社会主义的本质要求和中华优秀传统文化的道德属性,有助于培育青年群体的社会主义道德和共产主义理想,增强青年对中国特色社会主义的意识形态认同。从生活观念层面看,社会主义核心价值作为主流意识形态的思想内容,能够引领青年自觉抵制西方消费主义、奢靡之风、自由主义的思想腐蚀,让青年从崇拜娱乐至上的"单向度的人"转向崇尚勤俭节约的"现实的个人"。从价值立场上看,社会主义核心价值观代表着全体人民的共同价值和利益诉求,能够让青年群体深入理解坚持人民至上的根本立场和以人民为中心的发展理念,树立为人民谋幸福、为人类谋解放的政治理想,在干事创业和服务社会中最大程度地实现青年一代的自我价值和社会价值。正如青年马克思所言:"如果我们选择了最能为人类而工作的职业,那么,重担就不能把我们压倒,因为这是为大家作出的牺牲;那时我们所享受的就不是可怜的、有限的、自私的乐趣,我们的幸福将属于千百万人,我们的事业将悄然无声地存在下去,但是它会永远发挥作用,而面对我们的骨灰,高尚的人们将洒下热泪。"①易言之,从意识形态的教育维度上讲,社会主义核心价值观为培育时代新人提供了理想指引、实践规范、道德遵循和价值共识,为人的解放和全面自由发展指明方向。

九、利用马克思主义意识形态思想引领多元社会思潮

当今时代,经济全球化、互联网科技的快速发展给我国社会主义意识形态安全带来了新的挑战。从国际维度来看,"资强社弱"的国际格局没有完全改变,西方敌对力量利用"普世价值"、历史虚无主义、民主社会主义等"异质性"意识形态来"消解"马克思主义在意识形态领域的指导地位,以达到"去意识形态化""去中国化""去主流化"的政治目的。从国内维度来看,社会结构的转型、互联网技术的发展改变了人们的生活理念和行为方式,在网

---

① 《马克思恩格斯全集》(第一卷),人民出版社,1995年,第459~460页。

络世界生活的个体随时随地都有网络发声权,这也给一些敌对势力提供了搅乱网络环境和社会舆论的机会,社会舆论的突发性、冲突性、难控性、自发性、无序性、偏狭性越来越凸显。概言之,马克思主义意识形态遭遇多元思想观念的冲击和社会思潮的解蔽,如何用马克思主义意识形态思想来引领社会思潮的发展就成为社会主义意识形态建设的首要任务。

社会思潮反映了特定社会群体的利益诉求和心理表征,是一定社会存在的观念反映。新时代社会主义意识形态建设过程中,必须正确处理指导思想的一元化和社会思潮多样性并存的张力问题。唯物辩证法认为,事物的性质是由事物内部处于支配地位、主导作用的矛盾的主要方面所规定的。马克思主义的指导地位是社会主义意识形态建设的矛盾的主要方面,决定着社会主义主流意识形态的本质。中国共产党坚持马克思主义引领多元社会思潮,用马克思主义观察时代、把握时代、引领时代,在顺应时代潮流中传播马克思主义的思想理论,不断巩固马克思主义在意识形态领域的主导权、话语权和领导权。

第一,坚持破立并举,在推进理论创新中引领多元社会思潮。在意识形态建设中,一方面要"破"除反马克思主义的生存土壤和西方自由化思潮的话语霸权,搞好思想批判和理论斗争的"减法"和"除法",祛除错误社会思潮的意识形态迷雾;另一方面要确"立"中国化时代化马克思主义的指导地位,宣传阐释党的创新理论,做好主流意识形态建设的"加法"和"乘法",加固主流意识形态的思想阵地,提升马克思主义的话语权。

第二,坚持人民至上,在解决人民诉求中强化人民群众的主流意识形态认同。马克思主义是为人民群众寻求解放和自由发展的科学理论,代表着绝大多数人民的根本利益和价值追求。中国共产党在意识形态工作中秉持马克思主义的人民立场,切实关注人民群众的利益诉求和文化需要,不断满足人民群众的精神文化需要,为抵御错误社会思潮提供群众基础和舆论环境。

第三,坚持求同存异,在凝聚共识中引领多元社会思潮,防止各种错误社会思潮的政治合谋。坚持马克思主义意识形态学说引领社会思潮,要"求同存异、聚同化异"①,尊重差异,包容多样,才能最大限度地凝聚社会共识。在思想文化领域,尊重差异才能形成"百花齐放、百家争鸣"的思想局面,进而把多样化的社会思潮整合在马克思主义的旗帜下。也就是说,社会主义意识形态建设要在坚持马克思主义一元化指导的基础上发展社会主义文化,以马克思主义引领社会思潮,绝不在指导思想上搞多元化和自由化,更不制造社会主义意识形态的思想混乱。一言以蔽之,确立马克思主义在意识形态领域指导地位的根本制度是抵御意识形态领域错误社会思潮攻击马克思主义的制度武器,是稳定社会主义主流意识形态安全的制度保证。

---

① 《习近平外交演讲集》(第一卷),中央文献出版社,2022年,第430页。

第五章

新时代新征程社会主义意识形态建设的
目标任务和实践路径

党的十八大以来，习近平总书记以"极端重要"定位新时代党的意识形态工作，形成了以"巩固马克思主义在意识形态领域的指导地位"和"巩固全党全国人民团结奋斗的共同思想基础"为根本目标的意识形态建设战略格局。新时代新征程社会主义意识形态建设要坚持科学的世界观与方法论，不断完善意识形态工作布局，着眼开辟马克思主义中国化时代化新境界、巩固壮大奋进新时代的主流思想舆论、培养担当民族复兴大任的时代新人、在新的历史起点上建设文化强国、增强国际话语权与提升国家文化软实力等战略任务，着力推动理论创新，发展当代中国马克思主义、21世纪马克思主义，着力提高党领导意识形态工作的政治能力，着力完善党的意识形态工作制度体系，着力加强党的意识形态阵地建设，着力提升新闻舆论传播力、引导力、影响力和公信力，着力用社会主义核心价值观铸魂育人，着力加强国际传播能力建设，筑牢以中国式现代化推动实现中华民族伟大复兴的精神根基。

第一节　新时代新征程社会主义意识形态建设的目标任务

巩固马克思主义在意识形态领域的指导地位,巩固全党全国人民团结奋斗的共同思想基础,既是新时代新征程社会主义意识形态建设的根本目标,也是做好意识形态工作、壮大主流思想舆论的客观需要。党的十八大以来,以习近平同志为核心的党中央将"两个巩固"提升到新的战略高度,不仅提出了建设社会主义意识形态的战略任务,同时也明确了一系列重要举措,为维护国家意识形态安全提供了思想指引。

一、"两个巩固":新时代新征程社会主义意识形态建设的根本目标

(一)巩固马克思主义在意识形态领域的指导地位

"马克思主义是我们立党立国、兴党兴国的根本指导思想。"[①]2019年,党的十九届四中全会通过的《中共中央关于坚持和完善中国特色社会主义制度 推进国家治理体系和治理能力现代化若干重大问题的决定》,在党的历史上首次将坚持马克思主义在意识形态领域的指导地位上升到根本制度的高度来认识和建设,是党在意识形态领域的重要制度创新成果。坚持马克思主义在意识形态领域的指导地位是我们党对意识形态工作规律的深刻把握和对苏联亡党亡国教训的深刻反思,是一项关乎党的旗帜、前途命运的根本制度。这一根本制度在中国共产党百余年的奋斗历程中逐步形成和确立,不仅为新民主主义革命、社会主义革命和建设提供了重要保障,也为改革开

---

① 习近平:《高举中国特色社会主义伟大旗帜 为全面建设社会主义现代化国家而团结奋斗——在中国共产党第二十次全国代表大会上的报告》,人民出版社,2022年,第16页。

放和社会主义现代化建设廓清了思想迷雾和理论是非。中国共产党领导中国人民谋求民族独立、国家富强的实践证明：马克思主义具有科学的理论品质，能够应对意识形态领域的风险挑战，凝聚全体中华儿女的共同意志，化解当代中国社会发展进程中的诸多难题。

马克思主义是逻辑严谨、内容博大的科学理论体系，其内在的科学性、人民性、实践性、发展性等特性决定了它能够始终雄踞人类思想巅峰，透析历史发展规律，成为意识形态建设的根本指导思想和"整个人类精神的精华"①。

其一，马克思主义深刻揭示了自然、社会和人类思维发展的本质及规律，积极扬弃自然科学和人文社会科学的理论成果，创立了辩证唯物主义和历史唯物主义的科学的世界观和方法论，指明了未来人类社会发展的方向。正是在马克思主义的科学指引下，近代中国摆脱了被殖民和奴役的悲惨命运，走上了民族复兴的崭新道路，创造了社会主义建设的巨大成就。

其二，人民性是马克思主义的本质属性，"始终坚持群众史观是马克思主义的鲜明特色"②。马克思和恩格斯在批判青年黑格尔派代表人物布鲁诺·鲍威尔时便提出了人民群众在历史中起决定作用这一历史唯物主义原理，强调"历史活动是群众的活动，随着历史活动的深入，必将是群众队伍的扩大"③。正是基于马克思主义人民性这一本质属性，中国共产党在领导中国革命、建设和改革的进程中，紧紧依靠人民"赢得了新民主主义革命、社会主义革命的伟大胜利"，"取得了改革开放以来中国经济社会发展的光辉成就"。④

其三，实践的观点是马克思主义首要的和基本的观点。在意识形态领

---

① 习近平：《在纪念马克思诞辰200周年大会上的讲话》，人民出版社，2018年，第7页。
② 付文军：《马克思主义为什么行的学理阐释》，《社会科学动态》，2023年第6期。
③ 《马克思恩格斯文集》（第一卷），人民出版社，2009年，第287页。
④ 竟辉：《历史虚无主义思潮批判的五重论域》，《思想教育研究》，2022年第12期。

域的建设和巩固当中,运用马克思主义加强对各种社会思潮的辨析和引导,讲好党的故事,讲好中国故事,就是对马克思主义实践性的生动表达。

其四,马克思主义是跟随时代发展而不断充实和进步的理论,其发展性根源于科学性和实践性,在指导各国社会发展的过程中不断形成新的理论成果。意识形态领域的建设需要随着世情、国情、党情的变化而不断与时俱进。必须坚持马克思主义的发展性,用创新发展的马克思主义理论指导意识形态工作的深入推进。

进入新时代,意识形态领域的斗争更加复杂多变。西方社会的思想理论、价值观念随着全球化的拓展不断进入中国,对马克思主义的意识形态形成冲击。伴随着网络信息技术的发展,各种敌对势力借助虚拟空间,采取更加隐蔽的方式进行思想文化渗透,侵蚀社会主义主流文化观念,严重危害国家安全和社会稳定,尤其是"网络空间充斥着的各式言论、诸多表达都隐含有特定的思想观念、价值取向甚至政治目的,能够通过浸染人的精神世界起到改变现实世界的效用"①。基于这一情况,习近平深刻指出:"必须不断提高运用马克思主义分析和解决实际问题的能力,不断提高运用科学理论指导我们应对重大挑战、抵御重大风险、克服重大阻力、化解重大矛盾、解决重大问题的能力"②,"不断坚定马克思主义信仰和共产主义理想"③。只有用中国化、时代化的马克思主义武装全党、教育人民,才能坚决抵制错误思潮的负面影响,筑牢大众思想防线,不断推动意识形态工作取得新成就。

巩固马克思主义在意识形态领域的指导地位,"我们必须把意识形态工作的领导权、管理权、话语权牢牢掌握在手中,任何时候都不能旁落,否则就要犯无可挽回的历史性错误"④。

① 竟辉:《以辩证思维引深网络空间意识形态治理》,《理论探索》,2023年第6期。
② 习近平:《在纪念马克思诞辰200周年大会上的讲话》,人民出版社,2018年,第24~25页。
③ 习近平:《在纪念马克思诞辰200周年大会上的讲话》,人民出版社,2018年,第25页。
④ 中共中央文献研究室编:《习近平关于社会主义文化建设重要论述摘编》,中央文献出版社,2017年,第21页。

　　首先,把握正确方向,牢牢掌握党对意识形态工作领导权。方向决定道路,道路决定命运。坚持党的领导,是做好意识形态工作的重要前提,"要加强党对宣传思想工作的全面领导,旗帜鲜明坚持党管宣传、党管意识形态"①。必须建立和完善意识形态工作责任制。党的十八大以来,中共中央先后印发《党委(党组)意识形态工作责任制实施办法》《党委(党组)网络意识形态工作责任制实施细则》《中国共产党宣传工作条例》等一系列党内法规,明确各级党委、党组所肩负的意识形态工作责任,严格落实意识形态工作责任制,警醒各级党员干部"守土有责、守土负责、守土尽责",坚决维护国家意识形态安全;树立"大宣传"工作理念。广泛动员各个部门、各个行业、各条战线参与主流意识形态建设,将宣传思想文化工作同社会管理和建设紧密结合起来,构建起"党委坚强领导、宣传部门主管、社会广泛支持、人民衷心拥护"的意识形态工作格局。

　　其次,注重系统管理,牢牢掌握党对意识形态工作的管理权。意识形态管理权是计划、组织、整合各种社会力量和资源,主导意识形态主要内容和发展方向的过程,是"意识形态领导权与话语权的具体实现方式"②。必须加强意识形态工作队伍建设。选优配强意识形态工作管理队伍是引领国家意识形态发展,主导意识形态工作管理权的关键所在。因此,必须提升意识形态工作管理队伍的理论水平和管理素质,增强其领导和驾驭意识形态工作的能力,确保在面对风险挑战时能够"任凭风浪起,稳坐钓鱼船";必须强化意识形态阵地管理。进入新时代,习近平高度重视意识形态阵地建设和管理工作,针对高校、党校、哲学社会科学、文艺、新闻舆论、网络空间等意识形态领域的前沿阵地,多次召开重要会议,部署和落实意识形态阵地建设管理工作。阵地是意识形态工作的基本依托,针对意识形态问题易发、多发的重要领域,必须十分警惕敌对势力的渗透和颠覆,避免出现颠覆性错误,牢牢

　　①　《习近平谈治国理政》(第三卷),外文出版社,2020年,第314页。
　　②　李超民:《牢牢掌握新时代意识形态工作管理权》,《学术论坛》,2019年第2期。

把握意识形态工作管理权。

最后,坚持问题导向,牢牢掌握党对意识形态工作的话语权。问题是时代的声音,解决意识形态领域的突出问题是做好意识形态工作的价值指向。改革开放以来,各种西方社会思潮进入中国。历史虚无主义、新自由主义、"普世价值"等错误思潮对马克思主义意识形态话语权形成冲击。在有些领域,马克思主义逐渐被边缘化、标签化和空泛化。因此,牢牢掌握党对意识形态工作的话语权是引领多元社会思潮发展,消解错误社会思潮影响,破解马克思主义"失语、失踪、失声"问题的关键所在。构建融通中外的话语表达体系,提升国际话语权。根据受众群体的多样化、个性化特点,实施分众化传播策略,创新话语表达方式,向国际社会精准传达具有中国特色、中国气派、中国风格的国际话语;推动传统媒体与新兴媒体融合发展,用主流价值导向驾驭"算法",逐步建立全媒体传播发展格局;推动中国特色哲学社会科学体系建设,提升理论创新能力。"一个民族要想站在科学的最高峰,就一刻也不能没有理论思维"①,必须立足我国经济社会发展的新情况和新特点,吸收借鉴西方有益经验,建设具有中国特色的学科体系、学术体系、话语体系,继续推动马克思主义中国化、时代化、大众化,为人类社会发展提供中国智慧和中国方案;唱响主旋律,传播正能量,坚持向上向善的舆论宣传导向,巩固壮大主流思想舆论。在各种思想舆论的激烈碰撞中,巩固由主流媒体和正面力量组成的"红色地带",改变负面言论和敌对势力构成"黑色地带",转化政治立场、政治态度模糊的"灰色地带",以时不我待的精神和久久为功的恒心巩固马克思主义的指导地位。

(二)巩固全党全国人民团结奋斗的共同思想基础

共同思想基础是国家文化软实力的重要内容,也是凝聚各方力量推动中国特色社会主义事业不断发展的力量源泉。党的十八大以来,习近平多

---

① 《马克思恩格斯文集》(第九卷),人民出版社,2009年,第437页。

次强调,要"巩固全党全国人民团结奋斗的共同思想基础","建设具有强大凝聚力和引领力的社会主义意识形态"。①当前,面对具有许多新的历史特点的斗争形势和发展现状,要想实现中华民族伟大复兴,建设社会主义现代化强国,必须高度重视巩固共同思想基础的重要性和必要性,加强理论武装,达到全党全国人民思想意志的高度统一。

首先,共同思想基础是一个政党、一个国家、一个民族生存发展壮大的根本前提。这一根本前提在推动中华民族"站起来、富起来、强起来"的伟大历史进程中起着至关重要的作用,"有利于凝聚全党全国人民的精神力量,为经济社会发展提供不竭的精神动力"②,是统一思想共识的关键所在。以史为鉴,可知兴替。中国共产党在不同的历史时期,始终从民族独立、国家富强、人民幸福的现实需要出发,不断推动马克思主义中国化、时代化、大众化,先后产生了一系列具有中国特色、中国风格、中国气派的重要理论成果,巩固了全党全国人民的共同思想基础,指导中国革命、建设和改革事业不断向前发展。

其次,苏联亡党亡国的教训时刻警醒我们要统一思想、凝聚共识,避免在关键领域和关键环节犯颠覆性错误。"历史是最好的教科书,也是最好的清醒剂。"③重视总结历史经验,吸取前人失败的深刻教训,以此修正前进方向,是我们党一贯的优良传统。"苏共拥有20万党员时夺取了政权,拥有200万党员时打败了希特勒,而拥有近2000万党员时却失去了政权"④,究其原因"就是理想信念已经荡然无存了"⑤,党和人民勠力同心、命运与共的共同思想基础荡然无存了。在思想理论上,苏共背弃了马克思主义信仰和共产主

①　习近平:《高举中国特色社会主义伟大旗帜 为全面建设社会主义现代化国家而团结奋斗——在中国共产党第二十次全国代表大会上的报告》,人民出版社,2022年,第43页。
②　秦龙、肖唤元:《"两个巩固":新时期意识形态工作的科学指南》,《求是》,2015年第7期。
③　习近平:《在纪念全民族抗战爆发七十七周年仪式上的讲话》,《人民日报》,2014年7月8日。
④　习近平:《推进党的建设新的伟大工程要一以贯之》,《求是》,2019年第19期。
⑤　习近平:《推进党的建设新的伟大工程要一以贯之》,《求是》,2019年第19期。

义理想,弱化了对于马克思主义理论的学习,放弃了无产阶级政党的革命性质,走上了改旗易帜的邪路;在政党作风上,形式主义、官僚主义、奢靡腐化之风在党内日渐盛行,党员干部脱离人民群众,导致"党群关系纽带变得更加脆弱"①,人民对于苏共的不信任动摇了其执政基础;在宣传工作上,苏共宣扬所谓"人道的、民主的社会主义",放弃意识形态工作的领导权,姑息纵容错误社会思潮在党内和国内泛滥,偏离了意识形态工作的正确轨道,导致人民思想混乱、社会动荡不安。苏联解体、苏共垮台的惨痛教训表明,党和人民统一的思想、意志、行动对于凝聚共同力量,促进社会主义国家发展具有重要意义。以苏为鉴,居安思危,无产阶级政党"必须始终把人民利益放在首位"②,赢得人民群众的信任与拥护;必须始终用党的创新理论武装全党、教育人民,筑牢党和人民同心同德的思想基础;必须始终坚持为民服务的宗旨,永葆马克思主义的人民性,以此推动社会主义意识形态建设工作行稳致远。

最后,应对多元社会思潮冲击和市场经济考验需要筑牢共同思想基础。改革开放以来,随着思想解放程度的提升和中外交流机会的增多,当代中国社会思潮呈现出多元化共存和多样化发展的趋势。在多元多样的社会思潮中,历史虚无主义、新自由主义、"普世价值论"等错误观点趁虚而入,其错误的阶级立场和价值取向与我国主流价值产生直接冲突,严重影响我国意识形态安全。在众多的错误思潮中,尤以历史虚无主义的隐蔽性最强、危害性最大。历史虚无主义通过歪曲党的历史、制造错误论调等方式企图"从根本上否定马克思主义指导地位和中国走向社会主义的历史必然性,否定中国共产党的领导"③。历史虚无主义对马克思主义断章取义、恶意曲解,否定马

---

① 李慎明:《苏联亡党亡国的根本原因、教训与启示(上)》,《世界社会主义研究》,2022年第9期。
② 赵宏:《社会主义现代化苏联模式失败的教训及启示》,《科学社会主义》,2023年第2期。
③ 中共中央党史研究室:《历史是最好的教科书——学习习近平同志关于党的历史的重要论述》,《中共党史研究》,2013年第9期。

克思主义的真理性价值,鼓吹马克思主义"过时论""落后论",企图动摇我们立党立国的思想基础;历史虚无主义竭力否认中国社会主义建设的巨大成就,将西式现代化视为唯一正确的发展道路,否定中国走向社会主义的历史必然性;历史虚无主义者借助学术研究,以"学术自由"的名义,随意裁剪、以偏概全,无限放大历史错误,混淆改革开放前后两个历史时期的关系,抹黑党执政的合法性,否定中国共产党的领导。对此,习近平强调,"要旗帜鲜明反对历史虚无主义,加强思想引导和理论辨析……更好正本清源、固本培元"[①]。因此,要时刻警惕历史虚无主义的险恶企图,以辩证唯物主义和历史唯物主义的世界观、方法论揭露历史虚无主义的唯心史观和形而上学,巩固马克思主义在意识形态领域的指导地位,强化中国式现代化道路的学理支撑。

党的十四届三中全会以来,我们党不断探索建立和完善社会主义市场经济体制。在市场经济飞速发展,生活水平不断提高的同时,"市场化的深入推进所带来的经济基础的剧烈变革必然给我国上层建筑诸领域带来深刻挑战"[②],这种挑战就是市场经济对党的执政能力和人民思想认同的巨大考验。市场经济发展所带来的功利主义倾向和消费主义影响,逐渐渗透到党员干部的思想行为当中,消解社会主义信仰、理想主义信念培育的根基和土壤。这一系列观念进入党内运行机制,就会产生个人主义与集体主义、等价交换与为民服务以及"金钱至上"与精神激励之间的矛盾冲突,久而久之,就会造成党员干部心理上的巨大落差甚至理想信念缺失,严重削弱党的执政能力。同时,市场化改革执行中带来的偏差,造成经济社会发展的不平衡现象,滞后公共服务、收入分配等社会建设,也会削弱人民群众对于国家治理体系和治理能力的认可度,进而阻碍其社会主义意识形态认同的建构。

---

①　习近平:《在党史学习教育动员大会上的讲话》,人民出版社,2021年,第25页。
②　冯宏良:《全球化、市场化与网络化:全新历史境遇下的国家意识形态安全问题》,《中共福建省委党校学报》,2016年第9期。

　　新时代新征程，"建设具有强大凝聚力和引领力的社会主义意识形态，是为国家立心、为民族立魂、为时代把舵的重大战略"①，是巩固全党全国各族人民团结奋斗的共同思想基础的必然要求。从内容维度来讲，必须坚持守正创新，用党的创新理论武装人民头脑。理论创新的活力决定理论武装的能力。当前，理论武装的根本任务就是推动习近平新时代中国特色社会主义思想深入人心。只有教育引导人民群众深刻领会这一思想的丰富内涵、精神特质和指向意义，科学把握其中蕴含的世界观和方法论，"坚持好、运用好贯穿其中的立场观点方法"②，才能不断增强社会主义意识形态的凝聚力和引领力；从载体维度来讲，必须推动媒体融合发展，加强全媒体传播体系建设。新媒体时代，必须坚持党管媒体原则，提升社会主义意识形态传播的广泛度，"完善坚持正确导向的舆论引导工作机制"③，在中国式现代化建设的过程中推动主流媒体传播能力现代化。从方式维度来讲，必须不断推进马克思主义大众化，增强人民群众的政治认同和文化认同。马克思主义大众化，"其本质内涵在于将马克思主义的核心价值理念内化于人们的精神生活过程，形成以社会主义核心价值观为主导的精神生活秩序"④，进而形成人民群众对于中国特色社会主义的政治认同和文化认同。高度的政治认同和文化认同为提高民族凝聚力、国家向心力，建设和巩固社会主义意识形态提供了必要前提。

---

　　①　侯惠勤：《建设具有强大凝聚力和引领力的社会主义意识形态》，《中国党政干部论坛》，2022年第7期。

　　②　习近平：《高举中国特色社会主义伟大旗帜　为全面建设社会主义现代化国家而团结奋斗——在中国共产党第二十次全国代表大会上的报告》，人民出版社，2022年，第18~19页。

　　③　《中共中央关于坚持和完善中国特色社会主义制度　推进国家治理体系和治理能力现代化若干重大问题的决定》，人民出版社，2019年，第24页。

　　④　冯宏良：《信仰、认同与话语权——马克思主义大众化研究的三个重要维度》，《教学与研究》，2014年第6期。

二、新时代新征程社会主义意识形态建设的基本任务

（一）开辟马克思主义中国化时代化新境界

党的十八大以来，中国进行了深刻的社会变革和独特的实践创新，迫切需要与时俱进的创新理论来回答这一创造性变革中所面临的新课题、新挑战。习近平立足当前世情、国情、党情的新特点，明确提出"把马克思主义基本原理同中国具体实际相结合、同中华优秀传统文化相结合"[①]的重要观点，创立了习近平新时代中国特色社会主义思想，为新时代新征程加强党的理论创新、推进社会主义意识形态建设提供了思想指引。不断"开辟马克思主义中国化时代化新境界"，"不断谱写马克思主义中国化时代化新篇章，是当代中国共产党人的庄严历史责任"[②]，也是社会主义意识形态建设的基本任务。

首先，开辟马克思主义中国化时代化新境界是延续马克思主义真理性、保持马克思主义生命力的必然要求。"马克思发现了人类历史的发展规律"，"马克思还发现了现代资本主义生产方式和它所产生的资产阶级社会的特殊的运动规律"。[③]以"两大发现"为实质内容的马克思主义找到了改变世界的现实力量，指明了人类实现自由解放的道路，为各国社会主义运动提供了科学、锐利的思想武器。此外，马克思主义是创新发展的理论，具有与时俱进的理论品格。马克思主义在指导人们认识世界、改造世界的过程中，在指导各国人民革命实践的过程中，不断与各国实际和时代特征相结合，形成新的理论成果。"中国共产党人始终以马克思主义的立场、观点和方法观察、把

---

①　习近平：《在庆祝中国共产党成立100周年大会上的讲话》，人民出版社，2021年，第13页。
②　习近平：《高举中国特色社会主义伟大旗帜 为全面建设社会主义现代化国家而团结奋斗——在中国共产党第二十次全国代表大会上的报告》，人民出版社，2022年，第16、18页。
③　《马克思恩格斯文集》（第三卷），人民出版社，2009年，第601页。

握、引领与解决时代问题"①,丰富和发展了马克思主义理论体系,创立了毛泽东思想、邓小平理论,形成了"三个代表"重要思想、科学发展观,创立了习近平新时代中国特色社会主义思想等中国化时代化的理论成果,指导中国革命、建设和改革事业不断发展,使马克思主义在社会主义中国展现出强大的理论生命力、创新力。中国社会发展的巨大成就也雄辩地证明了马克思主义的真理性,证明了"中国共产党为什么能,中国特色社会主义为什么好,归根到底是马克思主义行,是中国化时代化的马克思主义行"②这一根本结论。

其次,开辟马克思主义中国化时代化新境界是应对国内外形势新变化和实践发展新要求的迫切需要。从国际上看,当前,世界百年未有之大变局加速演进,世界之变、时代之变、历史之变的特征更加明显,国际政治经济格局正在发生显著且深刻的变化。世界经济发展、国际力量对比、科学技术演进、全球治理体系等一系列变化正重塑世界格局,推动人类社会进入新一轮大发展、大变革、大调整的剧烈动荡期。从国内来看,中国共产党带领中国人民探索中国式现代化新道路,构建起中华民族伟大复兴战略全局,将民族复兴的历史逻辑与社会发展的理论逻辑融汇为中国特色社会主义现代化建设的实践逻辑,推动中国社会"取得了历史性成就,发生了历史性变革"。因此,抓住战略机遇、应对风险挑战、做好当前工作必然要求"统筹把握中华民族伟大复兴战略全局和世界百年未有之大变局"③,创新中国化时代化的马克思主义理论,以创新理论应对崭新实践的需要。

最后,开辟马克思主义中国化时代化新境界是巩固中国共产党执政地位的学理性支撑。当前,长期存在的"四种危险"和"四大考验"是党在执政

---

① 刘建军、范骄阳:《党的百年奋斗展示了马克思主义的强大生命力》,《思想理论教育》,2022年第2期。

② 习近平:《高举中国特色社会主义伟大旗帜 为全面建设社会主义现代化国家而团结奋斗——在中国共产党第二十次全国代表大会上的报告》,人民出版社,2022年,第16页。

③ 《习近平著作选读》(第二卷),人民出版社,2023年,第583页。

过程中必须直面的现实问题。在经济上,国际金融危机余波未了,产业空心化、市场垄断化等问题日益突出,外部遏制和打压依然存在,经济逆全球化势力不断抬头,中国经济发展呈现出"三期叠加"的阶段性特征;在政治上,"四风"问题依然突出,特权思想、特权现象依然存在,反腐败斗争形势依然严峻复杂,遏制增量、清除存量的任务依然艰巨。为此,党的二十大报告指出:"我们党作为世界上最大的马克思主义执政党,要始终赢得人民拥护、巩固长期执政地位,必须时刻保持解决大党独有难题的清醒和坚定。"[①]走好新的"赶考之路",跳出治乱兴衰历史周期率,解决大党独有难题,巩固党的执政地位,迫切需要中国化时代化马克思主义的科学理论指导。

理论的生命力在于创新,开辟马克思主义中国化时代化新境界是永葆马克思主义生机活力的关键所在。新时代新征程,要将推进"两个结合"作为理论创新的根本遵循,不断推进新思想新理论的科学阐释,"向能者求教,向智者问策"[②],以创新实践推动理论发展。

深入推进"两个结合",始终坚守理论创新的魂和根。马克思主义是中国共产党人的灵魂和旗帜,是指导人民群众认识世界、改造世界的科学方法论。中华优秀传统文化是中华民族生生不息、繁荣强盛的精神支撑,"是中华民族的根,是我们在世界文化激荡中站稳脚跟的基石"[③]。开辟马克思主义中国化时代化新境界,要将马克思主义基本原理与中国具体实际相结合、与中华优秀传统文化相结合,决不能抛弃马克思主义这个魂脉,决不能抛弃中华优秀传统文化这个根脉,这是习近平在新时代提出的原创性命题。"两个结合"有机联系、内在统一,"具备了科学指导性、历史继承性和时代适应

---

① 习近平:《高举中国特色社会主义伟大旗帜 为全面建设社会主义现代化国家而团结奋斗——在中国共产党第二十次全国代表大会上的报告》,人民出版社,2022年,第63页。

② 习近平:《在纪念毛泽东同志诞辰120周年座谈会上的讲话》,人民出版社,2013年,第18页。

③ 林建华:《坚守马克思主义的魂脉和中华优秀传统文化的根脉》,《党建》,2023年第9期。

性"①,是创新发展马克思主义理论,建设社会主义意识形态的重要方法。新时代,进行理论创新、实践创造,必须"随时随地都要以当时的历史条件为转移"②,解放思想、实事求是,着眼解决改革开放和社会主义现代化建设的实际问题,不断回应时代和实践提出的新课题和新挑战;以马克思主义为指导,深入挖掘中华文化中契合时代发展的优秀因子,将马克思主义思想精髓与中华优秀传统文化精华贯通起来,开辟理论新篇章。

深入推进习近平新时代中国特色社会主义思想的学理性阐释和实践性应用。推动理论的学理化、应用化是理论创新的内在要求和不竭动力。习近平新时代中国特色社会主义思想之所以作为党的指导思想和行动指南,在于其以深刻的学理性揭示当代中国社会发展的客观规律、以鲜活的实践性解决改革开放进程当中的诸多矛盾。作为一个内容丰富、哲理深邃、不断发展的理论体系,必然要不断地进行学理性阐释和实践性应用,以保持其"理论的彻底性"和"实践的指导力"。必须坚持问题导向,深入研究中国社会发展和中国共产党治国理政所面临的重大理论和实践问题,以新思想应对新问题;必须坚持系统观念,推动多学科、多领域交叉研究。持续推进马克思主义理论研究和建设工程,发挥国家社科基金项目的带动作用,加强马克思主义理论研究队伍建设,不断提高阐释新思想新理论科研成果的质量和水平;必须坚持实践应用,"理论一经掌握群众,也会变成物质力量"③。以党的创新理论武装党员和群众头脑,不断提高他们运用习近平新时代中国特色社会主义思想的科学世界观和方法论解决实际问题的能力,增强他们抵御风险、应对挑战、解决矛盾的能力,在实践中加深对这一思想的信仰和认同。

---

① 吴文珑:《"两个结合"的理论逻辑、历史逻辑和实践逻辑》,《马克思主义研究》,2023年第5期。
② 《马克思恩格斯文集》(第二卷),人民出版社,2009年,第5页。
③ 《马克思恩格斯文集》(第一卷),人民出版社,2009年,第11页。

大兴调查研究之风,从人民群众的创造性实践中汲取智慧。马克思主义是人民的理论,创立了无产阶级和全人类解放的思想体系,而中国化时代化的马克思主义继承了马克思主义的人民性,创造性地发展了马克思主义的群众史观,彰显了坚定的人民立场。习近平指出:"马克思主义中国化时代化成果,都是党和人民实践经验和集体智慧的结晶","人民的创造性实践是马克思主义理论创新的不竭源泉"。[①]"调查研究是马克思主义者认识世界的根本方法,是中国共产党的历史经验"[②],开辟马克思主义中国化时代化新境界,就要深入基层和群众当中开展调查研究,从人民群众的探索和实践中发现并解决问题。以目标导向统筹调查研究。调查研究工作必须找准定位、明确目标,以鲜明的主题和精准的靶向开展工作,防止出现走马观花、蜻蜓点水的现象,以问题导向引领调查研究。广大党员干部在调查研究过程中,要问计于民、问需于民,深入基层单位,明确人民群众问题的症结所在,在实际工作中加以解决。以结果导向评价调查研究。将调查研究的结果纳入决策过程,理论与实践相结合,提高决策的科学性和时效性,以解决问题的效果评判调查研究的结果。

(二)巩固壮大奋进新时代的主流思想舆论

舆论是体现民情、反映民意的"晴雨表",关注舆论动态就是关注民心指向。新时代以来,以习近平同志为核心的党中央高度重视意识形态工作,反复强调"意识形态工作是党的一项极端重要的工作","关乎旗帜、关乎道路、关乎国家政治安全"[③]。舆论作为社会意识形态的一种特殊表现形式,是社会发展的"风向标",能够充分反映社会治理水平和人民精神风貌,为党和政府的政策制定及修改提供重要的社会基础。引导社会舆论健康发展,做好

---

①　《不断深化对党的理论创新的规律性认识 在新时代新征程上取得更为丰硕的理论创新成果》,《人民日报》,2023年7月2日。

②　朱亮高:《使调查研究在全党蔚然成风》,《红旗文稿》,2023年第14期。

③　习近平:《论党的宣传思想工作》,中央文献出版社,2020年,第21页。

党的新闻舆论工作,营造积极向上的社会舆论生态,是事关旗帜和道路、事关贯彻党的理论和路线方针政策、事关顺利推进党和国家各项事业、事关全党全国各族人民凝聚力和向心力、事关党和国家前途命运的大事要事,有利于形成良好的党群干群关系,提高人民群众获得感、幸福感、安全感,"打造共建共治共享的社会治理格局"①,促进社会和谐发展、国家长治久安。

应对当下舆论场的深刻变化、国际国内的舆论挑战成为壮大主流思想舆论的应有之义。"当前,全球化、市场化、网络化深入发展所产生的叠加效应,对舆论环境产生了前所未有的复杂影响"②,舆论场的信息化发展给党的新闻舆论工作带来巨大考验。全球化背景下西方意识形态的不断渗透,市场化进程中民众思想观念的不断转变,网络化发展中舆论传播方式的快速更迭,无不昭示着舆论环境变得更加复杂多变、难以驾驭,也从侧面反映出以主流思想舆论引领正确舆论导向、占领舆论阵地的必要性和紧迫性。从国内来看,市场化改革中长期积弊的社会难题使民众的价值情感与主流舆论难以耦合,一定程度上削弱了国家意识形态的引领作用;从国际上看,西方媒体的抹黑污蔑和有色"滤镜"易于勾起许多人的猎奇心理,一步步坠入它们精心设计的"舆论陷阱",阻碍了主流舆论的正向引导。与此对应,在新的时代条件下探索主流思想舆论的传播规律,提升其影响力和感染力,是党的新闻舆论工作面临的重要问题。

信息传播方式的革命性变革成为影响主流思想舆论壮大的关键因素。长久以来,传统媒体是舆论传播的主渠道和主阵地。伴随着信息时代的到来,舆论传播方式发生变化,"互联网成为新的信息传播途径,吸引了大量用

---

① 习近平:《决胜全面建成小康社会 夺取新时代中国特色社会主义伟大胜利——在中国共产党第十九次全国代表大会上的报告》,人民出版社,2017年,第49页。
② 冯宏良:《国家意识形态安全与马克思主义大众化——基于社会政治稳定的研究视野》,天津人民出版社,2017年,第248页。

户的关注"①,媒体融合发展成为无可争议的趋势。一方面,包含多种传播媒介的"全媒体不断发展,出现了全程媒体、全息媒体、全员媒体、全效媒体"②。信息资源涉及各个领域各个方面,无处不在、无时不有、无人不用,使媒体格局、舆论生态发生深刻变化。尤其是开放性的网络传播媒介,使得每一位社会公民都能平等参与信息交流和意见交换,信息传播进入"人人都是表达者、人人都有麦克风"的新阶段。而由此产生的网络舆论变得纷繁复杂、正负交织,其中既有弘扬主旋律的正面新闻,也有传播负能量的虚假消息,"网络信息以实时传播、裂变扩散、持续演变等方式在网络空间不断发酵,一个细小的信息节点也有可能引发较大的舆论风浪"③。另一方面,信息传播的碎片化特点容易消解和割裂共同价值理念的逻辑性。碎片化信息以多样的信息来源、分散的实质内容及粗浅的表达方式消解社会主义核心价值观的生成逻辑、理论逻辑和发展逻辑。因此,强化正面宣传,壮大主流思想舆论,才能正确利用信息传播变革这把"双刃剑",抵制其所带来的负面影响。

巩固壮大奋进新时代的主流思想舆论是实现新时代中国共产党使命任务的必然要求,也是缓解社会矛盾,满足人民精神文化需要的关键所在。党的二十大宣告了新征程上中国共产党和中国人民要全面建成社会主义现代化强国、实现第二个百年奋斗目标,以中国式现代化全面推进中华民族伟大复兴的使命任务。"物质贫困不是社会主义,精神贫乏也不是社会主义"④,巩固壮大奋进新时代的主流思想舆论,能够为实现党的中心任务提供强有力的精神支撑和舆论支持,推动社会主义文化发展和精神文明建设,促进中国式现代化的协调发展。此外,随着社会生产力的变革,人民群众物质生活逐

---

①　徐立波、张志丹:《提升中国共产党文化领导力的时代境遇与实践理路》,《学术界》,2021年第9期。
②　《习近平谈治国理政》(第三卷),外文出版社,2020年,第317页。
③　路媛、王永贵:《网络空间意识形态边界及其安全治理》,《南京师大学报(社会科学版)》,2019年第1期。
④　习近平:《高举中国特色社会主义伟大旗帜　为全面建设社会主义现代化国家而团结奋斗——在中国共产党第二十次全国代表大会上的报告》,人民出版社,2022年,第22~23页。

渐丰富,精神文化需求也在不断提升,对主流话语的表达提出了更高要求。壮大主流思想舆论,能够有效应对深刻复杂的舆论环境,帮助人民群众拨开思想迷雾、提高思想觉悟,引领思想发展,不断满足其日益增长的精神需求。

巩固壮大奋进新时代的主流思想舆论是关系人心向背、工作全局的重要实践,也是防范意识形态风险的使命任务。首先,坚持正确政治方向,加强党对新闻舆论工作的领导。习近平强调:"党的新闻舆论工作是党的一项重要工作,是治国理政、定国安邦的大事。"①新闻舆论工作具有坚定的党性原则和鲜明的意识形态属性。作为党的事业的重要组成部分,主流思想舆论必须充分体现党的意志、政策和主张,旗帜鲜明讲政治、讲导向,坚定马克思主义新闻观和意识形态工作大局观,夯实其传播的根基。

其次,创新传播方式和内容理念,提高主流思想舆论的传播力引导力影响力公信力。伴随形势发展和信息更迭,舆论受众群体呈现分众化和差异化特点,主流思想舆论的传播必然要及时更新其内容体裁和体制机制。在坚持马克思主义指导地位一元性的同时,不断丰富思想文化产品的多样性,进行信息生产领域的供给侧结构性改革,以满足人民群众不同的精神文化需求。

最后,加强全媒体传播体系建设,塑造主流舆论新格局。《关于加快推进媒体深度融合发展的意见》指出,全媒体时代推进媒体融合发展,要走好新的群众路线,坚持以人民需要为工作导向,以先进技术为坚实支撑,加强人才队伍建设和资金保障,推动媒体深度融合发展,把各项任务落到实处。建设全媒体传播格局,要推动传统媒体和新兴媒体在内容、渠道和管理等方面的融合发展,"对传统媒体和新兴媒体实行一个标准、一体管理"②,构建立体

---

① 人民日报社评论部:《论学习贯彻习近平总书记新闻舆论工作座谈会重要讲话精神》,人民出版社,2016年,第1页。

② 中共中央党史和文献研究院编:《习近平关于网络强国重要论述摘编》,中央文献出版社,2021年,第83页。

多样的现代传播体系,牢牢掌握舆论场域的话语主动权和思想主导权。

(三)培养担当民族复兴大任的时代新人

青年是国家发展和民族复兴的战略性力量,"青年兴则国家兴,青年强则国家强。青年一代有理想、有本领、有担当,国家就有前途,民族就有希望"①。青年是新时代的活力创造者,是社会群体中最为活跃的部分,也是整个社会最具生气、最有力量的构成要素。青年的思想活跃度、思维创造力和精神凝聚力代表着国家和社会的精神风貌,体现着中华民族昂扬向上、生生不息的内在动力;青年是新时代的使命担当者。当代中国青年生逢伟大时代,也必然要以坚定的理想信念和顽强的意志品质承担时代所赋予的历史责任,为中国特色社会主义建设和中华民族伟大复兴注入新的生机活力,以永久奋斗的精神回答时代之问、人民之问、世界之问;青年是新时代的未来引领者,是社会的希望和国家的栋梁,肩负着塑造国家和社会的重要责任。在瞬息万变的时代浪潮中,青年能够以旺盛的活力和创新的精神不断研究探索时代前沿的新事物、新技术,成为具有国际水平和世界眼光的领军人物,引领国家和民族的未来发展。习近平在党的二十大报告中号召"全党要把青年工作作为战略性工作来抓"②,将党和国家的希望寄托在青年身上,深刻阐明了青年在党和国家发展中的重要战略地位,引导广大青年为推进中华民族伟大复兴而不懈奋斗。

培养担当民族复兴大任的时代新人是着力应对市场化、网络化发展进程中青年群体思想变化这一现实性挑战的必然选择。一方面,改革开放以来,市场经济环境下的物质激励原则在不断提升社会生产积极性的同时,在思想道德领域也产生了功利主义倾向。当代青年群体在学习生活、社会实践、职业选择、政治认同等方面的价值取向逐渐由理想主义走向现实主义、

---

① 《习近平谈治国理政》(第三卷),外文出版社,2020年,第54页。
② 习近平:《高举中国特色社会主义伟大旗帜 为全面建设社会主义现代化国家而团结奋斗——在中国共产党第二十次全国代表大会上的报告》,人民出版社,2022年,第71页。

由个人义务走向功利目的,由精神推动走向利益驱动,价值观的功利主义倾向愈发明显。相当一部分青年甚至存在"道德的迷失、理想信念的淡漠以及思想认识的迷误"①等问题,这些问题对培养他们的社会主义文化信仰和奋发有为的进取精神形成严峻挑战。另一方面,随着高新技术的发展和思想观念的变化,"青年群体深受网络与社会新思潮的影响,其思维方式、价值选择及行为活动呈现出明显的'圈层化'倾向"②。而网络"圈层化"所弥散的潜在风险,往往会使青年群体陷入"圈地自困"的藩篱,阻碍主流文化的有效传播和主流意识形态的有力构建。此外,网络圈层的封闭性"易使圈层脱离主流价值的引导,朝着去价值化、去思想性、去崇高化甚至虚无化的方向发展"③,消解社会主流价值观念和道德共识的影响力、感染力,造成青年一代的消极偏执甚至思想滑坡。因此,着力培养积极向上、意志坚定的时代新人,能够有效化解功利主义的错误引导和抵消"圈层化"的不良影响,引领青年群体在良好的网络和现实环境中实现人生价值。

　　培养担当民族复兴大任的时代新人是中国共产党宣传思想文化工作的重要职责,是社会主义核心价值观建设的根本问题,体现了中国共产党对新时代"培养什么人"这一问题的深刻把握。宣传思想文化工作的本质就是意识形态工作,"是做人的工作"④,"事关党的前途命运,事关国家长治久安,事关民族凝聚力和向心力"⑤,而宣传思想文化工作的职责之一就是培育和践行社会主义核心价值观,使全社会特别是青年群体凝聚起奋发向上的精神力量,成为培养时代新人的重要着眼点。社会主义核心价值观根植于中国社会发展的伟大实践,反映着中国社会的主流价值与核心观念,是对社会主

---

① 肖建国、王立仁:《大学生功利化倾向及防范教育》,《思想教育研究》,2012年第2期。

② 张铨洲:《"入世与出世":青年群体网络"圈层化"的困与策》,《中国青年研究》,2022年第3期。

③ 黄世虎、丛婷:《当代青年网络"圈层化"的困境与出路》,《理论导刊》,2023年第10期。

④ 习近平:《论党的青年工作》,中央文献出版社,2022年,第166页。

⑤ 《坚定文化自信秉持开放包容坚持守正创新 为全面建设社会主义现代化国家 全面推进中华民族伟大复兴提供坚强思想保证强大精神力量有利文化条件》,《人民日报》,2023年10月9日。

义意识形态的高度凝练和巨大提升,能够成为时代新人的思想指引和精神追求。

　　培养担当民族复兴大任的时代新人是破解政治安全风险、有效解决西方敌对势力争夺青年群体这一意识形态斗争问题的必然要求。邓小平指出:"西方国家正在打一场没有硝烟的第三次世界大战。所谓没有硝烟,就是要社会主义国家和平演变。"①多年来,西方国家利用其自身优势不断向我国输入西方意识形态。他们以青年为重点争夺对象,以跨国公司、文化产业、网络技术为重要载体,利用大数据和算法精准定位渗透目标、规避网络监管,通过输出西方的思想观念、生活方式和宣扬西式自由民主等吸引我国年轻一代,试图获得青年群体对于西方意识形态的认可和支持,以达到其西化、分化我国的目的。当前,在网络时代成长起来的青年群体易于接受新鲜事物和追随时代潮流,有敢于冒险的冲动和追求极限的个性,但面对多元社会思潮冲击和西方意识形态渗透,他们因缺乏政治敏锐性和文化鉴别力而容易盲目崇拜、随波逐流,极易受到新自由主义、历史虚无主义等错误社会思潮的诱导,"进而滋生极端个人主义的价值取向"②。因此,青年一代的理想信念是否坚定、精神状态是否昂扬、综合素质是否优异,直接关系其能否抵挡西方敌对势力的"糖衣炮弹",直接影响中华民族伟大复兴的历史进程。

　　"功以才成,业由才广",如何培养好、教育好新时代的青年人才是党和国家工作的重中之重。对此,习近平强调:"担当民族复兴大任的时代新人,必须是在思想水平、政治觉悟、道德品质、文化素养、精神状态等方面同新时代要求相符合的。"③首先,培养时代新人要在坚定理想信念、厚植爱国情怀上下功夫,筑牢精神之基、补足精神之钙。要以习近平新时代中国特色社会主义思想武装青年头脑,坚定其对马克思主义的信仰、共产主义理想及中国

　　①　《邓小平文选》(第三卷),人民出版社,1993年版,第344页。
　　②　竟辉:《历史虚无主义思潮批判的五重论域》,《思想教育研究》,2022年第12期。
　　③　习近平:《论党的青年工作》,中央文献出版社,2022年,第166页。

特色社会主义的信心,充分发挥社会主义核心价值观的引领作用,引导青年将个人理想、报国之志融入国家发展和民族复兴的伟大事业当中,激发青年群体投身中国式现代化建设的精神动力。其次,培养时代新人要在弘扬时代新风、培养奋斗精神上下功夫,实现青年群体的自我教育和自我提高。在深化精神文明创建活动当中加强思想道德建设和公民道德建设,宣扬新时代新风貌新要求,不断实现青年群体的自我教育和自我提高,以中国共产党人的精神谱系激励青年保持长期奋斗的精神状态。最后,培养时代新人要在培育真才实学、提高综合素质上下功夫,练就过硬本领。理论学习、实践锻炼是青年成才的首要任务。新时代青年要树立终身学习理念,把握当下宝贵的实践机会,"在改革开放和社会主义现代化建设的大熔炉中,在社会的大学校里,掌握真才实学,增益其所不能,努力成为可堪大用、能担重任的栋梁之材"[1]。

(四)在新的历史起点上推动文化繁荣,建设文化强国,建设中华民族现代文明

文化是一个国家、一个民族的灵魂。文化兴则国运兴,文化强则民族强。改革开放以来,中国共产党始终把文化建设放在党和国家发展工作全局的重要地位,坚持物质文明和精神文明协同发展,在经济建设飞速发展的同时,文化建设也取得了重大成就,"走出了中国特色社会主义文化发展道路","形成和发展了中国特色社会主义理论体系",[2]夯实了社会主义意识形态建设的根基。文化与意识形态同属于思想上层建筑范畴,并且共同根源于一定的社会经济基础、孕育于人类社会的伟大实践。[3]社会主义意识形态作为中国特色社会主义文化的核心内容,是文化强国建设的思想引领和保

①　习近平:《论党的青年工作》,中央文献出版社,2022年,第20页。

②　中共中央文献研究室编:《十七大以来重要文献选编》(下),中央文献出版社,2013年,第559页。

③　郝保全、张文娟:《文化认同视域下的意识形态建设》,《中国社会科学报》,2020年3月18日。

障,"决定文化建设的性质、前进方向和发展道路"①。同时,社会主义意识形态凝聚力、引领力的提升也必须立足中国特色社会主义文化的建设过程,融汇于社会主义核心价值观的培育和践行当中,充分发挥良好文化生态对意识形态建设的涵养作用。党的十八大以来,马克思主义在意识形态领域的指导地位得以确立和坚持,我国公民思想道德建设不断加强,社会主义先进文化建设愈发进步,为社会主义意识形态的巩固和发展奠定了思想理论基础。面对全面建设社会主义现代化国家、全面推进中华民族伟大复兴的新征程,如何推动文化繁荣发展、提振精神力量,建设具有强大凝聚力和引领力的社会主义意识形态,习近平提出了新的文化使命,就是"围绕在新的历史起点上继续推动文化繁荣、建设文化强国、建设中华民族现代文明"②。

　　首先,文化繁荣需要文化事业和文化产业协同发展。一方面,通过推动文化事业进步以满足人民群众基本的精神文化需要,实现人民群众对美好生活的新向往、新期待,不断提升社会主义意识形态的凝聚力和引领力。"健全现代公共文化服务体系,创新实施文化惠民工程"③,提高公共文化服务的质量和水平,是增强人民精神力量,保障和改善民生的重要举措。各级党委、政府要从推进公共文化服务均衡发展、增强公共文化服务发展动力、加强公共文化产品和服务供给、创新公共文化管理体制和运行机制及加强公共文化服务保障力度等方面着手,着力促进老少边穷及农村地区的跨越式发展,推动社会主义文化大发展大繁荣。另一方面,以文化产业发展作为繁荣发展社会主义文化、提升意识形态凝聚力和引领力的重要载体,不断满足人民群众多样化、多层次的精神文化需求,推动具有中国特色的文化商品走

---

　　①　王永贵:《新时代社会主义文化强国建设的意识形态逻辑》,《南京师大学报(社会科学版)》,2022年第5期。

　　②　《坚定文化自信秉持开放包容坚持守正创新　为全面建设社会主义现代化国家 全面推进中华民族伟大复兴提供坚强思想保证强大精神力量有利文化条件》,《人民日报》,2023年10月9日。

　　③　习近平:《高举中国特色社会主义伟大旗帜　为全面建设社会主义现代化国家而团结奋斗——在中国共产党第二十次全国代表大会上的报告》,人民出版社,2022年,第45页。

向世界,提高国家文化软实力。坚持文化企业在文化市场中的主体地位,发挥市场在文化资源配置中的积极作用,"健全现代文化产业体系和市场体系,实施重大文化产业项目带动战略"①,积极拓展文化产业国际交流合作,搭建起文化产品、文化服务的国际交流平台,不断培育我国文化企业的国际竞争新优势,推动中国文化"强起来""走出去"。

其次,文化强国建设是现代化强国建设的应有之义,文化强起来的重要标志是中华文化主体性的巩固及影响力的提升。习近平强调:"任何文化要立得住、行得远,要有引领力、凝聚力、塑造力、辐射力,就必须有自己的主体性。"②"主体性是主体相对于客体才有的意识,文化的主体是人,中华民族是中华文化的主体,中华文化主体性是中华民族主体性的文化表征,是中华文化在同外来文化交往交流中体现出的文化意识"③,巩固中华文化主体性就是要坚定文化意义上的"自我",坚持把马克思主义基本原理同中国具体实际相结合,同中华优秀传统文化相结合,以习近平新时代中国特色社会主义思想这一文化主体性的有力体现为指导,不断深化对马克思主义发展规律、中华文明建设规律的认识,为文化强国建设提供坚实支撑。此外,提升中华文化影响力要强化中华文化对其他各国人民的吸引力和感召力,在中外文化交流的过程中,秉持文明交流互鉴理念,阐释中华文化始终追求的"各美其美、与人之美、美美与共、天下大同"的目标特质,不断推动中华文化走向世界,为世界发展贡献中华文化的智慧和力量。

最后,以文化自主性与精神独立性建设中华民族现代文明是提升中华文明影响力的必然要求,是建设具有强大凝聚力和引领力的社会主义意识形态的关键。中华民族现代文明是"中华文明的当代形态"④,是"中国式现

---

① 习近平:《高举中国特色社会主义伟大旗帜 为全面建设社会主义现代化国家而团结奋斗——在中国共产党第二十次全国代表大会上的报告》,人民出版社,2022年,第45页。

② 习近平:《在文化传承发展座谈会上的讲话》,人民出版社,2023年,第8页。

③ 陈方刘:《"两个结合"与中华文化主体性的巩固》,《思想理论教育》,2023年第7期。

④ 刘同舫:《建设中华民族现代文明的唯物史观阐释》,《社会科学战线》,2023年第12期。

代化建设的文明积淀"和"当代中国发展的文明底色"①,实现了中华优秀传统文化和马克思主义基本原理的有机结合,既推动了中华优秀传统文化的创造性转化、创新性发展和现代性成长,也通过马克思主义中国化时代化不断彰显马克思主义内在科学精神和持久生命力。社会主义意识形态的凝聚力、引领力的建设必须立足精神独立和文化自主的基础之上,以自信、自立、自强的主动精神和自主、革新、实效的中华文化汇集起全体中华儿女勠力同心、团结奋斗的磅礴伟力,坚守中华文化自主性,赓续历史文脉,坚持和传承中华民族的文化特性,为建设中华民族现代文明、推进党和国家事业发展提供强大的精神力量。

(五)增强国际话语权与提升国家文化软实力

党的二十大报告指出:"以社会主义核心价值观为引领,……不断提升国家文化软实力和中华文化影响力"②,"加强国际传播能力建设,全面提升国际传播效能,形成同我国综合国力和国际地位相匹配的国际话语权"③。事实上,增强国际话语权、提高国家文化软实力,不仅关系我国综合国力和国际影响力的提升,而且关系文化强国建设和社会主义意识形态凝聚力、引领力的塑造。

一方面,提升国家文化软实力是社会主义意识形态凝聚力和引领力建设的重要着力点。国家文化软实力根本上是文化价值观的吸引力与影响力。"核心价值观是文化软实力的灵魂、文化软实力建设的重点"④,不断培育和践行社会主义核心价值观是提升我国文化软实力,进而提升社会主义意识形态凝聚力和引领力的根本所在。习近平指出:"人类社会发展的历史表

---

①　商志晓:《中华民族现代文明论要》,《马克思主义研究》,2023年第6期。

②　习近平:《高举中国特色社会主义伟大旗帜 为全面建设社会主义现代化国家而团结奋斗——在中国共产党第二十次全国代表大会上的报告》,人民出版社,2022年,第43页。

③　习近平:《高举中国特色社会主义伟大旗帜 为全面建设社会主义现代化国家而团结奋斗——在中国共产党第二十次全国代表大会上的报告》,人民出版社,2022年,第46页。

④　《习近平谈治国理政》(第一卷),外文出版社,2018年,第163页。

明,对一个民族、一个国家来说,最持久、最深层的力量是全社会共同认可的核心价值观。"①对于任何一个国家和民族来说,核心价值观都是凝聚全社会成员意志力的一条精神纽带。通过这条纽带,可以有效整合各种社会力量,使整个国家和民族成为一个有机统一的整体。因此,就国内来讲,培育和践行社会主义核心价值观,能够增强中华文化的内在吸引力,构筑起属于中国人民的价值体系和精神力量,不断强化主流意识形态的主导权和话语权,提升人民群众的思想辨识度,筑牢国家意识形态安全的价值根基。就国际来说,国家文化软实力的提升体现为在世界文化交流、交融的过程中,以中华文化所蕴含的独特价值观念对世界文化格局变化产生积极影响,同时,"积极借鉴、吸收国外先进文明成果,从而不断赋予文化软实力以崭新生命力"②,提升中华文化吸引力。

国家文化软实力同样是综合国力的重要组成部分,是聚合民族精神、增强文化认同的内在要求。"综合国力,主要是经济实力、技术实力,……但也离不开民族精神、民族凝聚力,精神力量也是综合国力的重要组成部分。"③随着时代发展、实践进步,文化软实力在国际竞争中的地位愈发重要,成为一个国家核心竞争力的重要因素。随着改革开放的推进和市场经济的发展,人们的思想观念和价值取向日趋多元化、多样态,思想文化领域"各种传统与现代、先进与落后、本土与外来的意识形态交错、交织、交锋"④。与此同时,西方敌对势力的文化渗透和思想侵蚀则以更加隐蔽的方式危害我国民众的文化认同。面对这些特征和危害,必须通过提高国家文化软实力来治理思想文化领域"杂而不纯"的突出问题,以核心价值理念巩固文化认同,纠正认知偏差,筑牢思想防线。

---

① 习近平:《论党的青年工作》,中央文献出版社,2022年,第71页。
② 冯宏良:《中国特色社会主义文化发展道路的历程、经验与问题》,《当代世界与社会主义》,2013年第4期。
③ 中共中央文献研究室编:《十五大以来重要文献选编》(上),人民出版社,2000年,第549页。
④ 竟辉:《创新发展21世纪马克思主义的路径选择》,《社会科学家》,2023年第1期。

　　另一方面,增强国际话语权是在中外舆论交锋日趋激烈背景下,优化社会主义意识形态凝聚力和引领力建设的外部环境、提升国家文化软实力的需要。国际话语权是衡量一个国家国际影响力和文化感召力的重要指标,更是一个国家文化软实力的外化特征和外在表现。当前,西方发达国家在文化和意识形态领域所施行的文化霸权主义,突出表现为话语霸权,即对国际话语权的控制和对国际话语空间的挤压。西方发达国家利用其在国际社会的话语优势和垄断地位,不断输出资本主义意识形态和价值观念,长期抹黑中国形象,大肆宣扬"中国威胁论""中国霸权论"等荒谬言论,肆意诋毁中国的社会主义建设事业,对我国主流意识形态的构建和国际话语的提升造成严重威胁。"落后就要挨打,贫穷就要挨饿,失语就要挨骂。"[1]改革开放以来,我国综合国力显著提升,以往那种"挨打、挨饿"的问题已不复存在,但我国国际话语权依然处于"西强我弱"的劣势当中,"'挨骂'问题还没有得到根本解决"[2]。因此,面对国际舆论场上的失语失声问题,习近平深刻指出,传播力决定影响力,话语权决定主动权,"争取国际话语权是我们必须解决好的一个重大问题"[3]。增强国际话语权,是打破西方话语垄断、赢得国际竞争主动权、提升文化软实力、推动中华文化走向世界的必然要求。

　　增强国际话语权也是维护国家意识形态安全、塑造良好国家形象的现实需要。首先,话语权与国家意识形态安全有着不可分割的紧密联系,"话语权本质上是意识形态的统治权,实质是思想统治权"[4],因而国际话语权的强大与否直接关系国家意识形态安全乃至政权安全,是强化社会主义主流

---

　　① 中共中央文献研究室编:《习近平关于社会主义文化建设论述摘编》,中央文献出版社,2017年,第211页。

　　② 中共中央文献研究室编:《习近平关于社会主义文化建设论述摘编》,中央文献出版社,2017年,第211页。

　　③ 中共中央文献研究室编:《习近平关于社会主义文化建设论述摘编》,中央文献出版社,2017年,第211页。

　　④ 侯惠勤:《论马克思主义学术话语的方法论基础》,《安徽大学学报(哲学社会科学版)》,2014年第6期。

意识形态建设，抵制西方话语霸权的关键所在。党的十八大以来，尽管"我国的意识形态形势发生了根本改观"[①]，但"意识形态领域斗争依然复杂，国家安全面临新情况"[②]，国家意识形态安全依然面临严峻挑战。因此，必须增强国际话语权，传播当代中国价值观念，提高我国国际话语的影响力和吸引力，有效维护国家意识形态安全。

其次，增强国际话语权能够展现中华文化魅力，塑造"文明大国、东方大国、负责任大国、社会主义大国"的中国形象。进入新时代，习近平多次强调，要"注重塑造我国的国家形象"[③]，"展示中国作为世界和平的建设者、全球发展的贡献者、国际秩序的维护者良好形象"[④]。增强国际话语权，提升话语主动性和主导性，以中国特色的国际传播体系、融通中外的对外话语体系、独立自主的哲学社会科学体系，广泛传播中华优秀传统文化和社会主义先进文化，让世界人民了解中国智慧、中国力量、中国贡献，"增强对外话语的创造力、感召力、公信力，讲好中国故事，传播好中国声音，阐释好中国特色"[⑤]，展现可信可敬可爱的中国形象。

第二节　完善新时代新征程社会主义意识形态建设的工作格局

意识形态是一个国家生存和发展的灵魂，"做好意识形态工作是中国共产党为什么能够成功、怎样才能继续成功的重要经验"[⑥]。进入全面建设社

---

① 朱继东：《新时代党的意识形态思想研究》，人民出版社，2018年，第1页。
② 习近平：《决胜全面建成小康社会 夺取新时代中国特色社会主义伟大胜利——在中国共产党第十九次全国代表大会上的报告》，人民出版社，2017年，第9页。
③ 《习近平谈治国理政》（第一卷），外文出版社，2018年，第162页。
④ 《习近平致信祝贺中国国际电视台（中国环球电视网）开播》，《人民日报》，2017年1月1日。
⑤ 《习近平谈治国理政》（第一卷），外文出版社，2018年，第162页。
⑥ 朱继东：《中国共产党百年意识形态建设的主要原则》，《毛泽东研究》，2021年第4期。

会主义现代化新征程,不仅要形成全党动手、全民参与做好意识形态工作的时代共识,同时要建构并完善定位清晰、主体明确、理念先进、视野宽广、载体丰富的意识形态工作新格局,"以全党动手为抓手推动全民参与,从而凝聚最广泛的共识、联合最广泛的队伍、汇聚最强大的力量"[①],真正把意识形态工作做好,发挥意识形态工作的强大凝聚力和引领力。

一、新定位:"党的一项极端重要的工作"

准确把握意识形态工作的科学定位,是社会主义意识形态建设的首要问题。党的十八大以来,习近平旗帜鲜明地指出:"经济建设是党的中心工作,意识形态工作是党的一项极端重要的工作"[②],"意识形态工作是为国家立心、为民族立魂的工作"[③],形成了党对意识形态工作战略定位的创造性阐释和对马克思主义意识形态理论的创新性发展,使全党深化了对社会主义意识形态建设规律的认识,明确了新时代意识形态工作的价值指向。

其一,"新定位"体现了党对社会主义意识形态建设规律性认识的升华。正确认识和处理经济建设和意识形态工作之间的关系,把握意识形态建设的规律,是党的核心问题之一。但是在改革开放和社会主义现代化建设取得巨大成就的同时,"党内存在不少对坚持党的领导认识模糊、行动乏力问题,存在不少落实党的领导弱化、虚化、淡化问题,有些党员、干部政治信仰发生动摇,一些地方和部门形式主义、官僚主义、享乐主义和奢靡之风屡禁不止,特权思想和特权现象较为严重,一些贪腐问题触目惊心"[④]。之所以出现这些问题,是因为个别党员干部片面理解以经济建设为中心,把以经济建

---

①　朱继东:《努力构建全党动手、全民参与的意识形态工作新格局》,《思想政治教育研究》,2020年第3期。

②　《习近平谈治国理政》(第一卷),外文出版社,2018年,第153页。

③　习近平:《高举中国特色社会主义伟大旗帜　为全面建设社会主义现代化国家而团结奋斗——在中国共产党第二十次全国代表大会上的报告》,人民出版社,2022年,第43页。

④　习近平:《高举中国特色社会主义伟大旗帜　为全面建设社会主义现代化国家而团结奋斗——在中国共产党第二十次全国代表大会上的报告》,人民出版社,2022年,第5页。

设为中心理解为"以GDP为中心",对意识形态工作重视不够,没有正确认识和处理经济建设和意识形态工作的关系。

面对这些问题,以习近平同志为核心的党中央不断强调我们"在集中精力进行经济建设的同时,一刻也不能放松和削弱意识形态工作"①,经济建设和意识形态建设在双重意义上对社会发展起着决定性作用。

首先,经济建设的决定性体现了人类历史发展的客观规律。"党的十一届三中全会以来,我们党始终坚持以经济建设为中心,集中精力把经济建设搞上去、把人民生活搞上去。只要国内外大势没有发生根本变化,坚持以经济建设为中心就不能也不应该改变。这是坚持党的基本路线一百年不动摇的根本要求,也是解决当代中国一切问题的根本要求"②,必须始终坚持以经济建设为中心,为全面建设社会主义现代化提供坚实的物质基础。

其次,意识形态建设体现了人类历史活动的能动性。在具体的历史演进中,除了经济因素外,意识形态因素也会在其中起到关键乃至决定性的作用。意识形态建设能够为社会主义经济秩序和政治制度建构提供科学的哲学方法论、价值学说体系和具体政策主张,用以形成统一的思维模式、共同的理想信念和基本的价值规范,使人民群众按照共同意志形成集体力量。因此,意识形态建设必须以满足人民群众的物质需要和精神需要为目标,发挥其在推动实践发展中的引领作用、在解疑释惑中的凝聚作用,为建设中国式现代化提供强大精神动力。

其二,"新定位"体现了社会主义意识形态工作的价值指向。作为观念的上层建筑,意识形态工作的价值指向在于筑牢广大人民群众的共同思想基础,最大程度地凝聚起治国理政的强大合力,为新时代治国理政提供坚强支撑。民心是最大的政治,社会主义意识形态建设不是抽象的,而是具体表现在社会主义发展过程中,体现为党性和人民性的高度统一。新时代意识

---

① 习近平:《论党的宣传思想工作》,中央文献出版社,2020年,第21页。
② 习近平:《论党的宣传思想工作》,中央文献出版社,2020年,第14页。

形态建设就是要站在以人民为中心的根本立场宣示中国特色社会主义道路的自觉自信,赢得人民群众对现有制度合理性的普遍认可,确立对未来发展的共同追求,为中国式现代化的实现提供深层支持和政治认同。意识形态工作坚持人民至上价值立场。中国共产党为中国人民谋幸福、为中华民族谋复兴的初心使命决定了党的一切工作都要坚持人民至上的价值理念。党不仅要满足人民对于美好生活向往的实际需求,还要在意识形态工作中加强对人民群众的思想引导,通过社会主义意识形态塑造的共同价值观念和道德规范把不同社会个体连接起来,有效增强意识形态凝聚力和引领力。

二、加强党对意识形态工作的全面领导

党政军民学,东西南北中,党是领导一切的。具体到意识形态领域,就是要强化党管宣传、党管意识形态,掌握意识形态工作的领导权、管理权、话语权。这就要求我们必须深刻认识党对意识形态工作的全面领导,通过统筹意识形态阵地管理、加强制度体系建设,确保社会主义意识形态建设更加有效。

(一)深刻认识党对意识形态工作的全面领导,掌握意识形态建设的领导权和主动权

坚持党对意识形态工作的全面领导是做好新时代意识形态工作的根本保证。党对意识形态工作的全面领导体现为领导内容的全面性、领导范围的全覆盖,在建设社会主义意识形态过程中,党既要总揽意识形态工作全局,发挥把方向、管大局的核心作用,还要构建组织体系,通过抓班子、带队伍加强党的建设,牢牢掌握意识形态工作领导权。

一方面,发挥党在意识形态工作中"总揽全局、协调各方"的领导核心作用。"总揽全局、协调各方"表明党对意识形态工作的领导发挥的是"牵头""抓总"作用。"总揽全局"就是党要集中精力抓住意识形态工作中具有战略性、全局性、前瞻性的重大问题,有效实施党的政治领导、思想领导和组织领

导,保证党的基本理论、基本路线、基本纲领、基本方略得到贯彻执行①;"协调各方"就是明确规定各级党委(党组)领导班子、领导干部的意识形态工作责任,建立起上下贯通、有序运行、执行有力的意识形态工作体系,形成工作合力。

另一方面,贯彻党在意识形态工作中"党领导一切"的政治要求。"党领导一切"要求将党的全面领导贯穿到意识形态工作各领域各方面各环节,是党的全面领导在实践层面的贯彻与展开。从领域上来看,"一切"包括党校、高校、哲学社会科学、文艺工作、新闻舆论、互联网等各个领域,都要坚持和加强党的领导。从对象上来看,"一切"是指各条战线、各个部门、各级工会、共青团、妇联等群团组织都要接受党的领导,一起支持参与并抓好意识形态工作。通过"党领导一切",把意识形态工作同各个领域的行政管理、行业管理、社会管理更加紧密地结合起来,形成全党动手、全民参与的意识形态工作新格局。

(二)统筹阵地管理,提高意识形态治理效能

阵地是意识形态工作的基本依托。党的十八大以来,党中央统筹党校、高校、哲学社会科学、文艺工作、新闻舆论、互联网六大重点阵地的管理与建设,坚决做到用国家意识形态占领各阵地,有效推进马克思主义科学化、大众化,提高了意识形态管理效能。

其一,加强党对党校意识形态工作的领导。新形势下,党内有的同志出现信仰危机,党校也出现了个别人割裂政治立场坚定性与科学探索创新性的统一、传播西方资本主义价值观念等现象,党校教育的正向功能被弱化。面对这些情况,必须牢牢坚持党校姓党的根本原则,紧抓党的理论教育和党性教育,为党的领导干部补钙壮骨、立根固本,确保广大党员领导干部在社会主义意识形态建设中发挥关键组织力量。

---

① 戴立兴:《关于"坚持和加强党的全面领导"重要论断的理论思考》,《马克思主义研究》,2022年第8期。

其二,加强党对高校意识形态工作的领导。青年大学生的价值观就是未来社会发展的价值观,因此,高校意识形态阵地是必争必占之地。要始终加强党对高校意识形态工作的领导,坚持正确政治方向,切实担负起政治责任和领导责任。同时,加强对大学生思想政治引领和价值引领,努力做大学生成长的引路人和好伙伴,不断巩固和扩大党执政的青年基础。

其三,加强党对哲学社会科学工作的领导。当前,国内多种思潮跌宕起伏,一些领域甚至出现了马克思主义"失语""失踪"和"失声"等问题,迫切要求党加强对哲学社会科学的领导,通过深入实施马克思主义理论研究和建设工程,为哲学社会科学的发展提供科学方法论,形成具有逻辑自洽性的中国特色话语体系。

其四,加强党对文艺工作的领导。为了巩固思想文化阵地、维护国家文化安全,必须加强党对文艺工作的领导,建立健全有利于出作品、出人才的体制机制,建好用好各类文艺阵地,让优秀文艺作品引导人民树立和坚持正确的历史观、民族观、国家观、文化观,使主流意识形态引领文艺发展。

其五,加强党对新闻舆论工作的领导。"全球化浪潮中的西方文化输出与意识形态渗透,市场化条件下人们思想观念的独立性、选择性、多变性与差异性,网络化背景下虚拟世界的泥沙俱下、众生喧嚣,都在昭示一个全新意识形态环境和舆论格局的逐渐形成,舆论治理的紧迫性和复杂性得以充分显现。"[1]面对舆论引导面临的结构化困境,亟须加强党对新闻舆论工作的领导,创新新闻舆论工作的理念、内容、形式等,切实提高党的新闻舆论传播力引导力影响力公信力。

其六,加强党对互联网领域的领导。近年来,西方一些国家不断将网络问题政治化,制造网络空间的分裂与对抗,试图利用网络空间乱象煽动宗教极端主义、宣扬民族分裂思想、教唆暴力恐怖活动等,企图恶化我国的网络

---

① 冯宏良:《国家意识形态安全与马克思主义大众化——基于社会政治稳定的研究视野》,天津人民出版社,2017年,第248~249页。

舆论生态,弱化社会主义意识形态的网络舆论引导力。因此,必须在党的领导下,动员全国各族人民,形成网上网下同心圆,增强网络安全意识,共同应对复杂多变的互联网环境,实现网络理性的回归。

(三)完善制度建设,提高意识形态工作的能力和水平

在加强党对意识形态工作全面领导的过程中,需要把意识形态的价值主张具体化为政策并通过政治主体的政治行为加以执行和落实,才能使社会主义意识形态获得长久生命力。因此,实现党对意识形态工作的全面领导最终要落实到制度建设上,通过制度实践来展示其现实可能性。

第一,坚持马克思主义在意识形态领域指导地位的根本制度。通过建立不忘初心、牢记使命的制度,完善党委(党组)理论学习中心组等各层级学习制度,实施马克思主义理论研究和建设工程,在学校思想政治教育中建立全员、全程、全方位育人体制机制,坚持以社会主义核心价值观引领文化建设制度,落实意识形态工作责任制,用习近平新时代中国特色社会主义思想武装全党、教育人民、指导工作,夯实党执政的思想基础。

第二,完善坚决维护以习近平同志为核心的党中央权威和集中统一领导的各项制度。完善推动党中央重大决策落实机制,认真贯彻落实党中央和上级党委关于意识形态工作的决策部署及主要精神,牢牢把握正确的政治方向,严守政治纪律和政治规矩,严守组织纪律和宣传纪律,坚决维护党中央权威,在思想上政治上行动上同党中央保持高度一致。

第三,健全党对意识形态工作的全面领导制度。按照属地管理、分级负责和谁主管谁负责的原则,建立党委(党组)意识形态工作责任制和党委(党组)网络安全工作责任制。其中,党委(党组)书记是第一责任人,党委(党组)分管领导是直接责任人,党委(党组)其他成员对职责范围内的意识形态工作负领导责任。通过明确意识形态工作的主体,加强对各类意识形态阵地的管理,确保党在各领域有效发挥领导作用,有效推动各方面协调行动、增强合力。

第四，健全提高党在意识形态工作中的执政能力和领导水平制度。健全决策机制，各级党委(党组)要定期分析研判意识形态领域情况，做出有针对性的工作安排。坚持正确导向的舆论引导工作机制，构建网上网下一体、内宣外宣联动的主流舆论新格局，完善舆论监督制度，健全重大舆情和突发事件舆论引导机制。

第五，完善全面从严治党制度。健全党管干部、选贤任能制度，选优配强各级宣传思想文化部门和单位领导班子，确保意识形态工作领导权牢牢掌握在忠于党、忠于人民、忠于马克思主义的人手里。建立意识形态工作责任制的检查考核制度，将落实意识形态工作决策部署情况，纳入执行党的纪律尤其是政治纪律和政治规矩的监督检查范围，永葆党的先进性和纯洁性，确保党始终成为社会主义意识形态建设的坚强领导核心。

三、以"大宣传"工作理念塑造社会主义意识形态有机融入社会的路径体系

做好新时代意识形态工作必须全党动手，通过"树立大宣传的工作理念，动员各条战线各个部门一起来做，把宣传思想工作同各个领域的行政管理、行业管理、社会管理更加紧密地结合起来"[①]，拓展共同理想支配现实社会实践活动的广度，进一步凝聚人民群众的思想共识，实现社会主义意识形态建设目的和效果的高度统一。树立"大宣传"理念，还要掌握意识形态工作话语权，构建社会主义主流价值观念的宣传体系，使社会主义意识形态润物细无声地融入社会生活各个方面，最终转化为对中国特色社会主义的情感共鸣与理念共振。

"大宣传"工作理念要求各条战线、各部门养成意识形态工作战略思维，提高解决问题的实际能力。意识形态工作不单是宣传部门的职责，各条战

---

① 习近平：《论党的宣传思想工作》，中央文献出版社，2020年，第18页。

线、各个部门都要树立意识形态工作战略思维并将其转化成意识形态战略实践。各战线、各部门要明确责任主体、责任范围、责任履行,构建全员动手、高度自觉的意识形态工作战线。同时,要明确"围绕中心、服务大局"的意识形态战略方针,在破解发展不平衡不充分的实践中,不断满足人民对美好物质生活和精神生活的需要,以复兴成就增强人民群众获得感,[1]逐步消解一些群众的非理性思维方式和社会疏离程度,实现共同理想与个体理想、远大理想与当代实践的有机统一,从而夯实社会主义意识形态凝聚共识、增强认同的根本力量来源。

"大宣传"工作理念要求各条战线、各部门掌握意识形态工作话语权,引领意识形态话语走向。首先,增强社会主义意识形态的宣传力。各战线、各部门在贯彻落实"大宣传"理念的过程中,必须深刻认识到新时代我国意识形态工作面临的主要话语危机是"在舆论界思想界,各种错误思潮粉墨登场,社会主义意识形态的凝聚力、影响力和引领力被削弱,甚至一些捍卫马克思主义意识形态的理论文章也受到口诛笔伐,冲击着人民群众对社会主义意识形态的价值信仰和思想认同"[2]。因此,各战线、各部门一定要将破除西方意识形态话语霸权、巩固马克思主义在意识形态领域的指导地位、发挥马克思主义在意识形态领域指导作用作为工作的战略目标,充分掌握意识形态工作的规律,坚持正面宣传与批驳谬误、澄清模糊相统一,把理性分析、本质把握与感性话语、现象描述充分结合,增强主流意识形态的宣传力。此外,还要重视话语阵地建设。各战线、各部门既要用好具有强大影响力的主流传播平台讲好中国故事,还要敢于向负面舆论、错误思潮"亮剑",更要着重抓好"网上"意识形态工作,掌控网络意识形态主导权,努力构建"网上网

---

① 冯刚、张发政:《论习近平新时代意识形态工作的战略思维》,《中国人民大学学报》,2022年第4期。
② 袁银传、胡庭恺:《新时代马克思主义意识形态话语体系建设的历史进程、重大成就和基本经验》,《北京社会科学》,2023年第7期。

下同心圆"①。通过构建各战线、各部门"大宣传"共同体来对各种社会思潮进行辨析引导、解疑释惑,能够形成具有整合性的舆论引导并有效应对碎片化的信息传播,能够全面揭示热点问题的真相,帮助人民群众分清是非、避免网络围观,使社会主义意识形态占据舆论制高点,使"大宣传"工作格局真正成为助力社会主义意识形态发声的"麦克风"。

四、坚持总体国家安全观的宽广视野

国家安全是国家发展、民族复兴的根基。意识形态安全作为国家安全体系的重要构成要素,是实现国家利益的重要手段,也是维护国家安全的重要屏障。近年来,西方敌对势力经常从意识形态领域着手,对我国的政治安全、社会安全发起挑战,目的就是"同我们争夺阵地、争夺人心、争夺群众"②,进而影响人民群众对国家意识形态的价值认同,严重威胁我国国家安全。基于此,必须将社会主义意识形态建设提升到国家安全的战略高度,以总体国家安全观的宏阔视野构建新时代意识形态安全大格局,为总体国家安全筑牢思想防线。

(一)社会主义意识形态构成国家政治安全的价值基础

国家安全的根本是政治安全,有效维护政治安全关系到国家的主权安全和人民安全。如果政治安全得不到切实保障,总体国家安全就无从谈起。政治安全的核心是政权安全和制度安全,政权安全和制度安全的最大威胁来自内部的认同危机。而"意识形态关乎旗帜、关乎道路、关乎国家政治安全"③,要充分发挥社会主义意识形态强大的社会凝聚力、引领力功能,通过塑造政治信仰、培育社会主义核心价值观,形成制度内聚力与国家向心力,

---

①　中共中央党史和文献研究院编:《习近平关于网络强国论述摘编》,中央文献出版社,2021年,第77页。

②　刘跃进:《非传统的总体国家安全观》,《国际安全研究》,2014年第6期。

③　中共中央文献研究室编:《十八大以来重要文献选编》(中册),中央文献出版社,2016年,第301页。

为维护国家政治安全奠定价值基础。

社会主义意识形态对于塑造国家政治安全价值基础体现在两个方面：一是国家层面，社会主义意识形态通过塑造政治信仰，成为形成政治认同的精神基础。政治认同是工具理性与价值理性的高度统一，其产生既取决于中国特色社会主义制度在推进中国式现代化、提高人们生活水平等方面的有效性，也取决于中国共产党形成及发展所遵循的内在价值尺度。"制度有效性可以通过推动社会经济发展、提高人民生活水平以及国家政治运行的规范化等方面体现出来，而政治价值共识是通过意识形态塑造形成的。"①社会主义意识形态作为一种哲学方法论和价值学说体系，体现了对共产主义社会的价值追求，当其成为全社会共同的追求时，必定会产生强大的政治凝聚力。同时，社会主义意识形态又作为具体政策主张，通过对人民群众建设中国特色社会主义的实践进行学理化阐释和制度化建构，来增强其对中国特色社会主义道路自信、理论自信、制度自信、文化自信的认同，从而为政治安全提供最大程度的社会支持。

二是社会层面，社会主义意识形态通过培育社会主义核心价值观，成为促进社会凝聚力的价值基础，具有高度凝聚力的社会对于国家政治安全来说极端重要。社会凝聚力形成的基础是国家、政党、社会成员之间具有一致性的价值观和道德规范。可是，在现代社会利益分化的背景下会形成多元的价值主张和多元的社会思潮，如果缺乏有效整合就会使整个社会陷入价值分裂和思想混乱之中，严重威胁国家安全，甚至可能出现颠覆政权的情况。社会主义意识形态通过培育社会主义核心价值观，成为将多元个体连接起来的精神纽带，从而为国家政治安全提供价值整合的隐性力量。

（二）坚持总体国家安全观，维护社会主义意识形态安全

总体国家安全观为我们理解、把握意识形态安全提供了基本遵循。从

---

① 冯宏良：《社会政治稳定视域下的国家意识形态安全》，《探索》，2016年第6期。

实践角度看,维护意识形态安全是坚持总体国家安全观的重要举措;从理论角度看,必须在总体国家安全观视域中研究阐释意识形态安全,构建新的意识形态安全理论。[①]这个新的意识形态安全理论就是在总体国家安全观指导下,站在战略高度和全局角度,运用系统思维、统筹各方力量,考察、研判社会主义意识形态工作,实现意识形态安全状态和能力的有机统一。

　　站在国家安全战略高度,科学审视意识形态安全。站在国家安全战略高度强调的是要增强战略思维,形成社会主义意识形态安全战略。首先,明确社会主义意识形态安全战略目标,即"巩固马克思主义在意识形态领域的指导地位,巩固全党全国人民团结奋斗的共同思想基础"[②]。其次,完善社会主义意识形态安全战略手段。通过加强中国当代马克思主义话语体系建设,牢牢把握国家意识形态的解释权和话语权;通过构建社会主义核心价值观,塑造人们对国家的认同、价值的认同;通过落实意识形态工作责任制,牢牢掌握意识形态工作领导权、维护意识形态安全。总之,在意识形态安全问题上要胸怀"国之大者",着眼长远,从国家根本利益和人民长远利益角度看待意识形态安全问题,从国家长治久安角度防范"牵一发动全身"的各类意识形态安全风险,[③]从而举住、举高、举稳中国特色社会主义这面旗帜。

　　增强系统思维,构建社会主义意识形态安全格局。进入安全新阶段,在贯彻落实总体国家安全观的过程中,要求明确社会主义意识形态的价值取向,构建与其相适应的社会主义意识形态安全格局。首先,要树立"大安全"理念。全面而不是片面地、系统而不是零散地、普遍联系而不是单一孤立地观察、研究意识形态工作,要从全局上把握社会主义意识形态建设的整体态势及基本规律,从整体上把握意识形态安全和各类国家安全的基本态势和

　　① 唐爱军:《论新时代意识形态安全》,《马克思主义研究》,2022年第6期。
　　② 中共中央文献研究室编:《习近平关于社会主义文化建设论述摘编》,中央文献出版社,2017年,第22页。
　　③ 冯宏良:《科学把握国家安全体系和能力现代化的"三个维度"》,央广网 https://www.cnr.cn/tj/rdzht/dsz/ztttq/20d/20230314/t20230314_526181345.shtml。

连锁联动效应,"要高度重视并及时阻断不同领域风险的转化通道"①,防止各类矛盾之间相互耦合叠加以至演化为威胁我国政权的情况出现,从而使我国意识形态相对处于没有危险和不受内外威胁的状态。其次,培育保障意识形态持续安全的能力。要在坚持党对意识形态工作全面领导的基础上,整合从中央到地方的各级国家安全机构和力量,进一步完善意识形态工作制度,将意识形态安全渗透体现于各个具体的工作领域和层面,不断增强意识形态工作合力和整体效能。

五、以大团结、大联合为统战工作战略指向,创新意识形态工作载体

统一战线是我们党在革命、建设、改革过程中找到的克敌制胜、执政兴国的重要法宝。新时代统战工作要以大团结、大联合为战略指向,解决人心与力量的问题。而民心是最大的政治,因此统战工作具有鲜明的社会主义意识形态属性与特征,是实现意识形态凝聚力与引领力的重要方式。

(一)以统战工作体系丰富新时代意识形态工作载体

统一战线是指不同的社会政治力量(包括阶级、阶层、政党、集团乃至民族、国家等)在一定的历史条件下,为实现共同目标,在共同利益基础上组成的政治联盟。②这就决定了统战工作是一致性与多样性的统一体。一致性强调的是政治方向的一致,即统一战线必须坚持中国共产党的领导,必须围绕有利于加强和巩固党的领导来开展工作。多样性强调的是统战范围对象的多元化,共包含12类对象:民主党派成员;无党派人士;党外知识分子;少数民族人士;宗教界人士;非公有制经济人士;新的社会阶层人士;出国和归国留学人员;香港同胞、澳门同胞;台湾同胞及其在大陆的亲属;华侨、归侨

---

① 《习近平谈治国理政》(第三卷),外文出版社,2020年,第97页。
② 吴丽萍、王蔚:《习近平对统一战线理论的创新发展》,《理论视野》,2019年第8期。

及侨眷;其他需要联系和团结的人员。①正确处理好统战工作的一致性与多样性,既要重视不同对象的政治利益和经济利益,又要在工作中掌握意识形态领导权和话语权,加强对同盟者的思想引领,团结一切可以团结的力量,汇聚实现中国式现代化的磅礴力量。

统筹国内各领域统战工作,构筑社会主义意识形态融入社会的路径。统战工作的工作范围广和工作对象多元,需要对不同领域开展有针对性的国家认同、民族认同、文化认同、政治认同等培育工作。第一,对于各民主党派,要坚持和完善中国共产党领导的多党合作和政治协商制度,坚持党的领导,强化政治引领,推动新时代多党合作更加规范有序、生动活泼。第二,对于党外知识分子和新的社会阶层人士,通过解决好社会领域的阶层矛盾和社会冲突,实现差异化的利益诉求与政治价值理念的有机统一,以凝聚共识为根本,以爱国奋斗为目的,激发其干事创业的能动性。第三,对于非公有制经济发展和非公有制经济人士,要通过构建"亲""清"政商关系、开展理想信念教育和社会主义核心价值观教育,帮助其认识并践行新发展理念,弘扬企业家精神,做合格的中国特色社会主义事业建设者。第四,对于海外爱国力量,要以弘扬中华优秀传统文化为出发点,以实现中华民族伟大复兴为落脚点,壮大知华友华力量。

（二）以大团结、大联合塑造社会主义意识形态凝聚力与引领力

社会主义意识形态作为观念的上层建筑,内嵌于现代国家治理体系的核心部分,反映的是政治凝聚力问题,而现代化国家的政治凝聚力外化为整个社会、整个民族大团结、大联合的生动局面。可以说,大团结、大联合既是做好意识形态工作的目标指向,又是推进意识形态工作的效果评价标准。

大团结、大联合是社会主义意识形态凝聚力与引领力形成的社会基础和实践基础。新时代实现不同阶层、不同民族宗教等人士的大团结大联合,

---

① 中共中央统战部:《巩固发展最广泛的爱国统一战线》,华文出版社,2015年,第80页。

需要在党的坚强领导下,借助共同的利益关系、共同的文化背景和思想政治引导,使各界人士树立正确的国家观和民族观,"以大团结大联合最大限度地团结和联合中国社会各阶级、阶层、党派和团体,形成浩浩荡荡的革命、建设和改革'同盟军'"①,使党心与民心同频共振。而社会主义意识形态需要建立在坚实且广泛的民心基础之上,实现成员之间有效的政治整合,从而构筑起中国精神、中国价值、中国力量,不断激发全体中华儿女团结一心的信念和斗志。

大团结、大联合是检验社会主义意识形态凝聚力与引领力的重要标志。建设具有强大凝聚力和引领力的社会主义意识形态,必须"坚持把牢牢掌握意识形态工作领导权作为根本要求,把推进意识形态治理体系和治理能力现代化作为基本依托,把增强意识形态领域主导权和话语权作为重要方向,把坚定中国特色社会主义道路自信、理论自信、制度自信、文化自信作为关键所在,促进全体人民在思想上、精神上、信仰上紧紧团结在一起"②。可以说,社会主义意识形态的凝聚力与引领力具体表现为全体中华儿女牢固树立中华民族共同体意识、不断推进中国式现代化的共同价值目标,表现为面对国内外风险挑战时各条战线、各个部门围绕实现中华民族伟大复兴中国梦一起来想、一起来干的最大"同心圆"。

---

① 冉小毅:《以大团结大联合汇聚中国式现代化道路上同心共圆中国梦的强大合力》,《上海市社会主义学院学报》,2023年第2期。
② 王娟:《提升新时代社会主义意识形态凝聚力和引领力论略》,《思想政治教育研究》,2020年第2期。

第三节　新时代新征程社会主义意识形态建设的实践路径

社会主义意识形态建设是一项复杂的系统工程,既包括对社会主义意识形态的理论创造与宣传教育,也包括同意识形态领域的渗透、颠覆等进行斗争与较量,关涉众多要素、关系和领域。因此,掌握具有科学性、全局性、普遍性意义的工作方法对于新时代做好意识形态工作具有重要指导意义。

一、坚持新时代新征程社会主义意识形态建设的科学方法论

站在新的历史方位建设社会主义意识形态,必须遵循意识形态工作的规律,把握其核心要义,聚焦"六个坚持",确保社会主义意识形态建设始终坚持立场正确、方向正确、道路正确。

(一)坚持人民至上,实现意识形态工作党性与人民性的有机统一

坚持人民至上,是社会主义意识形态建设的根本立场。"在我国,社会主义意识形态是广大人民群众在中国共产党的领导下,经过艰苦探索逐步形成的,代表着广大人民的诉求和社会共识,其本质是党性和人民性的统一"①,而党性与人民性相统一也是社会主义意识形态区别于资本主义意识形态的显著标志。因此,坚持人民至上,以坚定的理想信念实现党性与人民性相统一是做好新时代社会主义意识形态工作的内在规定和本质要求。

1.加强党性修养,以坚定理想信念筑牢意识形态工作的政治基础

社会主义意识形态工作建设的领导核心是中国共产党,要确保意识形态工作的领导权、管理权、话语权牢牢掌握在党的手中,必须不断加强党的

---

① 邹绍清:《论意识形态的党性和人民性统一及其实践路径——兼论思想政治教育创新的实践导向》,《马克思主义研究》,2014年第7期。

自身建设，通过提升广大党员干部的党性修养，锻造一支意识形态工作铁军。作为马克思主义政党，讲党性就是讲政治，就是讲对马克思主义的坚定信仰、对社会主义和共产主义的坚定信念。坚定的理想信念作为党员干部的政治灵魂和精神支柱，能够凝练出强大的政治定力、正确的政治立场和高尚的政治追求，有利于提高党员干部的政治判断力、政治领悟力、政治执行力，从而为社会主义意识形态建设提供坚实的政治基础。

首先，党员干部坚定理想信念有利于提高政治判断力，在社会主义意识形态工作中发挥引领作用。意识形态工作面向的是整个社会领域，通过"关键少数"引领"绝大多数"能够有效培育共同的价值追求和道德主张，增强社会凝聚力。"领导干部是党和国家事业发展的'关键少数'，对全党全社会都具有风向标作用。"①面对社会上出现的价值取向多元、不良思潮渗透等现象，以及西方一些国家对我国持续的"西化""分化"的政治风险，党员干部需要坚定理想信念，运用马克思主义的立场观点方法识别风险、抓住根本，以强大的政治定力和使命意识处理好事关政治方向、道路选择的倾向性问题，不断提升自身政治敏锐性和判断力，才能团结带领人民群众排除各种错误思潮的干扰，在塑造共同的政治信仰与价值观中坚定不移走中国特色社会主义道路。

其次，党员干部坚定理想信念有利于提高政治领悟力，掌握做好意识形态工作的方法。意识形态工作指向的是人民群众思想层面的问题，而"思想本身根本不能实现什么东西。思想要得到实现，就要有使用实践力量的人"②。这就需要党员干部深刻领悟辩证唯物主义和历史唯物主义的世界观和方法论，始终将满足人民群众利益和诉求作为价值立场和政治原则，通过积极回应并解决现实问题，提升人民群众的获得感、幸福感、安全感，为解决

---

① 习近平《在"不忘初心、牢记使命"主题教育总结大会上的讲话》，人民出版社，2020年，第20页。

② 《马克思恩格斯文集》（第一卷），人民出版社，2009年，第320页。

内在思想问题提供实践基础。思想是行动的先导,科学的世界观和方法论的获得建立在党员干部坚定的理想信念基础上,只有理想信念坚定才能真正坚持以人民为中心的政治立场,才能在工作中将解决实际问题与解决思想问题相统一,从而提升社会主义意识形态工作的效率。

最后,党员干部坚定理想信念有利于提高政治执行力,对于赢得民心具有重要作用。人民群众对于国家意识形态的认同,具体表现为对广大党员干部执政能力的认可。而"理想信念是共产党人精神上的'钙',没有理想信念,或者理想信念不坚定,精神上就会'缺钙',就会得'软骨病'"[1],就会导致党员干部经济贪婪、生活腐化、政治变质,最终脱离群众造成社会主义信仰的深刻危机。相反,如果党员干部理想信念坚定,在意识形态建设过程中就能以正确的政治立场和高尚的政治追求自觉坚持人民至上,以建立党群之间密切的良性互动来赢得人民群众的真心拥护,从而使社会主义意识形态有效融入社会转化为社会文化领域具有主导性的价值规范,形成国家向心力。

2.坚持人民至上,凝聚社会主义意识形态建设主体力量

人民性是指党始终坚持人民至上,把实现好、维护好、发展好最广大人民的根本利益作为出发点和落脚点,为社会主义意识形态工作建设提供了根本遵循。坚持以人民为中心,在满足人民对美好生活向往的实践中坚定人民信仰是社会主义意识形态建设的价值旨归;用国家意识形态引领人民,凝聚人民共识,汇聚起全面建设社会主义现代化的强大力量,是社会主义意识形态建设的实践指向。

其一,人民群众树立坚定信仰,是社会主义意识形态建设的价值旨归。"人民的利益诉求决定了人民的主体意识,这种意识所形成的精神力量对整

---

[1]　中共中央党史和文献研究院编:《十九大以来重要文献选编》(上),中央文献出版社,2019年,第90页。

个国家、整个社会的发展起到了关键性作用。"①因此,要以解决人民群众急难愁盼问题作为突破口,以人民满不满意作为衡量工作的根本尺度,在不断满足人民群众的利益诉求过程中,将中国特色社会主义共同理想转变为现实物质力量。一旦人民群众对于现实政治运行效果的满意度上升为对于社会主义意识形态的理性认同,就能实现中国特色社会主义价值导向与利益导向的统一,进而树立人民群众对马克思主义的信仰,对社会主义、共产主义的信念,形成共同的价值观,增强社会凝聚力。

其二,凝聚人民思想共识,激发全面建设社会主义现代化的奋进力量,是社会主义意识形态建设的实践指向。当前意识形态领域仍存在思想多元引发的交锋碰撞及错误思潮引发的价值乱象,这就要求社会主义意识形态建设要在解疑释惑、凝聚共识上下足功夫。因此,必须始终坚持马克思主义的指导地位,"推进马克思主义中国化时代化大众化,建设具有强大凝聚力和引领力的社会主义意识形态,使全体人民在理想信念、价值理念、道德观念上紧紧团结在一起"②,不断巩固人民群众团结奋斗的共同思想基础。同时,还要以社会主义核心价值观整合、引领人民群众多元的价值观念,塑造社会共同的道德规范,"积极引导人民将社会主流价值内化为人的社会存在,促进社会主义意识形态建设由引导人民转向人民自觉"③,最终凝聚起人民群众建设社会主义现代化的磅礴力量。

(二)坚持自信自立,以坚定"四个自信"和巩固文化主体性作为建设社会主义意识形态的关键

坚持对中国特色社会主义的自信自立,是建设社会主义意识形态的关

① 廉伟、廉永杰:《习近平关于意识形态工作重要论述的哲学意蕴》,《思想教育研究》,2021年第6期。
② 习近平:《决胜全面建成小康社会夺取新时代中国特色社会主义伟大胜利——在中国共产党第十九次全国代表大会上的报告》,人民出版社,2017年,第41页。
③ 曹天航:《论新时代社会主义意识形态建设价值取向的人民性特征》,《南京社会科学》,2022年第4期。

键。"旗帜就是方向、就是道路、就是形象，同时也就是主义、就是意识形态。在方向和道路问题上我们要坚定不移，不为艰险所惧，不为干扰所惑。"①社会主义意识形态建设的根本要求就是要始终高举中国特色社会主义伟大旗帜，坚定不移走中国特色社会主义道路。面对意识形态领域的风险考验，我们必须牢记中国特色社会主义是中国共产党领导人民历经千辛万苦、付出巨大牺牲探索开辟出来的，必须把坚定"四个自信"和巩固中华文化主体性作为社会主义意识形态建设的关键，为发展马克思主义做出更大贡献。

1.坚定"四个自信"是社会主义意识形态建设的着力点

"四个自信"是中国共产党对百年奋斗历程的深刻总结，是全党全国各族人民对中国特色社会主义的高度认同，是全面建设社会主义现代化国家的精神动力。新时代社会主义意识形态建设中，要以坚定"四个自信"为着力点，增强人民群众精神力量、把握意识形态工作战略方向，确保在旗帜、道路上保持高度自信自觉，这是建设社会主义意识形态凝聚力和引领力的根本所在。

坚定"四个自信"，强化社会主义意识形态建设的精神支柱。进入新时代，"我们经历了对党和人民事业具有重大现实意义和深远历史意义的三件大事：一是迎来中国共产党成立一百周年，二是中国特色社会主义进入新时代，三是完成脱贫攻坚、全面建成小康社会的历史任务，实现第一个百年奋斗目标"②。之所以能够赢得这样伟大的历史性胜利，根本原因在于我们党带领全国各族人民始终沿着中国特色社会主义道路前进，始终坚持以中国特色社会主义理论体系特别是习近平新时代中国特色社会主义思想为指引，不断健全完善中国特色社会主义制度，不断创新创造中国特色社会主义文化，不断凸显中国特色社会主义制度的优越性并成为凝聚全国人民的共

---

① 侯惠勤：《马克思的意识形态批判与当代中国》，中国社会科学出版社，2010年，第16页。
② 习近平：《高举中国特色社会主义伟大旗帜　为全面建设社会主义现代化国家而团结奋斗——在中国共产党第二十次全国代表大会上的报告》，人民出版社，2022年，第4页。

同价值追求,这是坚定道路自信、理论自信、制度自信、文化自信的坚实根基。可以说,"四个自信"充分肯定了人民群众的主体性选择,为人民群众建设中国特色社会主义的实践提供了正确的方向引领、思想引领、实践引领和精神引领,使人们深刻认同中国共产党的领导、体认中国特色社会主义的优越性、坚定马克思主义信仰,增强了人民群众的精神力量,营造出社会主义意识形态新风尚。

坚定"四个自信",把稳社会主义意识形态建设的战略方向。当前我国在意识形态领域依然面临许多风险挑战,比如西方"宪政民主""普世价值观"等错误思潮不断挑战马克思主义在我国的指导地位,攻击否定中国特色社会主义道路、制度的发展。随着社会主义市场经济的发展,社会主义核心价值观也受到拜金主义、享乐主义、极端个人主义的挑战。①此外,"西方敌对势力一直把我国发展壮大视为对西方价值观和制度模式的威胁,一刻也没有停止对我国进行意识形态渗透"②,通过各种手段持续对我国进行"西化""分化"。面对这些风险挑战,我们需要坚定"四个自信",汇聚"应对挑战、抵御风险、克服阻力、解决矛盾、实现梦想的强大精神力量"③,锤炼社会主义意识形态工作战略定力,始终坚持以马克思主义为指导,始终坚定"中国特色社会主义是实现中华民族伟大复兴的必由之路"④,始终坚信中国特色社会主义是中国人民掌握自己命运的制度,始终坚定中国特色社会主义文化自信,以高度的自信自觉把稳社会主义意识形态建设的战略方向。

2.巩固文化主体性,实现精神上的独立自主,是社会主义意识形态的

---

① 唐爱军:《防范化解意识形态领域风险坚定维护意识形态安全》,《中国党政干部论坛》,2022年第7期。

② 中共中央文献研究室编:《习近平关于社会主义文化建设论述摘编》,中央文献出版社,2017年,第53页。

③ 张毅翔、刘兴华:《"四个自信"精神动力的作用机理、生成根据与实践要义》,《思想教育研究》,2021年第8期。

④ 习近平:《高举中国特色社会主义伟大旗帜 为全面建设社会主义现代化国家而团结奋斗——在中国共产党第二十次全国代表大会上的报告》,人民出版社,2022年,第70页。

关键

　　当代世界文化呈现出发展多样化和交流互鉴的时代趋势,各国各民族之间的文化交流空前活跃、文化交融日益加深、文化交锋复杂尖锐,文化"软实力"成为不可忽视的"硬实力"。而在文化交往过程中,文化渗透已经成为西方和平演变的重要形式,西方一些国家助推资产阶级文化在我国传播,影响人民群众对主流价值观念的认同,严重侵蚀我国社会主义意识形态,动摇我国社会主义制度。面对此种情况,我们必须始终坚守中华文化主体性、坚定精神独立性,以自信自立的精神姿态建设具有强大凝聚力和引领力的社会主义意识形态,有效维护社会主义意识形态安全。

　　巩固中华文化主体性,为建设社会主义意识形态积蓄文化力量。中华文化作为我们国家、民族发展中最基本、最深沉、最持久的力量,能够为社会主义意识形态建设提供坚实的文化根基,为中华民族伟大复兴提供强大的精神动力,故而巩固中华文化主体性就成为社会主义意识形态建设的应有之义。巩固文化主体性就是要"立足中华民族伟大历史实践和当代实践,用中国道理总结好中国经验,把中国经验提升为中国理论,既不盲从各种教条,也不照搬外国理论,实现精神上的独立自主"①,而"创立新时代中国特色社会主义思想就是这一文化主体性的最有力体现"②。因此,把马克思主义基本原理同中国具体实际相结合、同中华优秀传统文化相结合,不断推进马克思主义中国化时代化,是巩固中华文化主体性的必由之路。经由"结合",造就了中国式现代化的文化形态,这一新的文化生命体的形成,进一步夯实了社会主义意识形态引领时代的强大文化自信。

　　坚守精神上的独立自主,有效维护社会主义意识形态安全。随着全球文化交往交流的加深,西方一些国家企图利用文化渗透对我国进行和平演变的风险依旧存在,这就要求我们必须坚持精神上的独立性,独立自主地处

---

① 习近平:《在文化传承发展座谈会上的讲话》,人民出版社,2023年,第10页。
② 习近平:《在文化传承发展座谈会上的讲话》,人民出版社,2023年,第9页。

理中华文化同外来文化之间的关系,在培养自身文化自觉的基础上对外来文化取其精华、去其糟粕地吸收、借鉴,并以高度的文化自信在多元纷杂的非主流意识形态中阐明自身理念,①特别是"在事关大是大非和政治原则问题上,必须增强主动性、掌握主动权、打好主动仗"②,以独立自主的精神姿态切实维护社会主义意识形态安全,提升社会主义意识形态的引领能力。

(三)坚持守正创新,在理论和实践创新中,回答历史之问、时代之问、人民之问

在中国共产党意识形态建设的百年探索中,马克思主义为中国革命进程提供了理论先导、为新中国构建社会主义制度确立了理论依据、为促进改革发展稳定奠定了共同思想基础、为中华民族伟大复兴凝聚了精神力量。马克思主义之所以在党的意识形态工作建设过程中始终保持生机活力,为党的事业不断注入思想动力和精神能量,根本在于党始终坚持理论创新与实践创新相统一,坚持把马克思主义基本原理同中国具体实际相结合、同中华优秀传统文化相结合,不断开辟马克思主义中国化时代化新境界,既解决了社会主义意识形态建设坚守正道、坚定方向的根本性问题,又回答了社会主义意识形态建设创造新质力、引领时代的必然性要求。可以说,"两个结合"为社会主义意识形态建设提供了理论遵循和实践指南,使社会主义意识形态在守正创新中实现跃迁式发展。

1.坚持"两个结合",以理论创新增强社会主义意识形态的说服力和引领力

坚守马克思主义之"正"是社会主义意识形态建设的根本所在。做好新时代意识形态工作就是要用马克思主义的基本立场观点方法武装全党、教育人民,同时要以中国国情为观照、以人民群众需要为观照,在"两个结合"

---

① 王永贵:《新时代社会主义文化强国建设的意识形态逻辑》,《南京师大学报(社会科学版)》,2022年第5期。

② 《习近平谈治国理政》(第一卷),外文出版社,2014年,第155页。

基础上丰富和发展马克思主义,在解决实际问题的过程中使理论武装走深、走实,增强广大党员干部和人民群众对马克思主义的政治认同、思想认同、情感认同,巩固全党全社会共同的思想基础。

推进马克思主义中国化时代化是社会主义意识形态建设的必然要求。历史和实践已充分证明,马克思主义不是一成不变的教条,而是与时俱进的行动指南。巩固马克思主义在意识形态领域的指导地位,既要全面系统掌握马克思主义的科学体系和内在逻辑,又要反对各种非马克思主义的社会思潮,既要反对教条主义,又要反对经验主义。如果对马克思主义的继承性不足,就容易割断历史,否定选择社会主义制度和中国特色社会主义道路的意义,陷入"西化"的邪路;如果对马克思主义的创造性不足,就容易拘泥于现成模式,缺乏对时代、国情的先进性判断,从而走上"老路"。因此,社会主义意识形态建设必然要求我们要以科学的态度对待科学、以真理的精神追求真理,把马克思主义基本原理同中国具体实际相结合、同中华优秀传统文化相结合,在回答中国之问、世界之问、人民之问、时代之问过程中,准确认识时代规律、判断时代方位、引领时代潮流,及时廓清人民群众认识上的迷思、消除思想上的桎梏,以与时俱进的马克思主义观察时代、解读时代、引领时代,"以理论创新、理论创造强化人民群众对社会主义意识形态的认同与自信"①。

2.坚持"两个结合",以当代中国马克思主义指引社会主义意识形态建设的创新发展

习近平新时代中国特色社会主义思想是马克思主义中国化时代化最新成果,是21世纪马克思主义、当代中国马克思主义,是社会主义意识形态工作建设的指导思想,为新时代意识形态工作明确了战略定位、作出了战略部署,使意识形态领域发生了全局性、根本性的转变,开创了社会主义意识形

---

① 王永贵:《中国共产党意识形态战略建设的新时代创新》,《南京师大学报(社会科学版)》,2021年第5期。

态建设新局面。

　　首先,明确了社会主义意识形态建设的战略定位。党的十八大以来,我们坚持以习近平新时代中国特色社会主义思想为指导,立足我国经济发展新常态与意识形态领域新变化,作出"经济建设是党的中心工作,意识形态工作是党的一项极端重要的工作"的判断,从经济基础与上层建筑辩证统一的关系出发,明确了社会主义意识形态围绕中心、服务大局的战略地位,确保了新时代意识形态工作向纵深发展。

　　其次,构建了社会主义意识形态建设的"大格局"。新时代意识形态工作的布局涉及以下四个方面:一是明确领导主体。以党的全面领导为动力引擎,构建起"大宣传""大统战""大安全"工作格局,巩固了意识形态领域的领导权和管理权。二是统筹阵地建设。党中央以宏观视角对"新时代意识形态建设的重点阵地进行了科学部署,强调遵循多阵地建设有机结合的综合治理原则,明确要求坚持网络空间、基层、学校等领域意识形态治理的协调统一"①,同时进一步提出要牢牢掌控网络意识形态主导权,构建网上网下同心圆,使各阵地成为传播社会主义意识形态的坚强堡垒。三是创新话语体系。党中央立足"两个大局",积极创新话语体系,将增强社会主义意识形态"软实力"与提升我国的国际话语权有机结合,将建构具有中国气质的话语体系与破除西方话语霸权有机结合,切实提升了社会主义意识形态工作建设的整体效力,有力维护了我国的意识形态安全。四是完善制度建设。党中央明确提出"坚持马克思主义在意识形态领域指导地位的根本制度"②,并且明确了在这一根本制度统摄下的社会主义意识形态建设的具体细则和工作办法,推动意识形态各项工作制度化建设落细落实。

---

　　① 寇清杰,肖影慧:《新时代中国共产党创新意识形态建设的基本维度》,《北方民族大学学报》,2022年第6期。
　　② 习近平:《高举中国特色社会主义伟大旗帜 为全面建设社会主义现代化国家而团结奋斗——在中国共产党第二十次全国代表大会上的报告》,人民出版社,2022年,第43页。

（四）坚持问题导向，着力应对社会主义意识形态凝聚力和引领力建设风险挑战

"问题就是公开的、无畏的、左右一切个人的时代声音。问题就是时代的口号，是它表现自己精神状态的最实际的呼声。"①问题本质上是社会存在，具体表现为发展着、变化着的矛盾，"问题意识作为哲学命题被运用到社会领域后，是指人们通过回答并解决问题来推进理论和实践创新的意识和能力，从而成为人类社会发展进步的基本方法"②。因此，在社会主义意识形态建设过程中坚持问题导向，就是要将回答并解决中国之问、世界之问、人民之问、时代之问作为着力点，不断增强主流意识形态的先进性、科学性、凝聚力和引领力，有效应对各种风险挑战。

1.回答中国之问，明确社会主义意识形态建设的目标任务

当今中国既处在"两个一百年"奋斗目标历史交汇期，又处于世界局势加速演变期，"不稳定性和不确定性的因素日益增多，'灰犀牛''黑天鹅'等大概率和小概率事件不断增加，新情况新变化新要求层出不穷，风险挑战的汹涌波涛一浪高过一浪，治国理政的难度前所未有。在如此凶险严峻的背景下，一系列事关国家前途命运、事关中国共产党生死存亡的重大问题，急迫地摆在了中国共产党人面前，这就是亟须破解的'中国之问'"③，而"一个政权的瓦解往往是从思想领域开始的"④。这就启示我们，国家政权稳定与否的根本在于是否拥有共同的思想基础。

对于我国来说，马克思主义就是我们的共同思想基础。因此，在回答中国之问的过程中，必须把巩固马克思主义在意识形态领域的指导地位，巩固

①　《马克思恩格斯全集》（第四十卷），人民出版社，1972年，第289~290页。

②　崔禄春：《坚持问题导向是开辟马克思主义中国化时代化新境界的必然要求》，《机关党建研究》，2023年第7期。

③　吴学琴：《在回答"四个之问"中生成中国式现代化的话语体系》，《马克思主义研究》，2023年第9期。

④　中共中央党史和文献研究院编：《习近平关于总体国家安全观论述摘编》，中央文献出版社，2018年，第100页。

全党全国人民团结奋斗的共同思想基础作为社会主义意识形态建设的根本任务。一方面把马克思主义同中国具体实际相结合，运用马克思主义的立场、观点和方法解决中国问题，为人民群众提供科学的行动指南，使人民群众坚定对马克思主义的信仰和对中国特色社会主义的信念；另一方面要把马克思主义同中华优秀传统文化相结合，推动中华文化创造性转化和创新性发展，为人民群众提供丰富的精神指引，使人民群众坚定文化自信、增进文化认同。

2.回答世界之问，增强社会主义意识形态的影响力

面对"世界经济复苏乏力，局部冲突和动荡频发，全球性问题加剧"，和平赤字、发展赤字、治理赤字、信任赤字、文明赤字日益严峻之时，"世界怎么了""人类社会应该向何处去"等重大命题摆在中国共产党人面前。①然而西方文明优越论并未消除，他们坚信西方的自由民主才是人类的"普世价值"。但是，随着我国持续推进中国式现代化并取得了举世瞩目的成就，世界范围内呈现出马克思主义的影响力不断扩大而西方资本主义的影响力相对减弱的态势。这就使西方敌对势力加紧了对我国的意识形态攻击，"借助话语霸权，立足于西方理论和西方话语体系解读、阐释中国道路和中国制度，试图掌握解读中国道路和中国制度的话语权，并通过设置话语陷阱，引导、规制中国社会发展模式、改革开放方向"②，使马克思主义指导地位和社会主义核心价值观面临多种社会思潮、多元价值观念的严峻影响与挑战。

新时代做好意识形态工作，必须站在全人类利益的高度回答好世界之问，不断增强社会主义意识形态的国际影响力，破除西方的话语霸权。第一，通过"积极创新话语体系、提升传播能力，面向海内外讲好中国制度的故

① 吴学琴:《在回答"四个之问"中生成中国式现代化的话语体系》,《马克思主义研究》,2023年第9期。
② 唐爱军:《把牢解读中国制度的话语权》,《马克思主义与现实》,2020年第5期。

事,不断增强我国国家制度和国家治理体系的说服力和感召力"①,引导人民群众坚定中国特色社会主义道路自信、理论自信、制度自信、文化自信,认清和警惕错误思潮的真实目的是要颠覆我们历经磨难而选择的主义与旗帜。第二,打造内含人类命运共同体时代特质的话语体系,阐释中国价值追求,并在促进世界共同发展和人类进步的实践中,塑造中国负责任的大国形象,驳斥西方敌对势力对我国的曲解和抹黑,"彰显马克思主义理论的国际影响力和中国特色社会主义事业发展的全球贡献力"②,有力维护我国的国家安全和意识形态安全。

3.回答人民之问,提升社会主义意识形态的科学性

人民之问指"解答人民不断追求美好生活的新需求、新难题,聚焦人民群众普遍关心关注的民生问题"③。社会主义意识形态建设的关键就是要始终坚持以人民为中心的工作导向,在回答和解决人民群众根本利益和发展面临的实际问题基础上,通过总结经验提升社会主义意识形态的科学性,又通过理论引领不断廓清人民群众的思想迷雾,从而生成普遍的思想共识。

社会主义意识形态建设要把人民群众当作自己的"物质武器"。作为上层建筑存在的社会主义意识形态是由社会经济基础所决定的,而"人民群众的创造活动,既是社会物质财富与精神财富的不竭源泉,也为社会主义意识形态发展建设提供了最基本的物质基础与精神材料。离开了人民群众,社会主义意识形态也就失去了创造产生的源头"④。但是人民群众并不能自发、自觉地成为"物质武器",而是需要科学的意识形态进行引领,强化自身的实践能力和水平,在不断解决实际问题的过程中总结经验与教训,为建设

---

①　《习近平谈治国理政》(第三卷),外文出版社,2020年,第129页。
②　王永贵:《中国共产党意识形态战略建设的新时代创新》,《南京师大学报(社会科学版)》,2021年第5期。
③　吴学琴:《在回答"四个之问"中生成中国式现代化的话语体系》,《马克思主义研究》,2023年第9期。
④　张博:《论社会主义意识形态的若干基础性问题》,《马克思主义哲学》,2022年第4期。

社会主义意识形态提供鲜活的现实内容,实现社会主义意识形态的创新与发展。

人民群众也要把社会主义意识形态当作自己的"精神武器"。建设社会主义意识形态要"解决好'为了谁、依靠谁、我是谁'这个根本问题,把服务群众、满足群众需求同教育引导群众、提高群众素养紧密结合起来"①,通过科学引领实践贯彻落实人民至上的理念,解决并回应人民群众的现实需要和思想困惑,将新时代的伟大成就充分有效地转化为人民群众对主流意识形态的认同,使人们深刻体认到以马克思主义为内核的社会主义意识形态并不是单纯的抽象理论思维,而是"致力于以富有全局性谋划、战略性布局与前瞻性眼光的理论思考破解人类社会面临的重大现实问题"②的思想工具,能够为人民群众认识世界和改造世界提供科学的立场观点方法,能够引领人民群众获得思想和实践的双重解放,从而为建设社会主义意识形态工作提供更加坚实的群众基础,增强了社会主义意识形态的凝聚力。

4.回答时代之问,保持社会主义意识形态的先进性

新征程上的时代之问是"在实现中华民族伟大复兴的关键时期,中国共产党面临的理论与实践的重大时代问题"③,而"先进、合理的意识形态能正确反映社会发展的客观要求,也能推动和引领社会进步的前进方向"④。只有科学回答时代之问,才能掌握社会主义意识形态建设的规律,才能掌握新时代意识形态工作的历史主动。

回答时代之问,以先进的思想理论引领社会主义意识形态工作建设。思想理论并非凭空产生,而是时代的呼唤与需要。如果能够科学认识、准确

---

① 石云霞:《新时代意识形态建设的方法论研究》,《贵州省党校学报》,2023年第6期。
② 李忠军、杨科:《"物质武器"与"精神武器"——〈黑格尔法哲学批判〉导言〉相关论断的思想政治教育学解析》,《教学与研究》,2021年第9期。
③ 吴学琴:《在回答"四个之问"中生成中国式现代化的话语体系》,《马克思主义研究》,2023年第9期。
④ 张博:《论社会主义意识形态的若干基础性问题》,《马克思主义哲学》,2022年第4期。

把握、正确解决时代问题,就能够获得理论创新的动力源,从而以先进理论引领人民群众,唤醒其使命意识,激发人们推进中国式现代化发展的精神动力。但是,如果脱离时代,就会脱离人民,就会使理论变得苍白无力,从而丧失先进性、引领力,致使意识形态式微甚至面临解体的风险,"一定的意识形式的解体足以使整个时代覆灭"。因此,要使社会主义意识形态始终发挥凝聚人、引领人的作用,就必须永葆社会主义意识形态的先进性,以先进的思想理论巩固人民群众团结奋斗的思想基础。实践在变化、时代在发展,要求我们聚焦时代问题,在回答时代之问的过程中不断推进马克思主义中国化时代化,实现党和国家指导思想的与时俱进,以社会主义意识形态的先进性引领中国式现代化发展。

回答时代之问,以先进的实践导向引领社会主义意识形态建设。我国社会主义意识形态建设直面时代之问,围绕"举什么旗、走什么路"的时代主题,将自身的更新与发展"放到当下'世界百年未有之大变局'的世界历史方位中考察,凸显其在社会主义发展历程中的世界意义",又"把这一重大主题放到我国现代化进程的历史坐标中进行演绎,以表征中国特色社会主义的历史责任和未来担当"[①],在探索社会主义建设规律的过程中,为全体中华儿女确立了实现中华民族伟大复兴的共同奋斗目标。而坚持共同目标最好的方式,就是以马克思主义为思想旗帜,在着力回答和解决时代赋予的问题过程中充分证明社会主义的现实价值,使社会主义意识形态工作体现时代性、把握规律性、富于创造性,从而以坚强的思想力量保障中华民族伟大复兴的胜利实现。

(五)坚持系统观念,用普遍联系、全面系统和发展变化的观点做好意识形态建设工作

坚持系统观念作为一种基础性的思想和工作方法,要求我们要在"时间

---

① 侯惠勤:《意识形态安全风险预警研究的新成果——〈社会转型期我国意识形态安全风险预警研究〉评介》,《世界社会主义研究》,2023年第7期。

上,跳出眼前从长远眼光看眼前,具有长远视野;空间上,跳出局部从全局看局部,具有宽广视野;系统上,跳出部分从整体看部分,具有整体视野;事物上,跳出现象从本质看现象,具有纵深视野"①。社会主义意识形态作为一种复杂的系统性存在,具有鲜明的整体性、层次性,这就要求在进行意识形态建设时必须具备长远、整体、纵深的视野,从发展的意义上审视意识形态工作,通过提高战略思维、历史思维、辩证思维、系统思维、创新思维、底线思维能力,用普遍联系、全面系统和发展变化的观念做好社会主义意识形态建设工作。

第一,以战略思维部署社会主义意识形态建设格局。战略思维是指"对全局性、长远性、根本性的重大问题能够从宏观视野与长远目光进行总体研判和把握的思维方式"②。意识形态工作是党的一项极端重要的工作,是为国家立心、为民族立魂的工作,事关党的前途命运、国家长治久安,必须从战略高度对社会主义意识形态建设进行全局谋划和整体布局。要站在中华民族伟大复兴的战略高度,立足全球视野、紧扣时代特征,明确社会主义意识形态的战略定位、战略任务、战略目标、战略举措等,从总体性意义上认识和回答建设什么样的社会主义意识形态、怎样建设社会主义意识形态等重大理论和实践问题,从而推动社会主义意识形态建设走深、走实。

第二,以历史思维把握社会主义意识形态建设规律。历史思维就是"尊重历史、思考历史,总结历史经验、掌握历史规律的思维方式"③。新时代的伟大实践对社会主义意识形态工作提出了大量亟待解决的理论和实践课题,更需要我们从历史中把握意识形态建设的规律和大势,把党百年意识形态建设的历史经验"作为正确判断形势、科学预见未来、把握历史主动的重

---

① 韩庆祥:《以学理方式把握习近平新时代中国特色社会主义思想的科学体系》,《马克思主义研究》,2023年第9期。
② 张志丹:《新时代意识形态工作的战略思维》,《江苏社会科学》,2021年第3期。
③ 颜晓峰:《在新时代伟大实践中坚持和运用科学思维方法》,《人民论坛》,2022年第18期。

要思想武器"①。

在社会主义意识形态建设中坚持历史思维,要求做到以史明理、学史增信。通过总结和反思中国共产党的百年奋斗历程及世界社会主义实践,获得关于社会主义意识形态建设的理性认识,进一步坚定对马克思主义的信仰、对中国特色社会主义的信念,为做好新时代意识形态工作提供根本遵循。此外,还要发扬历史主动精神,自觉运用社会主义意识形态建设的历史规律,洞察历史大势、把握历史机遇、破除历史障碍,推进新时代意识形态工作取得更大胜利。

第三,以辩证思维抓住社会主义意识形态建设重点。辩证思维是一种正确认识外部世界的科学方法论,具有从对立统一的视野出发观察外部世界的鲜明特质,主张在破与立、动与静、量与质、否定与肯定、个别与一般、内因与外因的对立统一中,在发展意义上整体把握客观事物的本质与规律。

当前,世界进入转型变革期,社会主义意识形态建设过程中前进性与曲折性交织、复杂性与矛盾性并存,这就要求我们必须"坚持用辩证思维来审视社会主义意识形态建设的重要特点和基本原则,以辩证逻辑推进社会主义意识形态建设实践进程"②。一要辩证地认识社会主义意识形态的战略定位,坚持中心工作与意识形态工作辩证统一;二要辩证地认识社会主义意识形态建设的基本原则,坚持指导思想一元化与文化多元化的辩证统一、坚持党性与人民性的辩证统一、坚持解决实际问题与解决思想问题的辩证统一;三要辩证地认识社会主义意识形态建设的实践进路,坚持全面布局与突出重点的辩证统一、坚持民族性与世界性的辩证统一、坚持正面宣传与舆论斗争的辩证统一。

第四,以系统思维凝聚社会主义意识形态建设合力。系统思维要求我

---

① 《习近平著人生选读》(第二卷),人民出版社,2023年,第550页。
② 王勇、付婧一、李晓宇:《运用辩证思维推进新时代社会主义意识形态建设》,《中学政治教学参考》,2021年第4期。

们在看问题、做决策、抓落实的过程中既要做到心有全局，又要做到精心布局，用全面系统的观点观察事物。新征程上，我们面临着更加多变的国际国内环境和更加复杂的现实思想问题，必须进一步提高系统思维能力，系统构建新时代意识形态体系建设，开创"大宣传""大安全"新格局。

首先，要紧紧围绕建设具有强大凝聚力和引领力的社会主义意识形态工作，完善并健全意识形态制度体系、工作体系、评价体系，提高新时代意识形态工作的整体效能。其次，要坚持党对意识形态工作的全面领导，统筹宣传系统、教育系统、理论系统、传播系统，树立"大宣传"工作理念，充分调动各领域各部门各战线力量，形成全党动手、各界参与、高度自觉的意识形态工作统一战线。同时，还要坚持总体国家安全观，将社会主义意识形态安全同推进伟大斗争、伟大工程、伟大事业、伟大梦想的实践贯通起来共同谋划、一起部署，构建主流意识形态"大安全"格局，为建设社会主义现代化国家提供坚强思想保障。

第五，以创新思维推动社会主义意识形态向前发展。创新思维是指"敢于打破常规和陈规，努力突破思维局限，力求以新的理念、方法和路径去分析和解决问题的思维方式"①。新时代意识形态建设处于全新的社会历史条件，只有始终保持创新思维，社会主义意识形态才能满足时代所需，才能具有先进性。

以创新思维推动社会主义意识形态发展，重点要抓好理论创新、理念创新、手段创新、基层工作创新。其一，抓好理论创新，坚持把马克思主义基本原理同中国具体实际相结合、同中华优秀传统文化相结合，实现社会主义意识形态指导思想的与时俱进。其二，抓好理念创新，树立"大宣传""大统战""大安全""大思政"的先进理念，引领新时代意识形态工作，扩大主流意识形态的辐射范围和影响力。其三，抓好手段创新，要"在技术手段、价值手段、

---

① 吴学琴、吕晓琴：《习近平关于意识形态工作重要论述蕴含的科学思维方法》，《思想教育研究》，2023年第8期。

宣传策略等方面谋求创新"①,不断提高社会主义意识形态工作的时、效、度。其四,抓好基层工作创新,要立足基层群众之需,采用大家喜闻乐见的宣传方式、宣传话语,更好地引导群众、服务群众,不断提升社会主义意识形态的凝聚力和感召力。

第六,以底线思维筑牢社会主义意识形态安全防线。底线思维是指"实践中尤其是解决问题时所设定的不可以突破的最低标准、最低条件、最低限度。这是一种以退为进而争取主动的思维方法和工作方法"②。当前,我国意识形态领域"错误思潮仍然存在、'颜色革命'势力仍然存在、意识形态工作的薄弱环节仍然存在"③。面对这些风险挑战,必须把坚持中国共产党领导的中国特色社会主义作为维护意识形态安全的原则和底线,决不能在这个根本性问题上出现颠覆性错误。一方面要增强政治定力,坚持人民至上的根本政治立场,坚定中国特色社会主义的正确方向。另一方面要增强政治敏锐性,善于从政治上分析问题、解决问题,善于从苗头性、倾向性问题中发现政治端倪,注重防范政治风险,及时消除政治隐患。最后,要增强政治自信,始终坚定并践行为中国人民谋幸福、为中华民族谋复兴的初心使命,筑牢能够经受意识形态风险考验的精神支柱。

(六)坚持胸怀天下,从中国与世界的关系维度做好意识形态工作

当前世界正处于百年未有之大变局,国际政治经济格局加速演变,资本主义与社会主义两种社会制度、两种意识形态之间的斗争日趋复杂与激烈。在中国共产党领导下,"科学社会主义在新时代伟大变革中实现了理论和实践的有机交融、深度贯通、良性嵌合"④,彰显了科学社会主义的鲜活魅力和

---

① 王永贵:《新时代意识形态建设的创新逻辑》,《马克思主义与现实》,2019年第3期。
② 魏继昆:《新时代中国共产党人坚持底线思维的科学内涵》,《天津日报》,2023年1月9日。
③ 姜迎春:《辩证把握我国意识形态领域形势发生的全局性、根本性转变》,《思想理论教育导刊》,2022年第1期。
④ 康晓强:《科学社会主义在21世纪的中国焕发出新的蓬勃生机:表现形态、动因与世界意义》,《新视野》,2023年第2期。

强大生命力。反观西方一些国家所标榜的制度和意识形态正在丧失影响力而陷入困境,世界范围内两种意识形态、两种社会制度的历史演进及其较量,发生了有利于马克思主义、社会主义的深刻转变。这使得西方国家强化了意识形态竞争,通过抹黑中国、制造"中国威胁论"等手段蓄意制造意识形态对立,对华实施遏制与围堵。针对我国社会主义意识形态所面临的严峻局势,必须积极地将社会主义意识形态建设置于世界百年未有之大变局的全新境遇,坚持胸怀天下,善于在国际视野和历史纵深中、在中国与世界的交往互动中讲好中国故事、传播好中国声音,有效应对来自西方意识形态的竞争。同时,增强文化软实力和中华文化影响力、扩大中国主流价值观的影响力、营造良好的国际舆论氛围,在把握时代潮流和人类文明发展方向的基础上占据道义制高点,为社会主义意识形态凝聚力和引领力建设奠定扎实基础。

1. 构建中国话语体系,增强国际话语权,提高中国主流价值的吸引力和影响力

话语是对思想文化、价值观念、意识形态等的反映。话语的吸引力、感召力决定了话语的归属权。只有掌握话语权,才能更好地表达和传播国家的价值理念、利益诉求。在当前国际传播话语框架中,西方话语仍占据核心地位,我国的国际话语权存在明显不足,经常处于"有理说不出、说了传不开"的局面,致使中国常被西方"污名化"。在"西强东弱"的国际舆论格局下增强我国的国际话语权,不仅需要夯实综合国力,还需要以坚定的话语自信建构中国话语体系,以创新的宣传方式传播好中国声音,从而使中国的主流价值理念深入人心。

第一,构建中国话语体系,讲好中国故事。中国话语是指"以当代中国为话语主体的、围绕中国实践和中国问题展开的言说和叙事"①,展现着中国

---

① 李江静:《中国话语说服力及其生成逻辑》,《教学与研究》,2022年第7期。

的文化、形象和主流价值理念。要构建具有中国特色、中国风格、中国气派的话语体系，使世界更加深入地理解中国精神、共享中国价值，从而消解西方话语霸权，"自塑"中国形象，需要把握好以下三个关键要素：首先，提高中国话语影响力。中国话语的影响力表现为话语本身的学理性及话语承载的思想理论的科学性。必须坚定运用马克思主义的立场观点和方法，对中国特色社会主义的实践及人类面临的共同问题进行有力地解释和阐发，打造融通中外的新概念、新范畴、新表述，揭示人类社会发展规律，以理论的说服力引起国际社会的共鸣与认可。其次，提高中国话语引领力。要紧扣时代主题，以中国"对人类共同性问题的价值关怀和致力于实现中国与其他国家共同发展的价值理想"①占据道义制高点，引领世界认识全面、立体、真实的中国。最后，增强中国话语原创性。要摆脱对西方话语的依赖，善于用中国的话语方式向世界解释中国、讲述中国，提高中国话语的亲和力和时效性。

第二，创新宣传方式，传播好中国声音。"当前人类已经进入融媒体时代，以互联网为核心的媒体融合发展深刻改变了国际传播格局"②，传播中国声音需要借助新的方式来宣介中国的价值理念，使中国话语能够"有理说得出，说了传得开"。一方面，推动媒体融合发展，形成全媒体传播体系。通过"统筹处理好传统媒体和新兴媒体、中央媒体和地方媒体、主流媒体和商业平台、大众化媒体和专业性媒体的关系"③，打造具有国际影响力的新型传播矩阵。另一方面，拓宽海外传播渠道，做好"离岸传播"。积极开展与外国主流媒体、华文媒体的合作交流，善于利用国际社交平台进行中国话语传播，"不断扩大知华友华的国际舆论朋友圈，不断扩大中国主流价值观的影响力版图"。

---

① 李江静：《中国话语说服力及其生成逻辑》，《教学与研究》，2022年第7期。
② 姜志强：《新时代中国共产党全面加强社会主义意识形态建设的基本经验》，《马克思主义研究》，2023年第5期。
③ 《习近平谈治国理政》（第三卷），外文出版社，2020年，第318页。

2.积极开展对外舆论斗争,坚决维护国家的核心利益,营造有利于我国发展的国际舆论环境

进入新时代,我国在取得更多更大的历史性成就过程中,也面临着前所未有的挑战。"各种敌对势力一直企图在我国制造'颜色革命',妄图颠覆中国共产党领导和我国社会主义制度。这是我国政权安全面临的现实危险。他们选中的一个突破口就是意识形态领域,企图把人们思想搞乱,然后浑水摸鱼、乱中取胜。"[①]可以说,西方的意识形态渗透已经成为关涉我国主流意识形态安全、威胁我国核心利益的重大风险之一,必须积极开展对外舆论斗争。

始终弘扬全人类共同价值,占据道义制高点。"全人类共同价值是在世界层面体现各国多元化发展的一个关键性概念,是为人类谋进步、为世界谋大同的共同价值观。"[②]中国始终站在全人类共同发展的道义制高点,以实际行动不断践行全人类共同价值,并用事实打破了西方散布的"中国威胁论""国强必霸论"等谣言,揭露了西方"普世价值"的虚幻性、虚伪性。在对外舆论斗争中不断塑造负责任的大国形象,赢得了世界人民的赞誉。

坚决同外源性风险作斗争,维护意识形态安全。"西方国家利用其科技优势、话语霸权不断向中国输送西方制度模式和价值观,企图西化、分化中国,构成意识形态领域的外源性风险。"[③]面对这种情况,我们必须敢于亮剑、敢于斗争,坚决同西方宣扬的"非意识形态化"等思潮作斗争,守护好马克思主义在社会主义意识形态工作的指导地位。同时,还要善于斗争,"采取有效的斗争策略和斗争方法,不仅要取得斗争的胜利,而且要达到斗争效果的

---

① 中共中央党史和文献研究院编:《习近平关于防范风险挑战、应对突发事件论述摘编》,中央文献出版社,2020年,第42页。

② 胡里奥·里奥斯:《遵循全人类共同价值构建人类命运共同体》,《世界社会主义研究》,2022年第9期。

③ 肖唤元,刘雨欣:《新时代意识形态领域重大风险的战略审视及防范化解策略》,《世界社会主义研究》,2023年第6期。

最大化",有效维护我国意识形态安全。

始终坚持走和平发展道路,彰显大国担当。我国始终坚持维护世界和平,促进全人类共同发展,提倡对话协商、共建共享、合作共赢、交流互鉴,尊重世界各民族的文化和价值观念,尊重世界各国人民的不同信仰和制度选择,不将自己的价值观和发展模式强加于人,更反对进行意识形态对抗和冷战思维。同时,我国始终秉持"各美其美、美美与共"的胸怀,积极响应当前世界各国求和平、谋发展的共同呼声,向全世界发出了全球文明倡议,推动构建人类命运共同体,体现出中国深厚的世界情怀与大国担当。

3.深化文明交流互鉴,推动中华文化走向世界,丰富社会主义意识形态建设的文化底蕴

"国家之魂,文以化之,文以铸之。"①意识形态作为为国家立心、为民族立魂的一项极端重要的工作,具有突出的文化属性和文化意蕴,建设社会主义意识形态离不开对文化力量的深刻把握。随着中国日益走近世界舞台中央,经济硬实力的增强与文化软实力发展不充分之间的矛盾日益凸显,这也使得西方一些国家趁机给中国贴上负面标签,曲解、污蔑中国的价值观念,甚至企图改变我国的制度、消解我国的文化。面向世界,我们必须站在尊重和保护文化多样性的角度,"以平等、友好、客观公正的态度将自己的文明推介、分享给其他群体"②,将中华文化的深沉底蕴与现代发展呈现给世界,扩大中华文化的影响力、感召力,使不同文明主体更加深入地了解中华文化,认识可信可爱可敬的中国形象,从而正确看待并尊重中国人民对于发展道路和国家制度的选择。

其一,深入挖掘中华优秀传统文化的精神标识,塑造可信可爱可敬的中国形象。"中华优秀传统文化是中华民族的突出优势,是我们在世界文化激

---

① 《习近平谈治国理政》(第三卷),外文出版社,2020年,第408页。
② 徐丽曼:《文明交流互鉴视域下中华文化认同初探》,《广西民族研究》,2019年第4期。

荡中站稳脚跟的根基"①,作为世界上唯一没有断裂的文化,中华优秀传统文化蕴含着丰富的"关于天下为公、大同世界的思想……关于以民为本、安民富民乐民的思想……关于集思广益、博施众利、群策群力的思想……关于中和、泰和、求同存异、和而不同、和谐相处的思想"②,以及"亲亲、仁民、爱物"的人文精神,"文质彬彬,然后君子"的质朴情怀,彰显着中华民族的思维模式、价值观念和精神理念,同时也与全人类共同价值高度契合。可以说,中华优秀传统文化既是中国人民的精神支柱,也向世界"传递着中华独有的文化智慧,影响和改变世界文化格局以及世界文明进程"③。因此,我们必须提炼出中华优秀传统文化的精神标识,"与世界文明进行积极交流与理性对话,在文化的互动与传播中,凸显中华文明独特魅力与中国形象核心价值"④,从文明渊源的角度展现更加可信可爱可敬的中国形象。

其二,在文明交流互鉴中实现中华文化的现代化发展,提升中华文化的感召力。面对全球化发展趋势,文化发展呈现出开放性、世界性的特点,"不同民族之间的文化传播与文化交流更加普遍与迅捷,形成了一种多样而又统一的新文化景象"⑤。中华文化要始终秉持开放包容,在交流互鉴中培育和创造新时代中国特色社会主义文化,以中华文化现代化发展破除西方文化中心论、西方文化优越论以及文明冲突论,弘扬全人类共同价值。同时,还要始终秉持自信自立,积极对外传播中华优秀传统文化,展示中华文化的独特魅力,根据时代要求提出构建人类命运共同体等打动世界人民的理念与倡议,不断"为未来世界转型发展提供文化和思想资源,为解决人类社会

---

① 《中共中央关于党的百年奋斗重大成就和历史经验的决议》,人民出版社,2021年,第46页。

② 习近平:《在纪念孔子诞辰2565周年国际学术研讨会暨国际儒学联合会第五届会员大会开幕会上的讲话》,《人民日报》,2014年9月25日。

③ 韩美群:《新时代传承与发展中华优秀传统文化的方法论探析》,《马克思主义与现实》,2020年第5期。

④ 赵新利:《"可信、可爱、可敬的中国形象"的历史溯源、理论逻辑与实现路径》,《山西大学学报(哲学社会科学版)》,2023年第6期。

⑤ 徐丽曼:《文明交流互鉴视域下中华文化认同初探》,《广西民族研究》,2019年第4期。

发展共同难题提供中国智慧、中国方案"①，以此来加强中华文化、中国理念在全球的现实感召力。

二、新时代新征程社会主义意识形态建设的基本内容

意识形态工作作为一项为国家立心、为民族立魂的极端重要工作，为当下的社会主义意识形态工作建设提出了诸多方面的要求。主要集中于对当前的理论创新、党自身的政治能力建设、意识形态工作的制度建设、阵地建设、新闻舆论工作、青年政治引领工作、网络安全治理工作和国际传播能力体系建设八个方面，解决好这八个方面是做好新时代新征程意识形态建设的必由之路，同时也是实现"为国家立心、为民族立魂"的重要实践路径。

（一）深化推进"两个结合"，发展当代中国马克思主义、21世纪马克思主义

新时代新征程做好理论创新工作是做好社会主义意识形态建设工作的基础。新时代的意识形态工作面临新形势，担负新使命，迫切需要深化党的理论创新，指导新的社会实践。在这里，我们首先要清楚马克思主义的科学性是已经经过实践验证的，不容置疑。②所以我们无论以何种形式推进理论创新都要始终坚持马克思主义在意识形态领域的指导地位，马克思主义本身作为一个科学的理论体系，只有充分发挥马克思主义的解释功能与批判功能，通过解释疑惑和彻底的理论交锋与学术批判展示马克思主义的科学性与生命力。③习近平指出："马克思主义中国化时代化这个重大命题本身就决定，我们决不能抛弃马克思主义这个魂脉，决不能抛弃中华优秀传统文

---

① 王会民：《加强国际传播能力建设 促进文明交流互鉴》，《红旗文稿》，2023年第12期。
② 侯惠勤：《试论马克思主义理论的科学性》，《思想理论教育导刊》，2020年第1期。
③ 冯宏良：《国家意识形态安全与马克思主义大众化——基于社会政治稳定的研究视野》，天津人民出版社，2017年，第193页。

化这个根脉。坚守好这个魂和根,是理论创新的基础和前提。"①因此,新时代新征程面对新的问题和挑战,只有充分将马克思主义同中国具体实际相结合,同中华优秀传统文化相结合,才能坚守好理论创新的根与魂,才能不断丰富和发展马克思主义,使马克思主义永葆生机活力。同时也为新时代继续深入推进马克思主义的创新发展指明方向,让当代中国马克思主义、21世纪马克思主义展现出更加强大、更具有说服力的真理性力量。

习近平在文化传承发展座谈会上明确指出:"我们的社会主义为什么不一样? 为什么能够生机勃勃、充满活力? 关键就在于中国特色。中国特色的关键就在于'两个结合'。"②"两个结合"是我们党在探索中国特色社会主义道路中得到的规律性认识,是我们推进马克思主义中国化时代化的根本途径。我们只有深深把握"两个结合"的精神实质和契合要领,才能在新时代新征程继续推进马克思主义中国化时代化,为开创中国特色社会主义事业新局面指明前进方向。

第一,高举马克思主义的伟大旗帜,保证"两个结合"沿着正确的政治方向推进。马克思主义作为党的旗帜和信仰,我们要始终坚持"守正创新",始终坚持马克思主义在意识形态领域的指导地位,要运用马克思主义科学的世界观和方法论来解决中国的问题,而不是将马克思主义当作一成不变的教条,简单地学习原理知识或其他一些方法论使得马克思主义变为机械的马克思主义。"两个结合"是推进马克思主义中国化时代化的根本途径,同样也是开创和发展中国特色社会主义的根本途径。③与此同时,在这一过程中我们还要处理好马克思主义同中国具体实际和中华优秀传统文化的关系,既不能让中国具体实际代替马克思主义去指导中国实践,也不能使中华优

---

① 习近平:《不断深化对党的理论创新的规律性认识 在新时代新征程上取得更为丰硕的理论创新成果》,《人民日报》,2023年7月2日。
② 习近平:《在文化传承发展座谈会上的讲话》,人民出版社,2023年,第7页。
③ 颜晓峰:《"两个结合"是中国特色社会主义取得成功的最大法宝》,《理论导报》,2023年第7期。

秀传统文化代替马克思主义,"儒化"马克思主义,使中国政治发展方向走入歧途。除此之外,为防范历史虚无主义对马克思主义的指导地位的威胁,中国共产党人还应始终坚持以马克思主义凝心铸魂。①中国共产党百余年的实践证明,中国共产党人不论是在革命、建设、改革时期还是在中国特色社会主义进入新时代,都始终坚持用马克思主义认识问题,透过问题看本质,并以此总结马克思主义中国化的规律,不断解决马克思主义中国化时代化过程中的实际问题。习近平新时代中国特色社会主义思想就是马克思主义理论在当代社会继续焕发其鲜明理论品格的集中体现,是当代中国马克思主义、21世纪马克思主义,是中华文化和中国精神的时代精华,实现了马克思主义中国化新的飞跃。②

第二,深化推进"两个结合"需要深深扎根中国具体实际。新时代新征程上,必须立足我国发展实际,在实践中自觉准确地把握和应用马克思主义基本原理,以传承发展中华优秀传统文化为切入点,以走中国式现代化新道路为落脚点,③为马克思主义中国化时代化不断开辟新境界。同时要注意当前中国社会的主要矛盾及当下中国仍处于社会主义初级阶段的基本国情。党的十九大报告中明确提出新时代我国的社会主要矛盾已经转化为"人民日益增长的美好生活需要和不平衡不充分的发展之间的矛盾"④,而把握好这一社会主要矛盾的变化是厘清当前中国国情的根本前提,习近平指出:"全党要牢牢把握社会主义初级阶段这个最大国情,牢牢立足社会主义初级阶段这个最大实际。"⑤因此,把握好这个基本国情,认识清楚当前中国最大

---

①　肖贵清,李云峰:《实现"两个结合"与创新发展21世纪马克思主义》,《思想理论教育导刊》,2022年第4期。

②　《中共中央关于党的百年奋斗重大成就和历史经验的决议》,人民出版社,2021年,第26页。

③　王天民,郑丽丽:《从"一个结合"到"两个结合"的历史与逻辑》,《理论导刊》,2023年第3期。

④　习近平:《决胜全面建成小康社会夺取新时代中国特色社会主义伟大胜利——在中国共产党第十九次全国代表大会上的报告》,人民出版社,2017年,第11页。

⑤　习近平:《决胜全面建成小康社会夺取新时代中国特色社会主义伟大胜利——在中国共产党第十九次全国代表大会上的报告》,人民出版社,2017年,第9页。

的实际,就应坚持以实事求是的态度和辩证唯物主义的方法,从理论和实践、历史和现实、中国与世界等多方面全角度地去分析中华民族伟大复兴过程中的机遇和挑战。由此可见,深刻把握中国具体国情,扎根于中国具体实际是深化推进"两个结合"的主要依据,只有这样才能真正认清时代发展的规律,把握时代发展脉搏,把握历史主动,继续发展当代中国马克思主义、21世纪马克思主义。

最后,着力赓续传统中华文脉,深化推进"两个结合"离不开对中华优秀传统文化的创造性转化和创新性发展。中华优秀传统文化作为中华民族的根与魂,其自身具有强大的影响力、感召力、吸引力和凝聚力,是当代中国最深厚的文化软实力。只有推动中华优秀传统文化创造性转化和创新性发展,使中华民族最基本的文化基因与当代文化相适应、与现代社会相协调,[①]才能建设中华民族现代文明,才能不断挖掘中华文化和中国精神的时代内涵。因此,我们必须对博大精深的中华优秀传统文化进行创造性转化,以一种人民大众喜闻乐见的形式表达出来。马克思将意识形态概念看作一个总体性概念,表现为各种具体的意识形式,如哲学、宗教、道德、法律思想、艺术等。而不同的意识形式进行思想表达的载体是语言,[②]新鲜活泼、喜闻乐见,使之带有中国作风与中国气派,是对马克思主义话语表达的基本要求。[③]因此我们可以通过文艺作品、影视作品、网络平台等多形式、多途径对意识形态的话语传播体系进行创新,将马克思主义意识形态话语体系同中华优秀传统文化相结合,使马克思主义意识形态与中华优秀传统文化潜移默化地飞入寻常百姓家;还可以借助数字化语料库、自然语言处理以及其他先进科

---

　　① 陈志刚:《在中华优秀传统文化创造性转化和创新性发展中建设中华民族现代文明》,《马克思主义研究》,2023年第6期。

　　② 冯宏良:《国家意识形态安全与马克思主义大众化——基于社会政治稳定的研究视野》,天津人民出版社,2017年,第33页。

　　③ 徐国民、王国洪:《马克思主义中国化"两个结合"的科学内涵与实践路径》,《江苏大学学报(社会科学版)》,2023年第2期。

学技术等手段为中华优秀传统文化赋予新的时代特性,打造富有时代特性的传统文化作品,开拓中华优秀传统文化影响力的时空范围,从而不断激发人民群众的历史自信和文化自信。这不仅为中华优秀传统文化的创新和发展开辟了新渠道,也极大提升了中华优秀传统文化的传播力、承载力和影响力,使得中华优秀传统文化能够与马克思主义基本原理相适应、与当代社会相协调,不断赋予马克思主义科学理论新的文化生命力和时代内涵。

(二)提高党领导意识形态工作的政治能力

进入新时代以来,以习近平同志为核心的党中央为应对新形势下的"四种危险""四大考验"以及各种社会思潮的危害和侵蚀,明确提出中国共产党要勇于自我革命,从严管党治党,要以党的政治建设统领党的各项建设工作,将提升党的政治能力建设放在七种能力建设的首位。2018年6月,中共中央政治局就加强党的政治建设举行第六次集体学习时,习近平对政治能力的内涵进行了精准概括:政治能力就是"把握方向、把握大势、把握全局的能力,辨别政治是非、保持政治定力、驾驭政治局面、防范政治风险的能力。"①而后,习近平总书记又在中共中央政治局民主生活会上进一步指出,党员干部要不断提升政治判断力、政治领悟力、政治执行力。这些重要论断不仅科学地阐释了提高党领导意识形态工作能力的丰富内涵和重大意义,也为新时代加强党的全面领导,增强党的执政能力,永葆党的生机活力提出了明确要求和实践路径。同时,也充分体现了以习近平同志为核心的党中央对新时代新征程党领导意识形态工作规律的重要把握。因此,我们要深刻理解并把握习近平总书记关于政治能力提升的重要论述,着重从政治上建党强党,着力提高政治能力,对于党在新的赶考之路上创造新的辉煌具有

① 习近平:《把党的政治建设作为党的根本性建设　为党不断从胜利走向胜利提供重要保证》,《人民日报》,2018年7月1日。

重要意义。^①

　　第一,强化理论学习,系统推进党性教育。党性教育是提升思想境界、强化理论武装、坚定理想信念的必修课,是从思想根源上确保政治能力提升的"心学"^②。马克思主义是我们党领导意识形态工作建设的指导思想,学好马克思主义是对党员干部的基本要求。因此,深入学习马克思主义理论以此强化党员干部的底线思维、辩证思维、系统思维、历史思维、创新思维,使其用马克思主义的立场观点方法来分析改革发展的问题与挑战。习近平明确指出:"马克思主义之所以行,就在于党不断推进马克思主义中国化时代化并用于指导实践。"^③我们应该深刻领会习近平新时代中国特色社会主义思想,将马克思主义与马克思主义中国化的理论成果结合起来深入学习。除此之外,还须同学习党史、新中国史、改革开放史、社会主义发展史贯通起来,^④常吸理论之氧,筑牢思想之基。通过深度的理论学习,坚定共产主义的信仰,筑牢政治立场,从而不断提升党领导意识形态工作的政治能力。

　　第二,坚持问题导向,强化政治历练和实践锻炼。习近平强调:"加强政治历练,积累政治经验,自觉把讲政治贯穿于党性锻炼全过程,使自己的政治能力与担任的领导职责相匹配。"^⑤因此,要加强政治历练,尤其是在面对重大风险挑战,应对重大斗争和紧急突发问题时,要迎难而上,及时发现,及时处理。提高党员干部政治能力,根本途径是在复杂的斗争实践中锻炼并积累丰富的政治经验。^⑥《中共中央关于加强党的政治建设的意见》中明确

---

　　① 陈晓晖、连森:《新时代中国共产党政治能力提升的着力点》,《宁夏社会科学》,2022年第4期。

　　② 张波、戴焰军:《新时代领导干部政治能力的内涵结构与实践路径》,《理论导刊》,2020年第4期。

　　③ 习近平:《深刻认识马克思主义时代意义和现实意义继续推进马克思主义中国化时代化大众化》,《人民日报》,2017年9月30日。

　　④ 习近平:《立志做党光荣传统和优良作风的忠实传人 在新时代新征程中奋勇争先建功立业》,《党建》,2021年第3期。

　　⑤ 习近平:《总结党的历史经验 加强党的政治建设》,《求是》,2021年第16期。

　　⑥ 王春玺、夏晓庆:《中国共产党加强政治能力建设的百年历程与基本经验》,《世界社会科学》,2023第3期。

提出,党员干部要加强政治历练。政治能力既不是与生俱来的,也不是一劳永逸的,需要在长期的实践中不断历练出来。一方面,在贯彻落实党中央部署的各项重大方针政策过程中,不断增强政治把握力、调查研究力、联系群众力、合作共事力,层层推进各级党组织对政策的执行和落实,善于从中央的各项方针政策与各地不同的实际情况中作好研判和部署,确保将国家的各项重大方针政策转化为各地发展的动能。另一方面就是要在防范化解重大风险隐患的锻炼过程中,不断提升党员干部的忧患意识和长远眼光,善于从一些细小问题中及时发现问题的苗头,发现隐藏在其中的重大政治安全隐患,坚决防范"灰犀牛"和"黑天鹅"事件的发生。因此,要始终坚持问题导向,以维护政治安全为最终目的,在实践过程中提升党员干部的政治能力,为新时代社会主义意识形态工作保驾护航。

第三,掌握科学的工作方法,增强辨别政治是非能力。新时代新征程面临众多的复杂问题,诸多风险都处在高发期。那么在诸多的新的博弈过程中,党员干部既要有防范政治风险的警觉和先手,也要有化解政治风险的智慧和高招。[1]尤其是在国内国际两个大局错综交织、"两个一百年"历史交汇的关键时刻,党员干部一方面要注意各种言论、事件的出现,要主动团结人民群众,充分利用人民群众的智慧,在林林总总的现象中有效辨别忽视政治、淡化政治、不讲政治的错误行为,不断提升党员干部自身的政治辨别力和洞察力。另一方面,在问题的演变过程中,党员干部要灵活运用马克思主义的立场和方法,在多种利益博弈的复杂格局中始终保持清醒的政治头脑和透彻的分析能力,清醒明辨行为是非,透过事物的表象抓住事物的本质,[2]能够做到去伪存真,去粗取精,加深对问题的认识。善于从错综复杂的社会关系和社会矛盾中筛选、甄别、分析并解决问题,从中不断强化党员干部的

① 刘先春、王帅:《新时代党防范化解政治风险的若干思考》,《理论探讨》,2021年第4期。
② 方世南、关春艳:《中国式现代化进程中提升党员干部政治能力研究》,《东吴学术》,2023年第3期。

政治敏锐性和政治鉴别力。因此只有掌握科学的工作方法,才能准确找到问题的疑点、难点,才能够磨炼出敏锐的政治眼光和清醒的政治头脑,从而在利益面前有能够辨别是非的政治能力。

第四,严肃党内政治生活,强化党内政治生态建设。习近平在中共中央政治局集体学习时明确提出:"严肃认真的党内政治生活、健康洁净的党内政治生态,是党的优良作风的生成土壤,是党的旺盛生机的动力源泉,是保持党的先进性纯洁性、提高党的创造力凝聚力战斗力的重要条件,是党团结带领全国各族人民完成历史使命的有力保障,是我们党区别于其他非马克思主义政党的鲜明标志。"①因此,严肃党内的纪律和规矩,形成风清气正的党内政治生态环境,既凸显了党领导社会主义意识形态建设的优势,又为提升党员干部自身的政治定力提供了极大的帮助。一方面,党内政治生活作为党员干部提升政治能力的有效载体,党员干部自身要严于律己地开展工作。2019年新修订的《党政领导干部选拔任用工作条例》规定选拔任用党政领导干部必须把政治标准放在首位,凸显了干部选拔任用工作的政治定位。因此,可以通过不断完善干部考核评价体系,多方位全角度地对党员干部的工作绩效进行考察与监督,确保全体党员干部始终做政治上的"明白人""老实人"。同时通过灵活好用的实践考评体系,容错纠错机制等,不断推进党员领导干部在政治判断中敢于大胆推测;在政治领悟中勇于创新,敢于创新;在政治执行过程中敢于斗争、善于斗争,为提升党员干部政治能力提供内生动力。另一方面,要严格执行政治纪律和政治规矩,强化责任意识,净化党内政治生态环境。没有强烈的责任意识,就不可能有积极主动的执行力。②当前,党的事业不断壮大,党内政治生态日渐清朗,依赖的就是严格的

---

① 习近平:《严肃党内政治生活净化党内政治生态 为全面从严治党打下重要政治基础》,《人民日报》,2016年6月30日。

② 岳奎、何纯真:《习近平关于政治能力重要论述的生成理路、核心内容及价值意蕴》,《马克思主义理论学科研究》,2022年第6期。

政治纪律和政治规矩。要确保党不断团结和凝聚人心、始终保持纯洁性,必须时刻将政治纪律和政治规矩挺在前面。新时代新征程,面对复杂的政治环境,党领导意识形态工作过程中要加大对违规违纪的惩戒力度,让每一个党员干部都对"雷区"和"红线"有绝对的敬畏。这不仅是让各级党组织和党员干部明确党的政治纪律和政治规矩的重要条件,更是提升党领导意识形态工作的政治能力的关键要素。

(三)加强意识形态工作制度体系建设

制度"带有根本性、全局性、稳定性和长期性"[①]。新时代意识形态制度体系的构建是做好意识形态工作的重要环节,也是维护意识形态安全的重要抓手。随着中国特色社会主义进入新时代,我国发展处于新的历史方位,社会主要矛盾已经转化为人民日益增长的美好生活需要和不平衡不充分的发展之间的矛盾。新时代新征程,社会主义意识形态建设工作面临许多新任务新要求,我们必须正确把握社会主义意识形态制度体系建设的各个方面,清楚认识到社会主义意识形态工作制度体系只有更加完善健全才能更加系统科学地解决问题。牢牢把握党的十九届四中全会中制度体系生成的"逻辑密码"既是对新时代新征程做好社会主义意识形态建设的制度保障,也是对做好意识形态实际工作的现实回应。[②]

构建新时代意识形态工作制度体系,集中反映我们党和国家事业发展的战略意图和现实需求,体现着主流意识形态建设在中国特色社会主义事业中的地位和作用。[③]要紧紧围绕举旗帜、聚民心、育新人、兴文化、展形象的使命任务,加快完善以根本制度为统领的意识形态工作制度体系,确保意识形态工作制度体系建设的系统性和整体性。意识形态工作的制度建设作

---

① 《邓小平文选》(第二卷),人民出版社,1994年,第333页。
② 李洁:《新时代以制度建设提升社会思潮引领实效探析》,《马克思主义理论学科研究》,2020年第2期。
③ 汤荣光:《论新时代意识形态工作治理体系和治理能力建设》,《宁夏社会科学》,2020年第1期。

为一项系统工程,不仅要严格遵守根本制度,还要兼顾各个领域具体制度体系的构建和完善。

第一,坚持马克思主义在意识形态领域指导地位的根本制度。其中主要包括健全用党的创新理论武装全党、教育人民的工作体系;完善党委(党组)理论学习中心组等各层级学习制度;深入实施马克思主义理论研究和建设工程;建立健全"全员、全程、全方位"育人体制机制;落实意识形态工作责任制等制度体系建设。

增强全党马克思主义水平,健全用党的创新理论教育人民、武装头脑、指导实践的工作体系。确立和坚持马克思主义在意识形态领域指导地位的根本制度,是新时代党的意识形态工作制度化建构取得根本性成就的鲜明标识。[1]为此,一方面,全党上下要认真学习马克思主义,学习历史唯物主义、辩证唯物主义和马克思主义政治经济学。增强全党学习马克思主义、学习中国化时代化的马克思主义的自觉。[2]另一方面,运用贴近人民大众的话语表达方式,在充分把握时、度、效原则的基础上,组织各级各类的理论宣讲团,把党的创新理论传送进千家万户中。同时坚持将习近平新时代中国特色社会主义思想融入其中,并自觉地运用马克思主义的立场观点方法讲好身边的典型人物和故事,不断增强人民群众对习近平新时代中国特色社会主义思想的认同,为新时代意识形态工作夯实思想基础,捍卫马克思主义在意识形态领域的指导地位。

完善党委学习中心组学习制度,党内"集中教育"制度等制度,建立分类学习、分组学习的学习制度和网络学习平台。其中,以党中央印发的《中国共产党党委(党组)理论学习中心组学习规则》为代表的各类集体学习制度

---

① 肖唤元、张茂杰:《新时代党的意识形态工作制度化建构的逻辑机理》,《理论学刊》,2022第6期。

② 曾令辉:《论党的十八大以来我国意识形态建设的伟大成就与根本性转变》,《马克思主义研究》,2022年第10期。

内容更为健全,从机制、内容、方式方法等不同方面强化了对于马克思主义基本原理、马克思主义中国化时代化重要理论成果的学习。加强主题教育,根据时代特点和新的时代任务,有针对性地开展集中性的主题教育。始终坚持以人民为中心的工作导向,建立健全长效学习机制,着力化解学习意识不深、理论水平不够、认同观念不强等问题。通过具体的党日活动,党内实践等将对制度层面的认识深化进工作的各个环节,深化推进学习制度和教育制度的常态化、系统化,着力维护马克思主义作为党的指导思想的地位,深化对马克思主义理论的学习和认识,牢牢坚持马克思主义在意识形态领域的指导地位。

深入实施马克思主义理论研究和建设工程,把坚持以马克思主义为指导全面落实到思想理论建设、哲学社会科学研究、教育教学等各方面。习近平指出:"观察当代中国哲学社会科学,需要有一个宽广的视角,需要放到世界和我国发展大历史中去看。人类社会每一次重大跃进,人类文明每一次重大发展,都离不开哲学社会科学知识变革和思想先导。"[1]中共中央印发的《关于进一步繁荣发展哲学社会科学的意见》紧紧围绕时代发展主题,在制度设计、措施制定等方面协同推进马克思主义理论工程建设和中国自主知识体系的构建。因此,要紧跟世情、党情、国情的重大变化,不断深化对马克思主义理论知识的理解与认识,加强对意识形态领域相关问题的研究。除此之外,党的十九大报告中提到了"加强中国特色新型智库建设",新型智库建设充分将制度建设与学术思维有机融合,用马克思主义中国化的理论成果及时应对时代之问,化解时代难题,为建设具有强大凝聚力和引领力的社会主义意识形态贡献力量。

加强和改进学校思想政治教育,建立健全"三全育人"体制机制。中共中央、国务院在《关于加强和改进新形势下高校思想政治工作的意见》中把

---

① 习近平:《在哲学社会科学工作座谈会上的讲话》,《人民日报》,2016年5月19日。

"全员、全程、全方位"育人作为加强和改进高校思想政治工作的五项基本原则之一。做好学校的思想政治教育工作是意识形态工作建设的重要内容,必须注重这一重要领域意识形态工作制度体系的建构。"三全育人"是顺应高等教育人才培养发展趋势,在新时代背景下提出的新命题,①能够为有效解决西方意识形态渗透、错误思潮侵蚀提供应对之策。为此,完善立德树人制度,积极推动家校、社会、政府协同配合,积极构建大中小一体化、德智体美劳全面培养的教育体系,将立德树人贯穿教育的各个环节。除此之外,针对不同的学科特点、学段设置构建完善的衔接机制,将思想政治教育贯穿教育全过程。高校作为思想政治教育前沿阵地,要深入探索"五育"并举的教育模式,将育人、育心有机融合,推进全方位多角度的思想政治教育。因此,要加强和改进对学校的思政教育,建立健全三全育人的体制机制,不断增强大中小学生对社会的整体认同感,达到时时处处育人的效果,让思想政治教育深入人心,为新时代社会主义意识形态建设工作注入活力。

贯彻落实意识形态工作责任制,牢牢掌握党对意识形态工作的领导权。落实意识形态工作责任制是党中央为加强党对意识形态工作领导而作出的重要制度安排,在制度上为我国建设具有强大凝聚力和引领力的社会主义意识形态工作提供了基本保证。②首先,要强化主体责任意识,不断提高各级党委(党组)对落实意识形态工作责任制的重视。充分贯彻落实党中央颁发的《党委(党组)意识形态工作责任制实施办法》(2015)等相关制度规定,确保意识形态工作责任落实落细。各级党委(党组)还应当把意识形态工作作为党的建设的重要工作,与"五位一体"总体布局,"四个全面"战略布局紧密结合,切实把意识形态工作贯穿到工作的各个领域。其次,建立全方位、

① 刘晓东:《"三全育人"视域下高校思想政治教育探究》,《学校党建与思想教育》,2023年第14期。

② 孙立军、许海娇:《新时代建设具有强大凝聚力和引领力的社会主义意识形态研究》,《思想理论教育导刊》,2023年第5期。

多层次、多角度、系统性的问责机制,有效避免部分党的领导干部在开展相关工作过程中存在形式主义,对意识形态工作的极端重要性认识不够充分、落实不到位等问题。从而深化推进意识形态工作责任制的落实,建设具有强大凝聚力和引领力的社会主义意识形态。

第二,坚持以社会主义核心价值观引领文化建设制度。要全面总结党中央关于宣传思想文化工作的重大决策部署和出台的系列重要文件,从制度建设的层面推进思想政治工作创新。其中要完善社会主义核心价值观培育和践行制度及相关法律政策体系;加强理想信念教育;深化思想道德建设;推进中华优秀传统文化传承发展工程;健全志愿服务体系;完善诚信建设的制度体系,增强思想政治工作的科学性和规范性,使思想政治工作真正成为展现党的政治优势、维护意识形态安全的重要力量。

完善社会主义核心价值观培育和践行制度,着力培育和践行社会主义核心价值观。新时代以来,面对国际国内多种社会思想文化的交流和交锋,以习近平同志为核心的党中央根据新形势下的新特点和新要求,提出要在全社会培育和践行社会主义核心价值观,使社会主义核心价值观成为公民的共识,并将其内化于心、外化于行。价值观若要有生命力,就必须能够走进千家万户,关注和融入百姓的日常生活并发挥作用。[①]一方面,要在日常生活过程中培育和践行社会主义核心价值观。例如,举办国家重大节日和纪念日活动,将中华优秀传统文化中优秀的道德观念、乡规民约、制度建设等与社会主义核心价值观相融合,潜移默化地使社会主义核心价值观与全体社会成员相融入。另一方面,推动社会主义核心价值观法治化、规范化建设。党的十八大以来,以习近平同志为核心的党中央相继出台了《关于培育和践行社会主义核心价值观的实施意见》《关于进一步把社会主义核心价值观融入法治建设的指导意见》等一系列指导性建设文件,不断完善和弘扬社

---

① 方兰欣、郑永扣:《广泛践行社会主义核心价值观的时代意蕴与着力点》,《社会主义核心价值观研究》,2023年第2期。

会主义核心价值观的法律政策,促进社会主义核心价值观在全社会的培育和发展。

推动理想信念教育常态化、制度化,高举意识形态工作的精神旗帜。习近平指出,理想信念就是共产党人精神上的"钙",理想信念教育不仅要在党员干部中开展,而且要面向全社会开展。为此,要坚持"四史"学习教育,通过对中国共产党党史、新中国史、改革开放史及社会主义发展史的学习,赓续红色血脉,弘扬红色文化,传承红色基因,用好红色资源,将以爱国主义为核心的民族精神和以改革创新为核心的时代精神充分融入其中。其次,从历史中深刻感悟今日生活来之不易,明白中华民族伟大复兴的历史重任,以坚定的理想信念,饱满的爱国主义情怀,坚定不移地走中国特色社会主义发展道路。马克思主义、共产主义信仰是共产党人的命脉和灵魂,也是思想政治工作的核心内容,更是意识形态工作永恒的核心课题和首要任务。①为此,做好新时代意识形态工作就要始终高举精神旗帜,加强理想信念教育,积极应对各种非主流意识形态的冲击和挑战,从而巩固马克思主义在意识形态领域的指导地位,巩固全党全国人民团结奋斗的共同思想基础。

实施公民道德建设工程,推进新时代文明中心建设。公民道德建设本身就是在一定的社会意识形态指导下,根据现实社会的要求和本国的传统文化、传统道德,以主流价值观建构公民道德规范,通过有目的、有计划地对公民施加系统的道德影响与道德教育。②其中完善公民道德建设工程制度要以2019年《新时代公民道德建设实施纲要》为依据,培养和造就担当民族复兴大任的时代新人。《新时代公民道德建设实施纲要》还提出"强化教育引导、实践养成、制度保障"。因此可以通过教育实践、制度建设来激发公民参与公共生活的热情,在各类实践活动过程中形成对国家认同的理性认知。除此之外,通过中华优秀传统文化的文化渲染,典型案例的示范影响来增强

---

① 朱喜坤:《意识形态工作要始终高举理想信念精神旗帜》,《理论月刊》,2014年第8期。
② 冯建军:《公民道德建设与公民道德教育》,《上海教育科研》,2023年第7期。

公民对国家社会的情感认同,在潜移默化中引导公民自觉向国家的各项规章制度靠拢,营造团结和谐的社会氛围。

推进中华优秀传统文化传承发展工程。中共中央办公厅、国务院办公厅印发《关于实施中华优秀传统文化传承发展工程的意见》明确指出,要将中华优秀传统文化的传承贯穿国民教育的始终。要加强对古书典籍的保护和编纂工作,建立中华优秀传统文化资源数据库,用前沿的科技创新传统文本的阅读方式,着力探寻其中的文化基因,为回答时代之问、人民之问、历史之问找寻解题思路;完善文化遗产保护制度,加大对物质和非物质文化遗产的保护,创新传承与发展的方式,使中华优秀传统文化真正活起来;加强对民族传统节日习俗的管理和申报,丰富中华优秀传统文化的内容形式,真正将时代化发展与历史文化基因有机融合,充分彰显中华优秀传统文化的价值,对内增强人民群众对本国的文化自信和文化认同,对外树立良好的文明大国形象。

健全社会志愿服务体系。在现代社会,志愿服务是公众参与社会生活的一种重要形式,也是社会福利服务中十分重要的一股力量,需要多方的力量介入才能够弘扬志愿服务精神。首先,完善相关法律法规,明确个人和志愿组织之间的关系及其各自所要承担的责任,对个体、组织等形成有效的法律保障;其次,完善志愿服务文化的培育和践行制度,将志愿服务工作纳入各个行业,各个领域,尤其要注重学校对青少年学生志愿服务的教育和培训,培育新时代青年。发挥激励机制的作用,通过精神激励或是荣誉激励表明对其志愿工作的肯定和认可,也在一定程度上满足个人心理层面的个人认同感;最后还要努力完善志愿资金保障体制机制,志愿资金是支撑志愿组织能够正常运转的基础,要确保每一笔志愿服务资金都得到清晰明确的记录和公示,做到公开公正透明。因此,健全社会服务体系,调动全社会志愿服务精神,有效化解各种社会矛盾,为推动社会主义社会和谐发展贡献力量。

完善诚信建设长效机制,构建诚信制度文化。党的十九届四中全会决议要求:"完善诚信建设长效机制,健全覆盖全社会的征信体系,加强失信惩戒。"①新时代以来,面对复杂多样的意识形态渗透,人们一味地追求经济效益最大化,遵循利益博弈原则而忽视了制度化、规范性。为此,必须建立长效发展的制度化机制,用制度的'笼子'关住失信行为。②《关于推进诚信建设制度化的意见》以及2016年制定的关于失信惩戒的指导办法,都凸显了党和国家以制度来约束社会诚信的决心。此外,要营造良好的社会诚信生态环境,弘扬中华优秀传统文化中的诚信道德理念,健全以诚信为导向的社会机制,通过实践活动和榜样示范等建构诚信制度文化。同时,还要制定严格的失信惩戒制度,明确划定失信范围,加大失信惩戒力度,让坚守诚信成为利益驱动下的首要选择。因此,必须完善诚信建设长效机制,在诚信友善的社会大环境中,形成社会发展的规章制度,推动社会主义社会发展。

第三,完善文化艺术发展体制机制,健全人民文化权益保障制度。总结现有文艺发展相关政策,建设具有中国特色的文化创作生产体制机制;完善文化产品创作生产传播的引导激励机制,推出更多群众喜爱的文化精品;完善城乡公共文化服务体系,健全支持开展群众性文化活动机制,鼓励社会力量参与公共文化服务体系建设,为文化艺术发展建立多维度的体制机制,有效保障人民群众的文化权益,增强人民群众的社会认同和幸福指数。

建立健全把社会效益放在首位、社会效益和经济效益相统一的文化创作生产体制机制。中国特色社会主义进入新时代,社会主要矛盾发生转变,中国共产党加快健全和完善文艺工作制度的顶层设计,更加注重文艺工作在满足人民群众美好生活需要方面的重要作用。③《中共中央关于繁荣发展

---

① 《中共中央关于坚持和完善中国特色社会主义制度 推进国家治理体系和治理能力现代化若干重大问题的决定》,《人民日报》,2019年11月6日。
② 邓安能:《诚信文化建设的总体取向》,《重庆社会科学》,2017年第1期。
③ 马雪松:《党领导文艺工作的发展脉络与历史经验》,《人民论坛》,2022年第10期。

社会主义文艺的意见》中对文化创作生产作出了规划。为此,我们贯彻落实党领导文艺工作的重要方针,遵循社会主义先进文化的发展规律,处理好社会效益与经济效益之间的关系,不要在市场经济的大风大浪中迷失方向。完善高质量发展为导向的文化经济政策和文化企业履行社会责任制度,不要让文艺创作成为市场的奴隶。同时要保证文艺创作单位和部门积极承担社会责任,追求卓越,抵制低俗文化,创造顺应时代潮流、符合人民大众审美的文化精品。健全新型文化业态健康发展机制,完善文化和旅游相融合的发展机制,将中华优秀传统文化、红色革命文化、社会主义先进文化与社会主义现代化建设相融合,推进新型文化产业形态的发展,实现对文化的充分利用,为推动文化大发展大繁荣、建设社会主义文化强国做出更大贡献。

健全人民文化保障制度,完善文化产品创造生产传播的引导激励机制。优秀文艺作品反映着一个国家、一个民族的文化创造能力和水平。[①]注重完善文艺创作激励机制,坚持百家争鸣、百花齐放的方针,鼓励文化创新,支持文艺产品多样性;完善文艺精品保护机制,确立高质量的文艺创作目标,坚持自身文艺创作的特色不受外界市场化的干扰,精心设计精心打磨创作精品。除此之外,还要注重对文艺创作工作的引导和扶持,投入专项扶持资金服务于文艺创作和生产,着力打造文艺创新创造的时代高潮。完善公共文化服务体系,推动文艺创作走实走深。健全现代公共文化服务体系是中国共产党实施文化强国战略的重大举措,其具有为中国共产党长期执政赢得民心、激活资源和凝聚共识的长效功能。[②]因此要讲好中国故事,传播好中国声音。完善基层公共文化服务体系,各级公共文化服务机构成立宣讲团,深入田间地头、学校课堂、工厂车间等各行各业;利用新兴科技打造公共文化数字化建设,积极服务于中国共产党的领导和人民群众的生活,为优秀

① 习近平:《在文艺工作座谈会上的讲话》,人民出版社,2015年,第7页。
② 颜昌茂:《现代公共文化服务体系长效功能探赜——基于中国共产党长期执政视角》,《图书馆工作与研究》,2023年第6期。

文化实现长期有效的保存提供技术支持。

第四,完善坚持正确导向的舆论引导工作机制。要深刻把握舆论引导工作的规律和方法,始终坚持党管媒体的原则,构建多元高效的舆论工作格局,健全应对重大舆情和突发舆论事件研判制度、网络综合治理等制度体系,确保新闻舆论工作始终坚持正确的工作导向,以正面宣传为主,不断巩固全党全国人民团结奋斗的共同思想基础。

坚持把党管意识形态、党管媒体、党管舆论原则贯穿新型主流媒体建设发展始终。[①]坚持党管媒体原则,要始终坚持正确的舆论导向,旗帜鲜明走中国特色社会主义道路,创新党的方针路线的宣传方式。根据新形势、新问题提出新认识、新观点,是新时代新闻舆论工作的指南针和定盘星。[②]2016年出台的《关于进一步加强社会类、娱乐类新闻节目管理的通知》,就是党对新时代新闻舆论引导工作作出的重要创新,把弘扬主旋律、正能量主导的节目、新闻覆盖至导向管理的全过程。同时,坚持团结稳定鼓劲,加大正面宣传力度,坚持以社会主义核心价值观为引领,大力弘扬中华优秀传统文化、革命文化和社会主义先进文化,积极传播真善美。

构建网上网下一体、内宣外宣联动的主流舆论新格局。新时代以来舆论引导工作面临许多新的机遇和挑战,塑造主流舆论新格局既关乎新闻传播业本身,又与社会主义意识形态、社会主义文化自信密切相关。[③]为此,要以马克思主义新闻观为指导加强舆论导向的制度化建设,建立舆论导向工作责任制,明确责任主体,牢牢把握舆论导向工作的领导权,划清责权边界和责任范围。除此之外,还要建立舆论引导问责和舆情研判制度,精准把握社会舆论状况,掌握舆论引导工作的主动权,避免出现重大的舆情事故,不

① 黎昱睿、李珮:《全媒体时代新型主流媒体建设路径探析》,《中国高等教育》,2022年第2期。
② 尤红:《习近平对"舆论导向/舆论引导"论的创新发展》,《当代传播》,2022年第5期。
③ 虞鑫、苗培壮:《整合升级与凝聚共识:主流舆论新格局的政策脉络与现实逻辑》,《中国出版》,2023年第18期。

断强化舆论引导的力度和精度。习近平强调："要把握正确舆论导向,提高新闻舆论传播力、引导力、影响力、公信力,巩固壮大主流思想舆论。"①为此,各类媒体在宣传过程中注意将温度与深度相融合,正面宣传,以贴近老百姓的话语和接受方式来讲中国故事,传递出符合时代发展的中国最强音。

推动全媒体传播体系建设,着力加强国际传播能力建设、促进文明交流互鉴。充分发挥全媒体传播优势,敢于向错误思潮与错误言论亮剑,积极捍卫主流意识形态价值权威。"如果价值观层面出问题,最终会颠覆利益层面的制度认同。"②为此,要加强媒体传播体系的建设,建立一体化共享融通制度,促进各类媒体资源的有效整合,便于合理分配使用媒体资源。2014年出台的《关于推动传统媒体和新兴媒体融合发展的指导意见》也明确表示,要将传统媒体与新兴媒体紧密融合,二者之间不分主次,互为补充。新时代条件下国际国内形势都发生了巨大变化,在各种意识形态和社会思潮激烈碰撞的新形势下,积极探索新型主流媒体的建设,打造一个强大的社会主义意识形态舆论阵地。加强全媒体传播体系的顶层设计,协调好顶层设计与统筹规划之间的关系,搭建具有政治视野、政治高度的智能化全媒体传播平台,推进融媒体中心建设,打造多层次、全覆盖的全媒体传播矩阵。最后,充分发挥全媒体传播优势,将时代主流话语、社会热点问题、网络热搜话题、通俗流行表达等新型的话语表达方式融入主流意识形态话语体系中,使得中国话语在各种文明的交流互鉴中不断得到磨炼提升,从而充分应对国际话语舞台的各种风险和挑战。

健全网络综合治理体系,以系统化、科学化、法治化的制度体系应对互联网中的各类风险,掌握网络意识形态主导权。党的二十大报告中提出要营造清朗的网络生态环境。为此,我们要完善互联网治理的法律法规体系,从2016年到现在相继出台《中华人民共和国网络安全法》《党委(党组)网络

---

① 《习近平谈治国理政》(第三卷),外文出版社,2020年,第312~313页。
② 侯惠勤:《论意识形态风险及其防控》,《阅江学刊》,2022年第5期。

安全工作责任制实施办法》等这些相关的法律法规都是在为新时代社会主义意识形态建设保驾护航,不断完善网络综合治理体系。在相关法律法规制度规范的基础上,将法律管制的强制性与柔性管理、弘扬正能量和打击违法犯罪行为、集中整治和常态管理有机结合,净化网络信息传播环境,管制网络空间的良性秩序。人工智能时代已经到来,互联网是意识形态斗争的最前沿和主战场,①加快网络意识形态安全的核心技术创新,助力科学技术在自立自强中不断发展,从而形成维护我国网络意识形态安全的硬实力。充分利用大数据、人工智能、算法等前沿技术,加大对网络舆情的监管和处置效能,提升网络综合治理体系的科学性。网络意识形态安全治理涵盖多方面内容,涉及多方面问题,是一个系统的过程。②构建多主体参与,多手段相结合的中国特色网络意识形态安全治理体系,系统构建网络综合治理体系,为新时代网络意识形态工作提供政治保证和组织保障。

(四)加强党的意识形态阵地建设

阵地建设是做好意识形态建设的有效载体。能否守得牢、守得好意识形态阵地,对于意识形态领域斗争的胜负至关重要。强化意识形态阵地建设是实现"两个巩固"根本任务的内在逻辑,也是新时代境遇中我们党坚守主流意识形态主导地位的实践逻辑和鲜明特色。因此,面对大变局下意识形态领域斗争更趋复杂和尖锐的时代形势,必须加强党的意识形态阵地建设,迅速抢占主流意识形态传播阵地。思想的田野,如果真理不去占领,就会杂草丛生;心灵的空间,如果阳光不去播撒,就会霉菌疯长。③因此,必须强化意识形态阵地建设意识,筑牢阵地风险防范的堡垒,切实减少意识形态风险的存量和增量,为防范化解意识形态风险提供重要支撑。

---

① 王天民、郑丽丽:《算法技术赋能意识形态的风险透视及治理之策》,《云南社会科学》,2023年第6期。
② 刘远亮:《系统推进网络意识形态安全治理的三维进路》,《系统科学学报》,2024年第4期。
③ 郑言:《牢牢占领意识形态斗争主战场》,《红旗文稿》,2015年第3期。

党的十八大以来,我们党先后召开了全国宣传思想工作会议、文艺工作座谈会,全国党校工作会议、党的新闻舆论工作座谈会、网络安全和信息化工作座谈会、哲学社会科学工作座谈会、全国高校思想政治工作会议、学校思想政治理论课教师座谈会等会议,这一系列会议和讲话不仅点明了当前各大领域存在的意识形态安全问题,同时为加强党对意识形态阵地建设全面领导,各领域阵地建设提供了理论遵循和行动指南。

第一,牢牢把握思想论争武器,强化理论阵地的建设。要加强意识形态阵地建设,思想论争是一种必然选择。①因此,能否在意识形态斗争中坚守好自身的思想理论基础,把握好斗争规律,掌握好运用好思想理论武器,这对意识形态斗争能否取得胜利至关重要。新形势下,各种社会思潮纷纭激荡,为进一步促进社会安定团结、和谐稳定,推进国家治理体系和治理能力现代化,增强防变和抵御风险的能力,迫切需要哲学社会科学更好地发挥作用。为此,一方面要加强哲学社会科学研究阵地的建设。构建中国特色哲学社会科学是一个系统工程,是一项极其繁重的任务,要加强顶层设计,统筹各方面力量协同推进。②始终坚持马克思主义在我国哲学社会科学领域的指导地位,用好马克思主义、中华优秀传统文化、国外哲学社会科学的资源,打造中国特色哲学社会科学学科体系、学术体系和话语体系,引导哲学社会科学朝着正确的方向发展,有效防范多元社会思潮的渗透和攻击。另一方面,要加强马克思主义理论研究和建设。习近平强调要坚持以马克思主义及其中国化创新理论武装全党。为此,要不断推进理论创新,用马克思主义观察时代、解读时代、引领时代,用鲜活丰富的当代中国实践来推动马克思主义发展,形成具有中国风格、中国气派和中国特色的意识形态话语体系,牢牢掌握意识形态话语权。最后,要加强各类学术会议、报告、讲座、论坛、研讨会等的管理,以及哲学社会科学出版刊物的管理,确保正向传播的

---

① 李洁:《思想论争是意识形态阵地建设的必然选择》,《思想教育研究》,2018年第11期。
② 习近平:《在哲学社会科学工作座谈会上的讲话》,《人民日报》,2016年5月19日。

官方渠道多样且有效,不给任何错误思想理论留有可乘之机,牢牢坚守好意识形态理论阵地建设。

第二,强化教育领域意识形态管控,筑牢教育领域阵地建设。强化教育领域是意识形态阵地建设的重要环节,学校是意识形态教育传播的重要阵地。为此,要加强对各类社科研究机构和思想文化类学会协会,高等学校、中小学、职业学校和民办学校的管理,确保教育领域意识形态阵地始终掌握在党的手中。习近平指出,要努力构建德智体美劳全面培养的教育体系,形成更高水平的人才培养体系。①推进大中小学思政课一体化建设,把立德树人融入思想道德教育、文化知识教育、社会实践教育各环节,贯穿基础教育、职业教育、高等教育各领域,构建完备的学科体系、教学体系、教材体系、管理体系。尤其要注重高校意识形态阵地建设,牢牢把握党对高校意识形态工作的领导权和话语权。高校是党和国家意识形态工作的前沿阵地,高校意识形态建设的使命在于贯彻立德树人的根本任务。②为此,要加强党对高校主流意识形态的占领和把握,最大限度削弱多元社会思潮的侵蚀和危害。加强对教师队伍、学校课堂的建设和管理,以正面宣传为主,展开正能量的教育实践活动,用中国共产党的自我革命事迹、中华优秀传统文化的优秀案例、社会主义先进文化的典型丰富教育内容,让青少年在学校教育这一环节得到正面积极的教育,绝对不能被西方错误的价值观带偏方向,坚决守好学校这个意识形态教育的主阵地。

第三,坚持文化为社会主义服务,加强文艺创作阵地建设。文艺工作座谈会上,习近平提出文艺事业是党和人民的重要事业,文艺战线是党和人民的重要战线。③为此,加强和改进党对文艺工作的领导,从文化自信、价值观

①　习近平:《坚持中国特色社会主义教育发展道路 培养德智体美劳全面发展的社会主义建设者和接班人》,《人民日报》,2018年9月11日。

②　张慧、汪寅:《高校意识形态治理现代化的逻辑理路与实现路径》,《广西社会科学》,2023年第3期。

③　习近平:《在文艺工作座谈会上的讲话》,人民出版社,2015年,第1页。

自信,以及巩固马克思主义在意识形态领域的指导地位等角度强调了文艺工作的重要地位。因此,要注重对文化产品、广播影视、文学作品、艺术产品等重要载体的管理和建设;领导、组织有关部门和机构做好知识分子的团结引导服务工作,充分发挥他们在社会主义先进文化建设中的主力军作用,加强对这些阵地的管理和这些领域中人员、活动、作品等的引导和管理,切实发挥他们在意识形态领域的积极作用。同时注重对中华优秀传统文化的传承,在文化传承座谈会议上提出成立中国历史研究院、中国国家版本馆,为更深切地认识中华优秀传统文化的博大精深、源远流长提供有效的实质性载体。最后要重视社会主义核心价值观的发展建设,将社会主义核心主义价值观高度融入社会及国家发展的全过程,用社会主义核心价值观筑牢意识形态的文化高地。

第四,巩固和壮大主流声音,强化新闻舆论阵地建设。新闻领域一直以来都是意识形态建设工作的前沿阵地,习近平在党的新闻舆论工作会议上指出,新闻舆论是党的"一项重要工作",也是国家的"大事"。①因此,始终坚持党管媒体的原则,加强对主流媒体舆论平台的建设和管理,强化新闻舆论阵地建设。对于否定中国共产党的领导、攻击中国特色社会主义制度的错误思潮和言论,应当敢抓敢管、敢于亮剑,及时有效地发出声音,通过党报党刊旗帜鲜明地表明立场、亮明态度,理直气壮地加以批驳,有理有力有节地开展思想舆论斗争。始终以马克思主义新闻观为灵魂,坚持新闻的真实性原则,做到全心全意为人民服务,为社会主义建设服务,为全党的工作大局服务。坚持以团结稳定鼓劲和正面宣传为方针,利用好当下新兴媒体的传播优势,利用影响力较大的微信公众号、微博大V等自媒体平台传播社会发展的重大热点议题,通过正面宣传和正面引导讲好中国故事,传播中国声音,主动贴近老百姓的需求和利益,有效规避海外舆论势力的入侵。强化新

---

① 《习近平谈治国理政》(第二卷),外文出版社,2017年,第331页。

闻从业人员的理论功底和思想道德素质,新闻从业人员必须以足够高远的政治站位时刻关注党的一切创新理论成果。深刻把握传统媒体和新兴媒体的融合,《关于推动传统媒体和新兴媒体融合发展的指导意见》指出,"推动媒体融合发展,要将技术建设和内容建设摆在同等重要的位置"①,打破传统媒体的制约,把精心雕刻的作品内容以贴切大众的形式生动形象地传递出来,将新技术应用到基层每一个环节,精准定位实时投放,巩固和壮大主流媒体舆论阵地。

第五,适应信息化时代要求与挑战,强化网络意识形态安全阵地建设。注重互联网生态环境的治理,建立健全互联网综合治理体系,增强网络意识形态风险防范意识,强化网络意识形态重要阵地建设。习近平指出做好网上舆论工作是我们"党的一项长期任务"。为此,我们必须加强对互联网的管理,中央网络安全和信息化领导小组着力加快提升网络发展战略规划能力,加强顶层设计和组织领导,提升我国网络空间的国际话语权和规则制定权。坚持正面引导正面宣传,构建网上网下同心圆,营造风清气正的网络空间,克服互联网这一关,推动网络强国的建设。打造高素质人才队伍建设,网络意识形态建设需要大量的高素质高科技人才,结合实际情况,将思想教育、理论研究与舆论宣传有机融入,有效维护我国网络意识形态安全。同时也要注意将社会主义核心价值观有机融入网络阵地建设当中,开展多种形式的社会主义核心价值观教育,着力提升网民自身的道德修养,引导广大网民树立正确的世界观、人生观、价值观,提高人民群众的思想觉悟和文明素养,让网民自身有辨别错误思潮的判断力,构筑起坚固的网络意识形态阵地防线。

总之,加强党对意识形态阵地的管理,需要各级组织和有关部门注意对各类意识形态阵地的管理。各地区各部门各单位要严格落实有关规定,加

---

① 《推动主流媒体在融合发展之路上走稳走快走好》,《人民日报》,2014年8月21日。

强对宗教及宗教思想传播、对外文化交流活动、学术交流合作及境外非政府组织和基金会在境内活动的管理。深入开展扫黄打非,严厉打击各种非法出版物,坚决封堵境外政治性有害出版物向境内渗透。强化对党校、行政学院、干部学院和社会主义学院重要阵地建设,着力提升党员干部的政治能力和理论水平,以便于高质量高素质人才更好地深入其他各个阵地建设中,成为意识形态阵地建设的中坚力量。

（五）有效防范西方错误思潮的侵蚀影响,不断提升新闻舆论传播力引导力影响力公信力

进入新时代以来,党中央高度重视意识形态工作建设,2013年8月习近平在全国宣传思想工作会议上着重强调:"意识形态工作是党的一项极端重要的工作。"[①]而早在同年的4月,中共中央就已经印发了《关于当前意识形态领域情况的通报》,其中明确了当前意识形态领域所面临的七大危险,要求警惕和根除西方宪政民主、"普世价值观"、公民社会、新自由主义、西方新闻观、历史虚无主义,以及质疑中国改革开放的各种错误言论和社会思潮。复杂多样错误思潮的围攻裹挟和新的风险挑战,对党的新闻舆论工作提出了新的要求和挑战。习近平在党的新闻舆论工作座谈会上明确指出:"党的新闻舆论工作是党的一项重要工作,是治国理政、定国安邦的大事,要适应国内外形势发展,从党的工作全局出发把握定位,坚持党的领导,坚持正确政治方向,坚持以人民为中心的工作导向,尊重新闻传播规律,创新方法手段,切实提高党的新闻舆论传播力、引导力、影响力、公信力。"[②]这不仅强调新闻舆论工作对意识形态工作建设的重要性,还同时对如何提升新闻舆论传播力、引导力、影响力、公信力展开系统完整论述。

---

①　习近平:《胸怀大局把握大势着眼大事　努力把宣传思想工作做得更好》,《人民日报》,2013年8月21日。

②　《习近平在党的新闻舆论工作座谈会上强调　坚持正确方向创新方法手段　提高新闻舆论传播力引导力》,《人民日报》,2016年2月20日。

因此,只有不断推动新闻舆论战线的改革创新,不断提升新闻舆论传播力和引导力,才能使新闻舆论工作在公众层面、社会层面赢得更为广泛、持久和深刻的影响力和公信力,才能有效应对新媒体时代下的各种舆论环境变化和风险挑战,有效防范西方错误思潮的侵蚀和攻击。

加快推进媒体融合发展,不断提升新闻舆论传播力。伴随着新兴科技的不断发展,新兴媒体影响越来越大。但是新媒体时代下,由于传统媒体自身"一对多"的传统传播方式已经无法适应当代社会大众的需求,无法建立一个有效及时的互动反馈机制,难以满足新媒体时代大众对新闻多样化、分众化、个性化的需求。为此,一方面加快推进传统媒体与新兴媒体的融合发展,充分运用新技术新应用创新传播方式,占领信息传播的制高点,拓宽传播渠道,提升新闻舆论传播力。把推进媒体融合发展作为当前新闻舆论传播工作的一项迫切任务,树立一体化的发展理念,充分利用微博微信平台、移动互联技术,不断推进传统媒体和新兴媒体在内容、渠道、平台、经营、管理等方面深度融合。另一方面,加强"四全媒体"的建设,提升主流媒体全方位多角度高站位的传播能力。全面把握"四全媒体"对新闻工作方式的革新,统筹处理好各级各类媒体之间的关系,构建网上网下一体的主流舆论新格局,建立全媒体传播体系。通过对媒体传播方式、方法、途径等的推进革新,不断拓宽传播渠道,提升传播力度,及时扼杀西方错误思潮的传播势头,有效防范西方错误思潮的渗透和入侵。

强化主流舆论价值导向,不断提升新闻舆论引导力。引导力是在对公众舆论进行引领的过程中体现出来的,新闻舆论传播力在很大程度上是新闻媒体引导力的反映。习近平也格外强调新闻舆论导向作用,他指出新闻舆论工作各个方面、各个环节都要坚持正确舆论导向。但是由于传统媒体在受众多元的新媒体时代,主流价值观被西方错误思潮不断攻击侵蚀,传统媒体原本作为引导大众的角色和地位又被多元化的新兴媒体所替代,致使新闻舆论工作在重要的舆论场中出现"失声""失语""引导不力"等现象。因此,促进多元舆论场共融,凝聚共识,成为加强党对舆论引导能力的迫切需要。①为此,一方面要弘扬主旋律,传播正能量,培育和践行社会主义核心价值观。坚持团结稳定鼓劲、正面宣传为主的工作方针,做强做大主流舆论,用社会主义核心价值观凝聚社会共识,把社会主义核心价值体系作为舆论场中舆论引导的主题和前进方向。真正做到凡是有媒体覆盖的地方就要有党的声音,要有社会主义核心价值观的支撑,坚持以受众群体为中心,拒绝空洞说教、华而不实的言论,以引导的方式推动社会主义核心价值观入脑入心,使得社会主义核心价值观转化为全体人民的价值追求和自觉行动的指南。另一方面,加强新闻舆论工作队伍建设,增强新闻舆论工作队伍的政治意识,不断提升新闻舆论引导的水平。增强政治家办报意识,加快培养造就一支政治坚定、业务精湛、作风优良、党和人民放心的新闻舆论工作队伍。习近平在 2018 年全国宣传思想工作会议上也进一步指出,宣传思想战线要"增强脚力、眼力、脑力、笔力,努力打造一支政治过硬、本领高强、求实创新、能打胜仗的宣传思想工作队伍"②。新媒体时代就要遵循新的工作要求和行动指南,不断强化主流舆论价值导向,助推主流媒体敢于对历史虚无主义等错误的现象进行揭露和批判,以社会主义核心价值观夯实主流媒体的强大引导力,帮助人们确立正确的世界观、人生观、价值观。

巩固拓展主流媒体的舆论阵地,不断扩大新闻舆论的影响力。新闻媒体的影响力可以说是对新闻舆论工作的直观反映,是衡量和检验新闻舆论工作传播力、引导力和公信力的重要标准。目前学界专家认为"新闻媒体从三个方面影响受众:一是影响受众的信息获取,二是影响受众的主观判断,三是影响受众的态度秉持"③。可见,新闻媒体影响力对做好新闻舆论工作

---

① 赵成斐:《多元舆论场中党的舆论引导能力研究》,《政治学研究》,2014年第1期。
② 《习近平在全国宣传思想工作会议上强调 举旗帜聚民心育新人兴文化展形象 更好完成新形势下宣传思想工作使命任务》,《人民日报》,2018年8月23日。
③ 丁柏铨:《论新闻传媒对新闻受众的影响力》,《当代传播》,2010年第1期。

是至关重要的。但是在新媒体时代下,受众群体的分众化、差异化极大地冲击和削弱了主流媒体的影响力,互联网技术和大数据等科技赋能使得新兴媒体占领了较大的舆论传播阵地。尤其是网络舆论阵地的形成将传统主流媒体占主导地位的局面彻底颠覆,"舆论飞地"层出不穷。除此之外,国际舞台"西强东弱"的国际舆论格局仍然存在,主流媒体的话语权遭到西方技术及部分错误思潮的影响,国际传播能力受到较大的限制,国际舆论影响力也大大减弱。为此,一方面我们要抢占舆论阵地,争夺主流媒体的话语权,扩大新闻舆论传播的覆盖面。传统媒体作为党宣传思想工作的喉舌,这一宣传阵地任何时候都不能弱化,党和政府主办的媒体是党和政府的宣传阵地,必须姓党。牢牢掌握党对国内舆论场主流媒体话语权的领导,坚持党性和人民性相统一,把党的理论和路线方针政策变成人民群众的自觉行动,及时把人民群众创造的经验和面临的实际情况反映出来,丰富人民的精神世界,增强人民的精神力量。另一方面,加强国际传播能力建设,增强国际话语权。随着时代形势的不断发展和演变,党的新闻舆论工作必须创新工作理念,构建舆论引导新格局。充分利用新媒体的传播优势,抓准时机,着力打造具有较强国际影响力的对外宣传的旗舰媒体,集中讲好中国故事,传播好中国声音,与西方错误思潮展开正面的交锋,在不断地舆论斗争中提升自身的斗争本领,扩大自身的影响力。

坚持党对新闻舆论工作的领导,不断提升新闻舆论传播的公信力。习近平在党的新闻舆论工作座谈会上明确指出真实性是新闻的生命。尤其是新媒体时代,传统媒体受主客观条件的限制在舆论场上丢失其原有的话语权,新兴媒体又被单纯地作为宣传工具,两种传播媒介都没能够在舆论斗争过程中发挥应有的正面引导作用,新闻来源的真实性无法得到保证,这极大地消解了党的新闻舆论公信力。为此,一方面要坚持马克思主义新闻观,高举马克思主义旗帜。坚持以正面宣传为主,既准确报道个别事实,又从宏观上把握和反映事件或事物的全貌。同时充分发挥主流媒体在权威性、真实性、信誉度上的先天优势,积极宣传马克思主义真理、宣传党的主张、反映群众呼声。另一方面要加强党对新媒体内容监督和治理。舆论监督和正面宣传是统一的。新媒体时代,很多新兴媒体在内容生产上一味迎合用户的需要或低级趣味,缺乏必要的内容审查和把关,低俗、庸俗、媚俗等内容产品,"网络水军"等现象粉墨登场,大行其道,不仅公然挑战社会主义核心价值观的权威性,还对全社会的新闻舆论工作带来极其恶劣的影响。各级党委和领导干部要增强同媒体打交道的能力,善于运用媒体宣讲政策主张、了解社情民意、发现矛盾问题、引导社会情绪、动员人民群众、推动实际工作,不断提升人民群众的认同度,从而不断提升新闻舆论传播的公信力。

总之,要不断增强党对新闻舆论工作的领导,坚持党管媒体原则、增强舆论引导和舆论斗争的本领、掌握舆论工作的主动权,要坚持团结稳定鼓劲、正面宣传为主,引导新闻媒体增强政治意识、大局意识和社会责任感,不断提升新闻舆论传播力、引导力、影响力、公信力,有效防范西方错误思潮的侵蚀和攻击,增强社会主义意识形态凝聚力和话语权。

(六)用社会主义核心价值观铸魂育人,做好青年政治引领工作

新时代,做好青年政治引领工作是建设具有强大凝聚力和引领力的意识形态的重要依托。伴随着世界百年未有之大变局加速演进,国内外敌对势力是绝不愿看到中国特色社会主义"风景这边独好",必然要想方设法对我们进行渗透、破坏、遏制等一系列活动,其重点就是我国青年一代。青年人思想多元、思维活跃,正处于"拔节孕穗"的关键时期,但社会阅历相对较少,容易受到外界和错误思想的影响,迫切需要加强引导。为此,习近平在全国教育大会上提出了"九个坚持"的要求,明确回答了"培养什么人、怎样培养人、为谁培养人"这一根本问题。党的二十大报告也进一步指出:"全党要把青年工作作为战略性工作来抓""着力培养担当民族复兴大任的时代新人"。2023年6月,习近平在同团中央新一届领导班子集体谈话时强调,"要着力加强对广大青年的政治引领"。青年对社会主义意识形态的认同与接

受,直接反映着我们国家的政权颜色和未来的前进方向。因此,全党必须更加精准地把握青年一代的独特天性和特点,加强对广大青年的政治引领,牢牢把握新时代青年意识形态工作的领导权、主动权和话语权,①着力引导广大青年自觉用党的创新理论武装头脑,切实增强社会主义意识形态对青年的凝聚力和引领力,更好地用社会主义意识形态引领凝聚青年,提升青年对社会主义意识形态的认同度和信任度。

用社会主义核心价值观铸魂育人是做好青年政治引领工作的关键所在。核心价值观在社会众多的价值观中扮演着主宰者的角色,居于统治地位,一个社会中的绝大多数成员必须长期遵循这一基本价值准则。②青年一代作为国家的未来和民族的希望,作为社会主义核心价值观的传承者和实践者必须对当前国内外形势有一个清楚的认识。

首先,必须清醒认识当下如何做好青年工作已经成为我们面临的一个重要问题。随着时代的变迁和社会的发展,年轻人的价值观念和思想观念也在不断发生变化。其一,当下经济社会的全面转型及国际环境的深刻变化对我国青年思想观念的发展产生了巨大影响。其二,随着网络空间的广泛延伸,网络活动日益频繁,打破了传统社会的思想传播方式和教育模式,人人都可以随时随地地发布、传播和接收信息,产生了现实社会和网络社会相互交织的现象,导致错综混杂的信息被广泛传播,使部分青年群体对中国特色社会主义的立场发生动摇,政治认同出现模糊,削弱了社会主义核心价值观在青年学生思想中的认同度。尤其在面对琳琅满目的西方文化产品时,部分青年忽视了隐藏在背后的意识形态与文化软实力竞争,盲目崇拜和追求西方文化,导致其对本民族的历史文化、价值观念产生怀疑。如果不能

---

① 邵勇、汪舒怡:《新时代加强青年意识形态工作探赜》,《学校党建与思想教育》,2023 年第22 期。

② 杨东峰、杨春婧:《用社会主义核心价值观引领青年学生成长》,《人民论坛》,2013 年第33 期。

让社会主义核心价值观在青年中得到广泛传播和深入践行，那么我们就有可能失去社会主义意识形态在青年一代中的影响力和领导力。

其次，防范应对西方和平演变和"颜色革命"也是我们面临的一个重要挑战。西方发达国家一直试图通过推广西方价值观，推动世界各地发生"颜色革命"、和平演变甚至于暴力革命，以期颠覆我们的国家政权。譬如西方"普世价值"所倡导的自由、平等并不是真正的自由，而是维护资产阶级统治秩序的工具。而社会主义核心价值观作为新时期我国的一项重大理论创新，是我国促进民族团结和社会进步的重要精神纽带，不仅有利于揭穿敌对势力西化和分化的诡计，帮助青年辨别复杂多样的社会思潮，提高青年的政治敏锐性和政治辨别力，还有助于增强青年对我国主流价值观的认同度。因此，我们必须强调社会主义核心价值观铸魂育人的重要性，丰富和发展社会主义核心价值观的各类实践活动，重视礼节礼仪教育，使礼节礼仪成为培育社会主流价值的重要方式；重视民族传统节日的思想熏陶和文化教育功能；发挥重要节庆日传播社会主流价值的独特优势，因势利导地开展各类教育活动，从而充分发挥青年生力军的作用。通过形式多样的教育和实践活动，充分发挥社会主义核心价值观对青年人的政治引领力，让广大青年深刻领会社会主义核心价值观的精神内涵和价值意义。始终把青年教育放在优先发展的位置，注重青年的思想引领和人格塑造，培养他们成为具有良好思想道德素质、社会责任感和创新精神的新时代好青年。

加强青年政治引领的重点是培育青年的理论认同、政治认同和情感认同。随着社会的发展，青年人的政治意识逐渐提高，对国家、社会和未来的发展有着更为深刻地理解和关注。理论认同是青年人的基本素养，只有对理论有深入的理解和掌握，才能具备正确的政治观念和思想意识；政治认同是青年人的核心价值取向，政治认同必须首先抓住青年人尤其是大学生这个关键群体,加强青年思想政治教育;①情感认同是青年人对国家和民族的情感联系和感受,是青年人参与社会生活、感受社会温暖的重要基础。其中,课堂主渠道是做好青年人政治引领的重要途径。思想政治教育是提高人的品德修养和政治觉悟的主渠道,是塑造时代新人的战略高地,是维护国家意识形态安全的总抓手。②为此要不断完善思想政治理论教育体系,推动高校思想政治理论课程改革,加强对青年学生思想政治的理论指导和引导。习近平在学校思想政治理论课教师座谈会上强调:"思想政治理论课是落实立德树人根本任务的关键课程……思政课作用不可替代,思政课教师队伍责任重大。"③抓好马克思主义理论教育,深化学生对马克思主义历史必然性和科学真理性的认识,教育他们学会运用马克思主义立场观点方法观察世界、分析世界,真正搞懂我们面临的时代课题,深刻把握世界发展走向,认清中国和世界发展大势,让学生深刻感悟马克思主义真理力量,为学生成长成才打下科学思想基础。同时,要坚持党的领导,坚持社会主义办学方向,把我们的特色和优势有效转化为培养社会主义建设者和接班人的能力。积极推动大中小学思政课一体化建设,加强市、县、校协调联动,确保学生在学习活动中,形成正确的世界观、人生观、价值观。除此之外,还要注意把大中小学生意识形态教育贯穿到课上和课下、校内和校外、网上和网下等的教学活动之中,形成全员、全方位、全过程育人的格局。④

制度构建是加强青年政治引领的另一个关键要素。青年是国家未来的建设者和发展的开拓者,青年一代的政治认同往往与国家的制度密切相关。中共中央、国务院颁布《中长期青年发展规划(2016—2025年)》,对青年的政

① 刘瑞:《新时代青年政治认同建构的路径探析——以当代大学生为例》,《学习与探索》,2020年第2期。

② 刘贤玲、刘剑津:《新时代思想政治教育的政治引领》,《福建论坛(人文社会科学版)》,2021年第4期。

③ 《习近平主持召开学校思想政治理论课教师座谈会强调 用新时代中国特色社会主义思想铸魂育人 贯彻党的教育方针落实立德树人根本任务》,《人民日报》,2019年3月19日。

④ 黄伟萍:《对加强高校主流意识形态教育的思考》,《学校党建与思想教育》,2017年第8期。

治发展作出了专门的安排部署,提出要"引导青年有序参与政治生活和社会公共事务"。因此,我们需要建立健全的制度体系,提升青年政治参与的制度性安排,为青年政治参与赋权,①从而使青年学生能够充分参与到国家政治生活中,理解和认同国家的决策和运行方式,增强制度认同。当前,青年群体日益分化,需求更加多元多样,对美好生活的向往更加强烈。而社会主义意识形态对青年的凝聚力和引领力在很大程度上取决于满足青年合理需求和增进青年福祉来保障。因此要在服务青年发展上花更大的力气,加快青年社会保障体系建设步伐,深入推进青年就业创业、社会保障、权益维护等重点工作,帮助广大青年解决好就业、就学等实际困难,切实维护青年合法权益。要积极搭建平台,畅通渠道,为广大青年参与国家重大决策、经济社会发展和社会治理创新提供支持。同时,完善青少年参与政治决策的反馈机制,关心青少年意愿,及时解决其政治情感诉求。社会协同也是加强青年政治引领的重要方面。党对青年学生的政治引领不能仅依赖于党团组织与学校系统的"单兵作战",要实现全方位的政治引领还需要全社会的共同参与、协同作战。②青年学生作为社会成员的重要组成部分,他们的认同感和参与度在很大程度都在被社会环境所影响。因此,我们需要鼓励社会各界积极参与青年教育和引导工作,形成全社会共同努力的良好氛围。这可以通过建立青年学生社团、开展社区志愿服务、开设政治学习讨论班等方式实现,增强青年学生在社会中的责任感和使命感。加强学校、企业和社会组织、家庭之间的协同,形成共同促进青年政治引领的良好合力。加大对青年政治引领的政策支持力度,企业和社会组织要积极参与,为青年提供更多就业创业机会。

培养担当民族复兴大任的时代新人是加强青年政治引领的目标。当

---

① 管健:《新时代如何实现对青年的政治引领》,《人民论坛》,2022年第16期。

② 邱海锋:《新时代党对青年学生的政治引领:问题缘起、实践经验与发展方向》,《福建师范大学学报(哲学社会科学版)》,2023年第3期。

前,中国正处于百年变局的关键阶段,要培养担当民族复兴大任的时代新人、实现中华民族伟大复兴就必须着力做好青年工作,加强对广大青年的政治引领。党的十八大以来,以习近平同志为核心的党中央积极推动青年工作,并取得了一系列历史性成就。在党的二十大报告中,习近平深刻把握新时代党的青年工作的规律,系统擘画了当前和今后一个时期党和国家事业发展蓝图,并对全党做好青年工作作出新的部署。其中深刻阐明了新时代青年工作在党和国家事业中的战略性地位,号召广大青年要坚定不移听党话、跟党走,对广大青年提出"立志做有理想、敢担当、能吃苦、肯奋斗的新时代好青年"的新要求。新时代广大青年既拥有广阔的发展空间,也承载着伟大的时代使命。因此,在新的时代背景下,为做好青年工作就要全方位、多角度地发力。坚持党对青年工作的全面领导。新时代的青年工作要毫不动摇坚持党的领导,坚定不移走中国特色社会主义群团发展道路。①

　　首先,强化党对青年工作的政治引领,引导青年时刻和党中央保持高度一致,团结在以习近平同志为核心的党中央集中统一领导之下,巩固和扩大党执政的青年群众基础。其次,强化党对青年工作的思想引领,以马克思主义理论为基础,以习近平新时代中国特色社会主义思想构筑强大的思想伟力,引导广大青年学懂弄通做实科学理论中蕴含的精髓要义。用党的创新理论武装青年的头脑,才能不断增强青年对党的基本理论、基本路线、基本方略的政治认同、思想认同、情感认同。最后,加强党对青年工作的组织领导,注重对以共青团为核心的青年群团组织的领导,确保群团组织始终听党话、跟党走,为党做好青年工作提供组织保障。深化推进共青团改革和发展。共青团作为党的助手和后备军,与党的青年工作是分不开的。因此,共青团要紧紧围绕为党培养社会主义建设者和接班人这个根本任务,积极推进共青团自身的改革。为此团组织要"创新基层的组织方式和活动方式、探

---

① 习近平:《论党的青年工作》,中央文献出版社,2022年,第153页。

索完善开放共享的资源整合机制"①,团干部要主动走近社会、走进群众,"把宏大叙事与身边小事统一起来,把青年人的心紧紧同党贴在一起,为党争取人心、赢得青年"②。归根结底,就是围绕党的助手和后备军这个职责定位,从思想上、工作上、制度上加强对青年的政治引领,不断增强对青年的凝聚力、组织力、号召力,团结带领广大团员青年成长为有理想、敢担当、能吃苦、肯奋斗的新时代好青年。坚持以青年为本,党的青年工作就要把青年凝聚在党的周围,这是青年工作的基本政治要求,更是合乎逻辑的要求。同时要尊重并了解青年的特点和天性,深入青年中去,同青年零距离接触、面对面交流,了解他们的思想动态、价值取向、行为方式、生活方式,倾听他们对社会问题和现象的看法,对党和政府工作的意见和建议。即便听到了尖锐的甚至是偏颇的批评,也要保持有则改之、无则加勉的态度,成为青年愿意讲真话、交真心、诉真情的知心朋友。除此之外,要积极帮助青年解决学习、工作、生活方面遇到的各种困难和苦恼,帮助青年克服发展中的障碍。坚持以青年为本的落脚点,就是引导青年走正确的人生道路、为青年发展创造有利条件,做青年群众的引路人。总之,坚持以青年为本,凝聚青年力量是新时代做好青年工作的重要路径方法。只有将青年置于优先位置,发掘他们的潜能,给予他们更多的机会和支持,才能够激发他们的创新意识,积极参与社会变革,成为社会发展的桥梁和纽带。

总之,青年是国家的未来,他们的成长和发展关乎国家和民族的未来。加强青年政治引领,培养担当民族复兴大任的时代新人,是当前意识形态建设工作的重要任务。只有通过正确引导和全方位的支持,才能让青年在实现自己梦想的同时,成为实现中华民族伟大复兴的中坚力量。

---

① 李玉琦:《共青团工作的核心就是当好党的助手和后备军》,《中国青年研究》,2022年第4期。

② 陆玉林:《新时代党的青年工作总体要求的政治逻辑、理论逻辑和实践逻辑》,《中国青年社会科学》,2023年第1期。

（七）加强互联网综合治理，用主流价值观驾驭算法

加强互联网综合治理是建设具有强大凝聚力和引领力的社会主义意识形态的重要环节。当前互联网时代，网络空间已经成为我国意识形态领域的主战场，各种思潮相互激荡，各种社会矛盾相互交织，网络谣言、虚假信息、网络暴力等现象层出不穷。特别是随着数字技术的发展，算法本身已经不再是纯粹的技术工具，而其已经发展成为在一定社会生产关系中能够起影响和支配作用的算法权力。这些新技术新应用的出现和应用不仅影响着网民的价值判断和价值选择，也影响着我国社会主义意识形态的建设和传播。为此，党的十八大以来，以习近平同志为核心的党中央立足中华民族伟大复兴战略全局、世界百年未有之大变局与信息革命时代潮流发生历史性交汇这一时代方位，高度重视互联网、发展互联网、治理互联网。2013年8月，习近平在全国宣传思想工作会议上明确提出"要依法加强网络社会管理，加强网络新技术新应用的管理，确保互联网可管可控，使我们的网络空间清朗起来"[①]。2014年中央网络安全和信息化委员会首次会议上，习近平透彻分析了网信工作的重要性，还进一步强调了网络安全和信息化建设不仅"事关国家安全和国家发展、事关广大人民群众工作生活的重大战略问题"[②]，是做好互联网综合治理工作和建设"网络强国"的重要抓手。2023年7月全国网络安全和信息化工作会议上，习近平总书记对网信工作进一步作出重要指示，鲜明提出网络安全和信息化工作的使命任务，明确"十个坚持"的重要原则，不仅对推动新时代网信事业高质量发展提出了新要求，也为建设网络强国锚定了目标方向。因此，必须加强互联网综合治理，加快推进网络强国建设，确保新技术新应用始终服务于主流价值观的传播和社会主义

---

①　倪光辉：《胸怀大局把握大势着眼大事 努力把宣传思想工作做得更好》，《人民日报》，2013年8月21日。

②　中共中央党史和文献研究院编：《习近平关于网络强国论述摘编》，中央文献出版社，2021年，第33页。

意识形态话语权的构建,从而不断增强主流意识形态在网络空间的凝聚力和引领力。

举旗帜聚民心:坚持以主流价值观驾驭算法。算法技术是一把双刃剑,算法作为一种隐性的话语权力,它通过信息的智能识别和推送,以潜移默化的方式影响人们的思想价值观念,进而影响人们的实践行动。[①]当前互联网的快速发展,算法在引擎、金融、医疗、教育等领域都得到了广泛应用,虽然提供了诸多便利,但与此同时也带来了主体弱化、信息茧房效应、信息碎片化等诸多负面问题。这些负面影响的产生,恰恰就是算法在使用过程中没有正确地遵循主流价值导向,没有将主流价值导向和用户需求进行很好地结合。因此,在算法的应用过程中,要坚持以主流价值导向驾驭算法。一方面,坚持党管互联网、坚持马克思主义在意识形态领域的指导地位。为此加强党中央对网信工作的集中统一领导,确保网信事业始终沿着正确方向前进。2013年1月,习近平在新进中央委员会的委员、候补委员学习贯彻党的十八大精神研讨班开班式讲话中明确指出:苏联解体、苏共垮台的"一个重要原因就是意识形态领域的斗争十分激烈,全面否定苏联历史、苏共历史,否定列宁,否定斯大林,搞历史虚无主义,思想搞乱了,各级党组织几乎没任何作用了,军队都不在党的领导之下了。最后,苏联共产党偌大一个党就作鸟兽散了,苏联偌大一个社会主义国家就分崩离析了。这是前车之鉴啊!"[②]因此,我们党必须吸取经验教训,坚持正确政治方向不动摇,牢牢把握党对意识形态的主导权、领导权和话语权。另一方面,旗帜鲜明地传播主流价值观。算法技术的迅速发展加剧思想阵地争夺战,"红、黑、灰"三色地带的斗争和较量尤为尖锐。为此要坚持以弘扬正能量为总要求,将主流价值观念融合进算法技术的运行框架中,从而在源头处牢牢把握意识形态在网络空

---

① 骆郁廷、肖天乐:《算法推荐视域下的网络思想政治教育创新》,《思想理论教育导刊》,2023年第10期。

② 习近平:《关于坚持和发展中国特色社会主义的几个问题》,《求是》,2019年第7期。

间的主动权,占领网络阵地。习近平也明确指出,要"加强网络内容建设,做强网上正面宣传,培育积极健康、向上向善的网络文化,用社会主义核心价值观和人类优秀文明成果滋养人心、滋养社会,做到正能量充沛、主旋律高昂"①。因此,做好互联网工作、发挥好算法技术的优势,必须坚定正确的政治方向,坚持弘扬正能量,用主流价值导向驾驭算法,全面提高主流意识形态话语影响的价值能量。

增动能促发展:运用更优质的技术反制算法。习近平指出:"互联网核心技术是我们最大的'命门',核心技术受制于人是我们最大的隐患。"②尤其是随着技术的发展,社会中越来越多的信息被数字化、代码化、软件化。其中算法技术不仅颠覆了传统的信息分发与传播形态,还通过形成信息推送与用户需求精准匹配的信息配置模式,以更加隐蔽泛化的方式渗透到意识形态中。③为此,我们必须突破核心技术这个难题,争取在某些领域、某些方面实现"弯道超车",掌握我国互联网发展主动权,摆脱西方发达国家的技术桎梏,维护国家意识形态安全。因此,一方面,要着力提升核心技术攻关能力,攻克前沿技术。在当前激烈的意识形态斗争环境中必须坚持"以国家战略需求为导向,集聚力量进行原创性引领性科技攻关"④。将优质先进的技术在网络意识形态的斗争中为我所用,组建"互联网+"联盟、高端芯片联盟等,提升战略、技术、市场等沟通协作,协同创新的攻关效能,从而为新时代新征程社会主义意识形态的建设工作增加动能。另一方面,要充分发挥中国特色社会主义制度优势,加快完善基础信息设施建设。习近平关于网络强国的重要论述中明确提到对于"躲不过""绕不开"的基础性技术也要重

---

① 习近平:《在网络安全和信息化工作座谈会上的讲话》,《人民日报》,2016年4月26日。
② 中共中央党史和文献研究院编:《习近平关于网络强国论述摘编》,中央文献出版社,2021年,第108页。
③ 王天民、郑丽丽:《算法技术意识形态属性的生成逻辑及风险应对》,《河南社会科学》,2023年第10期。
④ 习近平:《高举中国特色社会主义伟大旗帜 为全面建设社会主义现代化国家而团结奋斗——在中国共产党第二十次全国代表大会上的报告》,人民出版社,2022年,第35页。

视,注重基础性研究。立足中国互联网发展实际状况,超前布局,统筹推进5G、数据中心、卫星互联网、物联网等建设发展,最大限度地降低违法信息和不良信息被算法推送的概率,从而为网络意识形态建设工作提供强大的基础性技术支持。

防风险保安全:用新媒体传播技术引领算法。随着网络技术与现代传媒的高速发展,智能媒介极大地提升了信息交流和文化传播的速率,传播结构也从技术融合向生态融合持续转型,并由此开启了网络意识形态传播的新时代——全媒体时代。[1]然而在全媒体时代,算法就像一只无形的手,将人类社会推向一个新的发展阶段,人类社会在不知不觉中完成了前所未有的信息生产与传播。这些信息的传播诱发了网络意识形态存在的潜在危机,如人机矛盾、去中心化、利益冲突等威胁主流意识形态话语表达、传播和认同的价值基础。因此,一方面,从内容"需求侧"出发,打造智能化传播新平台。将算法技术嵌入主流意识形态内容生产、智能传播、风险治理等各个环节,同时要充分掌握算法推荐在数据监测、风险评估、舆情研判等方面的技术应用,站稳智能化主流意识形态话语高地。尤其是主流媒体平台要主动掌握算法技术,有效地整合各类信息资源、媒介渠道,继而能够及时发现错误言论,纠正传播风向,抢占网络舆论制高点。另一方面,从内容"供给侧"出发,算法技术应与媒体传播有效融合。媒体传播具有跨时空、多场域和多主体的特点,为此要科学把握全媒体传播的鲜明特征,促进算法技术与社会主义意识形态话语内容的深度融合,在确保传播内容真善美的基础上,大胆创新主流意识形态的表达内容,让主流意识形态的内容更贴近大众需求。从而把党和国家的大政方针、社会主义核心价值观等有机融入网络生活的全过程,让人们在潜移默化中接受社会主义核心价值观的熏陶和洗礼。

强治理惠民生:用法治规范算法。网络空间不是"法外之地"。网络空

---

[1]　张莹、蔡卫忠:《全媒体时代网络意识形态安全治理的路径选择》,《山东社会科学》,2023年第6期。

间是虚拟的,但运用网络空间的主体是现实的,任何一位网民都应该遵守法律,明确各方权利义务。习近平强调:"要坚持依法治网、依法办网、依法上网,让互联网在法治轨道上健康运行。"①因此,一方面,以法治规范算法应用,营造风清气正的网络空间。党的十八大以来,习近平高度重视依法治网,加快了网络安全方面的立法进程,相继出台了《中华人民共和国网络安全法》《中华人民共和国数据安全法》《中华人民共和国个人信息保护法》等一系列基础性、规范性的法律法规,以及《互联网新闻信息服务管理规定》《网络信息内容生态治理规定》《网络安全审查办法》《网络音视频信息服务管理规定》《互联网用户公众账号信息服务管理规定》《云计算服务安全评估办法》等规章制度。在我国网络法律法规政策的基础上,还持续开展"清朗"系列专项行动,对"饭圈"乱象、色情低俗、血腥暴力、网络水军等突出问题出重拳、亮利剑。除了"清朗"行动,网信系统还采用了其他各类举措,集中清理负面有害信息、违法违规账号与移动应用程序,持续推进"净网""剑网""护苗"等一系列专项整治;坚决遏制算法滥用等网上违法违规行为和突出问题,营造风清气正的网络空间。另一方面,以法治赋予用户权利,强化网络文明建设,塑造健康向上的网络空间。中国网民用户群体高达十多亿,用户应享有包括算法推荐、算法编辑的知情权以及对算法可理解性和问责性的请求权等权利。②习近平在网络安全和信息化工作座谈会上的讲话中也明确指出,网信事业要发展,必须适应人民的期待和需求,要让老百姓"用得上""用得起""用得好"。因此,要以法治规范技术平台和用户这两大主要群体,用人类文明优秀成果滋养网络空间、修复网络生态;以法治规范算法使其顺应算法时代趋势,将主流价值观嵌入规范化的制度规约,为主流意识形态话语的内容生产、精准推送提供制度保障。

---

① 中共中央党史和文献研究院编:《习近平关于网络强国论述摘编》,中央文献出版社,2021年,第155页。
② 侯东德、张丽萍:《算法推荐意识形态风险的法律防范》,《重庆社会科学》,2021年第8期。

（八）加强国际传播能力建设，促进文明交流互鉴，充分激发全民族文化创新创造活力

加强国际传播能力建设是建设具有强大凝聚力和引领力的社会主义意识形态的必然要求。世界百年未有之大变局加速演进，中华民族伟大复兴进入关键时期，战略机遇和风险挑战并存。尤其是一些受西方操控的国际媒体发布大量毫无事实依据的所谓"中国威胁论""国强必霸"等言论，导致中国的国家形象和政党形象受到了前所未有的攻击，影响了国家利益和人民美好生活，中华民族伟大复兴事业面临新的挑战。为此，党的十八大以来，以习近平同志为核心的党中央高度重视宣传思想文化工作和国际传播工作。在2013年全国宣传思想工作会议上，习近平指出，"要精心做好对外宣传工作，创新对外宣传方式，着力打造融通中外的新概念新范畴新表述，讲好中国故事，传播好中国声音"[①]；在2018年8月全国宣传思想工作会议上，习近平再一次明确指出"展形象，就是要推进国际传播能力建设，讲好中国故事、传播好中国声音，向世界展现真实、立体、全面的中国，提高国家文化软实力和中华文化影响力"[②]；2022年党的二十大报告中，习近平就增强中华文明传播力影响力进一步指出要加强国际传播能力建设，提升国际传播效能，形成同我国综合国力和国际地位相匹配的国际话语权；在2023年10月的全国宣传思想文化工作会议上，习近平强调要"着力加强国际传播能力建设、促进文明交流互鉴"。当今世界，只有不断加强国际传播能力建设、促进文明交流互鉴，充分激发全民族文化创新创造活力，才能不断提升中华文化软实力和影响力，才能真正讲好中国故事、传播好中国声音；也只有切实提高国际传播影响力、中华文化感召力、中国形象亲和力、中国话语说服力、

---

① 倪光辉：《胸怀大局把握大势着眼大事 努力把宣传思想工作做得更好》，《人民日报》，2013年8月21日。

② 张洋：《举旗帜聚民心育新人兴文化展形象 更好完成新形势下宣传思想工作使命任务》，《人民日报》，2018年8月23日。

国际舆论引导力,才能客观地向世界展现真实、立体、全面的中国形象,才能切实有效应对西方各种错误思潮、言论的侵蚀和威胁,从而不断增强我国的国际传播能力,占领国际领域意识形态阵地,夺取意识形态话语权。

国际传播能力建设是一项系统而长期的工程,必须有完备的体系作为支撑。由于当前国际舆论格局"西强东弱"这一局面没有发生根本性的改变,所以更要积极推进中国特色传播体系建设。2016年"2·19"讲话时,习近平就提出要"构建多主体、立体式的大外宣格局";2021年"5·31"中央政治局集体学习时习近平围绕加强中国国际传播能力建设,明确提出"构建具有鲜明中国特色的战略传播体系"①。针对国际传播能力建设中的具体问题,我们要着重加强话语体系、叙事体系和知识体系的创新建构,从而使得中国能够以正面的形象活跃在世界舞台上。加强话语体系构建,提升中国制度及中国实践的影响力。中国特色话语体系具有丰富的内涵与外延,构建话语体系有利于巩固中国在国际话语体系中的地位,有利于我国在复杂多变的国际局势中积极掌握主动权。②习近平在各种重大国际场合主动面向全球宣介与阐释中国话语,为我们作出了表率。例如,关于"中国梦",他强调,这个梦绝不是"霸权梦";关于"中国式现代化",他强调,我们追求的不是中国独善其身的现代化,而是期待同广大发展中国家在内的各国一道,共同实现现代化。因此,中国特色的话语体系建设必须坚持用马克思主义的立场观点方法来进行国际传播的话语创新。同时,要注重发掘本土资源承载的国际话语体系建设和传播价值,有意引导来华的外国人士认识一个"全面、真实、立体的中国"③。加强中国叙事体系构建,增强中国式现代化道路的吸引力。国际政治中的权力竞争不仅包括军事、经济等物质性权力之争,还包含

① 《习近平谈治国理政》(第四卷),外文出版社,2022年,第316页。
② 傅雅琦:《加强中国话语体系构建与国际话语体系建设——评〈中国话语体系的建构〉》,《领导科学》,2023年第1期。
③ 关凤利、吕银凤:《建设中国特色社会主义国际话语体系论析》,《东北师大学报(哲学社会科学版)》,2017年第2期。

话语、观念、叙事等思想精神层面的竞争。叙事主体间通过策略性叙事展开竞争，以在框定认知、塑造行动、引导决策等方面产生主导性影响。①面对复杂多样的叙事竞争，中国迫切需要构建完善的叙事体系来化解各种不实论调所导致的危机与困境。在构建中国特色叙事体系的过程中，一方面，要立足弘扬中华优秀传统文化，丰富叙事内容。以丰富的叙事内容生动具体地展现中国故事及其背后的思想和精神力量；另一方面，要善于借鉴国际先进叙事手法。借助先进传播技术和手段，实现对其他国家和地区叙事结构的模仿与学习，将中国故事分门别类地传播给不同受众群体，使叙事更加生动、有趣，加深海外受众对中国历史、中国道路、中国理论的了解和理解。加强中国自主知识体系的构建，强化中国理论及思想的竞争力。

　　近代以来的中国社会科学知识，大多是西学东渐的产物，而且支撑知识生产的学科设置、学科内涵、学科评价等方面，都带有深刻的西方烙印。为此，中国迫切需要构建自主的知识体系，而自主知识体系的构建，绝非只是一种意识形态构建，也绝非只是地缘政治的附属品，它与政治、经济、科技、军事的发展进程及其文化场域密切相关。②因此，在构建中国自主知识体系的过程中，首先要注重加强对相关领域的基础研究，围绕中国精神、中国价值、中国力量，从政治、经济、文化、社会、生态文明等多个视角进行深入研究，为开展国际传播工作提供学理支撑；其次要注重理论与实践相结合，使知识体系更加具有针对性和可操作性，从而回答好中国之问、世界之问、人民之问和时代之问；最后要加强国际交流与合作，吸收借鉴国际先进理念和经验。在博大精深的马克思主义理论体系和知识体系基础上，贴近中国发展实际、贴近国外受众对中国信息的需求，使知识体系更加具有国际视野和影响力，从而让世界更好地读懂中国。

---

　　① 孙吉胜、薛丽：《叙事竞争与中国"一带一路"叙事体系建设》，《外交评论（外交学院学报）》，2023年第6期。
　　② 郁建兴、黄飚：《建构中国自主知识体系及其世界意义》，《政治学研究》，2023年第3期。

以交流互鉴为路径,统筹推进对内传播与对外传播。21世纪以来,随着全球化趋势深入发展,各国人民及各文明体间的交往也日趋加深,"文明交流互鉴"理念逐渐成为全球共识。然而冷战结束后国家间的利益争夺并未彻底消除,西方一些国家打着"文明冲突"的旗号发动极具隐蔽性的"战争",企图通过"去全球化"扭转其自身在全球化趋势中利益受损的困境。"文明冲突"逐渐演化为干扰当下不同文明背景的国家间友好交往与世界和平的主要障碍。对此,习近平则明确提出:"要尊重世界文明多样性,以文明交流超越文明隔阂、文明互鉴超越文明冲突、文明共存超越文明优越。"[1]习近平总书记关于文明交流互鉴的重要论述,为新时代国际传播工作提供了新思路,通过文明交流互鉴,统筹系统中各部分协同共振才能发挥出最优的总体效能。[2]

首先,积极推进对中华优秀传统文化、红色文化、社会主义先进文化的创造性转化和创新性发展。中华文化源远流长,博大精深。我们要加强对中华优秀传统文化的传承和弘扬,同时也要注重对红色文化和社会主义先进文化的传承创新。通过这种方式,我们可以提升自身的文化自信,增强对自身文化的认同感和归属感。尤其在国际传播工作中,注重传播这些文化的精髓和价值,同时关注中国的经济发展、科技创新、社会进步等方方面面,挖掘故事背后的意义和价值。

其次,加强对海外受众的精准传播和有效互动,讲好中国故事,展现可信、可爱、可敬的中国形象。通过各种渠道和方式,如新闻报道、纪录片、社交媒体等,向海外受众传递真实、生动、有说服力的信息,让海外受众更好地了解中国的历史、现状和发展方向。同时,注重与海外受众的互动和沟通,倾听他们的声音,了解海外受众群体的需求和期望,不断改进我们的传播方

---

①　《习近平著作选读》(第二卷),人民出版社,2023年,第48页。
②　余江、李文健:《新作为、新论断与新路径:新时代加强国际传播能力建设的再思考》,《求是学刊》,2021年第6期。

式和内容,提高传播效果。统筹对外与对内传播的"双循环",着力解决对外传播的模式化和对内传播的空心化问题,重点锤炼传播内容与传播能力,从而不断增强系统化国际传播效能,增强中华文化的国际影响力。

国际传播人才队伍建设是现阶段国际传播能力建设工作的重点。在国际舞台上,中国作为一个日益崛起的大国,需要积极开展国际传播,展示中国形象,传递中国声音。然而当前我们的国际传播人才队伍建设还存在诸多问题,如人才数量不足、专业素质不高、国际经验缺乏等。然而传播效能的提升,与传播主体实践者的战略定力、素质素养、判断力、实践能力联系密切。①因此,加强国际传播人才队伍建设,是推动中国国际传播事业发展的关键。首先,我们需要扩大国际传播人才的队伍规模。一方面,要积极引进国内外优秀人才,尤其是具有国际视野和丰富经验的媒体人才;另一方面,要将中华优秀传统文化作为展示中国形象的重要窗口,推进不同学科、不同领域的传播人才队伍建设。其次,我们需要提高国际传播人才的专业素质和技能水平。一方面,要加强语言能力培养,提高从业人员的外语水平,培养从业人员的跨文化沟通能力,使他们能够更好地理解和应对不同国家的文化差异;另一方面,要加强对国际传播规律和技巧的学习和研究,提高从业人员在国际舞台上的表现能力,"增强脚力、眼力、脑力、笔力",成为一支"政治过硬、本领高强、求实创新、能打胜仗"的队伍。最后,我们需要提升人才队伍的国际化水平。除了具备专业素质和技能水平外,优秀的国际传播人才还需要"掌握国际传播的规律",了解"舆论斗争的策略和艺术",拥有"重大问题对外发声能力"的。②因此,我们可以通过组织参加国际会议、出国访问交流等方式,让从业人员更好地了解和适应国际环境,提升他们的国际化能力。

---

① 张毓强、庞敏:《新时代中国国际传播:新基点、新逻辑与新路径》,《现代传播(中国传媒大学学报)》,2021年第7期。

② 《习近平谈治国理政》(第四卷),外文出版社,2022年,第318页。

国际传播的参与主体是多元的,需要充分发挥非政府组织和民众个人的作用。在我国以往的国际传播中,主要是政府部门的发言人和具有官方性质的主流媒体来担任对外传播话语主体。但是随着新媒体的发展,国际传播主体从一元化走向多元化,任何单一主体都不可能完成中国形象建构任务,国家形象建设需要全民参与。①政府和官方在国际传播中始终发挥其引领性的作用,而民间非政府组织乃至民众个人在国际传播中有效拓宽了国际传播渠道、丰富传播叙事载体,在国际传播中发挥着更强的辅助作用。但是目前仍存在一些体制和机制障碍影响着民间团体和民众个人的发展。因此,首先要建立和完善国际传播的机制和平台,为非政府组织和民众个人提供更多的机会和平台,使其能够更好地参与国际传播活动。一方面,要引导外宣、媒体等领域相关工作人员开设境外社交账号,鼓励他们以身边事为内容、以个体观察为视角进行创作;另一方面,对于民营文化传播企业,我们应在分类管理、加强指导的前提下,提供更多的政策、技术、融资等支持,鼓励他们在遵守当地法律和尊重用户隐私的前提下,运用大数据技术进行用户画像,精准甄别海外用户的信息接收习惯和文化消费特征,从而提供既有内涵又有吸引力的优秀中华文化产品。其次,鼓励民营企业进行渠道拓展和品牌创新。利用全球化的市场机遇,鼓励和支持民营传播企业通过市场的方式走出去,扩大民营企业的业务范围和影响力。同时强化部分民营传播企业对优质节目品牌的输出能力,通过这些优质节目品牌吸引更多的国际受众,成功进入国际市场。最后,充分发挥全民族文化创新创造活力。民众个人可以通过微信公众号、博客、微博等平台,向世界展示本国文化和价值观,促进不同文化之间的交流和理解。

总之,国际领域意识形态形势日趋复杂,斗争更加激烈,迫切需要我们从总体上把握斗争重点和斗争方向,争得意识形态斗争的主动权,不断夺取

---

① 范红、张毓强:《系统重构与形象再塑:中国国际传播新形势、新任务、新战略》,《对外传播》,2021年第7期。

意识形态斗争的新胜利,为中国特色社会主义事业发展创造良好的外部环境。

主要参考文献

一、马克思主义经典著作

1.《马克思恩格斯选集》第一——四卷,人民出版社,2012年。

2.《马克思恩格斯文集》第一——十卷,人民出版社,2009年。

3.《马克思恩格斯全集》第一卷,人民出版社,1995年。

4.《马克思恩格斯全集》第四十卷,人民出版社,1982年。

5.《列宁选集》第一——四卷,人民出版社,2012年。

6.《列宁专题文集·论无产阶级政党》,人民出版社,2009年。

7.《列宁全集》第二卷,人民出版社,1984年。

8.《列宁全集》第六卷,人民出版社,2013年。

9.《列宁全集》第二十卷,人民出版社,1989年

10.《列宁全集》第二十三卷,人民出版社,2017年

11.《列宁全集》第二十七卷,人民出版社,2017年。

12.《斯大林选集》上卷,人民出版社,1979年。

二、中国共产党重要文献

1.《毛泽东选集》第一——四卷,人民出版社,1991年。

2.《毛泽东文集》第二卷,人民出版社,1993年。

3.《毛泽东文集》第四卷,人民出版社,1996年。

4.《毛泽东文集》第六——八卷,人民出版社,1999年。

5.《建国以来毛泽东文稿》第四册,中央文献出版社,1990年。

6.《刘少奇选集》下卷,人民出版社,1985年。

7.《邓小平文选》第三卷,人民出版社,1993年

8.《邓小平文选》第二卷,人民出版社,1994年。

9.《江泽民文选》第一卷,人民出版社,2006年。

10.《江泽民文选》第三卷,人民出版社,2006年。

11.《胡锦涛文选》第二—三卷,人民出版社,2016年。

12.《习近平谈治国理政》第一—四卷,外文出版社,2018、2017、2020、2022年。

13.《习近平外交演讲集》第一—二卷,中央文献出版社,2022年。

14.《习近平著作选读》第一—二卷,人民出版社,2023年。

15.习近平:《之江新语》,浙江人民出版社,2007年。

16.习近平:《在全国党校工作会议上的讲话》,人民出版社,2009年。

17.习近平:《在纪念毛泽东同志诞辰120周年座谈会上的讲话》,人民出版社,2013年。

18.习近平:《干在实处走在前列——推进浙江新发展的思考与实践》,中共中央党校出版社,2016年。

19.习近平:《在哲学社会科学工作座谈会上的讲话》,人民出版社,2016年。

20.习近平:《在全国党校工作会议上的讲话》,人民出版社,2016年。

21.习近平:《决胜全面建成小康社会 夺取新时代中国特色社会主义伟大胜利——在中国共产党第十九次全国代表大会上的报告》,人民出版社,2017年。

22.习近平:《在纪念马克思诞辰200周年大会上的讲话》,人民出版社,2018年。

23.习近平:《论党的宣传思想工作》,中央文献出版社,2020年。

24. 习近平:《在党史学习教育动员大会上的讲话》,人民出版社, 2021年。

25. 习近平:《在庆祝中国共产党成立100周年大会上的讲话》,人民出版社,2021年。

26. 习近平:《论党的青年工作》,中央文献出版社,2022年。

27. 习近平:《在文化传承发展座谈会上的讲话》,人民出版社,2023年。

28.《中国共产党第十八届中央委员会第六次全体会议公报》,人民出版社,2016年。

29.《中共中央关于坚持和完善中国特色社会主义制度推进国家治理体系和治理能力现代化若干重大问题的决定》,人民出版社,2019年。

30.《中共中央关于党的百年奋斗重大成就和历史经验的决议》,人民出版社,2021年。

31. 中共中央文献研究室编:《建国以来重要文献选编》第1—2册,中央文献出版社,1992年。

32. 中共中央文献研究室编:《十四大以来重要文献选编》(中),人民出版社,1997年。

33. 中共中央政策研究室:《江泽民论社会主义精神文明建设》,中央文献出版社,1999年。

34. 中共中央文献研究室:《十五大以来重要文献选编》(上),人民出版社,2000年。

35. 中共中央纪律检查委员会办公厅:《中国共产党党风廉政建设文献选编:1921—2000》第1卷,中国方正出版社,2001年。

36. 中共中央文献研究室编:《十六大以来重要文献选编》(中),中央文献出版社,2006年。

37. 中共中央文献研究室编:《改革开放三十年重要文献选编》(上),中央文献出版社,2008年。

38.中共中央文献研究室编:《十七大以来重要文献选编》(上),中央文献出版社,2009年。

39.中共中央文献研究室:《江泽民思想年编》,中央文献出版社,2010年。

40.中共中央文献研究室编:《建党以来重要文献选编(1921—1949)》第1—26册,中央文献出版社,2011年。

41.中共中央文献研究室编:《毛泽东年谱(1949—1976)》第5卷,中央文献出版社,2013年。

42.中共中央文献研究室:《十七大以来重要文献选编》(下),中央文献出版社,2013年。

43.中共中央文献研究室编:《十八大以来重要文献选编》(上),中央文献出版社,2014年。

44.中央中央统战部编:《巩固发展最广泛的爱国统一战线》,华文出版社,2015年。

45.中共中央党史研究室著:《中国共产党的九十年》(第2册),中共党史出版社、党建读物出版社,2016年。

46.中共中央文献研究室编:《十八大以来重要文献选编》(中),中央文献出版社,2016年。

47.中共中央文献研究室编:《习近平关于社会主义文化建设论述摘编》,中央文献出版社,2017年。

48.中共中央文献研究室编:《习近平关于社会主义政治建设论述摘编》,中央文献出版社,2017年。

49.中共中央党史和文献研究院:《十八大以来重要文献选编》(下),中央文献出版社,2018年。

50.中共中央党史和文献研究院编:《习近平关于总体国家安全观论述摘编》,中央文献出版社,2018年。

51.本书编写组:《习近平总书记教育重要论述讲义》,高等教育出版社,2020年。

52.中共中央党史和文献研究院:《习近平关于防范风险挑战、应对突发事件论述摘编》,中央文献出版社,2020年。

53.本书编写组:《〈中共中央关于党的百年奋斗重大成就和历史经验的决议〉辅导读本》,人民出版社,2021年。

54.中共中央党史和文献研究院编:《十九大以来重要文献选编》中,中央文献出版社,2021年。

55.中共中央党史和文献研究院编:《习近平关于网络强国论述摘编》,中央文献出版社,2021年。

56.中共中央党史和文献研究院 中央档案馆编:《中国共产党重要文献汇编(第4卷)(一九二四年)》,人民出版社,2022年。

57.中共中央党史和文献研究院编:《习近平关于社会主义精神文明建设论述摘编》,中央文献出版社,2022年。

58.本书编写组:《习近平新时代中国特色社会主义思想概论》,高等教育出版社、人民出版社,2023年。

59.《论学习贯彻习近平总书记新闻舆论工作座谈会重要讲话精神》,人民出版社,2016年。

三、中文译著

1.[德]康德:《历史理性批判文集》,何兆武译,商务印书馆,1990年。

2.[德]康德:《法的形而上学原理》,沈叔平译,商务印书馆,2002年。

3.[德]康德:《道德形而上学原理》,上海人民出版社,2002年。

4.[德]黑格尔:《哲学史讲演录》,贺麟、王太庆译,商务印书馆,1960年。

5.[德]黑格尔:《法哲学原理》,范扬、张企泰译,商务印书馆,1961年。

6.[德]黑格尔:《美学》第1卷,朱光潜译,商务印书馆,1979年。

7.[美]埃瑟·戴森:《2.0版数字化时代的生活设计》,胡泳、范海燕译,海南出版社,1998年。

8.[意]安东尼奥·葛兰西:《狱中札记》,汪民安等译,河南大学出版社,2014年。

9.[英]安东尼·吉登斯:《现代性的后果》,田禾译,译林出版社,2000年。

10.[英]安东尼·吉登斯:《第三条路:社会民主主义的复兴》,郑戈译,北京大学出版社,2000年。

11.[英]安东尼·吉登斯:《超越左与右——激进政治的未来》,李惠斌、杨雪冬译,社会科学文献出版社,2003年。

12.[美]戴维·伊斯顿:《政治生活的系统分析》,王浦劬等译,华夏出版社,1999年。

13.[德]斐迪南·藤尼斯:《共同体与社会》,林荣远译,商务印书馆,1999年。

14.[美]弗朗西斯·福山:《历史的终结及最后之人》,黄胜强、许铭原译,中国社会科学出版社,2003年。

15.[美]赫伯特·阿特休尔:《权力的媒介》,黄煜、裘志康译,华夏出版社,1989年。

16.[英]赫伯特·斯宾塞:《国家权力与个人自由》,谭小勤译,华夏出版社,2000年。

17.[美]哈罗德·J.伯尔曼:《法律与革命》,贺卫方等译,中国大百科全书出版社,1993年。

18.[美]哈罗德·J.伯尔曼:《法律与宗教》,梁治平译,中国政法大学出版社,2003年。

19.[美]马丁·李普塞特:《政治人:政治的社会基础》,张绍宗译,上海人民出版社,1997年。

20.[德]马克斯·韦伯:《新教伦理与资本主义精神》,于晓等译,生活·读书·新知三联书店,1992年。

21.[德]迈克尔·海姆:《从界面到网络空间》,金吾伦、刘钢译,上海科技教育出版社,2000年。

22.[美]尼古拉·尼葛洛庞蒂:《数字化生存》,胡泳、范海燕译,南海出版公司,1997年。

23.[美]塞缪尔·P.亨廷顿:《变化社会中的政治秩序》,王冠华等译,生活·读书·新知三联书店,1989年。

24.[美]托马斯·雅诺斯基:《公民与文明社会:自由主义政体、传统政体和社会民主政体下的权利与义务框架》,柯雄译,辽宁教育出版社,2002年。

25.[德]尤尔根·哈贝马斯:《作为"意识形态"的技术与科学》,李黎、郭官义译,学林出版社,1999年。

26.[德]尤尔根·哈贝马斯:《重建历史唯物主义》,郭官义译,社会科学文献出版社,2000年。

27.[德]尤尔根·哈贝马斯:《在事实与规范之间》,童世骏译,生活·读书·新知三联书店,2003年。

四、中文著作

1.陈嘉映:《语言哲学》,北京大学出版社,2003年。

2.冯宏良:《国家意识形态安全与马克思主义大众化——基于社会政治稳定的研究视野》,天津人民出版社,2017年。

3.韩震:《生成的存在——关于人和社会的哲学思考》,北京师范大学出版社1996年。

4.侯惠勤:《马克思的意识形态批判与当代中国》,中国社会科学出版社,2010年。

5.林尚立:《当代中国政治形态研究》,天津人民出版社,2001年。

6.刘建明:《当代新闻学原理》,清华大学出版社,2003年。

7. 罗骞:《论马克思的现代性批判及其当代意义》,上海人民出版社,2007年。

8. 潘西华:《葛兰西文化领导权思想研究》,社会科学文献出版社,2012年。

9. 童兵:《理论新闻传播学导论》,中国人民大学出版社,2000年。

10. 汪晖、陈燕谷编:《文化与公共性》,生活·读书·新知三联书店,2005年。

11. 王南湜:《社会哲学——现代实践哲学视野中的社会生活》,云南人民出版社,2001年。

12. 吴学琴等:《当代中国马克思主义意识形态话语体系的研究》,江苏人民出版社,2018年。

13. 辛鸣、唐爱军主编:《当代意识形态问题概论》,中共中央党校出版社,2021年。

14. 杨仁忠:《公共领域理论与和谐社会构建》,社会科学文献出版社,2013年。

15. 张国良主编:《新闻媒介与社会》,上海人民出版社,2002年。

16. 朱继东:《新时代党的意识形态思想研究》,人民出版社,2018年。

后 记

意识形态工作是党的一项极端重要的工作,是为国家立心、为民族立魂的工作。建设具有强大凝聚力和引领力的社会主义意识形态,是全党特别是宣传思想战线必须担负的战略任务。习近平总书记在党的二十大报告中强调,我们要坚持马克思主义在意识形态领域指导地位的根本制度,建设具有强大凝聚力和引领力的社会主义意识形态,巩固全党全国各族人民团结奋斗的共同思想基础。为深入学习阐释党的二十大精神,进一步宣传研究习近平总书记关于社会主义意识形态工作的重要论述,天津市委宣传部设立市哲学社会科学规划重大委托项目,本书是天津市2022年度哲学社会科学规划重大委托项目"建设具有强大凝聚力和引领力的社会主义意识形态研究"(TJESDZX22-03)的结项成果,对此表示感谢。

本书由天津师范大学杨仁忠牵头组织研究工作。其中,杨仁忠负责本课题的设计论证,全书的提纲拟定、统稿定稿、研讨协调和前言写作工作;第一章由杨植迪撰写;第二章由范希春撰写;第三章由刘慧撰写;第四章由赵振辉撰写;第五章由冯宏良撰写;参考文献由刘慧整理。

本书的出版得到了天津人民出版社的大力支持,特别对责任编辑王佳欢、佐拉的辛勤劳动表示感谢。

2025年2月